# 여명의 눈동자

## 7

# 여명의 눈동자

### 김성종 장편대하소설

## 7

# 여명의 눈동자

# 7

10월 항쟁 ·················· 7
목마른 대지 ·················· 79
시련의 바다 ·················· 137
빨치산 ·················· 203
두 개의 깃발 ·················· 261
함 정 ·················· 331
추적의 발소리 ·················· 381

# 10월 항쟁

눈 쌓인 길 위를 차량의 행렬이 느릿느릿 굴러가고 있었다. 서울 시내를 벗어난 교외의 길이었는데, 사방은 온통 흰 눈 일색이었다. 하늘은 여전히 잔뜩 흐려 있었고 조금씩 눈발이 날리고 있었다.

맨 앞에 굴러가고 있는 차는 미군 헌병 지프였다. 헌병 지프는 아침인데도 라이트를 켜고 있었다. 다시 그 뒤를 포장을 씌운 군 트럭이 따라가고 있었다.

눈이 쌓인 데다 길이 울퉁불퉁해서 차량들은 속력을 내지 못하고 굼벵이처럼 느리게 굴러가고 있었다. 야산 모퉁이를 몇 굽이 돌고 내를 건너고 들판을 가로질러가던 차량들은 이윽고 어느 후미진 골짜기에서 정거했다.

먼저 지프에서 헌병 두 명이 뛰어나왔다. 한 명은 대위 마크를 단 장교였다. 그 장교가 트럭에서 뛰어내린 일개 소대 병력을 지휘했다. 모두가 헌병들이었다. 헌병들 사이에는 조선인들도 더러 눈에 띄었다. 그 중에는 장하림도 끼어 있었다.

하림은 중절모를 깊이 눌러 쓴 채 앰뷸런스에서 끌려내려오는 두 사내를 지켜보고 있었다. 그들은 이승만을 암살하려다가 체포된 최대치 조(組)의 서강천과 주영수였다.

뒤로 수갑이 채인 채 끌려나온 그들은 어깨를 웅크린 채 와들와들 떨어대고 있었다. 움직이지 않으려고 하는 그들을 미군 헌병들이 거칠게 앞으로 밀어댔다.

골짜기 아래에는 약간 경사진 평지가 있었다. 헌병들은 눈 속에 푹푹 빠지면서 그곳으로 사내들을 끌고 갔다. 이미 거기에는 두 개의 말뚝이 나란히 박혀 있었다. 헌병들이 사내들을 말뚝에 비끄러매려고 하자 그들은 몸부림치며 울부짖었다.

"살려 줘! 살려 줘! 제발 살려 줘! 난 아니야! 최대치, 최대치, 그놈이 시킨 거야! 난 아니야! 살려 줘!"

최대치라는 말이 하림의 귓속을 후비고 들어왔다. 하림은 숨이 막힐 것만 같았다. 눈이 뒤집히고 입에서는 허연 거품이 끓어 나오고 있었다. 서강천은 달랐다. 그는 증오에 찬 발악을 하고 있었다.

"이놈들! 이 양키 새끼들! 너희들이 뭔데 우리를 죽이려고 하는 거야! 너희들이 뭐냐? 너희들이 뭐냐 말이야!"

미군 헌병들은 기계적이었다. 조금의 동요도 없이 익숙하게 그들을 비끄러맨 다음 헝겊으로 눈을 가렸다.

긴박한 순간이 다가왔다. 두 사람의 죽음을 축복이나 하는 듯 눈송이가 굵어지고 있었다.

10명의 미군 헌병들이 사형수들 앞 10여 미터 전방에 일렬 횡대로 늘어섰다. 모두가 카빈총을 들고 있었다. 한동안 장탄

하는 소리가 철컥철컥 주위를 울렸다.

어디선가 까마귀가 울어대고 있었다. 기자 하나가 돌팔매질을 하자 까마귀 우는 소리가 멀어져 갔다. 장탄 소리가 그치자 적막이 찾아왔다. 사형수들도 저항을 포기했는지 침묵하고 있었다. 그때 카메라 플래시가 터졌다. 그것을 신호로 기자들은 사진을 마구 찍어댔다. 사형수들이 다시 울부짖었다. 차마 볼 수 없는 광경이었다.

하림은 돌아서서 담배를 피워 물었다. 저 말뚝에 만일 최대치가 묶여 있었다면 어떻게 되었을까. 그 생각을 하자 등골에 오싹 소름이 끼쳤다. 담배를 깊이 빨았다. 흐느끼는 소리가 들려왔다. 짐승 같은 울음 소리였다. 죽음을 앞둔 단말마의 울음 소리였다.

미군의 손에 동족이 총살당하다니 확실히 모순이다. 그래서는 안 되는 것이다. 그러나 현실이 그렇지가 않았다. 미군은 해방군으로 들어왔고, 치안유지를 위해 무력을 동원하고 있었다. 점령지역에서는 어디서나 있을 수 있는 일이었다.

모든 잘못의 기초는 조선, 조선인에게 있는 것이다. 조선인들이 나라를 잃었기 때문이다.

암살사건이 빈번히 일어남으로 해서 군정당국은 심히 난처한 입장에 빠져 있었다. 암살이 일어날 때마다 군정질서는 흔들리고 국무성에서는 힐책조의 전문을 보내오곤 했다. 그러나 군정 책임자는 어느 한쪽에 대해 철퇴를 내리지 못하고 있었다. 좌우 양쪽에 대해 온건하고 우유부단한 정책을 펴고 있는 그로서는 좌우 양진영이 하루빨리 손을 잡고 통합정부를 세워줄 것을 기대하고 있었다. 그러나 현실은 그의 소망대로 이루어지지 않고 있었다. 양진영의 대립은 날로 심각해져 가고 이제는 어떻게 손을 쓸 수조차 없게 되어가고 있었다.

그러던 차에 이번에는 우익진영의 최대 거물인 이승만에 대한 암살사건이 일어난 것이다. 이박사는 국무성이 아끼고 있는 인물이었다. 도쿄의 맥아더 원수도 그를 지원하고 있었다. 그런 인물이 백주에 저격을 당한 것이다. 만일 이승만이 쓰러졌다면 어떻게 할 뻔했을까. 모르긴 몰라도 아마 폭동이 일어났을 것이고, 미군정은 돌이킬 수 없을 정도로 혼란에 빠졌을 것이다. 군정의 위신은 추락되고 전세계의 조소거리가 되었을 것이다. 하지 장군 자신은 본국으로 소환되어 책임을 지고 예편되었을 것이다. 대전 중에 획득한 찬란한 무공은 물거품처럼 사라지는 것이다.

하지 장군은 퍼뜩 정신을 차렸다. 이래서는 안 되겠다는 생각이 들었다. 조선인 경찰들에게 사건처리를 맡겼다가는 흐지부지되고 말 우려가 있었다. 군정법령에 따라 미군이 직접 이번 사건처리를 맡아야 할 것 같았다. 단호하게 범인들을 극형에 처함으로써 고조되고 있는 암살무드를 가라앉힐 필요가 있었다. 물론 비난을 면치 못할 것이다. 그러나 암살의 결과에 비하면 그 정도의 비난이야 아무 것도 아닌 것이다.

암살미수범인 서강천과 주영수는 운이 없었다고 볼 수도 있었다. 하지의 단호한 조처가 없었다면 목숨만은 건질 수 있었을 지도 몰랐다.

　헌병 장교가 하림이 서 있는 쪽으로 다가와 그의 어깨를 툭 쳤다. 하림은 음울한 눈빛으로 그 젊은 장교를 바라보았다. 장교는 어깨를 으쓱했다.

　"유언을 좀 받아 줘야겠습니다."

　미군에게 통역해 줄 사람이 없었기 때문에 하림이 그 일을 맡지 않으면 안 되었다.

　하림은 말뚝 쪽으로 천천히 다가갔다. 정강이까지 눈 속에 푹푹 빠지고 있었다.

　"살려 줘……살려 줘……"

　주영수는 지친 듯 중얼거리고 있었다. 하림은 입이 떨어지지가 않았다. 이 일은 도무지 그의 성격에는 맞지 않는 일이었다. 눈을 털고 수갑을 풀어 주고 싶은 충동을 억누르면서 그는 겨우 물었다.

　"유, 유언을 말하시오."

　"사, 살려 줘……살려 줘……난 죄가 없어. 어머니가……늙으신 어머니가……날……기다리고 있어."

　허연 거품이 가슴 위로 흘러내리고 있었다. 바지가 축축해지더니 눈 위로 오줌 방울이 뚝뚝 떨어지고 있었다. 바지자락에서 허연 김이 무럭무럭 피어올랐다.

　하림은 주영수를 외면하고 서강천 앞으로 다가섰다. 서강천은 눈에 가린 것을 벗겨달라고 요구했다. 하림은 잠자코 그것을 벗겨 주었다. 서강천은 고개를 쳐들더니 하림을 노려보았다.

핏발선 눈이 무섭게 빛나고 있었다.

"유언은 없나?"

하림은 냉담하게 물었다. 서강천의 입술이 움직거리더니 입에서 침이 튀어나왔다. 침은 그대로 하림의 얼굴 복판으로 떨어졌다. 서강천은 웃음을 터뜨렸다. 죽음을 눈앞에 둔 웃음이라 그런지 듣는 사람으로 하여금 섬뜩하게 했다. 서강천은 이미 제정신이 아닌 것 같았다. 갑자기 웃음이 뚝 그치더니

"레닌 만세! 스탈린 만세! 공산당 만세!"
하고 외쳤다.

서강천을 바라보는 하림의 눈빛이 연민에 가득 찼다. 불쌍한 생각이 들었다. 사수들은 일제히 총을 들어 말뚝에 묶여 있는 사내들을 겨누었다.

눈이 허옇게 사형수들의 몸을 덮고 있었다. 주영수는 울부짖고 있었고 서강천은 웃어대고 있었다. 웃음 소리는 허망하게 주위를 울리고 있었다.

하림은 뒷전에 얼어붙은 듯 서서 총살형이 집행되는 것을 바라보고 있었다. 그는 그 광경을 외면하고 싶지 않았다. 이것은 역사의 한 장면이다. 비극의 역사가 흘리는 피다. 바람직하지 않은 일이지만 보아두어야 한다.

총을 들고 있는 사수들의 몸 위에도 눈이 수북히 쌓이고 있었다. 하림도 눈을 뒤집어쓰고 있었다.

"쏴!"

지휘장교의 외침이 날카롭게 공기를 갈랐다. 문득 그 외침이

무섭기보다는 허무하게 들려왔다.

 열 개의 총구가 동시에 불을 뿜었다. 골짜기를 울리는 총소리는 너무도 커서 귀가 먹먹할 정도였다. 내리던 눈이 갑자기 소용돌이치는 듯했고, 나뭇가지에 쌓여 있던 눈송이가 충격을 받고 우수수 떨어지는 것이 보였다. 총소리는 마치 영원을 약속하는 신호 같았다. 골짜기를 휘젓고 난 총소리는 허공으로 빨려들어가고, 다시 적막이 찾아왔다.

 두 사내는 앞으로 상체를 굽히고 있었다. 머리가 앞으로 떨어져 흔들거리고 있었다. 하얀 눈 위로 검붉은 피가 주르르 흘러내리고 있었다. 핏빛은 너무도 선명해서 그것을 바라보고 있는 하림은 현기증을 느낄 정도였다. 울부짖음도 웃음 소리도 더 이상 들려오지 않았다.

 미군 대위는 권총을 빼들고 사형수들 앞으로 다가갔다. 그리고 그들의 얼굴을 쳐들어 죽은 것을 확인했다. 규칙상으로는 지휘자가 최종적으로 사형수들의 머리에 다시 한번씩 총을 쏘도록 되어 있었다. 그러나 젊은 장교는 굳이 그런 짓은 하지 않았다. 그 대신 그는 허공에다 대고 두 번 방아쇠를 당겼다.

 집행이 끝나자 헌병들은 두 구의 시체를 하나씩 관 속에 담았다. 그리고 앞뒤에서 관을 들고 그곳을 떠났다.

 하림은 맨 마지막까지 남아 있었다. 혼자가 되자 그는 말뚝 쪽으로 다가가 흥건한 핏자국을 내려다보았다. 만일 최대치가 흘린 피였다면 그는 울었을지도 모른다. 그에게 호감이 가지 않지만, 아마 몸부림치며 울었을 것이다. 핏자국 위에 눈을 덮었다. 그리고 발로 꼭꼭 밟았다. 이 어지러운 세상에서 두 사람이 사라진 것이다.

대치는 어디로 갔을까.
그는 평양에 있었다. 평양에서 혹독한 비판을 당하고 있었다. 그는 죄인이 된 심정으로 특무대 간부들 앞에 앉아 있었다. 긴 탁자 앞에는 세 명의 간부들이 앉아 있었는데, 가운데 자리의 뚱뚱한 자가 신문을 대치 앞에 던졌다.
"붉은 줄 쳐놓은 기사를 읽어 보시오. 서강천 동무와 주영수 동무는 영웅적인 죽음을 맞았소. 그런데 당신 꼴은 뭐지?"
대치는 붉은 줄이 쳐진 기사를 뚫어지게 들여다보았다. 거기에는 두 동지의 얼굴 사진과 함께 사형장 스케치가 비교적 소상히 나와 있었다. 그리고 좌익계 신문이라 죽음을 영웅적으로 묘사하고 있었다.
"목적을 이루기는커녕 두 동지마저 잃고 혼자 도망쳐 오다니, 이런 수치가 어딨소?"
탁자를 주먹으로 쿵하고 내려친다. 대치는 몸둘 바를 몰라 얼굴만 붉히고 있었다.
"부끄럽습니다. 어떠한 처벌도 달게 받겠습니다."
"처벌이 문제가 아니야! 이번 실패가 우리 동무들에게 끼친 영향이 얼마나 큰 줄 아오? 모두 사기가 크게 떨어져 있단 말이오!"
"죄송합니다."

"그런 늙은이 하나 제거하지 못하다니, 그래 가지고 무슨 혁명을 하겠다는 거요! 최동무가 저지른 실수는 한둘이 아니란 말이오!"

어떤 질책을 들어도 할 말이 없었다. 할 말이 있을 수 없었다.

"채수정이란 계집도 놓쳤지요? 무인도의 동백꽃의 정체를 알아내라고 했는데, 그것도 못 알아냈지요? 이승만 제거는 실패하고 동무를 두 사람이나 잃었지요? 이게 모두 동무의 책임이라는 것을 알란 말이오!"

뚱뚱한 자는 분노를 이기지 못하는 듯 벌떡 일어났다가 도로 털썩 주저앉았다. 그때 왼쪽에 앉아 있던 빼빼 마른 자가 눈을 치뜨면서 입을 열었다.

"어떻게 해서 동무만 살아났지? 다른 동무들은 모두 체포됐는데, 왜 동무는 체포되지 않았나요? 그 점을 설명해 보시오."

틀림없이 그런 질문이 나오리라고 생각하고 있던 참이라 대치는 침착하게 꾸며댔다.

"제가 밖에 있는 동안에 동무들이 체포됐습니다. 동무들과 밖에서 만나기로 되어 있었는데, 약속장소에 나타나지 않는 걸 보고 사고가 난 줄 알았습니다."

"그래서 도망쳐 왔나요?"

"……"

"비겁하기 짝이 없군."

"저쪽과 혹시 내통한 거 아니오?"

오른쪽에 앉아 있는 눈이 작은 간부가 말했다. 대치의 외눈이 번쩍했다.

"제 실수는 인정합니다. 어떠한 처벌도 달게 받겠습니다. 그러나 저쪽과 내통했다는 말은 듣기 싫습니다. 결코 내통하지 않았습니다."

"무엇으로 그걸 증명할 수 있소?"

"저는 제 처를 당에 입당시켰습니다. 당을 위해 일하기 위해서입니다. 제 처는 지금 미군사령부 정보국에서 일하고 있습니다. 만일 제가 적과 내통할 마음이 있었다면 제 처를 당에 끌어넣지는 않았을 겁니다."

"윤여옥이란 여자 말이지요?"

"네."

대치의 마지막 한마디는 아주 효과적인 것이었다. 그들은 머리를 맞대고 수군거리더니 이윽고 뚱뚱한 간부가 말했다.

"최동무는 인책을 받아 마땅하나 투쟁경력으로 보아 한번 더 기회를 주기로 하겠소."

대치는 고개를 번쩍 쳐들었다. 안도의 한숨이 새어나왔다.

"감사합니다. 혁명 완수를 위해 몸과 마음을 바치겠습니다. 감사합니다."

"자기 반성을 철저히 한 다음 새로운 각오로 임하도록 하시오. 동무의 부인인 윤여옥 동무를 우리는 전사(戰士)로 키우기로 했소."

대치는 내심 깜짝 놀랐다. 그러나 내색은 하지 않았다.

"감사합니다. 그렇게 배려를 해 주시니 감사합니다."

"동무는 다시 서울로 들어가시오. 그리고 박헌영 동무의 일을 도와주도록 하시오. 앞으로 남한에서는 무력투쟁으로 전술을 바꾸지 않으면 안 될 거요. 그리고 무엇보다도 윤여옥 동무를 잘 보호하도록 하시오."

"잘 알겠습니다."

"윤동무가 미군사령부 정보국에 근무하고 있다는 건 우리한테는 귀중한 재산이 아닐 수 없소. 윤동무를 키우는 건 최동무 손에 달려 있으니까 최대로 힘을 써주도록 하시오."

"알겠습니다."

대치가 더 이상 질책을 당하지 않고 다시 남파지령을 받은 것은 순전히 여옥의 힘이라고 할 수 있었다. 특무대에서는 중요한 부서에서 일하고 있는 여옥을 이용할 필요가 있었고, 따라서 여옥의 남편인 대치를 동원하는 것이 제일 좋은 방법이라고 판단했던 것이다. 대치로서도 그 정도는 짐작하고 있었다. 그래서 속마음은 착잡했다.

"무슨 일이 있어도 윤동무를 정보국에서 나오게 해서는 안 된다는 걸 잊지 마시오. 깊이, 아무쪼록 깊이 심어야 하오."

이튿날 대치는 다시 남하하는 기차를 탔다. 자신이 거대한 조직의 일원으로 지령에 따라 움직이는 생명 없는 부속품처럼 생각되었으나 거기에 반발하고 싶은 마음은 일지 않았다. 어느 땐가는 자신이 크게 부상할 것이라는 신념을 그는 가슴속에 굳게 간직하고 있었다.

개성의 집에서 그는 노모와 함께 하룻밤을 잤다. 오랜만에 어머니 곁에 누우니 마치 과거로 돌아간 기분이었다. 자신이 너무 많이 변했다는 생각이 들었다. 그의 노모와 형 내외는 그가 다리까지 부상한 것을 보고는 한사코 집에 있으라고 했지만 그는 이튿날 다시 길을 떠났다.

서울에 닿은 것은 한밤중이었다. 바람이 몹시 불고 있어서 추웠다. 경찰의 눈에 띌까 봐 눈에 댄 안대를 벗고 캡을 깊숙이 눌러썼다.

어디로 갈까 하고 망설이다가 그는 건물 벽에 붙어 있는 사진에 우연히 눈이 갔다. 수배인물의 얼굴을 그린 몽타주였는데, 가만 보니 바로 자신의 모습이었다. 몽타주 밑에 분명히 자신의 이름이 박혀 있었다. 자신을 체포하기 위해 혈안이 되어 있는 듯했다.

그러나 경찰력이 약해 수사의 손길이 구석구석까지 미치지 못하는 시대였다. 대치는 그 빈틈을 잘 알고 있었다. 언제라도 발사할 수 있도록 오버 주머니 속에 들어 있는 권총을 쥔 채 그는 어두운 거리를 절룩거리며 걸어갔다.

집으로 돌아가고 싶었지만 위험해서 그럴 수가 없었다. 당 본부도 감시당하고 있을 것이므로 찾아갈 수가 없었다.

생각 끝에 그는 조선정판사(朝鮮精版社)를 찾아갔다. 조선정판사는 소공동에 위치한 근택(近澤) 빌딩 안에 자리잡고 있었는데, 은신처로는 안성맞춤이었다.

조선정판사가 공산당에 접수된 것은 해방 후 얼마 지나지 않아서였다. 그들이 정판사를 손에 넣은 것은 두 가지 큰 목적이 있어서였다. 첫번째는 자금을 마련하는 일이었고, 두번째는 신문을 찍어내는 일이었다.

조선정판사에는 조선은행권 지폐 원판이 있었다. 좌익이 노린 것은 바로 그 원판이었다. 그 원판을 이용해서 그들은 위조지폐를 대량으로 찍어냈다. 작업은 밤을 이용해서 지하실에서 이루어지곤 했다. 그렇게 해서 찍어낸 위조지폐는 공산당 자금으로 흘러나왔다.

위조지폐를 찍는 외에 좌익은 그곳에서 기관지인 해방일보(解放日報)를 발행했다. 따라서 조선정판사는 그들에게는 목줄이라고 할 수 있는 매우 귀중한 곳이었다.

일찍부터 그곳을 출입해서 내막을 잘 알고 있는 대치는 그곳 간부들과도 안면이 두터웠다. 그들에게는 최대치가 소련군사령부와도 통하고 있는 막강한 인물로 알려져 있었다.

그가 안으로 들어서자 그때까지 남아서 일하고 있던 간부들이 놀란 얼굴로 모여들었다.

"아니, 평양에 가신 줄 알았는데, 어떻게 된 일입니까?"

정판사 사장이 그를 사장실로 안내하며 물었다.

"지금 평양에서 오는 길입니다."

"경찰이 지금 눈이 시뻘개서 찾고 있는데……"

"알고 있습니다. 그런 거야 상관하지 않습니다. 당분간 이곳에서 지내야겠는데 괜찮겠소?"

"괜찮다마다요. 영광입니다. 여기까지는 아직 경찰력이 미치지 못하고 있으니까 마음 푹 놓고 쉬십시오."

그날 밤 대치를 위해 조그마한 파티가 열렸다.

이튿날부터 그는 정판사 내에 연락망을 구축하는 작업에 들어갔다. 나흘째 되는 날 평양으로부터 열 명의 사나이들이 그를 지원하기 위해 나타났다. 무전기까지 설치하고 대기하고 있자 첫번째 전문이 날아들었다. 그의 새 암호명은 태풍(颱風)이었고, 전문내용은 「남조선 인민의 무력봉기를 위해 당과 구체적인 계획을 짜라!」는 것이었다. 그리고 그 계획을 추진함에 있어서 지원을 아끼지 않겠다고 했다.

서울의 조선공산당은 해방 직후의 거센 당세 확장과는 달리 해를 넘기면서부터는 차츰 수세에 몰리고 있었다. 모스크바 삼상회의 결정을 계기로 우익진영이 전열을 가다듬고 공세를 취한데다 좌익에 대해 유화적이던 미군정이 차츰 냉담한 반응을 보이기 시작했기 때문이었다. 따라서 공산당으로서는 그때까지의 전술을 바꾸지 않을 수 없는 입장에 처해 있었다. 여기서 그들은 레닌의 이론을 그대로 답습하기 시작했다. 레닌은 정권 탈취를 목적으로 한 정치 투쟁에 있어서 그 최고 형태를 「폭력 투쟁」이라고 보았던 것이다.

마침내 조선공산당 지도부는 정세를 관망하는 한편으로 결전(決戰)의 날에 대비하기 위해 폭력투쟁을 계획하기로 결정했다. 그러나 폭력투쟁에는 무엇보다도 조직적인 동원세력이 필요했다. 다시 말해 앞장서서 불을 지를 수 있는 특공대가 있어야 했다. 그러나 서울 중앙당 내에는 전쟁을 거쳐 실전훈련을 쌓은 인물이 없었다.

이론가들만 우글거릴 뿐 실제로 폭력투쟁을 지휘하고 전개할만한 인물은 하나도 없었다. 그 딜레마를 해결하기 위해 서울 공산당은 평양에 지원요청을 했고, 평양 특무대는 즉각 그 요청을 받아들여 대치에게 지령을 내렸다. 남파된 10명의 사나이들은, 그러니까 대치와 함께 폭력투쟁을 지휘하게 될 늑대 같은 사나이들이었던 것이다.

일 주일쯤 지난 어느 날 밤 11시 조금 지나 박헌영을 비롯한 당간부들이 조선정판사로 최대치를 방문했다. 대치를 알고 있는 박헌영은 그의 어깨를 두드리며 격려했다.

즉시 비밀장소에서 회의가 열렸다. 회의의 주된 내용은 폭력투쟁을 효과적으로 전개하기 위한 준비에 대한 것이었는데, 대치는 당 내에 비밀군사부를 설치할 것을 강력히 주장했다.

"폭력투쟁을 효과적으로 시행하기 위해서는 당내에 군사조직을 두어야 합니다. 그렇지 않고는 강력한 투쟁을 전개하기가 어려워집니다. 군사조직을 두면 명령 일하에 전대원이 일사불란하게 행동할 수가 있고, 목적한 바를 신속히 이룰 수가 있습니다."

대치를 바라보는 당간부들의 눈이 휘둥그렇게 떠졌다. 그들은 폭력투쟁을 위해 그 정도로까지 생각하지는 않은 것 같았다. 폭력투쟁이 군사작전으로까지 간다면 그것은 바로 전쟁을 의미한다. 이론으로밖에 싸우지 않았던 간부들의 얼굴에 두려운 빛이 나타나는 것도 무리는 아니었다.

"좋은 말이오만 현재 일 당 내 사정으로 보아 군사부를 설치한다는 것은 역부족이고……또 시기상조인 것 같습니다."

한 간부가 박헌영과 대치를 번갈아 바라보며 말했다. 박은 묵묵히 앉아 있기만 했다. 대치가 다시 말했다.

"그렇기 때문에 평양에서 적극 지원해 주기로 약속한 겁니다. 이 기회에 폭력투쟁을 통해 혁명의 기틀을 마련하지 않으면 남한은 미제의 식민지가 되고 맙니다. 지금이 가장 중요한 시기입니다."

"그렇지만 우리는 이를테면 오합지졸이고 상대는 미군이 아닙니까. 또 미군의 지원을 받는 경찰력이 있지 않습니까. 상식적으로 생각해도 무력충돌이란 계란으로 바위를 치는 격이 아닐까요?"

다른 간부가 고개를 설레설레 흔들며 폭력투쟁의 한계를 말하고 나왔다. 대치는 분노를 터뜨렸다.

"무슨 말씀을 하시는 겁니까? 그렇게 패배주의에 사로잡혀 가지고 어떻게 혁명을 하겠다는 겁니까? 러시아 혁명, 중국 혁명을 보십시오. 어느 것 하나 탁상공론으로 이루어진 게 있습니까? 모두가 폭력투쟁을 통해 피로써 이루어진 혁명입니다. 아직 남한에서는 혁명을 위해 피 한 방울 흘리지 않았습니다. 만일 이곳 당 지도부의 생각이 모두 그 정도라면 나는 평양에 사실대로 보고하겠습니다. 그리고 다른 방법을 강구하도록 하겠

습니다."

　모두가 입을 다문 채 박헌영을 바라보았다. 박은 안경을 고쳐 쓰면서 고개를 끄덕거렸다. 대치는 계속 몰아붙였다.

"우리가 모두 오합지졸이라고 하셨는데, 그 점은 나도 인정합니다. 훈련을 받지 않고 조직화되지 못한 사람은 모두 오합지졸입니다. 그러니까 군사훈련을 시켜야 한다는 것이 내 주장입니다. 당 내에 군사조직을 두어 훈련을 시켜두면 어느 때고 써먹을 수가 있습니다. 우리는 최악의 경우를 생각해 두지 않으면 안 됩니다."

"최악의 경우란 뭔가요?"

　박헌영이 처음으로 입을 열어 물었다.

"최악의 경우란 미군이 남한에 단독 괴뢰정부를 세울 경우입니다."

　모두가 놀란 눈으로 대치를 바라보았다. 새파랗게 젊은 애꾸눈의 청년이 그들의 눈에 당돌하게 보일 것은 당연했다. 애꾸눈의 지적은 날카로웠고, 그것은 그들 모두가 두려워하고 있는 점이었다.

"최동무의 말은 매우 지당합니다. 그 점은 우리 모두가 우려하고 있는 점입니다."

　박헌영이 마침내 한숨을 내쉬며 말했다.

"내가 바라는 것은 좌우합작입니다. 좌익과 우익이 연합해서 통일정부를 세울 수만 있다면 결국 승산은 우리에게 돌아오게 마련입니다. 일단 미군이 철수만 하면……그 다음은 우리 마음대로 요리해 나갈 수가 있을 겁니다."

대치는 손을 저었다. 태도가 건방지기까지 했다.

"평화적인 연립정부 구상은 아예 버리시는 게 좋습니다. 놈들은 모두가 극우적인 인물들입니다. 김구가 다소 협상을 모색하고 있는 듯하지만 그는 정치적 수완이 이승만에 미치지 못합니다. 미군도 그에게 기대를 걸고 있지는 않습니다. 이승만을 중심으로 한 극우세력은 미국을 충동질해서 남한 단독으로 극우정부를 세우려고 할 겁니다. 미국도 결국은 거기에 적극 호응할 겁니다. 미국과 소련이 머리를 맞대고 협상할 가능성도 이젠 사라지고 없습니다. 그들은 38선을 경계로 더욱 날카롭게 대치하게 될 겁니다."

"그것은 평양측 의견인가요?"

한 간부가 조심스럽게 물었다. 대치는 주저하지 않고 그렇다고 대답했다.

그의 폭력투쟁 방향은 이미 확고하게 자리잡혀 있었다.

"만일 여기에 극우 중심의 단독정부가 수립된다면 우리의 혁명운동은 극심히 탄압을 받게 될 것이 뻔합니다. 따라서 우리는 거기에 대항할 힘이 필요합니다. 놈들이 단독정부를 세우기 전에 폭력투쟁으로 남한에서 민중봉기를 일으켜 놈들을 몰아내야 합니다."

박헌영이 손을 뻗어 대치의 손을 잡았다. 그는 만족한 듯 웃고 있었다.

"이렇게 시원스럽고 과단성 있는 말을 들어 보기는 처음이오. 나도 최동무의 의견에는 전적으로 동감이오. 최동무의 말을 듣고 보니 우리는 중요한 점을 간과하고 있었던 것 같소. 폭력투쟁을 효과적으로 수행하기 위해서는 확실히 군사조직이 필요할 것 같소."

아무도 의견을 내세우는 사람이 없었다. 박헌영은 말을 계속했다.

"나는 두 가지 방법을 제시할 생각이오. 첫째는 좌우합작을 밀고 나가 단독정부 수립을 저지하는 평화적인 투쟁방법이오. 시간을 버는 방법으로서는 좋은 방법이라고 생각합니다. 그런 한편으로는 군사조직을 강화해서 폭력투쟁을 전개할 생각입니다. 어떻습니까?"

박이 좌중을 둘러보자 모두가 꿀 먹은 벙어리처럼 말없이 서로를 바라보기만 했다.

"그대로 밀고 나갑시다!"

대치가 소리치면서 박수를 치자 그제야 다른 사람들도 그를 따라 손바닥을 두드려댔다.

"평양에 연락해서 빠른 시일 내에 대량의 무기 지원을 요청하겠습니다."

추운 겨울밤이었지만 조선정판사 밀실은 열기에 휩싸여 있었다. 모두가 잠든 밤에 폭력투쟁을 위한 음모는 착착 이루어지고 있었다.

대치는 이튿날부터 비밀군사조직에 들어갔다. 조직과 선동의 명수인 그는 능숙하게 일을 처리해 갔다.

조선공산당 내에 설치된 비밀군사부의 조직체계는 「총사령관—사령관—부사령관—서기장—부관」으로 되어 있었고, 그 밑에 「대대—중대—소대—분대」를 두었다. 대원은 특수행동대라 칭했고, 이를 유기적으로 조직 운영하기 위해 각 지역별로 비밀 아지트를 두어 캡(세포책임자)을 배속시켰다.

비밀군사부 본부는 조선정판사 내에 두었다. 아무도 모르게 극비리에 본부를 차렸다. 총사령관 직은 대치 스스로가 맡았다. 그 밑에 평양에서 남파된 군사요원들을 심복으로 삼아 자리 하나씩을 맡게 했다. 그것으로 만족하지 않아 군사부 직속의 특공대를 따로 또 조직했다. 「K단」이라고 명명했는데 살인, 테러, 파괴만을 목적으로 한 조직이었다. 대치는 이들은 한데 모아놓을 수가 없었으므로 서울 시내 각 지역구에 분산 배치시켜 두었다.

평양으로부터 조직 성공을 격려하는 전문이 날아들었을 때는 겨울이 지나고 봄이 왔을 때였다. 대치의 다리 부상도 완쾌되어 있었다. 지원부대가 50명 도착했다. 중국 대륙을 누비던 옛 팔로군 동지들이었다. 인천 쪽으로 첫번째 무기가 들어왔다. 38소총, 99식 장총, 수류탄, 다이너마이트, 45구경 권총 등속이었다.

조직은 급속도로 강화되어 나갔다. 훈련을 맹렬히 시키지 못한 것이 한이었지만 아쉬운 대로나마 남의 눈에 띄지 않게 분대별로 분산시켜 훈련을 실시했다.

조선공산당 지도부는 때맞춰 폭력투쟁을 정당방위의 역공세

(逆攻勢)라 부르면서 다음과 같은 신전술(新戰術)을 내세웠다.

"……지금까지 우리가 미군정에 협력하여 왔으며, 미군정을 비판함에 있어서는 미군정을 직접 치지 않고……간접적으로 미군정을 비판하였으나 앞으로는 우리가 이런 태도를 버리고 미군정을 노골적으로 치자! 지금까지 미군정과 그 비호하의 반동(反動)들의 테러에 대하여 그저 맞고만 있었으나 지금부터는 맞고만 있을 것이 아니라 정당방위의 역공세로 나가자! 테러는 테러로, 피는 피로써 갚자!"

미군정에 대한 최초의 도전장이었다. 남한의 모든 좌익세력들이 꿈틀거리기 시작했다. 미군정은 조선민족의 여망인 통일정부 수립을 저버릴 수 없어 좌우합작(左右合作)을 시도해 보았다.

여운형(呂運亨)과 김규식(金奎植)이 중심이 되어 좌우합작운동을 추진했다. 그러나 이미 폭력투쟁을 통한 정권 탈취를 노리고 있는 조선공산당이 순순히 이에 호응할 리가 없었다. 합작운동은 결국 실패로 돌아갔다. 그런데도 하지 사령관은 계속 거기에 연연하고 있었다. 그는 비밀리에 김구를 만나 그로 하여금 좌우합작에 찬성한다는 성명을 발표하도록 했다. 이를 계기로 김구와 이승만은 결정적으로 갈라서게 되었다. 우익진영으로서는 큰 손해였고 좌익은 어부지리를 얻은 셈이었다.

하지 사령관이 좌우합작 시도에 이승만을 배제시킨 것은 그 자신 몇 가지 점에서 이승만과 뜻이 맞지 않았기 때문이었다. 보다 솔직히 말한다면 하지 사령관은 이승만을 싫어했는지도 모른다.

첫째, 이승만은 하지 사령관을 대수롭지 않게 여겼다. 사령관 대접을 하지 않고 그 위에 올라서서 유아독존적으로 행세하려 들었다. 이 점이 무엇보다도 점령군 사령관인 하지를 불쾌하게 했다.

둘째, 정책적인 면에서 이승만은 일찍부터 좌익을 정치 테이블에서 제외시키고 있었다. 그는 좌익과 타협할 수 있을 것이라는 것을 믿지 않았다. 그의 주장은 시종일관 남한에 단독정부를 세우는 것이었다. 이 점이 좌우합작을 모색하는 하지의 노선과 정면으로 대치되었다.

하지 사령관은 그 나름대로 조선의 미래상을 그려놓고 있었다. 남북을 망라한 통일정부 수립을 대전제로 한 그의 구상은 우선 좌우합작을 성공시켜 남한을 한 덩어리로 뭉치게 하는 것이었다. 이 과업을 여운형과 김규식에게 맡겨 성공시킨다면 이승만은 우익의 소수파로, 공산당은 극좌소수파로 전락할 것이라고 그는 생각했다. 동시에 남북 통일정부를 수립하는데 있어서도 유리한 고지를 점령할 수 있을 것이라고 판단했다.

이 시기의 미국 비밀외교문서는 이렇게 적고 있다.

"아놀드 장군은 한국인들이 그들 자신의 문제를 처리하는데 있어서 발휘한 실제 능력과 재능에 놀랐다고 말했다. 이기

주의적인 한국 정치인들의 무리는 전혀 무책임하기 때문에 도움이 되지 않는다고 생각하고 있다. 충심으로 한국에서 사욕 없이 국가에 관심을 갖고 있는 한국 지도자는 소수에 지나지 않으며 그 중에서도 김규식을 높은 순위에 올리고 있다. 여운형은 뛰어나고 풍채가 좋으나 우유부단하다고 보고 있다. 김구는 완전히 지고 말았다. 이승만은 강력하긴 하나 완전히 이기주의적이다.……"

그러나 하지의 노력은 한낱 헛된 꿈에 불과했다. 통찰력과 판단력에 있어서 그는 이승만을 따라가지 못하고 있다. 공산당은 자신들에게 유리하지 않는 한 결코 합작에 응하지 않을 것이라는 것을 그는 모르고 있었다.

정치 기상도가 예측할 수 없을 정도로 어지럽게 돌아가고 있는 가운데 중책을 맡은 대치는 눈코 뜰 새 없이 바쁜 나날을 보내고 있었다.

어느 날 저녁 그는 틈을 내어 여옥을 만나러 갔다. 두 달만에 찾아보는 길이었다. 길목을 지키고 있다가 퇴근해 집으로 돌아가는 여옥을 불러 세웠다. 갑자기 나타난 남편을 보고 여옥은 소스라치게 놀랐다. 집으로 가자는 것을 뿌리치고 대치는 여옥을 데리고 중국음식점으로 들어갔다. 구석진 방으로 들어간 그들은 서로를 한참 바라보고 있다가 얼싸안았다.

"무사하셨군요!"

여옥은 감격에 겨워 말을 잇지 못했다. 대치는 여옥을 품은 채 만족한 듯 웃었다.

"별일 없었나?"

"네……"

"대운이는 잘 있나?"

"네……"

"경찰이 집에 오지 않았나?"

"한번 왔었어요. 그렇지만 별일 없었어요. 하림씨가 잘 말해 줘서……"

"장하림이가?"

대치의 얼굴이 굳어지고 있었다. 질투의 빛이 짙게 나타나고 있었다.

여옥은 조심스럽게 말했다.

"그분이 말을 해 주지 않았다면……저는 끌려가서 조사를 받았을 거예요."

"뭐라고 말을 했어?"

"우리 두 사람은 오래 전부터 별거중이라……만난 지 오래되었고……저는 남편에 대해서 아무 것도 모른다고 했어요."

"장하림에게 감사해야겠군."

대치는 빈정거리듯 말하면서 굳은 표정을 풀었다. 여옥은 남편의 다리를 만졌다.

"이젠 괜찮으세요?"

"음, 괜찮아. 다 나았어."

"오래 못 만날 줄 알았어요. 그 동안 어디 계셨어요?"

"음, 평양에 다녀왔어."

"그럼 새로운 일 하시나요?"

"음……그래."

"이렇게 돌아다니시면 위험하지 않나요? 집으로 들어오세요. 다른 데로 이사해서……"

"아니야. 함께 있으면 위험해. 당분간 떨어져 있어야 해. 지금부터 우리는 부부이자 혁명동지야. 그러니까 함께 투쟁하는 거야. 죽으면 함께 죽고……살아도 함께 사는 거야. 알았어?"

여옥은 그 말에 멍한 표정을 짓고 있다가 남편의 기분을 상하지 않게 하려는 듯 덮어 놓고 고개를 끄덕였다. 이제부터는 남편의 뜻을 거역하지 않겠다는 철저한 복종의 빛이 그녀의 얼굴에 담겨 있었다.

대치는 아내의 태도에 기분이 좋아졌다. 아내가 사랑스러워 보였다. 아내를 껴안고 입을 맞추었다.

"앞으로 큰일이 벌어질 거야. 그 일이 성공하면 이렇게 숨어서 만날 필요가 없을 거야. 그때까지 기다려 줘."

대치는 아내에게 조선정판사의 위치와 비밀 전화번호를 알려 주었다.

"앞으로 자주 연락하게 될 거야. 당신은 정보국에 뿌리를 심어 신임을 얻도록 해. 절대 의심을 사게 해서는 안 돼. 그리고 내가 부탁하는 정보를 빼내오도록 해. 알았지?"

"네, 시키는 대로 할께요."

의지도 없는 식물인간처럼 그녀는 대답했다. 대치는 그녀를 바싹 끌어안았다.

"이것 봐. 내가 시키기 때문에 하는 것이라고 생각하지는 마. 그렇게 생각하면 안 돼. 당신은 투사가 돼야 해. 평양 본부에서는 당신을 아주 귀중하게 생각하고 있어. 그러니까 당신은 스스로 무엇을 할 것인가를 생각해서 자진해서 일해야 돼."

대치는 서두르지 않았다. 아내를 차츰 길들여 나가야 한다고 그는 생각했다. 무서운 사냥개로 만들 계획이었다. 아내는 이제 무조건 그에게 복종하고 있었다.

밥상 위의 음식에는 손도 대지 않은 채 그들은 밖으로 나와 여관을 찾아갔다. 오랜만에 보는 아내가 사랑스럽기도 했지만 그보다도 그는 아내에게 자신의 남성을 다시 한번 확인시키고 싶었다. 그것은 여자를 지배할 수 있는 남성의 최대 무기이기 때문이었다.

여옥은 대치의 육체 밑에 깔려 몇 번이나 까무러칠 뻔했다. 관계가 끝났을 때 그녀는 남편의 절대성에 숨조차 제대로 쉴 수가 없었다. 그녀는 다시 남편을 사랑했다. 그것이 굴복이라 해도 좋았다. 그러나 대치는 아내를 사랑한다기보다 소유하고 있다는 의식이 강했다. 소유욕이 강한 그는 숨조차 제대로 못 쉬는 아내를 내려다보며 만족해 했다.

그런데 그날 밤 조선공산당에 크나큰 시련이 닥쳐왔다. 그것은 대치가 여옥과 헤어져 조선정판사로 돌아온 밤 11시경에 일어났다. 갑자기 사방에서 호각 소리가 들리기에 밖을 내다보니 무장경찰이 정문으로 뛰어들어오고 있었다.

본부 안에는 대치와 간부 두 명만이 남아 있었다. 위기를 느낀 대치는 극비서류를 가방 속에 챙겨넣은 다음 창문을 열고 뛰어내렸다. 대치가 뛰어내린 곳은 남의 집 지붕이었다. 호각 소리가 더욱 요란스럽게 들려오고 있었다. 발짝 소리가 주위를 울려대고 있었다.

대치는 지붕 위에 납작 엎드렸다. 기왓장이 몇 장 굴러떨어지는 소리가 들려왔다. 건물 뒤쪽이라 다행히 포위망이 뚫려 있었다. 지붕을 타고 다음 지붕으로 넘어갔다. 밑으로 뛰어내리니 남의 집 마당이었다.

"누구야?"

그때 방문이 벌컥 열리면서 주인 사내가 고함을 지르며 뛰어나왔다. 얼결에 발로 사내의 복부를 내지른 다음 대문을 열고 밖으로 빠져나갔다.

총소리가 들려왔다. 비명도 들려왔다. 대치는 권총을 빼들고 주위를 살피다가 어둠 속을 향해 바람처럼 달려갔다.

"저놈 잡아라."

"서지 않으면 쏜다."

그를 발견한 경찰이 뒤에서 총을 발사했다. 뒤따라오는 발짝 소리가 소란스러웠다. 대치도 돌아서서 마주 권총을 쏘다가 다시 달리곤 했다.

경찰의 추적을 벗어났을 때 그의 몸은 온통 땀으로 젖어 있었다. 턱에까지 차오는 숨을 겨우 돌리면서 그는 어느 초라한 여인숙으로 들어갔다. 권총에 새로 장탄을 하고 자리에 누웠지만 잠이 올 리가 없었다.

이튿날, 꼬박 잠을 설친 그는 해장국집을 찾아 나서면서 조간신문부터 먼저 사 보았다. 신문 사회면에는 조선정판사를 중심으로 한 대규모 위조지폐단 검거 기사가 대대적으로 게재되어 있었다. 위조범은 모두 공산당원으로 밝혀졌고 위조총액은 1천2백만 원(圓)으로 나타나 있었다. 조선공산당이 위조지폐를 발행한 것은 자금난 때문이었다. 그러나 너무 대량으로 찍어내는 바람에 경찰수사에 걸리게 되었고 마침내 조선정판사가 기습당한 것이다. 위폐범들은 일망타진된 것 같았다.

대치는 한숨이 놓였다. 군사조직에 대해서 아무런 기사가 나 있지 않은 것이 다행스러웠다. 군사조직에 대해서는 경찰이 아직 눈치를 채지 못한 것 같았다. 그러나 저러나 이 사건이 확대되면 조선공산당으로서는 큰 타격이 아닐 수 없었다.

대치의 짐작은 맞았다. 대규모 위폐사건이 공산당에서 조직적으로 자행된 것임이 밝혀지자 박헌영을 비롯한 당 간부들에 대한 체포령이 내렸다. 간부들은 지하로 숨어들었다. 공산당 자체가 아직 불법화되지는 않았지만 실제적으로는 지하시대가 시작되었다고 볼 수 있었다.

즉시 비밀장소에서 긴급 간부회의가 열렸다. 대치도 거기에 참석했다.

그곳은 장충동에 자리잡고 있는 어느 큰 저택이었는데 대치가 연락을 받고 달려갔을 때는 이미 응접실에는 20여 명의 당 간부들이 침통한 표정으로 둘러앉아 있었다. 실내는 기침 소리 하나 없이 조용했다. 어둠에 잠긴 밖에서는 비가 내리고 있었다. 마침내 박헌영이 입을 열었다.

"이제부터 본격적인 싸움이 시작되었다는 것을 동무들은 알아야 합니다! 우리들은 현재 쫓기고 있는 몸들이지만 우리는 결코 외롭지 않습니다!"

그의 목소리는 점점 노기를 띠어가기 시작했다. 대치는 손바닥이 땀으로 축축이 젖어드는 것을 느꼈다.

박은 달변이었다. 카랑카랑한 목소리로 미군정과 우익진영을 맹렬히 공박했다.

말하는 동안 시종 경련을 일으키고 있는 것으로 보아 박은 몹시 격노하고 있는 것 같았다. 당 간부들이 일제히 수배대상에 올랐으니 그럴만도 했다.

"여러분들은 지금부터 시련에 대처할 준비가 되어 있어야 합니다. 우리의 투쟁을 지원하고 조국 혁명을 기원하는 모든 이들의 기대에 어긋나지 않게 우리는 지금보다 더한 과감한 투쟁정신으로 적들과 싸워야 할 것입니다. 이렇게 된 마당에 힘은 힘으로 대처할 수밖에 없습니다. 폭력투쟁만이 우리가 승리할 수 있는 유일한 길입니다."

기다렸다는 듯이 박수가 터져 나왔다. 대치는 누구보다도 열심히 손뼉을 쳤다. 박은 박수가 그치기를 기다렸다가 다시 말을 이었다.

"나는 당지도부의 거취에 대해 심사숙고했습니다. 생각 끝에……나는……당지도부를 38선 이북으로 옮기기로 결정했습니다."

폭탄선언이었다. 대치는 숨을 들이켰다. 놀라운 조처가 아닐 수 없었다. 당지도부가 월북한다는 것은 남한에서의 패배를 의미한다. 그는 박헌영을 똑바로 바라보았다. 다른 간부도 모두 놀라는 표정이었다.

"그 점은 다시 한번 숙고해 주셨으면 합니다."

대치는 참지 못하고 말했다. 그러자 박의 얼굴에 곤혹의 빛이 스쳐갔다.

"이런 결정을 해야 하는 나도 괴롭기 짝이 없습니다. 이 결정이 우리의 투쟁의식의 후퇴라고 보아서는 안 될 것입니다."

"지도부의 생각이 아무리 그렇다고는 하지만 전 당원에 미치는 영향을 고려하셔야 될 겁니다. 만일 지도부가 모두 월북했다는 사실이 밝혀지면 당원들은 동요할 것이고, 결국 우리 힘은 그만큼 약화되고 말 겁니다. 월북하시겠다는 결심은 재고해야 될 줄 압니다."

대치의 지적은 날카로운 것이었다. 강경한 발언에 지도부의 사나이들은 서로 눈치를 살폈다. 가장 나이든 듯한 간부가 조용한 목소리도 대치를 타일렀다.

"여기 있는 사람들 중 월북하고 싶은 사람은 아무도 없습니다. 그러나 현실적으로 우리는 월북하지 않을 수 없는 입장에 처해 있습니다. 박헌영 동무의 결정에 나도 처음에는 깜짝 놀랐습니다. 그러나 곰곰이 생각해 보니 당지도부가 경찰의 눈을 피해 지하에서 활동한다는 것이 얼마나 어려운 일인가를 알았습니다. 이것은 결코 투쟁의식 약화되었기 때문에 하는 말이 아닙니다. 우리의 투쟁의식은 지금보다 더욱 배가 될 것이 확실합니다. 우리는 경찰이 무서워서 피하는 것이 아닙니다. 투쟁을 보다 효과 있게 전개하기 위해 박헌영 동무는 지도부를 북쪽으로 옮기려고 결심한 겁니다. 최동무의 당을 위하는 열정은 충분히 이해할 수 있지만 당지도 노선에 그대로 따라 주었으면 합니다. 만일 서울에서 그대로 활동하다가 지도부가 경찰에 모두 체포되면 그야말로 지금까지 쌓아올린 당조직은 하루아침에 무너지고 말 겁니다. 무엇보다도 우리는 박헌영 동무를 보호해야 될 줄 압니다."

대치는 그대로 침묵하고 있었다. 지도부의 방침에 불만이 많았지만 듣고 보니 일리가 없는 것도 아니었다.

"여러 동무들이 여기에 그대로 남아 활동하겠다면 나도 굳이 월북할 생각은 없습니다. 나도 옥쇄할 각오는 돼 있습니다."

박헌영이 무거운 음성으로 결의에 찬 한마디를 던지자 모두가 침묵 속으로 빠져들었다. 박헌영이 서울에 남아 옥쇄할 각오가 되어 있다는 말에는 대치도 할 말을 잃었다. 지도부의 노선에 그는 더 이상 이의를 제기하지 않았다.

"정 그렇다면 지도부의 결정에 따르겠습니다. 대원들에게도 지도부의 노선을 이해시키도록 하겠습니다."

대치가 협조할 뜻을 비치자 박헌영의 얼굴 빛이 밝아졌다. 그는 일어서서 대치의 손을 잡았다.

"이해를 해 주니 고맙소. 월북한다고는 하지만 나는 평양까지 가지는 않겠소. 38선 가까운 해주(海州)에 전초기지를 만들어 당원들과 수시로 연락을 취하도록 할 방침입니다. 앞으로의 우리 당의 투쟁에는 최동무의 힘이 누구보다도 크기 때문에 최동무에게 거는 기대가 지대하다는 것을 명심해 주기 바랍니다. 최동무의 신변도 위험하다는 것을 잘 알고 있지만 계속 투쟁해 주시오. 최동무의 투쟁정신에 대해서는 내가 평양에 잘 보고해 주도록 하겠소."

"이쪽 일은 염려하지 마십시오. 반드시 승리를 쟁취하고야 말겠습니다."

두 사람은 굳은 악수를 나누었다.

그 자리에서 바로 신전술에 입각한 최초의 조직적인 폭력투쟁 방안이 검토되었다. 그 결과 「조직적이며 집단적인 대중적 파업 투쟁」이 일차적으로 거론되었다.

좌익계인 노동조합 전국평의회 의장이 파업투쟁을 제시하자 대치는 자신이 지휘하는 군사부의 지원하에 투쟁을 벌여야 한다고 주장했다.

"지금까지 파업투쟁이 산발적으로 전개되어 별 효과를 거두지 못한 것은 순전히 조직력과 투쟁정신이 약해서입니다. 우리 군사부 대원이 앞장서서 지도하면 거국적인 파업으로 이끌 자신이 있습니다."

"군사부가 지원해 준다면 전평(노동조합 전국평의회)으로서는 심기일전해서 싸워보겠습니다."

"파업준비를 하시오!"

당지도부는 즉각 지시를 내렸다. 파업투쟁은 노동자의 권익을 위한 것이 아니었다. 어디까지나 남한을 혼란 속에 몰아넣으려는 공산당의 계획에 의해 진행된 것이었다.

당지도부는 월북할 만반의 준비를 갖춘 다음 총파업의 날을 기다렸다.

전평은 남조선 총파업투쟁위원회를 조직했다. 배후에서는 대치가 지휘하는 당군사부가 일제히 포진하고 있었다.

"정당방위의 역공세!"

"테러는 테러로!"

"피는 피로써 갚자!"

거리거리에 붉은 삐라가 쏟아져 나왔다. 좌익계 신문인 해방일보(解放日報), 인민보(人民報), 현대일보(現代日報), 중앙신문(中央新聞) 등이 군정청 포고령 위반으로 모두 정간처분이 되었기 때문에 공산당은 벽보와 삐라를 선전에 최대한 이용했다.

파업투쟁은 철도 부문을 중심으로 해서 먼저 일어났다.

"우리 4만 철도종업원은 우리 철도가 또다시 어느 제국주의의 압박과 착취와 침략의 무기가 되게 함이 아니라 조국의 민주화(공산화)와 독립과 부강의 무기가 되게 하기 위하여 참다 못해 총파업에 들어갔다! 미국에 의존하여 국내 생산을 감축시키고, 종업원의 대량 해고, 감원까지 진행하는데 있어서 우리는 20만의 가족생명을 구하기 위하여 정당한 투쟁을 시작했다!"

남한 전역에 긴장이 감도는 가운데 부산 철도노동자 7천여 명이 마침내 파업에 들어갔다. 여름도 가고 가을로 접어들 때였다. 부산에 이어 서울을 비롯한 전국 철도종사원 4만 명이 일제히 업무를 중지했다. 파업을 방해하는 자에 대해서는 당군사부의 특수행동대가 재빨리 손을 쓰고 나왔다.

① 쌀을 노동자 4홉, 가족 3홉씩 배급하라.
② 일급제(日給制)를 폐지하라.
③ 임금을 인상하라(물가수당 월 2천 원, 가족수당 1인당 월 9백 원).
④ 해고·감원을 금지하라.
⑤ 점심 급식을 계속하라.
⑥ 노동법령을 실시하라.

요구조건은 모두가 서민생활과 직결된 것들이었다. 그럴 수밖에 없는 사항이었다. 남한에는 해방직후부터 식량난이 극심했다. 백만 가까운 해외교포가 한꺼번에 밀려드는 바람에 소비

인구가 급증한데다 경제 질서의 혼란으로 재고미(在庫米)의 태반이 중간 상인의 손에 들어 있어 식량파동은 날로 심해지고 있었다. 미군정 당국은 쌀 소비를 줄이고 잉여농산물을 들여왔지만 식량난을 해소하기에는 어려운 실정이었다. 날이 갈수록 쌀값은 폭등했고 쌀값이 오르자 다른 물가도 덩달아 뛰어올라 서민들은 인플레에 말할 수 없이 시달리고 있었다. 뿐만 아니라 농민들은 토지개혁이 제대로 실시되지 않자 실망과 불만에 싸여 있었다. 일제 하에서 동포들을 박해했던 경찰관들이 대부분 그대로 자리를 지키고 앉아 계속 월권행위를 자행한 것도 민원(民怨)의 대상이 되었다.

이러한 불만과 원성이야말로 공산당의 좋은 이용거리가 아닐 수 없었다. 공산당은 기회를 놓치지 않고 백성들을 선동했다. 그것은 마치 기름에 불을 붙인 것처럼 삽시간에 양민들을 폭풍 속으로 몰아넣었다.

철도노동자의 파업으로 전국 주요 철도망이 하루아침에 마비 상태에 빠져들었다. 있따라 우편국과 전화국 종업원들도 일손을 놓고 농성에 들어갔다. 파업은 전염병처럼 각 지방으로 퍼져갔다.

파업을 그대로 방치해 두면 남한 전역이 걷잡을 수 없는 혼란 속으로 빠져들 판이었다. 마침내 무력이 동원되었다. 무장경찰 약 2천 명과 우익 청년단체 회원 수천 명이 철도 파업단본부가 있는 용산 철도공장으로 몰려갔다.

파업단본부는 고립된 채 당군사부에 지원요청을 했다. 전국적으로 벌어지고 있는 파업상태를 점검하고 있던 대치는 군사부 직속의 특공대인 K대를 이끌고 용산으로 달려갔다.

밤이었다. 총소리, 고함 소리, 비명 소리가 한 데 엉켜 밤하늘을 뒤흔들고 있었다. 용산역 일대는 경찰과 우익 청년들로 완전히 포위되어 있었다. 대치가 이끄는 K대는 2백 명 정도였으므로 숫적으로 완전히 열세에 놓여 있었다. 그러나 특공대인 만큼 훈련이 잘 돼 있었고 용맹스러운 데가 있었다.

대치는 몽둥이를 휘두르며 앞장서서 포위망을 뚫고 들어갔다. 그의 뒤를 대원들이 따라붙었다. 머리에 띠를 두른 사나이들이 맹수처럼 소리지르며 달려들자 두 겹 세 겹으로 가로막고 있던 포위망이 좌우로 흩어졌다.

"저놈 잡아라!"

"저놈 죽여라!"

고함 소리를 들으며 대치는 닥치는 대로 몽둥이를 휘둘렀다. 사정을 두지 않고 휘두르는 몽둥이에 경찰과 우익 청년들이 낙엽처럼 흩어졌다.

피가 튀고 비명이 허공을 울렸다. 치열한 백병전이 벌어졌다. 총소리가 콩볶듯 일어났다. 경찰은 그때까지도 폭도들을 사살하지 않고 위협사격만 가하고 있었다. 사살이라도 하여 폭동이 커질 것을 두려워한 때문이었다.

경찰이 점령하고 있는 철도 건물 이층에서 이 폭동을 유심히 지켜보고 있는 사람이 있었다. 바로 장하림이었다. 하림 옆에는 아얄티 중령도 서 있었다. 그들은 창가에 서서 열린 창문을 통해 좌우익의 무력충돌을 바라보고 있었다.

"놈들을 지금 사살하지 않으면 진압하기가 어려워집니다!"

금테 두른 모자를 쓴 경찰 지휘자가 아얄티 뒤에서 초조하게 말했다. 아얄티는 대꾸하지 않은 채 묵묵히 창 밖만 바라보고 있었다. 하림도 경찰을 묵살했다. 경찰이 다시 이번에는 서툰 영어로 말했다.

아얄티는 홱 돌아서서 경찰 지휘자를 쏘아보았다.

"사살해서는 안 됩니다. 문제가 커지기 때문에 안 됩니다."

"사살해야 되겠습니다! 경찰이 저렇게 당하고 있는데, 보고만 있으라는 겁니까? 그럴 수 없습니다!"

경찰 지휘자는 화가 나는지 큰 소리로 대들었다. 미군의 제지를 받는다는 것이 몹시 불쾌한 모양이었다. 그때까지 잠자코 있던 하림이 앞으로 나섰다.

"만일 문제가 커지면 당신이 책임을 지겠습니까? 책임을 못 지면 형사처벌까지도 각오해야 합니다."

그 말에 경찰은 얼굴을 붉히면서 물러가 버렸다.

하림은 다시 창가로 다가서서 밖을 내다보고 있었다. 밖은 여전히 수라장이었다. 양편은 맹렬히 치고 받고 있었다. 주위에는 쓰러진 사람들의 모습이 즐비했다. 포위망을 뚫고 들어가는 청년들의 기세는 수의 열세에도 불구하고 억세고 맹렬했다. 그 중에도 맨 앞에서 각목을 휘두르며 포위망을 헤쳐나가는 자의 모습이 유난히 두드러져 보였다. 맹수처럼 날뛰는 모습이 용감하기도 하려니와 그 움직임이 다른 자들과는 확연히 구별될 정도로 뛰어나 보였다.

그자가 한번 쓰러졌다가 일어나는 순간 하림은 그자를 알아보고 소스라치게 놀랐다. 앞 모습이 보였는데, 눈에 안대를 대고 있는 것이 틀림없이 최대치였다. 하림은 자기 눈을 의심하면서 사람들 속으로 휩쓸려 들어가는 그자를 눈여겨 바라보았다. 의심할 나위 없이 최대치가 분명했다. 그때 아알티가 최대치를 가리켰다.

"저기……맨 앞에서 움직이는 청년 보이나요? 눈에 안대를 댄 청년 말이오."

"네, 보입니다."

"유난히 눈에 뜨이는군. 지휘자 같은데 상당히 용감해요. 그렇게 안 보여요?"

"네, 그렇게 보입니다."

그자가 바로 여옥의 남편이라고 말할 수는 없었다. 아알티가 다시 말했다.

"저 사람은 철도종사원이 아닌 것 같은데, 어떻게 생각해요? 뒤따른 사람들도 파업노동자는 아닌 것 같고……모두가 훈련을 받은 전문가들 같지 않아요?"

"그런 것 같습니다."

"어떤 사람들인가요?"

"좌익들일 겁니다."

"그럼 공산주의자들이 뒤에서 조종하고 있다는 말인가요?"

"그렇습니다."

하림의 대답에 아얄티는 심각하게 고개를 끄덕였다.

그때 우익 청년들이 피투성이가 된 K대원 하나를 끌고 들어왔다. K대원은 거의 죽어가고 있었다. 축 늘어진 채 아무런 저항도 보이지 않고 있었다. 얼굴을 정면으로 얻어맞았는지 얼굴이 심하게 일그러져 있었다. 그것만으로도 어느 정도 격렬한 싸움인가를 알 수 있었다.

우익 청년들은 살기등등했다. 일단 충돌이 일어나고 보면 이성은 마비되고 폭력이 앞서기 마련이었다. K대의 기습으로 먼저 부상을 많이 입은 우익 청년들은 일단 흩어졌다가 노성을 지르며 K대를 향해 몰려들었다. 쌍방이 악에 바쳐 충돌하니 부상자가 속출할 수밖에 없었다.

경찰이 막대기로 상처를 누르자 끌려온 부상자는 두 팔을 허우적거리며 신음을 토했다.

"네 신분이 뭐냐?"

하림은 얼굴을 찌푸린 채 부상자를 내려다보았다. 즉시 병원에 데려가지 않으면 죽을 것 같았다.

"신문은 나중에 하고 병원에 먼저 데려가야겠습니다. 사망자가 나오는 것은 막아야 합니다."

경찰 지휘자는 젊은 놈이 간섭하는 것이 아니꼽다는 듯 하림을 흘겨보았다.

"그런 건 우리가 알아서 할 테니 당신은 상관하지 말아요."

"관계가 있어서 그러는 겁니다."

"당신, 도대체 뭐요?"

미군 정보국에 근무하고 있다는 말이 나오지 않아 하림은 상대를 쳐다보기만 했다. 경찰이 다시 다그치려는 것을 아알티가 막고 나섰다.

"나하고 함께……일하는 사람입니다."

서툰 우리 말에 경찰 간부는 고개를 홱 돌렸다. 그리고 막대기로 부상자의 상처를 다시 건드렸다.

"너……빨갱이지?"

"그……그렇다"

K대원은 고통을 이기지 못해 몸부림쳤다.

"공산당원이지?"

"그……그렇다."

"지휘자가 누구냐?"

"모……몰라……"

부상자는 눈을 허옇게 뜨더니 기절해 버렸다.

이때 대치는 포위망을 뚫고 이미 파업단본부로 들어가 있었다. K대원 거의가 그의 뒤를 따라 들어왔다.

특공대 2백여 명이 몰려들어오자 파업단본부는 아연 활기를 띠기 시작했다. 대치는 출구를 봉쇄하고 그 앞에다 책걸상을 쌓아올렸다.

철도공장은 거의 경찰에 점령되어 있었고, 다만 농성장소만이 아직 살아남아 있었다. 농성장소는 천여 평 되는 기관고였다. 땅바닥 위에 가마니를 펴놓고 앉아 수백 명의 철도종사원들이 고함을 질러대고 있었다. 그런데 K대가 들이닥치면서 그들의 요구조건이 하나 더 늘었다. 박헌영 체포령을 취소하라는 것이었다. 정치적인 색채가 농후했고, 공산당의 입김이 그대로 드러나고 있었다.

기관고 주위로 몰려든 경찰과 우익 청년들은 입구로 들어오려고 했지만, 필사적인 저항에 부딪쳐 뜻을 이루지 못하고 있었다. 생각 끝에 그들은 기관고를 부수기 시작했다.

대치는 기관고 벽이 부서져 나가는 것을 보자 끝까지 버틴다는 것이 어렵다는 것을 깨달았다. 다시 포위망을 뚫고 탈출한다는 것도 어려운 일이었다. 벌써 기관고 안으로는 우익 청년들이 들이닥치고 있었다. 협상을 벌일 틈도 없었다.

불도 꺼진 캄캄한 어둠 속에서 치열한 백병전이 벌어지고 있었다. 이쪽인지 저쪽인지 구분할 수조차 없었다. 그러나 그 속에서도 훈련받은 K대만은 뭉쳐 있었다. 그들은 개인적으로 행동하지 않고 한데 뭉쳐서 움직이고 있었다. 대치를 중심으로 뭉친 그들은 거센 물결처럼 포위망을 뚫고 나갔다.

대부분의 경찰들은 거친 사나이들을 상대하는 대신 다루기 쉬운 파업 노동자들 쪽으로 몰려들었다. 그래서 대치가 이끄는 K대는 어렵지 않게 포위망을 벗어날 수 있었다.

파업 노동자들이 경찰에 끌려가는 동안 K대 대원들은 짝을 지어 어둠 속으로 재빨리 사라졌다. 대치는 파업이 그 정도에서 끝나도록 내버려 두었다. 그가 노리는 것은 파업이 폭동으로 변하도록 유도하는 것이었다. 이미 폭동의 기운은 무르익어 있다고 그는 판단했다. 불을 지르는 것이 그의 임무였다.

각본은 이미 예상대로 진행되고 있었다.「9월 총파업」이 10월로 접어들자 마침내 폭동으로 변했다.「10월 인민항쟁」으로 미화된 그것은 대구(大邱)에서부터 일어났다.

중앙에 집결되어 있는 경찰력을 피해 공산당 지도부는 지방에 손을 뻗었다. 경찰력이 약한 지방에서 폭동을 일으키면 효과가 클 것이라고 판단했기 때문이다. 그 첫 대상지역으로서 대구 지방이 물망에 올랐다. 대치는 K대를 이끌고 즉시 대구로 내려갔다. 그리고 대구시당(大邱市黨) 간부들로 하여금「남조선 노동자 총파업 대구시 투쟁위원회」를 조직하게 했다.

대구 지구에는 이미 철도 파업이 실시되고 있었고 40여개의 생산공장 노동자들도 거기에 가세하고 있어 시민들은 식량을 비롯한 생활필수품의 부족을 크게 겪고 있었다. 인심은 흉흉해지고 시민들은 동요되고 있었다.

이러한 터에 시민들을 동원하기란 아주 쉬운 일이었다. 파업 지휘부는 세일 년서 부녀자와 어린이를 중심으로 1천 명 가량을 시위에 동원했다. 부녀자와 어린이들은 시청 앞으로 몰려가 식량을 달라고 아우성쳤다. 이것은 매우 효과적인 시위투쟁이었다. 경찰 입장에서는 연약하기 짝이 없는 무리들이라 함부로 대할 수가 없었고, 시민들이 볼 때는 가슴 뭉클한 장면이 아닐 수 없었다.

쌀을 달라는 것이야말로 누구나 공감할 수 있는 가장 기본적인 요구조건이라고 할 수 있었다. 굶어 죽을 때까지 가만히 앉아 있을 사람은 아무도 없었다. 사람들은 거리로 쏟아져 나왔다. 이때의 그들은 정치적 동물이 아니었다. 다만 먹이를 찾는 굶주린 대중에 불과했다. 그러나 그들을 이끄는 보이지 않는 힘은 엄연히 정치적 투쟁을 목표로 하고 있었다.

대구 시내 태평로 일대는 물론 역광장에 이르기까지 거리는 온통 시위군중들로 물결을 이루고 있었다.

대치는 K대를 이끌고 시위군중 속으로 잠입해 들어갔다. 그리고 시위군중들을 경찰서 쪽으로 유도해 갔다.

경찰서 앞에는 무장 경찰이 포진하고 있었다. 경찰서 앞까지 밀려간 시위군중들은 요구조건을 외쳐댔다.

경찰은 그때까지도 발포하지 않았다. 그때 대치의 지시를 받은 특공대원들이 군중 속에서 돌멩이를 집어던지기 시작했다. 경찰서 유리창들이 깨지기 시작했고, 경찰들은 돌멩이에 맞지 않으려고 모래주머니 뒤로 몸을 숨겼다.

그것을 본 데모대들은 사기가 충전했다. 어느새 너도 나도 가릴 것 없이 돌팔매질을 하기 시작했다. 돌멩이가 우박처럼 경찰서로 날아들었다. 흥분한 군중들은 정신없이 돌멩이를 집어던졌다. 그 많은 돌멩이들이 갑자기 어디서 났는지 돌멩이는 끊임없이 날아갔다.

경찰서는 순식간에 만신창이가 되어 버렸고, 군중들은 금방이라도 안으로 밀려들 판이었다. 그때 총소리가 드렸다. 다급해진 경찰이 마침내 발포를 한 것이다.

탕!

탕!

탕!

총소리는 소용돌이치던 군중들을 한순간에 얼어붙게 만들었다. 사람들은 뒤통수를 한 대 얻어맞은 듯 멍하니 경찰을 바라보다가 다시 총소리가 들리자 그제서야 혼비백산해서 도망치기 시작했다.

"도망치지 마라! 사람이 죽었다!"

특공대원들이 소리쳤지만 군중들은 순식간에 모두 흩어져 버렸다.

거리 중간에 청년 하나가 피투성이가 된 채 쓰러져 있었다. 경찰이 쏜 총탄에 맞은 것 같았다. 청년은 아직 죽지 않았는지 꿈틀거리고 있었다. 한낮의 태양이 검붉은 핏빛을 더욱 진하게 만들어 주고 있었다.

골목으로 피해 있던 대치는 대원 한 명을 데리고 쓰러져 있는 청년 쪽으로 급히 뛰어갔다. 총소리가 다시 들렸다. 그러나 단순한 위협사격에 불과했다. 총소리 정도에는 눈 하나 까딱하지 않는 대치였다.

그들은 쓰러져 있는 청년을 양쪽에서 받쳐들고 급히 골목으로 돌아왔다. 청년은 자기를 살려달라는 듯 애처로운 눈으로 대치를 바라보았다. 무슨 말인가 하려는 듯 입술을 움직이고 있었지만 말이 되어 나오지를 않았다.

"병원으로 데려가야 하지 않습니까?"

대치의 흉중을 모르는 한 대원이 이렇게 묻자 대치는 고개를 저었다.

"이미 죽은 사람이야. 그럴 필요 없어."

대치의 지시에 따라 부상한 청년은 트럭 위에 실려졌다. 트럭이 출발하자 차에 타지 못한 대원들은 걸어서 그 뒤를 따라갔다. 트럭은 느릿느릿 굴러갔다. 트럭 둘레에는 어느새 각종 구호가 나붙었다. 그중에서도 다음과 같은 구호가 사람들의 눈길을 끌었고 그들을 자극했다.

"동지들의 죽음을 피로써 보답하자!"

대치는 트럭 위에 판자를 가로지른 다음 그 위에 부상한 청년을 올려놓았다. 청년은 눈을 벌겋게 뜬 채 힘없이 허공을 바라보고 있었다. 초점이 없는 것이 이미 죽음 속에 들어가 있는 듯했다. 가슴으로부터 계속 피가 흘러내리고 있었다. 밑으로 뚝뚝 떨어지는 핏방울이 길가에 늘어선 사람들의 눈에 똑똑히 보였다. 사람들은 그것을 보자 동요하기 시작했다. 흥분한 사람들은 주먹을 휘두르며 트럭 뒤를 따랐다. 트럭 운전대 옆자리에서는 여자가 마이크를 붙잡고 울먹이는 소리로 시민들의 궐기를 호소했다.

"대구시민 여러분, 세상에서 가장 서러운 것이 있다면 배고파 우는 아이들의 모습일 것입니다! 아이들은 울고 있습니다! 죽이라도 달라고 울고 있습니다! 그런데 우리한테는 쌀 한 톨 없습니다! 몇 몇 배부른 자들, 미제의 앞잡이들은 상다리가 휘어지게 배불리 먹고 있는데, 우리의 사랑하는 자식들은 굶주림에 울고 있습니다! 그래서 우리는 양식을 달라고 호소했던 것입니다! 그런데 아아, 이 어찌된 일입니까? 우리의 생명과 재산을 보호해야 할 경찰이 우리에게 총질을 하다니, 이 어찌된 일입니까? 시민 여러분, 경찰의 총에 무참히 사살된 저 시체를 보십시오! 그는 우리의 동포요, 우리의 동지입니다!"

이보다 더한 시위 효과는 없었다. 트럭 위에 실려 차의 움직임에 따라 팔다리가 흔들리고 있는 시체의 모습과 마이크를 통해 흘러나오는 여자의 울음 섞인 목소리는 구경나온 사람들을 완전히 흥분의 도가니로 몰아넣고 말았다.

"죽여라!"

"미제 앞잡이를 죽여라!"

"미제는 물러가라!"

군중은 순식간에 폭도로 돌변했다. 처음에는 식량을 달라고 호소하던 그들이었다. 그러던 것이 이제는 적개심에 불타 정치적 구호를 외쳐대기 시작하고 있었다. 손에 무기가 될만한 낫, 괭이, 삽, 도끼, 장도리 같은 것들을 들고 그들은 트럭 뒤를 따라왔다.

그렇게 해서 시내를 한 바퀴 돌고 난 대치는 마지막 방법을 실천에 옮기기로 했다. 그의 지시를 받은 두 명이 관을 하나 구입해 가지고 왔다. 그때까지도 부상 청년은 죽지 않고 살아 있었다. 관속에 집어넣자 청년의 흐릿하던 시선이 한데 모아지면서 눈에 빛이 났다. 거칠게 숨을 몰아쉬면서 그는 한 손을 들어 내려오는 관뚜껑을 막으려고 했다. 뚜껑을 들고 있던 대원이 차마 그것을 덮지 못한 채 머뭇거렸다.

"뭘 꾸물거리고 있는 거야?"

옆에서 보고 있던 대치가 구둣발로 관뚜껑을 힘껏 내려 밟았다. 이어서 그는 거침없이 뚜껑에 못질을 했다.

"혁명에는 희생자가 따르는 법이야! 이 사람은 죽은 거나 다름없어!"

그는 관을 차에서 내리게 했다. 그의 냉혹하기 짝이 없는 태도에 모든 대원들이 놀라는 눈치였지만 누구 하나 나서서 말하는 사람이 없었다. 모두가 압도당한 듯 그의 지시대로 움직이고 있었다.

네 명의 대원이 앞에서 관을 어깨 위에 멘 채 경찰서 쪽으로 전진해 나갔다. 그 뒤를 특공대와 군중들이 소리소리 지르며 따라갔다.

대치는 출발에 앞서 특공대원들에게 경찰서를 기필코 점령해야 한다고 엄명했다. 경찰에게 다시 또 제지당하면 폭동은 더 확산되지 못하고 여기서 그칠 것이 뻔했다.

경찰서 앞에는 불과 1백여 명의 경찰이 공포에 떨며 지키고 있을 뿐이었다. 관을 떠메고 오는 사람들을 향해 차마 총을 쏘지는 못하고 공중으로 공포만 쏘아댔다. 경찰서를 향해 우박처럼 돌멩이가 쏟아졌다. 경찰은 돌멩이를 피해 건물 안으로 숨어들었다.

경찰서 바로 앞까지 노도처럼 밀려간 군중들은 차마 안으로 뛰어들지 못하고 파도가 바위에 부딪치듯 소용돌이치고만 있었다. 건물 안에서는 경찰들이 필사적으로 총을 쏘아대고 있었다. 역시 공포였지만 맹렬히 쏘아대는 것이라 충분히 위력이 있었다. 미친 듯이 날뛰던 군중들은 주춤했고 일부는 벌써 흩어지고 있었다.

그것을 본 대치는 특공대를 이끌고 경찰서 뒤쪽으로 돌아갔다. 경찰서 뒤쪽은 민가로 경계가 허술했다. 민가 지붕을 타고 경찰서 마당으로 뛰어내린 대치는 안으로 뛰어들면서 수류탄을 집어던졌다.

쾅!

쾅!

수류탄 터지는 소리가 연달아 일어났다.

일부가 경찰을 상대하고 있는 동안 다른 일부는 지하실로 내려가 유치장 문을 열어 젖혔다. 그러자 유치장 안에서 쏟아져 나온 죄수들은 금방 폭도로 면해 경찰서 안에 불을 질렀다. 검은 연기가 석양의 붉은 빛을 가리며 하늘높이 치솟자 시위군중들은 함성을 지르며 경찰서 안으로 몰려들어갔다.

앞뒤에서 공격을 받은 경찰들은 옴치고 뛸 수조차 없게 되자 무기를 버리고 손을 들었다. 목숨이라도 건지려고 그런 것이었다. 그러나 이미 폭도로 변한 군중들의 눈에는 공포에 떨고 있는 경찰들의 모습이 보이지 않았다. 특공대원들이 먼저 경찰들을 해치우기 시작하자 군중들도 뒤따라 닥치는 대로 무기를 휘둘렀다.

무참한 살육전이 벌어졌다. 도끼로 이마를 맞은 경찰의 머리에서는 검붉은 피와 함께 허연 골이 흘러 나왔다. 어떤 폭도는 창문으로 달아나는 경찰을 쫓아가 낫으로 등을 찍었다. 비명이 높다랗게 울려 퍼졌다. 죽은 사람은 왜 죽어야 하는지, 죽이는 사람은 왜 죽여야 하는지도 모른 채 피비린내 나는 살육이 벌어지고 있었다. 채 죽지 않고 버둥대는 경찰들만을 괭이로 내려치는 폭도도 있었다. 피는 정상적인 사람도 미치게 만드는 것 같았다. 피는 피를 부르고 있었다.

대치는 오랜만에 투쟁다운 투쟁을 하는 것 같았다. 물씬 풍겨 오는 피비린내를 깊이 들이마시며 그는 광란의 도가니를 바라보고 있었다. 경찰서는 한마디로 생지옥이었다. 그가 보기에 그것은 당연한 귀결이었다. 마땅히 그래야 옳았다. 그것은 혁명 투쟁의 어쩔 수 없는 과정이었다.

기름에 불을 붙였으니 이제 내버려두어도 되는 것이다. 불은 멋대로 타오를 것이다. 쉽게 꺼지지는 않을 것이다. 이 불을 다른 지방으로 그대로 옮겨붙여야 한다. 군대가 투입되기 전에 이곳을 빠져나갈 필요가 있다.

경찰서를 쑥밭으로 만들어 놓고 경찰을 닥치는 대로 학살하고 난 폭도들은 다시 거리로 쏟아져나가 사방팔방으로 휘젓고 다녔다. 또한 운수회사로 쳐들어가 트럭을 탈취하는 폭도들도 많았다.

밤이 되자 시가는 완전히 불야성을 이루었다. 대부분의 관공서가 폭도들이 지른 불로 불타오르고 있었기 때문이다.

마침내 불타는 도시로 미군이 진주해 들어왔다. 미군은 시내를 점령하는 것과 동시에 계엄령을 선포했다. 그러나 그때는 이미 폭도들이 자취를 감춘 뒤였다.

대구를 벗어난 폭도들은 탈취한 자동차를 타고 성주(星主)·칠곡(漆谷)·고령(高靈)·영천(永川)·의성(義城)·군위(軍威) 등 지방으로 빠져나갔다.

대치는 특공대를 분대로 나누어 각 지방으로 빼돌렸다. 그들은 각 지방의 좌익들을 선동해 폭동을 일으켰다. 폭동은 단시일 내에 영남일대로 번져나갔다.

대치는 지도를 들여다보며 폭동이 일어난 곳을 짚어나갔다. 그와 같은 기세로 폭동이 계속된다면 머지 않아 정권탈취도 가능할 것으로 그는 내다보았다. 따라서 폭력투쟁은 좀더 격렬해질 필요가 있었다.

성주(星主)경찰서를 습격했을 때 거기에는 20여 명의 경찰관들이 남아 있었다. 그들은 아직 피신하지 못했거나 책임감이 강한 경찰관들이었다. 그들은 창 밑에 엎드려 폭도들을 향해 맹렬히 쏘아대고 있었다. 어느 지역보다도 강경한 저항을 보여주고 있었기 때문에 폭도들은 앞으로 나서지 못한 채 머뭇거리고만 있었다.

대치는 경찰이 총알을 모두 소비할 때까지 내버려두었다. 경찰서를 점령하는 것은 시간문제라고 보고 있었다. 한낮의 정적을 깨면서 요란스럽게 들려오던 총성이 마침내 약속이나 한 듯 뚝 멎었다.

대치는 막대기에 백기를 들고 앞으로 나갔다. 그리고 경찰서를 향해 뚜벅뚜벅 걸어갔다. 경찰도, 폭도들도 숨을 죽이고 그를 지켜보고 있었다. 경찰의 총구에 그의 몸은 완전히 드러나 있었다. 발사만 하면 그는 쓰러질 판이었다. 그러나 경찰은 백기를 들고 다가오는 그를 차마 죽이지는 못하고 있었다. 대담무쌍한 그의 행동에 오히려 질린 듯했다.

대치는 경찰서 안으로 거침없이 들어갔다. 경찰관들은 총을 겨누면서 그를 에워쌌다. 일촉즉발의 위기가 감도는 가운데 살벌한 시선이 오고 갔다.

"네놈이 지휘자인가?"

경찰이 총구로 대치의 가슴을 찌르려 했다. 가슴을 떡 벌리고 선 대치는 끄떡도 하지 않았다.

"그렇습니다. 내가 지휘하고 있습니다."

"항복하는 건가?"

대치는 백기를 집어던졌다.

"당신들한테 항복을 권하러 왔소."

"뭐라구?"

경찰관들이 놀라는 사이에 대치는 수류탄을 뽑아들었다.

"나를 해칠 생각은 하지 마시오. 그 전에 이 수류탄이 먼저 터질 거요!"

숨막힐 것 같은 긴장의 순간이 흘러갔다. 경찰관들은 부들부들 떨고 있었다.

"내가 죽더라도 다른 사람들이 수류탄을 던질 거요. 우리는 총은 물론 수류탄도 많이 가지고 있기 때문에 여기를 무력으로 점령하는 것은 쉬운 일이오. 단지 서로 더 이상의 살상을 막기 위해서 항복을 권하는 것이니 당신들은 순순히 무기를 버리고 손을 드시오."

 실로 기가 막힌 요구가 아닐 수 없었다. 그의 말을 뒷받침이라도 하는 듯 밖에서 콩볶듯이 총소리가 들려왔다. 분노로 떨고 있던 경찰관들의 얼굴에 당황한 빛이 스쳐갔다. 그들은 어느새 겁을 잔뜩 집어먹고 있었다.

 결국 모든 경찰관들의 시선은 모자에 금테를 두른 서장에게 쏠렸다. 서장의 결정에 따르겠다는 태도가 분명했다.

 서장은 머리가 희끗희끗한 것이 꽤 나이 들어 보였다. 오랜 풍상을 겪어온 사람답게 노회한 인상이었다. 임무에 충실하다 보니 어느 길을 택하는 것이 더 유리한 것인가를 재빨리 결정할 줄 아는 판단력이 그에게는 있었다. 그는 들고 있던 권총을 집어던졌다. 그리고

 "좋다. 항복하는 대신 우리 경찰의 안전을 부탁한다. 약속하겠나?"

하고 말했다.

 "약속할 테니 그건 염려하지 마시오."

 서장을 따라 부하 경찰관들도 모두 무기를 내던졌다.

 대치는 밖으로 나가 손을 흔들었다. 그것을 본 폭도들은 환호성을 지르며 경찰서 안으로 난입해 들어왔다.

 대치는 경찰관들을 모두 유치장 안으로 몰아넣도록 지시했다. 들어가지 않으려고 하는 경찰관들에 대해서는 폭도들이 총대로 마구 후려쳤다.

"이거 보시오! 약속과 다르지 않소?"

서장이 창살을 붙잡고 항의했지만 대치는 거들떠보지도 않았다.

유치장 안으로 석유가 뿌려졌다. 생화장을 시키려고 그러는 것이었지만 누구하나 말리는 사람이 없었다. 경찰관들은 창살을 움켜쥐고 몸부림쳤다.

대치는 폭도들이 하는 대로 내버려두었다. 폭력이란 극렬할수록 효과가 높은 것이기 때문이었다. 폭도들은 점차 살육의 방법을 달리하고 있었다. 살육이 계속될수록 그 방법은 잔혹해지는 법이었다.

마침내 유치장 안에 불이 붙었다. 기름에 붙은 불은 삽시간에 유치장 안을 화염으로 뒤덮었다. 치솟는 불길 속으로 처절한 비명이 터져 나왔다. 불길 사이로 이지러진 얼굴들이 절규하는 모습이 보였다. 시커먼 연기가 하늘을 가리고 있었다. 치솟는 연기를 바라보며 폭도들은 미친 듯이 환호성을 질러댔다.

어디서나 폭동은 잔혹하게 진행되어 나갔다. 그리고 전염병처럼 번져나갔다. 폭도들의 구호 속에는 언제나 「박헌영의 체포를 취소하라!」는 내용이 끼어 있었다.

좌익들의 폭동은 11월에도 계속되었다. 전라도 지방으로까지 번진 폭동은 전주(全州)에서 죄수 4백여 명이 탈옥함으로써 극에 달했다.

민심은 더욱 걷잡을 수 없이 흉흉해지고 미군정은 흔들렸다. 11월 중순에 폭동은 대체적으로 진압되었다. 그 정도에서 진압

된 것이 다행이었지만 폭동에 참가했던 사람들은 지하에서 다음 기회를 노리고 있었다. 그들은 자연 좌익세력에 흡수되었고 불순세력으로 남아 사회불안의 요인이 되었다. 대치는 폭동이 정권 탈취로까지 연장되지 못한 것이 한탄스러웠지만 거의 남한 전역으로 폭동이 번졌다는 사실에 희망을 걸었다. 그가 생각하기에 남한 전역이 공산혁명화되는 것은 시간 문제인 것 같았다. 민심이 완전히 좌익 쪽에 기울어져 있다고 생각되었기 때문이었다.

한편 장하림은 폭동의 결과를 아얄티에게 보고하면서 그 전국적인 규모에 내심 놀라지 않을 수 없었다.

"폭동은 10월 1일부터 시작해서 11월 중순까지 계속되었는데 이 기간에 경상북도 18개 군을 비롯해서 남한 전역의 73개 시·군에서 일어났습니다. 폭동은 극에 달해 살인, 테러, 방화, 약탈이 난무했습니다. 처음에는 단순한 노동 파업으로 시작되었는데 이것을 공산당이 이용해서 전국적인 폭동으로 몰아간 겁니다. 폭도들이 내세운 요구조건 중에 박헌영 체포령을 취소하라는 내용이 있었고 또 정권을 인민위원회로 넘기라는 내용도 들어 있었습니다. 이것만으로도 이번 폭동의 배후에 정치세력이 도사리고 있었다는 것을 알 수 있습니다."

아얄티는 몹시 놀라고 있었다. 손으로 턱을 괸 채 심각히 하림의 보고를 경청하고 있었다.

"그들은 이것으로 자신을 얻었을 겁니다. 표면적으로는 전국적으로 폭동이 가라앉은 듯이 보이지만 열기만 가라앉았다 뿐이지 지하에서는 그들의 세력이 다음 기회를 노리며 대기하고 있습니다."

"그대로 두면 그들은 성공할 겁니다. 중국에서 나는 그것을 보았었지요. 노동자 농민의 환심을 사고 그들의 불만을 이용해서 그들을 선동하는 겁니다."

"그들의 활동을 막지 않으면 남한은 적화되고 말 겁니다."

"조선이 소련의 위성국이 되어서는 안 되지요. 미국은 그것을 용납하지 않을 겁니다."

그들의 의견은 같았고 앞을 내다볼 줄을 알고 있었다.

"그런데 미군정에서는 좌우합작을 계속 추진하고 있습니다. 여기에 문제가 있습니다. 좌익은 미군정의 그 우유부단함을 이용하고 있는 겁니다."

"이번 10월 폭동을 국무성에 상세히 보고할 셈이오. 비밀리에 보고해서 조선에 대한 미국의 정책을 바꾸게 해야겠소."

"하지 사령관이 알면 화가 미칠 겁니다."

"눈치채지 못하게 해야지요."

"이왕 보고하는 김에 남한 정세에 대해서도 상세히 언급해 주십시오."

"아, 물론이지요."

아얄티의 정보 보고가 미국정부에 상당한 설득력을 지니고 있다는 것을 하림은 잘 알고 있었다. 그러한 그에게 정보 자료를 제공해 주는 사람이 바로 하림 자신이었다. 그는 자신의 말 한마디가 얼마나 비중이 큰가를 느끼고는 입을 열기가 갑자기 두려워졌다. 그러나 말하지 않을 수가 없었다. 그만큼 시간이 촉박했던 것이다.

"현재 우익세력 중에서 구심점을 찾을 수 있는 인물은 이승만 박사 뿐입니다. 다른 훌륭한 인물들도 많이 있지만 이박사 노선이 가장 선명합니다. 그는 좌익의 존재를 인정하려 들지 않습니다."

"국무성으로 하여금 그를 지지하게 하라 이 말인가요?"

"그렇습니다."

"그의 노선이 선명한 것은 좋습니다. 그런데 내가 볼 때 그에게는 카리스마적인 데가 있던데 어떻게 생각하나요?"

"저도 그 점이 좀 좋지 않게 생각됩니다만 지금으로서는 우리 나라에서 좌익에 대항할 수 있는 인물로 그 이상의 인물은 없다고 생각합니다."

"그러니까 인간보다 정치노선이 중요하다 이 말이군요?"

"그렇습니다."

"신생국에서는 흔히들 카리스마적 인물의 출현을 기대하는 수가 많지요. 그 결과 본래의 이미지는 사라지고 독재자로 변신하는 경우가 허다 해요. 그것은 필연적인 과정일지도 모르지만……"

"아마 그렇게까지 되지는 않을 겁니다. 그는 미국에서 공부를 했기 때문에 자유민주주의에 대한 신념이 누구보다도 강할 겁니다."

"그것이 사실이기를 바라겠소. 그런데 내가 또 하나 우려하는 것은 미국정부가 이박사의 강경노선을 지지하다가 결과적으로 남북이 분단되지 않을까 하는 점이오. 그 점을 어떻게 생각하나요?"

그 점은 하림도 우려하고 있는 바였다. 그러나 그는 거기에 대해 그 나름대로 뚜렷한 판단을 지니고 있었다.

"조선은 현재 미국과 소련이 대치하고 있는 지역입니다. 그들이 38선을 경계로 대치하고 있기 때문에 남북이 분단될 위기에 처한 겁니다. 그러나 어느 한쪽도 철수하려고 하지를 않습니다. 만일 미군이 철수하면 남한은 적화되고 맙니다. 적화통일이 되고 맙니다. 소련의 야욕대로 되는 겁니다. 우리는 그것을 바라지 않습니다. 비록 현재로서 분단이 된다 해도 우리는 남한에 강력한 우익정권이 출현해서 통일의 기틀을 다져야 한다고 생각합니다. 그렇지 않고 좌우합작이나 남북협상을 통한 연립정부 같은 것이 세워지면 어차피 조선은 적화되고 맙니다. 10월 폭동이 그것을 충분히 증명해 주리라고 봅니다. 미군은 여기에 강력한 우익정권을 세운 뒤에 철수해야 합니다. 제가 보기에는 미·소 공동위원회를 재개한다는 것도 무의미하게 생각됩니다. 이미 그런 단계는 지났다고 생각합니다."

"그 생각은 나도 동감이오. 우리 정보국은 이미 소련과 전쟁을 하고 있으니까 협상 따위에는 기대를 걸고 있지 않아요. 하지 사령관과는 다른 입장에서 우리는 움직이고 있는 거요. 국무성에 보고서를 제출하기 전에 이박사를 만나 보겠소. 함께 만나 보도록 합시다."

"제가 연락을 취하도록 하겠습니다. 외부에 알려져서는 안 되니까 시간과 장소를 비밀에 붙이는 게 좋겠습니다."

이것은 매우 중요한 결정이었다. 하림은 즉시 이박사에게 연락을 취했다. 이박사의 비서진을 통해 극비리에 접촉한 결과 이박사로부터 즉시 만나자는 응답이 왔다.

이박사와 아얄티 정보국장의 밀담에 하림은 이례적으로 동석했다. 그가 이박사를 그렇게 가까이서 보게 된 것은 처음 있는 일이었다.

그들이 돈암장에 닿은 것은 밤 9시경이었다. 응접실로 안내되어 5분쯤 앉아 있자 한복 차림의 이박사가 나타났다. 백발이 눈부시게 빛나고 있었다. 조그마한 몸집에 움직임이 조용했고 손길도 부드러웠다. 시선도 어루만지듯 따뜻했다. 그런데도 사람을 사로잡는 듯한 위풍이 있었다. 이 사람이 앞으로 민족의 지도자가 될 사람인가 하고 생각하니 하림은 그에게서 시선이 떨어지지가 않았다.

풍기 때문인지 이박사의 목소리는 조금 떨리는 듯했고, 말투는 서툴렀다. 원초적인 것을 느끼게 하는 그런 말투였다. 그런데 그것이 오히려 마력을 느끼게 하고 있었다. 미국에서 그렇게 오래 살았으면서도 그는 영어를 사용하지 않고 우리말로 말했다. 하림이 중간에서 통역을 맡았다.

"지난번에 공산당이 나를 죽이려고 했었는데, 미국 군인이 나를 구해 줘서 고맙게 생각하고 있어."

먼저 그는 아얄티에게 이렇게 감사하고 나서 곧 하지 사령관에 대한 공격에 들어갔다.

 "사람들은 나와 하지 사령관의 관계가 나쁘다고들 말하고 있는 모양인데 나는 개인적인 관계에서 그 사람하고 원한이 없어. 단지 우리 조국의 장래에 대해 의견을 달리하고 있을 뿐이야. 그는 미국 사람이고 나는 조선 사람이야. 누가 더 조선의 장래를 걱정하겠는지 생각해 봐. 나는 30여 년 동안 우리 나라를 떠나 외국에서 우리 나라 독립을 위해 싸워왔어. 그러한 내가 내 개인의 욕심을 채우기 위해 고집을 부리고 있겠는지 한번 생각해 봐."

 그 조그만 몸집이 하림의 눈에는 거대한 바위덩이처럼 생각되었다. 동요의 빛이라곤 조금도 찾아볼 수가 없었다.

 "좌우합작이나 남북협상을 계속 반대하실 생각입니까?"

 아얄티 중령도 위압감을 느끼고 있는지 두 손을 모으고 조심스럽게 물었다. 이박사는 천천히 머리를 저었다.

 "그런 짓은 쓸데없는 짓이야. 그것은 소련공산당이 시키고 있는 거야. 그런 짓을 통해 소련은 우리 나라를 공산당 천지로 만들려고 하고 있어. 하지 사령관은 그것을 모르고 있어. 그자들의 수법이 얼마나 무서운지 모르고 있어. 만일 하지 사령관이 우리 백성들의 의견을 무시하고 그런 짓을 강제로 시킨다면 나는 우리 백성들과 함께 싸울 생각이야. 미국과 적이 되어도 좋아. 나는 싸울 각오가 되어 있어. 이 나라를 붉은 군대의 총칼 앞에 내 놓을 수는 없어!"

 격앙된 목소리가 사라지자 무거운 정적이 찾아왔다. 하림은 숨을 마음대로 내쉴 수가 없을 지경이었다.

"닥터께서 생각하고 있는 정치 이념은 무엇입니까?"

"나는 인간의 본성을 중시해. 인간은 원시시대부터 자유경쟁 원칙에 따라 살아왔어. 그것은 누가 정해 준 것도 아니야. 인간의 본성이 자연히 그렇게 만든 거야. 자기 먹을 것은 자기가 만들어서, 부족한 것은 남과 교환하고, 남은 것은 저축하고 그래서 재산을 불리고, 그렇게 살아온 거야. 이러한 인간의 본성, 그러한 원칙을 나는 중요하게 생각하고 있어."

"그렇다면 자본주의를 신봉합니까?"

"내 말을 그런 말로 표현할 수 있다면 그렇게 말해도 좋아. 국민의 자유와 평등을 최대한 보장할 수 있는 민주주의를 이 땅에 심는 것이 나의 신념이야. 나는 이씨 왕조에 태어나 자라는 동안 왕의 독단정치를 없애고 백성들이 자유롭고 평등하게 잘 살 수 있는 민주정치를 해야 한다고 항상 생각했었어. 지금도 그 생각은 변함이 없어. 미국은 나의 이러한 생각과 주장을 잘 이해해 주리라고 믿어."

"만일 하지 사령관이 닥터 리를 무시하고 좌우합작이나 남북협상을 성공시킨다면 어떻게 하시겠습니까?"

긴장이 흘렀다. 이승만의 표정이 굳어지고 있었다.

"막아야지!"

그는 결연히 말했다.

"하지 사령관하고는 이야기가 되지 않아. 국무성과 직접 이야기를 해야겠어."

이승만의 시선이 아얄티 중령의 얼굴 위에 조용히 머물렀다. 무엇인가 요구하는 그런 시선이었다. 선글라스에 가려진 아얄티의 얼굴은 아무런 빛도 나타내지 않고 있었다. 그러나 그는 놀라운 말을 했다.

"국무성과 직접 접촉하시길 원하신다면 힘닿는 데까지 도와드리겠습니다."

이승만의 표정이 아얄티의 그 한마디에 부드럽게 풀렸다.

"좋은 말이야. 좀 도와줘야겠어. 하지 장군이 알면 크게 화내겠지만 그런 것에 구애될 필요는 없어. 이건 우리 나라 운명에 관계되는 매우 중요한 일이니까 말이야."

"국무성과 접촉하시려면 워싱턴에 가셔야 하지 않습니까?"

"내가 직접 가는 게 좋겠지. 그런데 배로 갈 수는 없고 비행기로 가야겠는데, 하지 사령관이 나에게 비행기를 내주지 않을 거란 말이야."

"맥아더 원수에게 비행기를 부탁해 보겠습니다."

"음, 그렇지. 맥아더 장군이라면 나를 도와줄 거야."

이승만의 얼굴에 비로소 미소가 떠올랐다. 만족한 듯한 웃음이었다.

"국무성에는 가까운 사람이 있습니까?"

"적당한 사람이 없어. 높은 자리에 있는 사람이 좋을 텐데 말이야."

"힐드린을 움직여 보십시오. 제가 중간에서 다리를 놓아 드리겠습니다."

"힐드린이 누구야?"

"국무차관보입니다."

"아, 그래. 좋은 사람이군. 국무성 안에는 친공적인 사람도 있다고 들었는데?"

"빈센트 극동국장이 대표적인 친공분자입니다. 그 사람을 조심해야 합니다."

"알았어. 힐드린하고는 잘 아는 사이인가?"

"과거에 친하게 지냈습니다."

아얄티는 거기에 대해서는 자세히 이야기하지 않았다.

이 중요한 밀담이 훗날 어떤 결과로 나타날지는 아무도 모르는 일이었다. 이승만은 헤어질 때 아얄티와 한참 동안 뜨거운 악수를 나누면서 매우 만족해 했다.

하림은 조국의 운명이 시시각각으로 변하고 있음을 피부로 느낄 수가 있었다. 그러자 온몸에 전율이 스쳐갔다.

거의 자정 가까운 밤이었다. 아얄티와 함께 헤어져 골목길을 걷고 있는데 갑자기 앞에서 두 사람이 나타나 그를 덮쳤다. 방어할 틈도 없는 재빠른 공격에 그는 잠시 멍하니 서 있었다. 좌우에서 두 사나이가 그의 팔짱을 끼었다. 옆구리로 총구가 들어왔다. 충격에 그는 컥하고 숨이 막혔다.

"소리치면 죽인다! 순순히 따라와!"

옆구리에 다시 한번 강하게 충격이 왔다. 하림은 전신을 부르르 떨었다. 정신을 차리는 것과 함께 공포가 엄습했다.

골목 밖으로 끌려나가자 승용차가 대기하고 있었다. 짐짝처럼 안으로 구겨 박히는 것과 동시에 뒤통수에 강한 충격이 왔다. 쇠뭉치 같은 것이 떨어지는 것 같았다.

차가 출발했다. 납치에 익숙한 사나이들인지 조금치도 틈이 없이 완벽하게 행동했다. 한마디 입을 열지도 않았다. 차가 달리는 동안 하림은 처박혀 있었다. 물벼락을 맞고 정신을 차렸을 때 먼저 느낀 것은 두통이었다. 뒤통수가 쿡쿡 쑤셔왔다. 콘크리트 촉감이 마치 위에서 내려 누르는 압박감처럼 느껴졌다. 벽도 천장도 콘크리트로 되어 있었다.

먼지와 거미줄에 얽힌 희미한 전등불 저쪽에 붉은 별이 보였다. 잘못 본 것이 아닌가 하고 눈을 감았다가 다시 떠보았다. 맞은편 벽 위에 그 붉은 별은 그려져 있었다. 페인트로 그린 거대한 별이었다.

"일어나!"

담담하면서도 칼날을 품고 있는 것 같은 목소리가 들려왔다. 모두 세 명이었는데, 얼굴에 그늘이 져서 생김새를 알아볼 수가 없었다.

의지가 무너져 버린 때문인지 몸을 지탱하는 다리에 힘이 없었다. 두통을 못 이겨 뒤통수를 만져 보았다. 머리칼이 피에 엉켜 붙어 끈적끈적 했다.

"돈암장엔 왜 갔지?"

질문이 던져졌다. 그 자신과는 상관없는 질문처럼 느껴졌다. 공격에 대비해서 몸이 굳어지기 시작했다.

"아얄티 정보국장과 함께 이승만을 만났나? 만나서 무슨 이야기를 했어?"

"……"

"대답 않겠지. 쉽게 대답하리라고는 믿지 않아."

고문에 대해서는 경험이 있었다. 일본군 헌병대에서 받은 고문은 결코 잊을 수 없는 것이었다. 그러나 그때의 고문과 지금 가해지려는 고문은 성질이 다르다. 공포감에 그는 가슴이 오그라드는 것 같았다.

등짝으로 쇠꼬챙이 같은 것이 후비고 들어왔다. 어금니를 깨물면서 소리를 내지 않으려고 기를 썼다.

그때 옆구리로 구둣발이 날아왔다. 하림이 신음 소리를 토하는 것과 동시에 턱밑으로 주먹이 들어왔다. 차고 때리는 것이 전문가들 같았다. 일일이 반응을 보이기에는 그들의 움직임이 너무 빨랐다.

"죽여 버려!"

무감동한 목소리였다. 사람 하나 때려죽이는 것쯤 대수롭지 않게 생각하는 것 같았다. 바닥에 엎어지자 위에서 밟아댔다. 배가 터질 것 같았다.

"이 새끼, 제법 버티는구먼."

갑자기 눈물이 나오려고 했다. 일본군 헌병대에서 고문을 받을 때는 분노와 증오감만 일었었다. 그러나 지금은 비참하고 참담한 기분이었다. 해방된 조국에서 같은 동족에 의해 고문당한다는 사실이 그를 견딜 수 없게 만들어 주고 있었다. 꼭 이래야만 되는 것일까. 우리가 서로 원수가 되어 싸워야 할 이유가 어디 있는가. 피에 젖은 손을 들여다보았다. 그 손을 구둣발이 짓밟았다. 손이 부들부들 떨리고 있었다. 호소하는 눈길로 고문자들을 바라보았다.

"옷을 벗어. 일어나 옷을 벗어."

몸에 피가 통하지 않는 것 같았다. 그들은 콘크리트 벽처럼 보였다. 콘크리트 벽 속에서 오래 살아와 거기에 동화된 듯이 보였다.

비틀비틀 일어나 옷을 벗었다. 팬티만 남자 그는 잠시 머뭇거렸다.

"이 새끼, 뭘 꾸물거리는 거야!"

몽둥이가 어깻죽지를 내려쳤다. 쓰러졌다가 일어나며 팬티마저 벗었다.

"움직이지 말고 반듯이 서 있어."

시키는 대로 반듯이 섰다. 같은 남자들 앞이지만 수치심이 솟았다. 치욕감을 안겨 주려고 그러는 것이 분명했다.

"부끄럽나?"

제일 나이가 든 듯한 자가 담배를 꼬나 문 채 흐물흐물 웃으며 물었다. 막대기로 하림의 그것을 슬슬 건드렸다.

"죽으면 모든 것이 끝나. 과연 그럴 필요가 있을까? 대단히 인내심을 보이고 있는데 어리석은 짓이야."

뒤에서 물이 부어졌다. 얼음장처럼 차가운 물이었다. 절로 턱이 덜덜 떨려왔다.

"넌 반동분자야. 가장 대표적인 반동분자야. 미제의 앞잡이구. 그렇지만 지금이라도 속죄할 길은 있어. 우리한테 협조 안 하겠나?"

계속 그것을 건드려대고 있었다. 치욕감이 극도에 달하자 다른 고통이 눈 녹듯이 사라져 버렸다.

"대답을 안 하는군. 이건 왜 이렇게 오그라 붙었지? 추운가?"

"너희들의 정체가 뭐지?"

육체의 공포와는 달리 말은 도전적으로 나왔다. 모두가 기가 차다는 듯 그를 바라보았다.

"그런 건 알 필요 없어. 묻는 대로 대답이나 해. 협조하겠나 안 하겠나?"

"협조할 게 없어."

기다렸다는 듯이 팔을 뒤로 돌려 손목을 묶더니 밧줄을 천장의 쇠고리에 걸고 끌어당겼다. 몸이 공중으로 뜨면서 어깻죽지가 떨어져나가는 것 같은 고통이 엄습했다. 저절로 입이 벌어지면서 신음 소리가 흘러나왔다.

개를 잡듯이 몽둥이 찜질이 시작되었다.

"뒈져라, 이 새끼! 너 같은 반동은 죽여야 해!"

살갗이 짓물러 터지면서 피가 흘러내렸다. 피가 사방으로 튀었다. 둔탁한 마찰음이 실내를 울려대고 있었다.

"이승만하고 무슨 얘기를 했어? 대답 안 하겠나?"

참으려고 해도 비명이 터져 나왔다. 갑자기 몸이 빙그르르 돌아갔다. 한 놈이 몸을 돌려대고 있었다. 현기증 때문에 눈을 감았지만 어지러운 것이 더욱 심해지고 있었다. 감겼던 줄이 풀리자 더욱 속도가 빨라졌다.

"빨리 자백해! 빨리!"

고문자들이 악을 써대고 있었다. 그러나 하림은 견디어내고 있었다. 죽는다 해도 이승만과 아얄티의 밀담내용을 말할 수는 없었다.

의식이 가물가물해지고 있었다. 의식의 끝에 매달려 대롱거리고 있었다. 문이 열리면서 누군가가 들어서는 것 같았다. 눈에 안대를 대고 있는 것이 얼핏 보였다. 최대치다! 하고 생각하는 순간 매달려 있던 의식의 줄을 탁 놓아 버렸다.

"죽었나?"

애꾸눈의 사나이가 물었다. 최대치였다.

"기절했습니다."

"죽이면 안 돼. 어떻게든 입을 열게 해야 해. 내가 신문하겠다. 모두 나가 있어."

그의 명령은 다분히 위압적이었다. 부하들을 통솔하는 방법이 완전히 군대식이었다.

부하들이 모두 밖으로 나가자 그는 품속에서 칼을 꺼내 하림을 달아맨 밧줄을 싹둑 잘랐다. 하림의 몸은 그대로 바닥으로 철썩 떨어졌다.

심한 충격에 그의 몸이 벌레처럼 꿈틀거렸다. 대치는 물끄러미 그것을 내려다 보다가 물을 하림의 몸 위에 쏟아 부었다.

하림은 곧 깨어났다. 그러나 몸을 움직일 수가 없었다. 통증 때문에 손가락 하나 까딱하기가 힘들었다. 벌렁 드러누운 채 눈을 떴다. 최대치라는 것을 금방 알아볼 수가 있었다.

"정신이 드는가 보군. 자, 일어나시지."

상황에 대한 판단이 서자 처음으로 분노가 솟아올랐다. 뼈가 부러져나가는 것 같은 고통이 엄습했다.

대치는 팔짱을 낀 채 하림 앞을 왔다갔다 했다. 그러면서 그의 벌거벗은 몸을 흥미있다는 듯이 바라보았다.

"흥, 볼만하군. 애인께서 이 꼴을 보시면 어떤 기분이 들까?"

"나쁜 놈······짐승 같은 놈······"

하림은 걸레처럼 찢기고 이겨진 옷을 집어들려고 했다. 그러자 대치가 그것을 짓밟았다.

"그대로 있어! 멋대로 행동하지 마! 죽이고 살리고는 내 맘대로야! 살고 싶나?"

하림은 주먹을 쥐고 대치를 힘껏 내려쳤다. 그러나 쓸데없는 짓이었다. 주먹에는 힘도 없었고 움직임도 둔했다. 그보다 먼저 대치의 주먹이 그의 복부를 내질렀다. 하림은 바닥에 쓰러져 비참하게 헐떡거렸다. 대치의 구둣발 소리가 다시 실내를 뚜벅뚜벅 울렸다. 다리가 다 나았는지 절뚝거리지도 않았다. 외눈이 불빛을 받아 번쩍이고 있었다.

"살고 싶으면 자백해. 돈암장엔 왜 갔지?"

"너를 그때 살려준 게 원통하다!"

"그럴 테지, 하하······"

높은 웃음 소리가 한동안 실내를 울렸다.

"네놈을 죽였어야 했어."

"네가 나를 살려준 건 운명이야. 운명이 그렇게 시킨 거야."

"짐승 같은 놈……"

"다 마찬가지야. 아무튼 그때 나를 구해 줘서 고마워. 우리 마누라 때문에 날 구해 줬겠지만 말이야."

"내 앞에 나타나지 말라고 그랬는데 이젠 나까지 잡아다가 이러는 거냐?"

"혁명이 뭔지도 모르는가 보군. 너 같은 반동분자, 미제 앞잡이 자식의 말을 들을 줄 알았나? 네가 아무리 발버둥을 쳐 봐도 혁명의 물결을 막을 수는 없어! 이 보수주의 분자야! 알겠어?"

"10월 폭동에 네가 앞장 선 것을 다 알고 있어!"

대치는 흠칫 놀라는 것 같았다. 걸음을 멈추더니 하림을 노려보았다.

"폭동이 아니야! 인민항쟁이야!"

"어리석은 놈! 넌 네 명대로 살지 못할 거다! 어느 땐가 아주 비참하게 죽을 거다! 그때 가서 나한테 살려달라고 하겠지! 어림없다!"

대치의 입에서 다시 웃음이 터져 나왔다. 그는 요란스럽게 웃어대고 나서 갑자기 권총을 뽑아들었다. 그리고 서슴없이 하림의 이마에다 총구를 박았다.

"너 따위한테 의미를 부여하고 싶지는 않아! 넌 골치 아픈 놈이야! 자백하지 않으면 쏴 버리겠다! 이승만하고 아얄티가 무슨 말을 했어?"

막상 이마에 총구가 닿고 보니 전신이 얼어붙는 것 같았다. 전기 충격을 받은 것처럼 경련이 왔다.

"난 몰라! 다른 방에 있었기 때문에 난 몰라!"

"거짓말 마!"

금방이라도 권총이 발사될 것 같아 하림은 전율했다. 상대의 포악성을 알고 있는 만큼 공포감이 더했다.

"장하림, 너는 생각을 잘못하고 있어. 너를 위해 하는 말인데, 우리한테 협조해. 조선이 혁명국가로 탄생하는 것은 시간 문제야."

그는 마치 신앙처럼 그것을 믿고 있는 것 같았다. 매우 자신에 넘쳐 있는 모습이었다.

"만일 지금 협조하지 않으면 나중에 너는 큰 보복을 받을 거다. 사람은 상황판단을 잘해야 하는 거야. 그리고 기회를 탈 줄 알아야 해. 그렇지 못하면 말살되고 말아. 네가 만일 협조해 준다면 니의 장래는 내가 보장해 주겠다. 어때?"

무서웠다. 그러나 하림은 각오하고 말했다.

"그럴 수는 없어. 넌 터무니 없는 환상을 안고 있는 거야. 너야 말로 생각을 고쳐야 해. 생각을 고쳐 지금 조직에서 빠져나오도록 해."

"너라는 놈은 할 수 없구나. 나를 설득하려고 하다니! 내가 너를 죽이면 여옥이가 울겠지?"

"자기 부인을 그렇게 모욕하지 마! 네 아내는 내가 보기에는 이 세상에서 가장 훌륭한 여자야! 질투를 느낀다는 건 어리석은 짓이야."

말이 떨어지는 것과 동시에 이마에 충격이 왔다. 권총 자루로 후려치는 바람에 이마가 터지면서 피가 흘러내렸다.

"질투를 느낀다고? 내가? 이 위선자야. 내 마누라를 넘보지 마! 알았어? 네가 아무리 휴머니스트인 체해도 난 속지 않아! 넌 가면을 쓴 위선자일 뿐이야! 네가 미제 앞잡이란 것이 그걸 증명해."

이마에서 흘러내린 피가 눈으로 들어가는 바람에 눈을 잘 뜰 수가 없었다. 거친 숨을 몰아쉬며 그는 바닥에서 천천히 몸을 일으켰다.

"움직이지 마!"

대치가 소리쳤지만 하림은 그 말을 무시하고 무릎을 펴고 허리를 일으켰다. 이마를 겨눈 총구가 그를 따라 위로 올랐다. 천천히 옷을 입었다.

갑자기 죽음에 대한 공포가 사라지면서 마음이 평온해졌다. 죽어도 상관없다는 생각이 들었다. 이마를 겨누고 있는 권총을 한 손으로 치우고 문 쪽으로 비틀비틀 걸어갔다.

"서라! 서지 않으면 쏜다!"

대치는 하림의 등을 겨누면서 악을 썼다. 그러나 하림은 멈추지 않고 그대로 걸어갔다. 문고리를 잡았다.

"이 새끼, 서라!"

총성이 울렸다. 고막을 찢는 듯한 총소리였다. 총격에 하림의 몸이 비틀댔다. 그러나 쓰러지지는 않았다. 차마 그를 쏘지는 못하고 위협 발사만 한 것이었다.

"너를 죽일 수도 있어! 그러나 이런 데서 죽이지는 않겠다! 네가 나를 한번 살려줬으니까 이번에 그걸 갚겠다! 그러나 다음 번에는 살려두지 않아! 너와 정면대결해서 정정당당히 없애주겠다! 그때 가서 살려달라고 애걸복걸하지 마!"

대치는 미친 듯이 마구 소리치고 있었다. 하림은 돌아서서 대치를 물끄러미 바라보았다. 그리고 이윽고 낮은 소리로 힘없이 말했다.

"너하고 싸우고 싶지 않아. 왜 쏘지 않는 거지?"

"여옥이가……여옥이가 가로막고 있어! 여옥이 때문에 사는 줄 알어! 여옥이를 사랑하지?"

하림은 한참 동안 그 자리에 서 있다가 대치에게 가만히 고개를 끄덕였다.

"사랑하지. 그렇지만 그것 뿐이야. 여옥이는 내 아내가 아니야."

"뻔뻔스러운 자식!"

하림은 돌아서서 문고리를 잡아당겼다. 문이 열리고 계단이 나타났다. 쓰러질 듯 비틀거리면서 계단을 올라갔다.

# 목마른 대지

1946년 8월 북조선공산당은 신민당과 합당하여 북조선노동당(北朝鮮勞動黨)으로 탈바꿈했다. 소련의 각본대로 공산주의 체제를 굳힌 것이다.

남한에 있는 박헌영의 조선공산당도 이에 질세라 인민당(人民黨)과 신민당(新民黨)을 끌어들여 남조선노동당(北朝鮮勞動黨)을 결성했다. 46년 11월의 일이었다. 박헌영은 이미 월북하고 없었지만 남로당에 대한 그의 영향력은 절대적인 것으로 지속되었다.

박헌영이 극좌인물이라면 여운형은 온건좌파라고 할 수 있었다. 여운형은 남로당 결성에 참가하지 않고 온건노선을 밀고 나갔다. 남로당 결성에 반발하거나 또는 거기서 탈락한 인물들은 자연 여운형에게 모여들었다. 그들 중에는 극좌파의 과격한 폭력투쟁에 반대하는 인텔리들이 많았다. 그들은 여운형을 중심으로 새로운 당을 만들었다. 근로인민당(勞動人民黨)이었다(47년 5월). 이로써 남한의 좌익세력은 남로당과 근로인민당으로 크게 분리되었다. 그러나 전투적인 남로당이 언제나 주도

권을 잡고 있었다. 남로당이 득세할 수 있었던 것은 소련 군정 당국과 북로당의 지원을 받고 있었기 때문이었다.

「남로당과 북로당은 인민의 거탄(巨彈)이 되어 적들을 소멸하며 민주독립조선의 촉성을 보장하는 것이다. 적들의 어떠한 파괴음모와 악독한 정책도 동무들의 강철 같은 단결로서 타도될 것으로 확신하는 우리 북조선노동당은 동무들의 과감한 전투력과 견고한 투쟁의지를 굳게 믿는다. 조선민족의 독립과 부강한 민주국가 건설을 위하여 공동으로 강력한 투쟁이 있을 것을 약속한다. 북조선노동당은 동무들의 승리가 빨리 올 것을 믿으며 숭고하고 열렬한 동지적인 축하를 보낸다.」

이렇게 지원약속을 받고 있는데다 그들은 노동자 농민들 속에 뿌리를 박고 있었고 모든 일에 전투적이었다.

여기에 비해 여운형의 근로인민당은 북로당의 지원은커녕 「좌익을 가장한 반동」으로 규탄을 받았고, 서울을 비롯한 주요 도시에만 그 지부를 조직할 수 있었을 뿐 노동자 농민들 속에는 발을 붙일 수가 없었다.

한편 우익 측은 이승만계, 김구계, 김규식계 등 3대 세력으로 나뉘어져 있었다. 그러나 초기의 3파전에서 대세는 차츰 이승만쪽으로 기울어지고 있었다. 김구가 이끄는 중경(重慶) 임정의 기간인 한국독립당(韓國獨立黨)이 남북을 망라한 통일정부 수립을 모색하고 있는 동안 이승만의 독립촉성회(獨立促成會) 및 한민당(韓民黨)은 남한 단독정부 수립을 주장하면서 일제 하의 관료, 경찰출신들을 흡수하여 재빨리 지방조직을 확고히 했다. 이 사이에서 중간파인 김규식은 하지의 지원 하에 좌우합작에 열을 올리고 있었다.

 문제는 대세를 옳게 판단하고 거기에 신속히 대처하는데 있었다. 그런데 김구파나 김규식파는 너무도 문제를 보는데 있어서 현실적이 못되고 이상에 젖어 있었다. 김구가 주장하는 통일정부 수립은 모든 민족이 갈구하는 열망이었다. 당연히 그래야만 하는 대원칙이었다. 그러나 현실은 그렇지가 않았다. 현실은 민족의 염원과는 정반대의 방향으로 흐르고 있었다. 그러한 현실을 요리하는 것이 정치였다. 김구는 그 정치에 서툴렀다. 그는 권모술수를 모르는 이상주의적인 지도자였지 정치적인 인물은 아니었다. 모든 백성이 그를 우러러 숭앙했지만 그에게는 어지러운 난국을 휘어잡고 이끌어 나갈 힘이나 정치 기술이 없었다.

 그에 비해 미국에서 공부한 이승만은 현실을 투시하고 거기에 적응하고 대처할 줄을 알았다. 그는 타고난 정치가였다. 거기에 카리스마적 위엄까지 갖추어 가는 곳마다 그 빛을 발산하고 있었다.

 가을이 거의 지나고 겨울이 문턱에 다가온 어느 날, 하림은 형 경림으로부터 집으로 와달라는 연락을 받았다. 형과는 오랫동안 만나지 못했기 때문에 반가웠다.

집으로 찾아가니 형은 짐을 꾸리고 있었다. 그는 아우를 보고도 웃지 않았다. 눈물을 찍으며 가방을 챙기고 있는 아내 곁에서 뻐끔뻐끔 담배를 피우며 묵묵히 앉아 있었다.

"앉아라. 할 이야기가 있다."

하림은 좋아 어쩔 줄 모르며 매달리는 딸을 껴안으면서 형을 마주보고 앉았다. 언제 보아도 온화하던 형의 얼굴에서는 시인의 빛이 스러지고 없었다.

"애를 봐서라도 너도 이젠 여자를 맞아야 하지 않을까?"

뜻밖의 말이었다. 하림은 딸의 머리를 쓰다듬었다. 형수의 보살핌으로 딸애는 포동포동 살이 오르고 있었다. 귀여웠다. 영락없이 죽은 가쯔꼬를 닮아가고 있었다.

"네, 그래야겠는데……아직 안정이 안 돼서……"

"결혼을 해야 안정이 되지. 언제까지 그렇게 혼자 살 수는 없지 않아? 일도 좋지만 말이야."

하림은 입을 다물었다. 결혼 문제에 대해서는 더 이상 할 말이 없었다. 그 자신 어떻게 해야 할지 아직 모르고 있었다.

"그건 그렇고……네 형수를 부탁한다."

하림의 눈이 번쩍했다.

"왜, 어디 가십니까?"

"음, 오늘밤에 월북할 계획이다."

"뭐라구요?"

"내가 없는 동안 네 형수를 돌봐 줘. 밖에 있지 말고 집에 들어와 있어."

"그건 안 됩니다!"

형제는 뜨겁게 시선을 부딪쳤다. 형수의 흐느끼는 소리가 들려왔다.

"나도 가긴 싫지만 여기 있다가는 체포돼."

"무, 무슨 짓을 하셨기에 체포된단 말입니까?"

"격문을 썼더니 수배령이 내렸어. 미국이 남한을 초콜릿 시장으로 만들어 예속화시키려 한다고 썼지. 그것도 그것이지만 박헌영 선생이 나를 필요로 하고 있어."

"제가 손을 쓸 테니 월북하지 마십시오!"

"안 돼. 가야해."

"가면 안 됩니다. 가면 돌이킬 수 없게 됩니다."

"돌이킬 수 없게 되다니, 무슨 말이야?"

"형님, 형님은 혁명가가 될 수 없습니다! 그건 아무나 되는 게 아닙니다! 형님은 시인입니다!"

경림의 눈이 치켜 올라갔다. 사납게 아우를 쳐다보더니 그는 내뱉듯이 말했다.

"너하고 싸우고 싶지는 않다! 나를 설교할 생각은 하지 마! 나도 너를 포기한 지 오래야!"

"제정신이 아니시군요!"

경림은 아우를 묵살하고 자리에서 일어났다. 아내가 내주는 중절모를 받아쓰고 그는 밖으로 나갔다. 형수가 울면서 가방을 들고 뒤따라 나가는 것을 보자 하림은 비참한 기분이 들었다.

오랫동안 지탱해 오던 집기둥이 무너져 내리는 소리가 들리는 듯했다.

밖에는 달빛이 하얗게 부서져 내리고 있었다.

"잘 있어. 곧 돌아올 거야."

경림은 우는 아내의 어깨를 두드려 준 다음 돌아섰다.

달빛 속으로 시인은 걸어갔다. 칼을 품은 채 시인은 사라져 갔다. 아내도 자식도 버린 채 붉은 깃발을 찾아 떠나갔다.

형수의 흐느끼는 소리를 들으며 하림은 그 자리에 한동안 우두커니 서 있었다. 일어나고 있는 모든 일들이 어느 한 극점을 향해 치닫고 있는 듯한 느낌이 들었다.

"정말……믿을 수가 없어요. 저렇게 변하시다니……"

형수의 울먹이는 말에 하림은 대꾸할 말이 없었다. 남자들이 가정을 버리면 뒤에 남은 가족들만 비참해질 뿐이다. 남자들은 그것을 알아야 한다.

"저는 도련님이 못 가시게 붙드실 줄 알았어요."

"죄송합니다. 막을 수가 없었습니다."

"별일 없을까요?"

"형님은 선전부문에서 일하고 있으니까 별로 위험한 일은 없을 겁니다."

"안심해도 될까요?"

"별일 없을 겁니다."

이렇게 말하면서도 그는 기실 아무 것도 자신할 수가 없었다. 형의 앞날이 평탄치만은 않을 것이라는 것을 그는 충분히 짐작하고 있었다.

서울을 떠난 장경림은 그 길로 황해도 해주(海州)로 갔다. 해주에는 남로당 지도거점이 있었다. 박헌영은 38선과 가까운 그곳에 지도거점을 구축한 다음 평양과 긴밀한 연락을 취하면서 서울의 지하당원들에게 수시로 지령을 보내고 있었다.

그들이 사무실로 쓰는 곳은 해주시 해운동 북조선노동당 황해도 당 본부 옆에 있는 제일인쇄소(第一印刷所)였다. 거기에 여장을 푼 장경림은 선전요원들과 함께 「인민의 벗」「민주조선」「인민조선」「노력자」등 각종 인쇄물을 만들어 서울로 밀송하는 일을 맡았다.

마침내 겨울이 왔다. 일제가 물러가고 두번째 맞는 겨울이었지만 여전히 나라는 세워지지 않은 채 시국은 더욱 살벌해지고만 있었다.

그런 어느 날 정보국장 아얄티 중령은 마침내 이승만의 미국행을 지원하기 위해 도쿄를 거쳐 미국으로 향했다. 그로부터 1주일 후 하림은 아얄티로부터 긴급 전문을 받았다.

"준비 완료. 급히 출발시킬 것."

이것이 전문의 내용이었다. 하림은 즉시 돈암장에 연락을 취했다.

거의 같은 시간에 하지 사령관도 도쿄의 맥아더 원수로부터 긴급 지시전문을 받았다. 지시내용은 「이승만 박사의 미국행을 위해 군용기를 제공하라.」는 것이었다. 그전부터 이승만의 미국행을 방해하고 있던 하지 사령관은 적이 당황했지만 맥아더의 지시인 이상 하는 수가 없었다.

이승만은 출발에 앞서 기염을 토했다. 그만이 지닐 수 있는 제스처였다.

"하지 사령관 같은 정치 열등생과 입씨름을 한들 시간과 정력의 낭비일 뿐이다. 워싱턴에 건너가 미국 정부요로를 흔들어 놔야겠다."

좌우익을 망라한 모든 인물들이 주시하는 가운데 그는 마침내 미국을 향해 떠났다. 그의 외교 솜씨가 마침내 발휘되기 시작한 것이다.

미국에 도착한 그는 사전에 공작한 대로 국무차관보인 힐드린과 쉽게 접촉할 수가 있었다. 이승만으로부터 조선의 정세와 거기에 대한 대책, 그리고 하지 사령관의 그릇된 정책 등을 들은 힐드린은 곧 마샬 국무장관에게 보고서를 제출했다.

보고서를 받아본 마샬은 깜짝 놀랐다. 그는 즉시 이승만을 불러들였다. 그리고 이승만으로부터 직접 보고서와 같은 내용의 말을 들었다. 산전수전 다 겪은 이승만은 의연한 태도를 잃지 않은 채 마샬에게 노련하게 설명을 해 나갔다. 그의 움직임 속에는 자신이 조선민족의 지도자라는 자부심이 은연중에 드러나 있었다.

마샬은 크게 감동했다. 그리고 조선에 대한 정책을 크게 손질해야 되겠다고 생각했다. 그는 지체하지 않고 육군성을 통해 서울의 하지 사령관에게 소환장을 보냈다.

「남조선 정책에 관한 정책입안에 참고하고자 국무장관 명에 의하여 귀관을 소환하는 바 귀관은 남조선의 모든 현황에 대해 소상한 브리핑 자료를 정리하여 2월 10일 이내로 귀국 출두할 것.」

하지는 불길한 예감을 느끼면서 허둥지둥 귀국했다. 귀국해 보니 놀랍게도 이승만의 주장대로 대세가 기울어져 있었다. 국무성 고관들 거의가 남한 단독정부 수립을 찬성하고 있었다. 그리고 하지의 말을 무능자의 변 정도로 받아들이고 있었다. 하지는 굴욕과 패배감을 느꼈다.

미국 언론은 때맞춰 미군정의 실책을 노골적으로 비판하고 나왔다.

「미국 및 세계평화에 관련되어 조선은 그리스, 터키와 함께 그 장래가 중요시되는 국가이다. 조선은 연합국측이 공동성명으로 그 독립을 보장한 지 이미 18개월이나 경과하였음에도 불구하고 현재 경제적으로는 오히려 일제시대보다 개선되지 못하였고 정치적으로는 여전히 혼란상태에 있다. 조선이 이같이 곤경에 빠진 책임은 주로 소련측에 있다 하더라도 미국을 조선에 대한 책임에서 배제시킬 수는 없을 것이다. 미군이 남조선에 상륙하여 포고 제1호를 발표하였을 때부터의 미군 점령업적은 혼란, 지연, 태만으로 충만되어 조선은 모든 의미에서 등한시되고 있다. 조선에는 군사적으로나 경제적으로나 잉여품만이 부여되었다. 점령군 자체도 다른 점령지대에 비해 대우가 좋지 못하며 조선인에 대해서도 일본인에게 강구되는 허다한 조치조차 고려되고 있지 않다. 그러나 이론상으로는 조선은 우리의 동맹국가이며 일본은 우리의 적국이다.

예를 들면 조선의 방직공장은 부분품의 결핍으로 장기간 그 생산을 중지하고 있는 상태인데도 불구하고 같은 종류의 일본공장은 최대한도의 생산을 계속하고 있다. 하여간 조선은 망각된 민주주의의 변역(邊域)에 있다. 그러므로 우리는 조선에 대하여 한층 배려해야만 할 시기가 온 것이다.」

패배감을 안고 서울로 돌아온 하지 사령관은 정치일선에서 차츰 손을 떼기 시작했다. 이승만이 생각한 대로 좌우합작이 결렬되고 좌익에 대한 수사기관의 제재가 가열되는데도 그는 모른 체하고 내버려두었다. 국무성과 이승만이 바라는 대로 남조선 단독정부 수립체제가 굳어지고 있으므로 그는 뒷전에 가만히 앉아 있기만 하면 되었다.

이승만은 미국에 가서 성공적인 결과를 얻어옴으로써 귀국하자마자 더욱 영웅 대접을 받았다. 모든 기관의 책임자들은 하나같이 그에게 복종하고 그의 노선에 따르게 되었고 그의 한마디 한마디는 모든 백성들에게 심대한 영향을 끼쳤다. 그가 앞으로 태어날 국가의 지도자가 될 것이라는 예상을 의심하는 사람은 아무도 없었다.

이승만에게 복종하고 그의 노선을 따르는 모든 기관과 민간단체들은 우익에 의한 단독정부 수립을 위해 남로당 타도에 나섰다. 목숨을 내건 싸움이었다.

반격이 거셀수록 남로당의 공격 또한 치열해지기만 했다. 이제 누구나 생사를 건 싸움이라는 것을 자각하고 있었기 때문에 싸움은 한치의 양보도 없이 격렬해지기만 했다. 거의 매일 테러, 암살, 방화 등 극렬한 싸움이 계속되었다.

겨울이 가고 47년 봄이 되었다.

정치에 관심이 없는 여옥도 그 거센 소용돌이를 피부로 느끼고 있었다. 아니, 그녀 자신은 아직 채 실감이 나지 않았지만 그녀는 사실상 그 거센 소용돌이 속에 휩쓸리고 있었다. 그 소용돌이 속에 그녀를 끌어들인 것은 물론 최대치의 짓이었다. 대치는 여옥으로 하여금 가정생활에만 안주하게끔 내버려두지를 않았다.

그들은 부부이면서도 한집에서 함께 살 수 없는 상황에 놓여 있었다. 그렇지만 여옥의 뒤에는 항상 대치의 그림자가 따라다녔다. 그녀는 언제 어디서나 자유로운 기분을 맛볼 수가 없었다. 낯선 사내가 예고도 없이 불쑥 나타나 남편의 말을 전하는 수가 많았기 때문에 여옥은 항상 누군가에게 미행을 당하고 있는 기분이었다.

남편이 다시 나타난 이후 그녀는 그전과는 달리 아무런 저항도 없이 남편의 지시를 받아들이고 있었다. 그 지시란 것은 별로 어렵지 않은 일이었기 때문에 그녀는 충실히 그것을 지켰다. 그것은 즉 자신이 치는 타이프 내용을 무조건 하나씩 빼내는 일이었는데 양심에 가책이 되는 것 외에는 아주 손쉬운 일이었다. 매일매일 들어오는 정보자료를 그녀는 거의 빠짐없이 두 부씩 쳐서 그 중 한 부는 서랍 깊숙이 숨겨두었다가 퇴근할 때 집으로 가져가곤 했다. 하루도 빠짐없이 매일 그런 짓을 하다 보니 훔쳐 내온 정보자료는 엄청나게 쌓여갔다. 그녀가 그렇게 닥치는 대로 훔쳐낸 것은 대치가 가리지 말고 무조건 가져오라고 지시했기 때문이었다.

그렇게 해서 쌓여진 정보자료는 며칠만에 낯선 사나이에 의해 대치에게 전해졌고 대치는 그것을 다시 운반책에게 맡겨 평양으로 속속 보냈다. 그 모든 정보자료가 모두 귀중한 것은 아니었지만 그 중에는 매우 중요한 것들도 상당수 끼어 있었다.

이렇게 해서 여옥은 자신도 모르는 사이에 점차로 거물급 스파이로 성장해 갔다. 빼내오는 정보자료가 귀중한 것일수록 그녀의 성가는 그만큼 높아져 갔고 상대적으로 수렁은 깊어가기만 했다.

실로 불행한 일이었다. 그러나 오로지 남편을 위한다는 일념으로 그녀는 스파이 짓을 계속해 나갔다. 그것을 여자의 속성으로 보아 넘기기에는 문제가 너무 컸다. 하지만 그녀는 아직 그것을 모르고 있었다.

그날도 그녀는 5시가 조금 지나 퇴근시간이 되자 사령부를 나왔다. 백 속에는 그날 챙겨 넣은 정보자료가 잔뜩 들어 있었다. 누가 백을 조사하지 않을까 하는 불안감이 없는 것도 아니었지만 아직까지 한번도 그런 일이 없었으므로 그녀는 안심하고 밖으로 나왔다.

그녀는 귀가할 때 언제나 일정한 코스를 따라 걸어가는 버릇이 있었다. 그러한 점은 거의 모든 사람들이 취하고 있는 공통적인 버릇이라고 할 수 있다.

그녀는 명동거리를 좋아했다. 해방이 되고 미군이 진주한 지 2년 가까이 되어가고 있는 지금 명동은 놀라운 변화를 보이고 있었다. 여기저기 영어로 표기된 간판이 늘어나고 쇼윈도도 화려해지고 상점마다 미군 PX에서 흘러나온 물건들이 잔뜩 쌓여 있었다. 사람들의 옷차림도 화려해지고 행인도 부쩍 늘어나고 있었다. 한마디로 명동은 인간이 사는 거리 같았다.

여옥은 거리의 온갖 충만함에 자신을 내맡긴 채 남산 쪽으로 통하는 길목에 들어섰다. 그때 뒤에서 그녀의 어깨를 가만히 치는 사람이 있었다. 돌아보니 몇 번 대치의 연락을 가지고 온 청년이었다. 청년은 챙이 긴 캡을 눌러쓰고 있었다.

"저를 따라 오십시오."

청년은 무뚝뚝하게 말했다.

"무슨 일인가요?"

"지금 기다리고 계십니다."

대치가 기다리고 있다는 말이었다. 남편의 애정에 굶주려 있는 그녀는 두말 하지 않고 청년을 따라갔다. 청년은 그녀를 어느 여관까지 안내하고는 돌아갔다.

여옥이 방안으로 들어갔을 때 대치는 책을 읽고 있었다. 「마르크스·레닌주의 철학」이었다. 그는 완전히 자기 모습을 감춘 채 변장을 하고 있어서 얼른 보기에는 전혀 다른 사람 같았다. 안대를 벗은 대신 번쩍거리는 금테안경을 끼고 있었고 머리는 기름을 잔뜩 발라 올백으로 넘기고 있었다. 턱은 깨끗이 면도질을 해서 깔끔해 보이기까지 했다. 거기다가 짝짝거리며 껌까지 씹고 있어서 누가 보기에도 여자들이나 후리고 다니는 건달 같았다.

놀란 얼굴로 서있는 여옥을 끌어당겨 입을 맞추면서 그는
"왜 그렇게 놀라지?"
하고 물었다.

여옥은 황홀감을 느끼면서 눈을 스르르 감았다. 감전된 듯 그녀의 몸은 떨리고 있었다.

"다른 사람인 줄 알았어요."
"하하하……요 귀여운 것……"
그는 턱을 비벼대면서 옷속으로 손을 쑥 집어넣었다.
"조금 바꾼 것 뿐이야. 그대로 다니다간 위험하거든. 별일 없었나?"
"네, 별일 없었어요."
여옥은 대치가 옷을 벗기는 대로 몸을 내맡기고 있었다.
"언제 봐도 아름답단 말이야."

아내의 옷을 모두 벗기고 난 대치는 그녀의 몸을 굶주린 눈으로 들여다보면서 말했다.

여옥은 먼저 이불 속으로 들어가 대치가 들어오기를 기다렸다. 불안한 부부관계였지만 그래서인지 욕구는 더욱 절박하게 타오르고 있었다.

대치는 재빨리 옷을 벗어붙이고 이불 속으로 뛰어들어왔다. 그는 오직 배설이 급했다. 오랫동안 굶주린 짐승이 먹이를 찾아 정신없이 달려드는 것처럼 그는 탐욕스럽게 여옥의 육체를 유린하기 시작했다.

여옥은 애정이 아닌 폭력으로 자신의 육체가 짓밟히는데 대해 야릇한 희열을 느꼈다. 그러한 희열은 상대가 남편이기에 가능한 것인지도 몰랐다. 그녀는 대치의 숨소리, 손놀림, 몸의 율동, 그 모든 것이 얼마나 광포한가를 잘 알고 있었다. 그러면서도 거기에 익숙해져 있었다. 그것은 또한 그녀다운 순종이라고도 할 수 있었다.

대치는 여자와의 관계에 있어서도 무자비했다. 그는 사정을 두지 않고 무자비하게 파고들어 짓밟아댔다. 그렇지 않고는 직성이 안 풀리기 때문이었다.

여옥은 육신이 산산이 부서져 나가는 것 같은 충격과 함께 온몸에 충만한 희열에 몸을 떨었다. 희열에 견디다 못해 눈물까지 흘리고 있었다.

"좋아?"

대치가 위에서 거친 숨을 몰아쉬며 속삭이듯 묻자 여옥은 고

개를 끄덕였다. 입이 절로 열리면서

"아, 사랑해요."

하는 말이 나왔다.

대치는 땀투성이의 얼굴로 아내의 얼굴을 덮었다. 여옥은 남편의 입에서 사랑한다는 말이 나오기를 기다렸지만 끝내 그 한마디는 들려오지 않았다.

폭풍 같은 몸부림이 끝나자 방안에는 한동안 잦아지는 숨소리만이 잔물결처럼 흘러갔다. 여옥은 희열의 순간이 사라지는 것을 놓치지 않으려고 대치의 품속으로 파고들었다. 그러나 대치는 완전히 기분이 식었는지 몸을 돌려 엎드린 다음 담배를 피워 물었다.

"할 이야기가 있어."

여옥은 남편의 어깨 위에 머리를 기댔다. 남편은 중요한 용건이 있을 때는 언제나 육체관계를 맺고 나서 이야기한다. 그렇게 하는 것이 효과가 크기 때문일 것이다. 아무래도 좋다. 남편의 모든 것을 존중해야 한다.

"지금까지 보내준 자료는 잘 받았어. 아주 도움이 많이 됐어. 고마워."

말소리가 부드러웠다. 남편이 기뻐하고 있는 것을 알자 여옥도 기뻤다. 남편의 강인해 보이는 턱을 가만히 바라보면서 그녀는 다음 말을 기다렸다.

"그런데 중요한 게 빠져 있어. 꼭 알아야겠는데 말이야."

"뭔데요?"

이제 스스럼없이 물어볼 수 있게 까지 되었다. 놀라운 변화라고 할 수 있었다.

"군 조직 관계야. 군 조직과 규모가 어떤지 알아야 해."

"어디서 알아내야 하나요?"

"정보국내에 분명히 군대관계 자료가 있을 거야."

"국방경비대에 관한 거 말인가요?"

"그래. 바로 그거야. 하여간 군대에 관한 것이면 무엇이든지 좋으니까 긁어모아 줘."

"알았어요."

여옥은 순순히 대답했다. 남편을 위해서라면 무슨 일이든 할 준비가 되어 있었다. 이제는 아무 것도 꺼리지 않고 있었다. 단지 부담이 되는 사람이 있다면 바로 하림이었다. 그에게는 정말 미안한 일이었다. 미안한 정도가 아니라 그를 배신하는 일이었다. 그러나 하는 수 없는 일이었다. 그이를 사랑한다. 하지만 남편을 위해서 스파이짓을 해야 한다. 그래야만 남편과의 관계가 유지되기 때문이다. 하림씨도 나의 이러한 고통을 이해해 주시겠지.

그때 대치가 하림에 대해 말을 꺼냈다.

"그 친구 요새 잘 나오는가?"

"네, 잘 나오고 있어요."

"흥, 지난번에 나한테 혼났지. 불쌍해서 살려줬어."

"그럼……?"

여옥은 창백한 얼굴이 되어 대치를 바라보았다. 얼마 전 하림이 몹시 상한 얼굴로 출근한 적이 있었다. 눈두덩이 시퍼렇게 멍들어 있었고 입술도 부르터져 있었다. 그리고 다리까지 절룩거리고 있었다. 그 모습을 보고 그녀는 몹시 가슴이 저려왔다. 그런데 지금 보니 바로 남편이 그런 짓을 자행한 것 같았다.

"나한테 당했다고 이야기하던가?"

여옥은 설레설레 고개를 흔들었다. 목이 갑자기 잠겨들어 말을 제대로 할 수가 없었다.

"아무런 말도 못 들었어?"

"네."

"그럴 테지. 창피한 일을 말할 수야 없었겠지. 그는 나한테 감사해야해. 나한테 걸렸으니 살려줬지 그렇지 않고 다른 사람한테 걸렸으면 뼈도 못 추렸을 거야."

남편의 자신에 찬 말을 들으며 여옥은 가슴을 떨었다.

"내가 왜 그치를 살려준 줄 알아? 빚을 갚기 위해서야. 그치가 나를 한번 풀어줬으니까 나도 한번 풀어준 거야. 이제 빚은 갚았어. 다음에 만날 때는……가만두지 않을 거야."

대치의 표정이 험하게 일그러지고 있었다. 여옥은 가만히 한숨을 내쉬었다.

"제발……그러지 마세요. 두분이 싸우는 거 정말 싫어요."

"나도 싸우기는 싫어. 그렇지만 그놈이 쓰러지지 않으면 내가 쓰러지는 거야. 넌 내가 쓰러지는 걸 바라나?"

"아. 아니에요."

"흐흐, 그럴 테지. 그놈은 나의 적이야. 모든 면에서 나의 적이야. 그놈이 어떻게 한 줄 알아? 벌거벗은 채 개처럼 바닥을 기면서 나한테 살려달라고 애걸했지. 눈물을 줄줄 흘리면서 오줌까지 싸면서 말이야. 하하하⋯⋯"

그는 발작을 일으킨 듯 한동안 정신없이 웃어댔다. 여옥은 어쩔 줄 몰라 울상이 된 채 남편을 원망스럽게 바라보기만 했다.

"내가 그놈을 살려준 이유가 또 하나 있지. 뭔지 알아? 바로 너 때문이야. 너를 생각해서 그놈을 살려준 거야."

"그 사람을 죽여야 할 이유라도 있나요?"

이렇게 묻는 그녀는 소름이 끼쳐 말소리까지 떨리고 있었다.

"그걸 말이라고 물어? 그놈은 우리가 하고 있는 일을 앞장서서 방해하고 있어. 그놈은 우리를 탄압하고 있는 백색테러의 골수분자야. 놈은 혁명을 방해하고 미제의 앞잡이가 되어 이 땅에 자본주의 괴뢰정부를 세우려고 하고 있어. 그런 놈을 가만둘 수야 없지."

숨소리가 거칠어지는 것 같았다. 여옥은 남편이 분노를 터릴 것만 같아 숨을 죽이고 그의 눈치만 살폈다.

"그놈은 또 나한테는 연적이란 말이야."

"아니에요."

"아니긴 뭐가 아니야! 그놈이 직접 자기 입으로 너를 사랑한다고 그랬어! 네 연인을 내 손으로 차마 어떻게 죽여? 그놈이 미우면서도 이상하게 연민이 가더란 말이야! 그래서 살려준 거야! 너 때문에!"

"감사해요."

"그런 투로 말하지 마."

그는 벌렁 돌아눕더니 천장을 향해 후우하고 담배연기를 길게 내뿜었다.

"그놈한테는 신사다운 데가 없지 않아 있어. 매력도 있고……. 그놈을 내 조직에 끌어들였으면 좋겠어. 그래서 설득해 보았지만 말을 듣지 않아."

갑자기 목소리가 작아지고 있었다. 여옥은 손바닥이 땀으로 촉촉이 젖어드는 것을 느꼈다.

"결국……가만 생각해 보니까 그 친구와 싸우는 것이 운명인 것처럼 생각되는 거야. 운명이라……난 그런 걸 믿지 않는 사람인데……이번 경우에는 어쩐지 그런 생각이 든단 말이야."

그것은 마치 불길한 예고처럼 가슴에 들어와 박혔다. 여옥은 견딜 수가 없었다.

"싫어요. 두분이 싸우는 건 싫어요. 제발 싸우지 말아요!"

"시대가, 이 시대가 요구하고 있어. 그러니 피할 수가 없어."

"아니에요! 피할 수 있어요! 제발 부탁이에요!"

"우리가 싸우지 않는 것은 함께 일하는 경우뿐이야. 그렇지만 현재로선 그게 불가능해."

대치와 헤어져 집으로 돌아오면서 여옥은 깊은 수렁 속으로 자꾸만 빠져드는 것 같은 기분을 느꼈다. 자신도, 대치도, 하림도 다 같이.

이튿날 여옥은 퇴근시간에 맞춰 하림을 만났다. 그 동안 서로

절제하고 있어서 단둘이 만나기는 오랜만이었다.

그들은 어둑어둑해지는 거리를 나란히 걸어갔다. 일정하게 어디로 가는 것이 아니라 발길 닿는 대로 걸음을 옮겨놓고 있었다. 두 사람 다 말못할 진한 감정들을 지니고 있었기 때문에 그들의 침묵은 무겁기만 했다.

광화문을 지나 삼청동 쪽으로 들어서자 가로등 없는 어두운 거리가 나타났다. 여옥은 자연스럽게 하림의 팔짱을 끼었다. 그들 사이에 서로 떨어져서 걷는다는 것이 오히려 쑥스러웠던 것이다.

부드러운 바람이 불어왔다. 봄의 입김이었다. 희망을 품을 수 있는 계절이건만 두 사람 모두 우울했다. 이룰 수 없는 사랑이 그들의 가슴을 아프게 하고 있었다. 또한 운명처럼 느껴지는 대치와 하림의 대결이 깊은 고뇌를 자아내게 하고 있었다.

"대치씨 소식은 듣고 있나요?"

하림이 비로소 지나가는 투로 슬쩍 물었다. 여옥은 어떻게 대답해야할지 망설이다가 차마 거짓말할 수가 없어 겨우 이렇게 말했다.

"서울에 계신 것 같아요."

"만났어요?"

"네, 만났어요."

그들은 경복궁 돌담 옆에서 멈추어 섰다. 담배를 피워 무는 하림의 얼굴이 이지러져 보였다. 그는 한숨처럼 담배연기를 내뿜었다.

"대치씨는 스스로 무덤을 파고 있는 거요. 나하고도 만났드랬소. 그런 말하지 않던가요?"

"말했어요. 그이가 하림씨를 괴롭힌 것 알고 있어요. 그이를 대신해서 사과드리겠어요. 정말 뭐라고 말씀드릴 수 없어요."

"난 아무렇지도 않아요. 그보다도 여옥씨가 걱정이오. 대치 그 사람도 걱정이고."

여옥은 남자의 팔을 끌어당겨 가슴에 꼬옥 안았다. 견딜 수 없는 슬픔이 가득히 밀려들어오고 있었다.

"대치씨는 지명수배되어 있기 때문에 서울에 있는 게 위험해요. 지금 그는 우리 정보국에서 노리고 있는 수배리스트에서 상위그룹에 속해 있어요. 나는 도저히 내 손으로 대치씨를 체포할 수가 없어요. 그래서 내앞에서 사라지라고 말한 거요. 그런데 사라지기는커녕 더욱 문제를 일으키고 있으니 걱정이오."

하림의 말은 매우 심각한 것이었다. 여옥은 뭐라고 할 말이 없었다. 남편의 일도 문제이려니와 자신 역시 하림을 배반하고 스파이짓을 하고 있으니 얼굴조차 들 수가 없었다.

"지금 정국은 살벌해지고만 있소. 이박사가 미국에 다녀온 후 미군정의 태도도 달라져 그전과는 달리 좌익에 대해 관용을 베풀지는 않을 거요. 좌익은 점차 발붙일 곳이 없어지고 있어요. 법적으로는 좌익이 불법화되지 않고 있지만 실제적으로는 자유로운 행동을 많이 제재 받고 있어요. 경찰은 물론 우익 청년단체들이 모두 들고 일어나 남로당 타도를 외치고 있는 실정이오. 남로당 사람들의 투쟁방식이 폭력화하고 있기 때문에 이쪽에서도 폭력을 불사하고 있는 거요. 좌익에 의한 더 이상의 사회혼란을 용납할 수 없기 때문이오. 피는 피를 부르기 마련이고, 그렇게 되면 앞장선 사람들은 해를 입는 게 당연할 수밖에 없어요."

하림의 목소리는 허공에서 들려오는 듯했다.

어둠이 두 사람을 감싸고 있었다. 두 사람의 몸은 밀착되어 있었다. 하림은 여옥의 어깨를 감싸안고 걷기 시작했다.

"남한에 우익에 의한 단독정부를 세우려는 움직임이 활발히 전개되고 있소. 이건 가장 실현성이 있는 움직임이오. 일단 단독정부가 세워지면 대치씨 같은 사람은 전향하지 않는 한 여기서 살 수가 없어요. 그가 전향할 사람이 아니란 것은 분명해요. 그렇다면 그는 여기를 떠나야 마땅해요. 다른 데로 가서 길을 마련해야 해요."

"그럼 저하고 아기는 어떻게 되는 거죠?"

절망적인 중얼거림이 여옥의 입에서 흘러나왔다. 두 사람의 몸이 길 가운데서 흔들렸다.

"여옥이는 물론 남편을 따라가 함께 살아야겠지요."

"그럼 우리는……"

하림은 대답대신 그녀를 으스러지게 끌어안았다. 여옥의 입에서는 아 아 하는 신음 소리가 흘러나왔다.

"우리는……언제라도……헤어질 수 있어야 해요. 그게…… 우리들의 운명이오."

"싫어요……헤어지는 건 싫어요!"

누가 흘리는 눈물인지 모르게, 두 사람의 얼굴은 물기로 젖어 있었다. 하림은 여옥을 풀면서 한숨처럼 말했다.

"대치씨가 가족을 데리고 안전한 곳으로 떠나 준다면 나는 안심할 수가 있겠소. 비록 여옥이와 헤어지는 게 괴롭겠지만 말이오. 그런데 그 사람이 떠나지 않고 계속 여기서 지하활동을 한다면 문제가 달라질 수밖에 없어요. 심각한 문제가 일어날 게 당연해요. 바로 그 점이 내가 걱정하고 있는 점이오."

"그이는 앞으로도 지하활동을 계속할까요?"

"내가 보기에는……그 사람은 지금 무서운 지하조직을 만들어 그것을 지휘하고 있는 것 같아요. K대라고 하는 특공대 비슷한 것인데 남로당 폭력투쟁의 전위대라고 할 수 있는 거지요. 지난번 10월 폭동도 사실은 대치씨의 지휘를 받은 K대가 일으킨 겁니다."

"어머나……그럴 수가……믿을 수가 없어요. 그러다가 체포되면 어떻게 되지요?"

"대치씨 같은 거물은 물어 보나마나 사형입니다."

어둠 속에서도 여옥의 얼굴이 하얗게 질리는 것이 보였다. 그녀의 머리가 좌우로 마구 흔들렸다.

"안 돼요! 그래서는 안 돼요!"

"그래서는 안 된다는 걸 나도 잘 알고 있소. 그래서 그 사람한테 이곳을 떠나라고 한 거요. 그런데 지하폭력조직을 지휘하고 있으니 여간해서 떠날 것 같지는 않아요. 떠나기는커녕 앞으로 더욱 극렬하게 공격해 올 것 같아요. 남로당측은 남한에 단독정부를 수립하는 것을 무슨 수단을 써서라도 저지하려고 할 것이고 그렇게 되면 대치씨의 임무는 더욱 막중해질 수밖에 없을 거요. 필연적으로……"

두 사람의 시선이 어둠 속에서 뜨겁게 부딪쳤다.

"필연적으로……대치씨와 나는 본격적으로 싸우게 될 거요. 그 사람이 지하활동을 계속하는 한 나는 그것을 저지할 수밖에 없는 입장이니까 말이오. 이 딜레마를 어떻게 해결해야 할지 나도 모르겠소."

어둠만큼이나 두 사람의 마음은 암담했다. 여옥의 머리가 하림의 가슴 위에서 흔들렸다.

"안 돼요! 두분이 싸우시면 안 돼요! 하림씨, 부탁이에요! 제발 싸우지 마세요! 이 말씀을 드리려고 만나자고 한 거예요! 하림씨, 그이를 구해 주세요! 부탁이에요!"

하림은 멀거니 서서 여자를 내려다보다가 말없이 다시 걸음을 옮겼다. 어깨를 웅크린 채 그는 힘없이 걸어갔다. 그 뒤를 여옥이 울 것 같은 심정으로 따라붙었다.

"저는 하림씨를 믿어요! 하림씨라면 그이를 구해 주실 수 있어요! 저를 봐서라도 그이하고 싸우는 것은 피해 주세요!"

"나도 그 사람하고는 싸우고 싶지 않아요. 내가 여옥이의 남편과 싸우다니……정말 그럴 수 없는 일이오. 그렇지만 그 사람이 나를 공격해 오면 어떻게 해야지요? 그대로 그에게 죽음을 당해야 할까요? 다음 번에 만나게 되면 그는 나를 살려두지 않을 거요."

"하림씨, 하림씨가 피하시면 될 거 아니에요?

"피할 수 있는 입장이라면 좋겠습니다. 그러나 내 입장은 피할 처지가 못 돼요. 조국을 떠난다면 몰라도 그렇지 않고 여기에 살고 있는 한에는 피할 수가 없어요. 나는 식물인간이 아니오. 우리 조국이 적화되는 것을 그대로 두고 볼 수가 없어요! 물론 입을 다물고 벙어리처럼 산다면 어떤 체제하에서도 살아나갈 수는 있겠지요. 그러나 나는 그렇게 사느니 차라리 죽어 버리는 게 낫다고 생각해요. 식물인간처럼 살 수는 없어요!"

어느새 그는 주먹을 쥐고 부르짖고 있었다. 그것은 절규였다. 어둠 속에서도 몸이 떨리고 있는 것이 보였다. 여옥은 눈물이 나왔다. 어쩔 줄 몰라하며 그에게 매달렸다.

"용서해 주세요! 죄송해요! 저는 피하실 수 있을 줄 알고 그런 말씀을 드린 거예요!"

"피할 수 없어요! 최대치, 그 친구는 끝까지 나를 쫓아올 거요! 미안하지만 그럴 수는 절대 없어요!"

하림이 여옥이 앞에서 이렇게 분노로 몸을 떨기는 처음 있는 일이었다. 여옥은 마침내 울음을 터뜨렸다. 길 가운데 서서 두 손으로 얼굴을 가린 채 흐느껴 울었다.

"용서해 주세요. 제가 너무 제 생각만 했어요."

"화를 내서 미안하오. 그럴 마음이 아니었는데……"

하림은 흐느끼는 여옥을 껴안고 등을 부드럽게 어루만져 주었다. 이럴 수도 저럴 수도 없는 암담한 기분이 두 사람을 더욱 견딜 수 없게 만들어 주고 있었다.

그들은 공원 숲 속으로 들어섰다. 아무도 말하려고 하지 않았다. 폭발한 감정을 어루만지면서 그들은 묵묵히 걸음을 옮겼다. 나무 사이로 달빛이 어슴푸레한 빛을 던져 주고 있었다. 달빛에 드러난 하림의 옆모습은 마치 조각 같아 보였다.

그가 나무에 기대섰다. 그리고 팔을 벌려 여옥을 끌어당겨 껴안았다.

"춥지 않소?"

"괜찮아요."

그는 여자의 손을 가만히 쥐었다. 손이 몹시 차가웠다. 두 손으로 그것을 소중히 받쳐들고 거기에 조심스럽게 입을 맞추었다. 그 순간 여옥은 그들의 사랑이 최고의 단계로 접어들었음을 느꼈다.

사랑이란 진실을 전제로 한다. 그렇다면 모든 것을 고백해야 한다. 그를 배신하고 있는 스파이 행위도 털어 놓아야 한다. 여옥은 하림을 쳐다보았다. 그러나 차마 그것만은 털어 놓을 수가 없었다.

그 대신 이렇게 물었다.

"그이가 하시는 일이 그렇게 나쁜 일인가요?"

하림은 오랫동안 대답하지 않았다. 여옥은 목이 타는 것을 느꼈다. 그녀가 먼저 말했다.

"대답 안 하셔도 돼요."

"아니오. 말하겠소. 대치씨는 이 땅을 혁명의 피로 물들이려 하고 있소. 만일 이 땅에 혁명이 휩쓴다면 수백만의 무고한 생명들이 죽어가게 될 거요."

여옥은 고개를 설레설레 흔들었다.

"그, 그런 줄 몰랐어요."

"그가 주장하고 있는 혁명이란 인간본성을 거역하는 것이오. 만일 혁명이 성공한다면 모든 사람들의 개인생활은 없어지고 획일적인 생활이 강요될 거요. 절대자가 군림해서 개인의 자유를 박탈하고 식물인간처럼 묵묵히 독재체제에 순종하기만을 강요할 거요. 사유재산을 인정하지 않고 모든 것을 국유화시켜 생활필수품도 배급해 주게 될 거요. 그렇게 되면 빈부의 차도 없어지고 생활이 안정될 거라는 것이 그들의 주장이오. 그렇지만 나는 세끼 밥을 배불리 먹고 식물인간이 되느니 차라리 두끼만 먹어도 좋으니 자유의 길을 택하겠소. 가난한 사람들은 쌀을 얻기 위해 자유를 팔고 싶겠지요. 실제로 쌀은 자유보다 호소력이 강하고 매력적이지요. 그렇지만 그것은 자유의 가치를 모르는 사람들이 흔히 빠지게 되는 함정이에요. 자유란 그것을 잃어봐야만 그 진정한 가치를 알게 되는 것이오."

하림의 이야기를 듣고 난 여옥은 부끄러움을 느꼈다. 그녀는 나뭇가지 사이에 걸려 있는 달을 바라보았다.

"세상 사람들의 손길이 미치지 않는 외딴 곳에서 자유스럽게 살 수 없을까요? 저는 이 세상이 갑자기 싫어졌어요."

"꿈같은 이야기요. 사람들의 손길이 미치지 않는 곳이란 이 세상에서 없어진 지 오래요. 인간은 세상에 태어나면서부터 거기에 예속되는 거요. 어디를 가도 인간이 만든 정치적 굴레에서 벗어날 수가 없어요. 이건 어쩔 수 없는 운명이에요."

어디선가 부엉이 우는 소리가 들려왔다. 그들은 입을 다물고 그쪽으로 시선을 돌렸다. 부엉 부엉. 소리가 점점 멀어지고 있었다. 그들은 그 소리가 사라질 때까지 귀를 기울이고 있었다. 부엉이 울음 소리가 사라졌을 때 여옥은 다시 모든 비밀을 털어놓아야 한다고 생각했다. 그러나 하림의 시선과 마주치는 순간 입이 떨어지지가 않았다. 그런데 하림이 그녀의 그러한 마음을 읽기나 한 듯

"혹시⋯⋯대치씨가 무슨 정보 같은 거 요구하지 않던가요?"
하고 물었다.

그 말을 듣는 순간 여옥은 소스라치게 놀랐다. 가슴이 쿵쿵 뛰면서 눈앞이 캄캄해져 왔다. 하림씨는 이미 모든 것을 알고 있는 게 아닐까. 그럴 리가 없다. 그럴 리가 없어. 그녀는 얼결에 머리를 흔들어댔다.

"그, 그런 적 없어요."

얼굴을 보이기 싫어 남자의 가슴에 얼굴을 묻었다. 하림은 그녀의 등을 부드럽게 어루만져 주었다.

"미안하오. 그런 질문을 해서⋯⋯"

완전히 의혹이 가시지 않은 것 같은 목소리였다. 단지 이쪽의 감정을 건드리려고 하지 않는 배려 끝에 나온 말 같았다.

여옥은 당혹감에서 벗어나려고 하림의 와이셔츠 사이로 손을 집어넣었다. 튼튼하고 따뜻한 가슴이 손끝에 와 닿았다. 기다렸다는 듯이 이번에는 하림의 손이 여옥의 가슴을 향해 미끄

러져 들어왔다. 탐스러운 젖가슴이 남자의 손안에 들어가 부끄러운 듯 자리잡자 가슴속에서 잠자고 있던 본능이 되살아났다. 본능에 몸을 떨며 그녀는 숨가쁘게 말했다.

"만일……만일……제가 하림씨를……배신하게 된다면……어, 어떡하죠?"

"그, 그럴 리가 없어요. 난 여옥이를 믿어요."

손안에 가득 찬 젖가슴이 풍선처럼 부풀어오르는 것 같았다. 여옥은 솟구치듯 말했다.

"아아, 사랑해요! 마음대로 하세요!

"안 돼!"

"마음대로 하세요!"

"안 돼! 그럴 수 없어!"

남자와 여자는 절박하게 외쳤다. 하림은 비틀거리며 쓰러지려는 여옥을 부둥켜안았다. 욕망과 함께 일종의 자학적인 감정이 그녀를 휩쓸고 있었다. 하림에 대한 배신행위를 육체로 보상하려는 생각이 어리석게도 그녀로 하여금 그렇게 행동하게 한 것이다.

"저를 마음대로 짓밟으세요! 저 같은 여자는 창부나 다름없어요! 저를 짓밟고 때리세요! 저는 스파이에요! 당신을 배반하고 있어요!"

그녀는 이렇게 외치고 싶었다. 정신없이 외쳐대고 싶었다. 그러나 끝내 그런 말은 나오지가 않았다.

"당신을 가지고 싶어. 영원히 곁에 두고 싶어. 그렇지만 안 돼. 그래서는 안 돼. 당신은 남자가 있는 몸이야."

"저는 이제 갈 데가 없어요. 그이는 저를 돌보지 않아요. 저는 어떻게 해야죠?"

"기다립시다. 모든 건 시간이 해결해 줄 거요. 나는 여옥이가 이 시련을 훌륭히 이겨내리라고 믿어요. 과거처럼 말이오."

"이젠 그렇지가 못해요! 그이는 저를……"

그녀는 끝내 울음을 터뜨렸다.

"저는 나쁜 여자예요. 하림씨는……후회하실 거예요. 언젠가는 저라는 여자를 혐오하시게 될 거예요."

"그럴 리가……그럴 리가 없어. 절대 그럴 수 없어."

"아니에요. 어느 땐가는 반드시……"

불행한 연인들은 한데 엉켜 몸부림쳤다. 서로를 사랑하고 신뢰하기 때문에 그 몸부림은 더욱 암담한 것일 수밖에 없었다. 여옥은 하림에게 안긴 채 숲을 빠져나왔다. 집으로 돌아가고 싶지 않은 밤이었다. 거리에 나왔을 때 하림은 냉정을 찾은 목소리로 말했다.

"언젠가는 대치씨가 여옥이한테 정보를 요구하게 될지도 몰라요. 그 사람한테는 이쪽 정보가 많이 필요할 테니까 말이오."

여옥은 몸이 굳어지는 것을 느꼈다. 이럴 때는 뭐라고 해야 할까. 무슨 말인가 해야 한다. 그녀가 머뭇거리고 있는 사이에 하림은 못을 박듯 말했다.

"혹시 대치씨가 그런 요구를 하더라도 절대 정보를 제공해서는 안 돼요. 여옥이는 귀중한 정보를 많이 대하고 있으니까 각

별히 조심해야 해요."

여옥은 아연한 눈으로 하림을 쳐다보았다. 이분은 이미 모든 것을 알고 있는 게 아닐까. 모든 걸 고백해 버리자. 순간 대치의 험한 모습이 앞을 가로막았다. 어둠 속에서 그가 노려보고 있는 것만 같아 그녀는 숨을 흑하고 들이켰다. 그리고 가만히 고개를 끄덕였다.

집으로 돌아온 여옥은 잠이 올 리가 없었다. 이처럼 스파이짓을 계속한다는 것은 하림을 배신하는 것이다. 그를 배신하고 남편의 지시를 따라야 할 것인가, 아니면 계속 그짓을 해야 할 것인가. 아무리 생각해도 결정을 내릴 수가 없었다.

그러나 그녀에게 직접적으로 영향을 끼치는 사람은 아무래도 대치였다. 양심이 가져오는 심리적 갈등이 아무리 강하다 해도 그것으로 대치의 직접적인 영향력을 물리치기에는 그녀는 너무 무력했다. 갈등을 겪으면서도 그녀는 결국 어쩔 수 없이 매일매일 정보자료에 손을 댔다. 그리고 대치가 말한 대로 군대조직에 관한 것을 알아내려고 점점 깊이 빠져 들어갔다.

당시 국내 경찰력은 1만 7천 명 가량으로 미미하기 짝이 없었다. 좌익의 폭력활동에 미처 대처할 수 없어 우익 청년단체들이 경찰을 돕고 있었지만 군정당국이 볼 때는 여전히 불안하기 짝이 없었다. 미군 병력 또한 주민 1천 명당 3명꼴이었으니 마음을 놓을 수 없는 것이 당연했다.

여기서 건군(建軍)의 필요성이 대두되게 되었다. 미군정은 이른바 「Bamboo(대나무) 계획」을 작성해서 서둘러 미국방성에 제출했다. 그 계획이란 부족한 경찰력을 지원함과 동시에 비상사태에 대처하기 위하여 경찰예비대(약칭 경비대 = South Korea Constabulary of Police Reserve)를 창설하는 것이었다. 규모는 8개 사단 크기였는데 미국방성은 이 계획안을 승인해 주었다.

이처럼 단순히 경찰력을 지원하기 위해 발족한 경비대는 얼마 후 「국방경비대」로 명칭을 바꾸면서부터 서서히 경찰과는 다른 군 조직으로 탈바꿈해 나가기 시작했다. 먼저 군 출신들이 대거 흡수되고, 그들을 기간으로 각 지방 형편에 따라 연대가 창설되었다. 입대한 청년들에게는 구 일본군 군복과 함께 역시 구 일본군의 단발식인 38식 및 99식 소총이 지급되었다. 초라하고 어설프기 짝이 없는 군대였지만 그런 대로 건군의 기틀은 조금씩 잡혀 나가고 있었다.

여옥의 손에 국방경비대 조직표가 들어온 것은 3월 하순께였다. 그것은 대강 다음과 같았다.

① 최고의 지휘권은 국방사령부에 둔다.
② 국방사령부 산하에 군사국(軍事國)과 경무국(警務國)을 둔다.
③ 군사국은 육군부와 해군부로 나뉘며, 국방경비대 총사령부를 관장한다.
④ 국방경비대 총사령부는 군사국 직속으로서 고급부관실, 인사과, 작전과, 조달보급과로 구성된다.

⑤ 총사령부는 잠정적인 조치로서 9개 연대를 우선적으로 각지방에 분산 배치한다.

⑥ 제1연대는 서울, 제2연대는 대전(大田), 제3연대는 이리(裡里), 제4연대는 광주(光州), 제5연대는 부산(釜山), 제6연대는 대구(大邱), 제7연대는 청주(淸州), 제8연대는 춘천(春川), 제9연대는 제주(濟州)에 둔다.

여옥이 이 자료에 접근하게 된 것은 하림의 부탁으로 서류를 정리하면서였다. 하림은 급한 일 때문에 외출하면서 서류정리를 그녀한테 맡긴 것이다. 그녀를 너무 믿었기 때문이었을 것이다. 그런데 여옥은 끝내 하림을 저버리고 그 군사자료를 손에 넣었다. 프린트된 여러 벌의 서류 속에서 하나를 집어내어 품속에 감추면서 그녀는 전율했다. 이미 들여놓은 발을 빼내기는 어려운 일이다. 여옥도 마찬가지였다.

그렇게 전율을 느끼면서도 그녀는 이튿날도 정보를 빼냈다 사신이 저지르는 일이 얼마나 큰 영향을 미칠지도 모른 채 그 짓을 되풀이했다.

두번째 빼낸 자료에는 경비대 창설에 대한 구체적인 내용이 들어 있었다. 전율과 함께 결코 발각되어서는 안 된다는 생각이 들었다. 나쁜 짓이긴 하지만 남편을 위한 길이기 때문에 어쩔 수 없다는 일종의 자기 합리화에 빠지기도 했다.

① 국방경비대의 규모는 8개사단을 원칙으로 하나 우선적

으로 각 도에 1개 연대씩을 창설하는데 주력한다.

② 창설 방법은 각 지역의 형편에 따라 먼저 1개 중대를 편성하고 이를 기간으로 하여 대대를, 이어서 연대를 확장하여 편성을 완결토록 한다.

③ 중앙에서는 자료 보충과 자금 지원만을 맡는다.

④ 창설 임무를 맡은 자는 모든 문제를 자체적으로 해결해야 한다.

⑤ 창설요원의 구성은 미군 고급장교를 장으로 하여 조선인 장교 수 명과 미군 장교 수 명 및 하사관 수 명으로 한다.

⑥ 창설요원은 창설에 필요한 자금만을 휴대하고 창설지에 가서 대원을 모집하는 한편 부대 막사를 정비하고 유능한 인재를 하사관으로 임명하여 훈련시킨 다음 중대 ─ 대대 ─ 연대로 편성해 나간다.

⑦ 각 연대 병력의 규모는 약 3천 명 정도로 한다.

극비에 속한 정보자료는 무진장할 정도로 많았다. 기실 장하림이 국방경비대에 관한 1급 문서들을 이렇게 많이 다루게 된 것은 그 자신이 거기에 깊이 관여하고 있었기 때문이었다. 여옥은 그 많은 자료들을 모두 절취할 수 없어 그중 중요하다고 생각되는 것만 골라 뽑았다. 그 가운데 각 지방 경비대의 위치를 밝힌 자료는 그녀가 절취한 것 중에서도 매우 중요한 것이었다.

△ 각 도의 경비대 설치 장소는 다음과 같다.

① 제1연대 A중대(중대장 대위 채병덕) = 경기도 양주군 노해면 태능(구 일본군 지원병훈련소)

② 제2연대 A중대(중대장 대위 이형근) = 충남 대전 비행장

③ 제3연대 A중대(중대장 중위 김백일) = 전북 이리(구 일본군 해군예과대)

④ 제4연대 A중대(중대장 중위 김홍준) = 전남 광산군 극락면 쌍촌리(구 일본군 해군예과대)

⑤ 제5연대 A중대(중대장 소위 박병권) = 경남 부산시 감천동(구 일본군 해군예과대)

⑥ 제6연대 A중대(중대장 소위 김영환) = 경북 대구시 중동(구 일본군 병사)

⑦ 제7연대 A중대(중대장 소위 민기식) = 충북 청원군 사천면 개실리

⑧ 제8연대 A중대(중대장 중위 김종갑) = 강원도 춘천시(구 종방회사 기숙사)

⑨ 제9연대 A중대(중대장 중위 장창국) = 제주도 남제주군 모슬포(구 일본군 비행기지)

그때 장하림은 어느 정도 경비대 창설에 관계하고 있었을까. 미군 정보국에 근무하고 있던 그는 누구보다 먼저 군정당국의 계획을 알고 있었다. 아얄티를 통해 그는 일찍부터 군 조직의 필요성을 강조하곤 했다. 그러나 군정당국은 군대를 창설하

는 문제에 대해서는 처음부터 계속 부정적인 태도를 취했다.

군정당국이 필요로 한 것은 치안유지를 위한 경찰력의 강화였지 군대가 아니었다. 미군정이 군대 창설을 기피한 것은 조선이 미·소 군정하에 있는데 남한에 일방적으로 군대를 창설하면 북한에서도 상대적인 조치를 취하게 될 것이고, 그렇게 되면 훗날 동족간에 무력 충돌의 화근을 주게 될 것이라는 우려에서였다.

그러나 이것은 사태를 정확히 판단하지 못한 데서 온 생각이었다. 북한에서는 이미 소련군이 보안대(保安隊)라는 인민군의 전신(前身)을 육성하고 있었던 것이다. 그래서 하림은 그의 능력에 닿는 한 최대한으로 북한의 군사력 증강에 대한 정보자료를 확보해 그것을 아얄티에게 제공했다. 아얄티는 그것을 군정 수뇌들에게 제출했다.

아얄티는 물론 경비대 창설에 대해 하림과 같은 생각을 가지고 있었다. 그러나 미국방성의 승인을 거쳐 나온 이른바 「Bamboo 계획안」이란 군대가 아닌 군정청 경찰의 보조기관으로서의 Constabulary(경관대)를 창설한다는 내용이었다. 이 계획에 따라 곧 「경찰예비대」(경비대라 약칭)가 창설되었는데 군정당국은 시종일관 치안유지를 위한 경찰 보조기관일 뿐이라는 방침을 고수했으므로 훗날 북의 침략을 초래하는 직접적인 원인이 되었던 것이다.

군대 창설의 꿈에 부풀어 있던 조선인 군사전문가들은 군정청의 처사에 불만이었지만 언젠가는 경비대를 국군의 모체로 키우고야 말겠다는 의지를 안고 경비대 창설에 적극 참여했다. 이 과정에서 하림은 조선인 군사전문가들과 수시로 접촉을 가졌다. 그 접촉을 통해 그는 그들에게 많은 정보를 흘려 넣어 주었다. 덕분에 창설요원들은 군정청의 계획이나 의도를 사전에 알게 되었고, 거기에 따라 그들에게 유리한 쪽으로 문제를 이끌어 나갈 수 있게 되었다. 이러한 연유로 하림은 조선인 군사전문가들과 친분이 두터워지게 되었고, 중요하고 막강한 인물로 그들 사이에 자리잡게 되었다.

미군의 입장에서도 하림은 귀중한 존재였다. 영어회화 실력이 뛰어난데다 일제시 OSS에서 특수 훈련까지 받은 경력이 있고, 또 탁월한 정보요원으로 평가받고 있었기 때문에 그는 정보국 내에서 없어서는 안 될 인물로 자리를 굳히고 있었다. 무엇보다도 아얄티 국장의 신뢰가 그에게 크게 도움이 되었음은 물론이다.

외부의 요청과 자의에 따라 그는 미군과 조선인 군사전문가늘 사이의 교량역할에 발벗고 나섰다. 따라서 양쪽의 의도와 정보가 그를 통해 오고 갔다. 그는 그 의도를 조정하고 각종 정보를 정리해 나갔다.

여기에 여옥의 손이 미친 것이다. 그가 미처 손이 가지 않아 여옥의 도움을 청한 것이었지만 아무튼 자기도 모르는 사이에 불행의 씨를 뿌리게 된 것이다.

이때까지도 아직 그에게는 분명한 직책 같은 것이 없었다. 아얄티 국장을 보좌하는 조선인 정보요원일 뿐이었다. 그런데도 불구하고 그는 어느 쪽에서나 환영을 받고 있었고 중요한 인물로 부각되고 있었다.

하림은 경비대 창설요원들과 빈번히 접촉하는 가운데 경비대를 국군의 모체로 키워야 할 필요성을 절감하게 되었다. 그것은 군정당국의 방침에는 위배되는 짓이었지만 언젠가는 물러가게 될 미군에 대체해서 조선인 군대를 확보해야 한다는 것은 당연한 논리였던 것이다. 그 길만이 이 땅의 적화를 막는 길이었던 것이다.

경비대를 군대식으로 탈바꿈시키기 위한 회의가 비밀리에 거듭 열렸다. 그들은 군정당국의 방침을 정면으로 부정할 수는 없었기 때문에 내용상으로 편제를 군대조직으로 바꿔야 한다는 의견이 지배적이었다. 즉 기구를 개편할 필요성을 모두가 느끼고 있었다. 그러나 기구개편에는 군정당국의 허가가 있어야 했다.

하림이 공작에 나섰다. 그는 아얄티를 움직였다. 아얄티는 북한에 창설되어 있는 보안대에 관한 자료를 들고 군정책임자를 만났다. 때를 맞춰 조선인 군사전문가들도 기구개편을 요구하는 의견서를 제출했다.

얼마 안 가 기구개편이 단행되었다. 국방사령부를 해체하고 그 대신 국내경비부(Department of Internal Security)를 설치했는데, 건군열에 불타는 조선인들은 이를 그들 나름대로 통위부(統衛部·국방부의 전신)라고 불렀다.

여기서 경무국은 경찰을 관장하는 기관으로 따로 독립해서 떨어져 나가고 국방경비대 총사령부(육군본부 전신)는 인사국·정보국·작전교육국·군수국·고급부관실·법무감실·의무감실·재무감실·감찰감실·병참감실·공병감실·조달감실·통신감실·후생감실·정훈감실·헌병감실등으로 군 조직체계를 갖추게 된다.

이에 맞춰 경비대의 지휘권도 본격적으로 조선인에게 인계되기 시작했다. 경비대 창설요원들은 그들 나름대로 조직을 확대하는데 정열을 쏟았다.

그러나 이러한 열의에도 불구하고 경비대는 질적으로 발전을 보지 못했다. 그것은 군정당국이 충분한 자금지원을 하지 않았기 때문이다. 일본군들이 입던 누더기 같은 군복과 99식 소총 따위로 겨우 외형적인 모습만 갖추었을 뿐이었다.

아무튼 하림의 책상 위에 쌓인 정보철은 여옥의 손에 의해 분류되어, 그 중 중요하다고 생각되는 것은 모두 밖으로 빠져나갔다. 문제가 이렇게 된 이상 잘못은 하림에게 있었다. 그가 여옥을 의심하고 그런 것을 맡기지 않았다면 극비정보가 속속 누설되는 불행이 일어나지는 않았을 것이다.

그녀를 너무 사랑한 나머지 그는 털끝만치도 의심을 품어 보지 않았다. 대치라는 존재가 마음에 걸리지 않는 것은 아니었지만 그것으로 여옥에 대한 신뢰에 틈이 벌어지지는 않았다. 아무리 남편의 부탁이라고 하지만 여옥이 자기를 배신하고 스파이짓을 하리라고는 꿈에도 생각지 않았다. 여옥을 조금이라도 의심하는 것만으로도 그는 오히려 죄의식을 느낄 정도였다. 그만큼 그는 여옥을 신뢰하고 사랑했던 것이다.

한편 최대치는 아내를 통해 귀중한 정보가 마구 흘러 들어오자 그 어느 때보다도 기분이 흡족했다. 북으로부터는 그 대가로 두개의 영웅 칭호가 내려졌다. 하나는 대치에게, 다른 하나는 여옥에게 부여된 것이었다.

어느 날 여옥은 퇴근길에 차에 실려 어디론가 안내되었다. 그곳은 교외에 자리잡은 별장이었는데, 대치를 비롯해 10여명의 사나이들이 그녀가 오기를 기다리고 있었다.

"수고 많았어. 지금 곧 우리 두 사람한테 영웅훈장이 수여될 거야."

안으로 들어서는 여옥을 붙잡고 대치가 작은 소리로 속삭였다. 그는 몹시 흥분하고 있는 것 같았지만 여옥은 그 말을 듣고도 마음이 동하지가 않았다. 그녀는 오히려 오랜만에 남편을 만났다는 사실에 기쁨을 느끼고 있었다.

정장 차림의 중년 사나이 하나가 앞으로 나서서 그들에게 훈장을 수여했다.

"당은 동무들을 혁명영웅으로 받들기로 했소. 앞으로도 당과 인민을 위해 투쟁해 주기 바라오."

둘러서 있던 사나이들이 힘차게 박수를 쳤다. 곧 붉은 별 모양의 훈장이 대치와 여옥의 가슴에 하나씩 매달렸다.

여옥은 그것을 내려다보며 억지로 웃음을 지어 보였다. 몹시 어색한 웃음이었다. 나는 남편을 위해서 일한 것뿐이에요. 혁명영웅이라니 당치도 않은 말이에요. 그녀는 이렇게 속으로 중얼거리고 있었다. 무서운 불안감이 그녀를 갑자기 덮쳐왔다. 거대한 조직 속에 묶여 옴치고 뛸 수도 없게 됐다는 데서 오는 불안감이었다.

남편을 쳐다보았다. 대치는 만면에 웃음을 띠고 있었다. 안경 너머로 번득이고 있는 외눈이 유난히도 빛을 내고 있었다. 남편이 그렇게도 좋아하는 모습을 보자 여옥의 불안감은 다소 누그러졌다. 남편만 믿고 의지하면 된다는 생각이 들었다. 귀속감과 철저한 복종의식이 그녀를 지배하고 있었다.

밖으로 나와 그들 둘만이 있게 되자 대치는 아내를 끌어안았다. 그리고 키스를 퍼부었다.

"사랑해. 모든 게 당신 덕분이야."

남편이 스스로 먼저 사랑한다는 말을 하기는 이번이 처음이었기 때문에 여옥은 왈칵 눈물이 솟구쳤다. 자신의 스파이 행위가 남편을 이토록 기쁘게 하고 그에게 큰 도움이 되었다면 결코 나쁜 일만은 아니었다는 생각이 들었다. 그와 함께 앞으로도 계속 남편을 위해 무슨 짓이든지 해야겠다고 마음먹었다.

"당신에게 도움이 된다면 무슨 일이든지 하겠어요."

"내가 걱정하는 건 당신이 위험해지지 않을까 하는 점이야."

"전 괜찮아요. 아무래도 좋아요."

"그래도 조심해야 돼."

"당신이나 조심하세요. 항상 마음을 놓을 수가 없어요."

여옥은 어둠 속에서 빛나는 눈으로 남편을 바라보았다. 어두워서 남편의 표정을 잘 읽을 수가 없었다. 그녀는 남편이 이끄는 대로 그의 품에 안겨 걸어갔다.

시야 가득히 들판이 들어왔다. 들판 저쪽 끝에 불빛이 몇 개 보였다. 마을인 것 같았다. 상쾌한 바람이 얼굴을 스치고 지나갔다. 구름 사이로 초생달이 얼핏 보였다가 사라졌다. 그녀는 숨을 깊이 들이켰다. 가장 행복한 순간이었다. 대치의 억센 팔 안에서 그녀의 가는 허리가 버들가지처럼 휘어졌다.

대치는 거세게 그녀를 끌어안고 몸을 더듬었다. 실내도 아니고 밖에서 그녀의 몸을 요구하고 있었다. 여옥은 당황했다. 그러면서도 한편으로는 희열을 느꼈다.

"아이, 이런 데서 어떻게……"
"아니야, 밖에서 하늘을 보고 해야 진정한 맛을 알 수 있는 거야."
"누가 지나가기라도 하면 어떻게 해요."
"적당한 장소가 있을 거야."

대치는 앞장서서 걸어갔다. 그 뒤를 따라가면서 여옥은 기묘한 흥분과 기쁨을 느꼈다.

저이의 매력은 이렇게 저돌적이고 비정상적인 데 있는 게 아닐까. 부지런히 따라 걷는 동안 그녀는 얼굴을 내내 붉히고 있었다.

대치는 조그만 야산 기슭에서 걸음을 멈추었다. 제법 큰 소나무들이 서 있는 야산이었는데 한쪽으로 돌아가자 움푹 꺼진 곳이 있었다. 안으로 들어앉자 아늑한 기분이 들었다.

"밑에만 벗어."

저고리를 벗어 깔면서 대치는 거침없이 말했다. 여옥이 머뭇거리자 그는 그녀를 안아 눕혔다.

"춥나?"

"아니오."

아랫도리가 벌거벗겨지는 것을 느끼면서 그녀는 눈을 감았다. 수치심은 잠깐이었다.

이윽고 두 남녀는 짐승처럼 엉겨붙어 돌아갔다. 옛날 옛적에 인간이 그랬듯이 그들은 문명의 탈을 벗고 자연 속으로 몰입해 들어갔다.

여옥은 한 손을 뻗어 잔디를 쥐어뜯었다. 따뜻한 물결이 감미롭게 몸을 적시는 것 같았다. 구름 사이로 초생달이 나타났다. 여옥은 눈을 가만히 뜨고 달을 바라보았다. 남편의 거친 숨결이 귀뿌리 근처를 뜨겁게 해 주고 있었다. 바로 얼굴 위에서 달이 춤을 추고 있었다. 그녀는 입을 벌리고 하아 하고 가쁜 숨을 내쉬었다.

일을 치르고 난 대치는 재빨리 몸을 일으켰다. 여옥은 그 기분을 더 오래 간직하고 싶었지만 남편이 몸을 일으키는 바람에 따라 일어나 앉았다.

대치는 만족감에 젖어 한동안 말없이 앉아 담배를 피웠다. 정신없이 육욕에 탐닉하던 그가 언제 그랬느냐 싶게 멀거니 앉아 담배만 빨아대는 것을 보자 여옥은 참 이상한 사람이라는 생각이 들었다. 여옥은 턱을 괸 채 남편의 옆모습을 물끄러미 바라보았다. 전혀 딴 표정으로 담배를 피우고 있는 모습이 신비스러워 보이기조차 했다.

담뱃불이 포물선을 그으며 날아갔다. 그가 몸을 움직였다.

"영웅 칭호는 아무나 받는 게 아니야."

아까와는 달리 목소리가 무거웠다. 여옥은 남편의 어깨 위에 머리를 기댔다.

"우리가 영웅 칭호를 받게 된 것은 의미 있는 일이야. 아마 다른 사람들은 그 의미를 모를 거야. 일본군에 끌려가 죽을 고생을 하고……그것을 극복했기 때문에 오늘의 영광이 있는 거야. 그것만으로도 우리는 영웅 칭호를 받을 만해."

목소리가 허공을 울렸다. 그가 과거를 생각하고 있는 것을 알자 여옥은 가슴속으로 칼이 들어오는 것 같은 기분을 느꼈다. 저절로 머리가 흔들렸다. 자신이 영웅이라는 생각은 조금치도 들지 않았다. 그런 것은 남자들한테나 어울리는 말이다. 나는 혁명이 뭔지도 잘 모른다.

"혁명영웅이란 죽을 때까지 싸우는 거야. 나는 죽을 때까지 싸울 결심이 돼 있어. 싸움은 이제부터 시작이야."

"싸우는 건 좋은 일이 아니에요."

"좋은 일을 위해 싸우는 거야."

"당신은 항상 싸우지 않고는 편히 지낼 수가 없나 보지요?"

날카로운 지적에 대치는 고개를 돌려 새삼스럽게 아내를 바라보았다.

"그럴지도 모르지. 당신 지금 몇 살이지?"

"스물이에요."

"음, 우리가 처음 만난 게 언제였지?"

"제가 열 일곱 살 때였어요."

"벌써 3년이 흘렀군."

그는 아내의 얼굴을 두 손으로 감싸쥐고 거기서 지난 3년의 세월을 찾으려는 듯 한참 동안 그녀를 들여다보았다.

그날 밤 남편과 헤어져 집으로 돌아온 여옥은 밤새 무서운 꿈에 시달렸다. 그것은 남편이 칼을 들고 쫓아오는 꿈이었다. 그녀는 맨발로 달리고 있었다. 아무리 달려도 남편과의 거리는 멀어지지 않고 있었다. 남편의 씩씩거리는 거친 숨소리가 바로 뒤에까지 다가오고 있었다. 바로 앞에 높은 벼랑이 있었다. 그녀는 죽음을 각오하고 벼랑 밑으로 뛰어내렸다. "아악!" 하는 처절한 비명 소리와 함께 눈을 떴을 때는 온몸이 식은땀으로 축축이 젖어 있었다.

며칠 후 여옥은 근무처에 사흘간의 휴가를 신청했다. 신청 이유는 아버지의 묘를 이장하기 위해서였다. 그 동안 공동묘지에 묻어둔 아버지의 유골이 언제나 그녀의 마음에 가시처럼 걸려 있었다. 아버지를 고향 땅에 모셔야 한다고 생각하면서도 그럭저럭하는 사이에 벌써 상당한 시일이 흘러가 버렸다.

죄스러움에 견디다 못해 그녀는 마침내 아버지의 묘를 고향으로 이장하기로 결심했다. 휴가를 얻기 전에 먼저 대치에게 연락을 취해 그를 만났다. 아내의 이야기를 듣고 난 대치는 너무도 당연한 일이었기 때문에 남편된 입장에서 그 일을 외면할 수가 없었다. 더구나 그는 여옥의 아버지인 윤홍철의 죽음에 결정적인 영향을 끼친 과거가 있었기 때문에 아내로부터 묘를 이장해야겠다는 말을 듣는 순간 몹시 기분이 착잡해지지 않을 수 없었다.

아무 것도 모르는 여옥은 정 바쁘면 혼자서라도 인부를 사서 이장해야겠다고 말했다. 대치는 펄쩍 뛰었다.

"무슨 말을 그렇게 하는 거야? 생전에 한번도 못 뵈었다고는 하지만 장인 어른의 산소를 이장하는데 내가 모른 체하다니 말이 되나."

이렇게 말은 하면서도 그는 내심 여옥이 자신과 윤홍철과의 관계를 알아낼까 봐 여간 불안하지가 않았다. 아버지를 죽게 한 사람이 바로 남편이라는 것을 알게 되면 여옥이 가만있을 리가 없을 것이다.

누구보다도 제일 마음에 걸리는 사람은 바로 미군 정보국의 아얄티 중령이었다. 그가 상해에 있을 때 어느 날 밤 스쳐가듯 만난적이 있는 아얄티를 서울에서 다시 보게될 줄이야 꿈에도 생각지 못한 일이었다. 여옥으로부터 처음 아얄티란 이름을 들었을 때, 그리고 결혼식장에까지 나타난 그자가 틀림없이 상해에서 보았던 그 검은 선글라스의 미국인임을 확인했을 때 그는 모골이 송연했었다. 그자가 이쪽을 알아보면 정말 큰일이었다. 그러나 그 뒤 아무 일 없는 것을 보면 그자가 아직 이쪽을 못 알아보고 있는 것 같았다. 만일 이쪽을 알아보게 되면 그자가 가만있지 않을 것임은 물어 보나마나한 일이었다. "이자는 상해에서 유명한 독립운동가인 노일영 목사를 살해한 극좌파 암살자다!" 아마 이렇게 소리치고 나설 것이 틀림없었다.

대치로서는 여옥의 아버지 윤홍철의 죽음에 대해 어느 정도 죄책감이 드는 것이 사실이었다. 다른 사람이라면 몰라도 여옥의 아버지이기 때문에 그런 생각이 드는 것이었다. 결핵중증환자인 윤홍철이 곧 죽을 것이라는 것은 예견했다. 그러나 나중에 여옥으로부터 그녀의 아버지가 얼마나 비참하게 죽었는가를 알았을 때 그는 적지 않은 충격을 느꼈었다.

그 죄책감에서 조금이라도 벗어나 보려는 듯 그는 인부를 쓰지 않고 손수 홍철의 묘를 파헤치고 유골함을 꺼냈다. 남편이 땀을 뻘뻘 흘리며 그토록 열심히 일하는 것을 보고 여옥은 감동했다. 그리고 그 감동은 남편을 위해 무슨 일이든지 해도 좋다는 자기 합리화로 발전했다. 자기는 스파이짓을 하면서 얼마나 많은 갈등을 느꼈던가. 그런 갈등까지도 이제는 가져서는 안 된다고 그녀는 생각했다.

남편과 함께 아버지 유골함을 들고 고향에 내려가는 길은 지난날처럼 그렇게 외롭고 서럽지가 않았다. 마을 사람들의 시선에도 이제는 별로 신경이 쓰이지가 않았다.

장모의 산소 옆에 나란히 터를 잡고 난 대치는 처음처럼 인부를 쓰지 않고 직접 땅을 팠다. 손바닥이 부르틀 정도로 힘이 들었지만 그는 쉬지 않고 땅을 팠다.

남편이 일하는 옆에서 여옥은 감동하는 눈빛으로 남편을 시종 바라보고 있었다. 남편은 그녀가 손대는 것을 한사코 말리고 혼자서 모든 일을 했다. 그것이 여옥의 눈에는 더욱 대견스러워 보였다.

대치는 참회하는 자세로 장인의 산소를 만들었다. 점심때가 되어 남편과 함께 싸가지고 온 김밥을 나누어 먹을 때 여옥은 더 없는 행복감을 맛 보았다. 이제 슬픔 따위는 존재하지 않을 것처럼 보였다.

점심을 먹고 나서 대치는 다시 일에 몰두했다. 그는 그야말로 정성스럽게 장인의 봉분을 만들어 나갔다. 힘센 장정 몇이 일해도 한나절은 걸릴 일을 그는 혼자서 해 나갔다. 마지막으로 거죽에 떼를 입히고 났을 때는 서산에 해가 뉘엿뉘엿 넘어가고 있었다.

젊은 부부는 새로 만들어 놓은 산소 앞에 술을 따라놓고 절을 했다. 여옥은 고향땅 어머니 곁에 아버지를 모셔다 놓고 남편과 함께 예를 올리는 것이 너무도 감격스러워 그만 절을 하다 말고 그 앞에 엎드려 울었다. 아무리 참으려고 해도 눈물이 자꾸만 나왔다.

대치는 속죄하는 기분으로 장인을 향해 고개를 깊이 숙였다. 그는 오랫동안 고개를 들지 못한 채 고개를 숙이고 있었다. 가슴이 타는 듯했다. 장인어른, 용서하십시오. 어쩔 수가 없었습니다. 당신은 희생될 수밖에 없었습니다. 비정한 사나이들의 세계에서는 강자만이 살아남을 수밖에 없습니다. 장인어른은 약자였기 때문에 희생된 겁니다. 얼어 죽으시다니, 얼마나 추우셨겠습니까. 엎드려 비오니 용서해 주십시오. 편히 잠드십시오. 따님은 이제 저한테 맡기십시오. 고생이 되겠지만 우리는 기구하게 맺어진 사이입니다. 저는 이 세상의 누구보다도 아내를 사랑하게 됐습니다. 그전에는 사랑이라는 걸 우습게 생각했었습니다. 그러나 아내를 통해 저는 사랑이 무엇인지를 깨닫게 되었습니다. 부디 편히 잠드십시오.

대치의 눈에도 눈물이 번졌다. 자신도 알 수 없는 눈물이었다. 그것을 뿌리치기라도 하듯 그는 홱 돌아앉아 담배를 피웠다. 여옥도 눈물을 그치고 그 옆에 다가와 앉았다.

날이 어둑어둑해지고 있었다. 서산마루 위에는 아직 붉은 낙조가 남아 있었다. 이름 모를 새들이 낙조 속으로 무리지어 날아가고 있는 것이 보였다.

"감사해요."

여옥이 나지막한 소리로 말했다. 처음부터 끝까지 혼자 힘으로 아버지의 이장을 끝내준 남편에게 그녀는 진심으로 감사한 마음이 늘었다. 대치는 팔을 뻗어 아내를 감싸안았다.

"감사하긴 뭐가 감사하다는 거야. 당연히 해야할 일을 한 것 뿐인데……"

"아니에요. 그렇지 않아요. 정말 감사해요."

"그런 말하지 마."

"이제 저는 할 일을 다했다는 기분이 들어요. 아버님은 이제 편히 잠드실 수 있을 거예요."

"나도 이렇게 이장을 끝내고 나니까 한결 마음이 놓이는군.

이제부터 우리는 새로운 각오로 일해야 될 거야."

"제 생명이 있는 한 당신을 위해 무슨 일이든지 하겠어요."

"고마워."

대치는 여옥을 부축하고 일어섰다.

"드릴 말씀이 있어요."

"뭔데……"

남편을 바라보는 여옥의 시선이 빛나고 있었다. 여옥은 부끄러운 듯 대치의 어깨에 얼굴을 묻었다.

"저……아기 가진 것 같아요."

"뭐라구?"

대치의 외눈이 번쩍했다.

"왜, 왜 이제야 그걸 말하지?"

"확신이 서지 않아서 말씀을 못 드렸어요."

"확실해?"

여옥은 고개를 끄덕이면서 대치를 올려다보았다. 대치는 이글거리는 눈빛으로 아내를 쏘아보다가 아내가 귀여워 견딜 수 없다는 듯 그녀를 왈칵 끌어안았다.

"아, 당신 멋지군, 멋져. 이번에는 어떤 놈이 태어날까?"

중얼거리면서 그는 아내의 옷속으로 조심스럽게 손을 집어넣었다. 여옥은 남편의 손이 옷속으로 들어와 아랫배를 쓰다듬자 온몸이 녹아내리는 것만 같았다.

"이 속에 아기가 들었단 말이지?"

"아이……"

여옥은 부끄러워 얼굴을 들 수가 없었다. 그럴수록 대치는 집요하게 아내의 배를 쓰다듬었다.

"이 뱃속에 우주가 들었군. 믿어지지 않는 일이야. 이렇게 따뜻하고 부드럽다니. 이 속에 들어가 한숨 자고 싶은데……"

"당신은 아들이 좋으세요, 딸이 좋으세요?"

"다 좋아. 그렇지만 이번에는 딸을 낳는 게 좋겠군. 당신, 병원에 가봤어?"

"아직 못 갔어요."

"서울에 올라가면 가 봐. 알았어?"

"네, 알았어요."

"당신, 당분간 위험한 짓은 하지 마."

"괜찮아요."

"언제 아기를 낳지?"

"아직 모르겠어요. 몇 개월 됐는지 병원에 가서 알아 봐야겠어요."

말이 끝나자마자 여옥의 몸이 번쩍 쳐들려 올라갔다. 두 손으로 아내를 안아 올린 대치는 갑자기 웃음을 터뜨리며 무덤 주위를 한 바퀴 돌아갔다. 여옥이 내려달라고 사정했지만 그는 막무가내였다.

"우리의 여왕님이 땅을 밟아서야 되나. 내가 서울까지 안아다 줄 테니까 가만있어."

"아이, 사람들이 봐요. 내려 줘요."

"보면 어때. 괜찮아."

대치는 아내를 받쳐든 채 산을 내려갔다. 누가 보기에도 행복한 모습이었다. 대치는 아내를 안고 내려가는 동안 수없이 그녀에게 키스를 퍼부었다. 일찍이 아내가 그토록 사랑스러워 보인 적이 없었다.

여옥은 남편의 목을 끌어안고 눈을 감고 있었다. 배를 타고 떠가는 기분이었다. 이루 말할 수 없이 행복했다. 남편으로부터 그렇게 사랑을 받아 보기는 처음이었기에 그녀가 받은 감동은 실로 컸다.

부드러운 봄바람과 함께 어둠이 묻어내리고 있었다. 평화와 안식이 포근히 감싸고 있었다. 적어도 이곳만은 어지러운 세태 속에서 벗어난 듯했다. 그러나 사실은 그렇지가 않았다. 겉으로만 평온할 뿐 밑바닥에는 태풍이 불어닥치고 있었다.

대치와 여옥은 아무도 보고 있지 않다고 생각했다. 그러나 그렇지가 않았다. 깊은 눈길로 그들의 움직임을 뒤따라오며 낱낱이 보고 있는 사람이 있었다. 다른 누구도 아닌 바로 장하림이었다.

그가 대치 내외를 따라온 것은 서울에서부터였다. 여옥이 아버지 묘소를 이장하기 위해 휴가를 내어 고향으로 내려간 것을 뒤늦게 알게 된 하림은 그 일을 도와주어야겠다고 생각했었다. 그러나 다음 순간 여옥이 대치와 함께 내려갈지도 모른다는 생각이 얼핏 들었다. 그는 조심스럽게 역으로 나가 보았다. 그의 예감은 적중했다. 여옥은 대치와 동행이었다.

변장을 했지만 대치의 모습은 알아볼 수가 있었다. 하림은 돌아서려고 했지만 발길이 떨어지지가 않았다. 생각끝에 결국 그들을 따라가 보기로 했다.

대치를 보자 하림은 분노가 끓어올랐다. 그를 당장 체포해 버리고 싶었다. 그러나 여옥과 동행인 그를 차마 체포할 수는 없었다.

여옥의 고향에까지 따라와 나무 사이에 숨어서 대치의 일하는 모습을 보고 있는 동안 그는 격심한 혼란을 느꼈다. 대치가 일꾼하나 쓰지 않고 혼자서 장인의 묘소를 만들어내는 광경은 확실히 놀라운 것이었다. 그것은 지금까지의 대치에 대한 인상을 말끔히 씻게 하기에 충분한 것이었다. 저 친구가 생각을 달리한 게 아닐까. 제발 그래 주었으면 얼마나 좋을까.

하림을 놀라게 한 또 하나의 사실은 대치의 엄청난 힘이었다. 윗통을 벗어붙이고 해가 질 때까지 쉴 새 없이 일하는 그의 모습은 누가 보기에도 혀를 내두를 정도로 강건해 보였다. 그의 몸에서는 끊임없이 힘이 솟아나오고 있는 듯했다.

하루송일 그는 숲 속에 앉아 그들의 움직임을 관찰했다. 망원경으로 관찰했기 때문에 그들의 움직임 하나하나가 뚜렷이 보였다.

일을 마치고 그들이 묘소 앞에 꿇어앉아 절을 했을 때, 그리고 대치가 여옥을 안아들고 산을 내려가기 시작했을 때 하림은 감동으로 몸이 떨릴 지경이었다. 감동한 나머지 그는 눈물까지 흘렸다. 일찍이 그렇게 행복해 보이는 부부를 본 적이 없었다. 여옥을 안아들고 오솔길을 걸어가는 대치의 모습은 마치 천하를 얻은 듯 위풍당당해 보였다.

"사나이군! 그야말로 사나이야!"

자기도 모르게 중얼거리는 소리가 흘러나왔다. 그들의 행복해 보이는 모습을 보고 질투가 느껴지지 않는 것도 아니었다. 그러나 여옥이 대치와 결혼생활에 행복해질 수 있다면 그런 질투 따위는 얼마든지 참고 견딜 수가 있었다. 여옥이 얼마나 행복해 하고 있는가를 두 눈으로 똑똑히 확인한 하림은 비로소 안심이 되었다. 대치를 체포함으로써 여옥의 행복을 물거품이 되게 할 수는 없었다.

그는 마침내 발길을 돌렸다.


봄이 가고 여름이 왔다. 배도 눈에 띄게 불러갔다. 7월에 들어 그녀는 근무처에 휴직원을 내고 집에 들어앉았다. 11월이 산월이었다.

정국은 갈수록 살벌해지고 있었다. 좌우익의 충돌은 이제 완전히 무력에 의존하고 있었다. 그런 가운데 온건좌파의 지도자인 여운형(呂運亨)이 백주에 혜화동 로터리에서 흉탄에 쓰러졌다. 47년 7월 19일의 일이었다. 그날 여운형은 차체가 큰 검은 승용차를 타고 혜화동 자택을 나와 근로인민당 본부로 가고 있었다. 그때까지 무려 아홉 번이나 테러를 당한 바 있는 그는 최근에 들어 극도로 몸조심을 하고 있었다.

차속에는 여운형과 경호원이 함께 타고 있었다. 차는 뙤약볕 속을 질주해 나가다 혜화동 로터리 커브길에서 갑자기 멈춰 섰다. 돌을 가득 실은 트럭이 갑자기 그의 차를 가로막았기 때문이다. 운전사가 창문 밖으로 고개를 내밀고 트럭에게 비키라고 소리쳤다.

그때 돌연 괴한 한 명이 골목에서 뛰어나와 승용차 뒤 범퍼에 매달렸다. 여운형이 고개를 숙이자 괴한은 유리창을 깨고 안으로 권총을 들이밀었다. 경호원의 외침 소리를 총소리가 집어삼켰다.

탕!

탕!

탕!

세 발의 총성이 한낮의 정적을 뒤흔들었다. 작렬하는 태양이 광란하듯 춤을 추었다. 총소리가 사라지고 모든 것이 일순 정지해 버린 듯했다.

총알은 여운형의 바른편 어깨와 뒷머리를 정통으로 꿰뚫었다. 앞으로 쓰러진 여운형의 머리에서 검붉은 피가 철철 흘러나왔다. 흩어진 유리 파편이 피에 흥건히 젖자 차속은 더욱 참혹한 모습으로 변했다.

경호원과 마침 거리에 있던 경찰이 범인을 뒤쫓았다. 범인은 허름한 일본 군복 상의에 흰 바지를 입고 있었고 고무신을 신고 있었다. 그러나 성북동으로 가는 샛길로 도망친 범인의 행방은 묘연했다.

닷새 후 수도청에서는 돌연 범인을 체포했다고 발표했는데 범인은 놀랍게도 열아홉 살의 홍안소년이었다. 그는 법정에서 이렇게 소리쳤다.

"좌우를 막론하고 국내를 혼란케 하는 자는 다 죽여야 나라가 바로 서겠기에 강행한 의거인데 무슨 잘못이냐?"

여운형은 사상적인 문제에 앞서 민족의 지도적 위치에 있던 인물이었다. 웅변가로 이름높은 그는 좌우합작을 추진함으로써 양쪽 진영으로부터 경원당하고 비난을 받았다. 외롭고 곤경에 처한 때에 암살을 당한 것이다. 조선 민족으로서는 아까운 인재를 또 한 사람 잃은 셈이었다.

생전에 그를 우익에 아첨하는 기회주의자라고 배척했던 남로당은 장례식에서 다음과 같은 조사(弔辭)를 발표했다.

"……공위(共委)를 성공시켜서 민족독립을 달성하느냐, 공위를 파괴하여 반동적 단독정부 조작으로 조국을 또다시 노예화하느냐의 판가름 싸움인 결전장에서 선생은 전우들의 비분통분을 받으시면서 먼저 쓰러지셨습니다. 인민의 선두에서 투쟁하는 우리 당중앙위원회는 전 당원의 이름으로 진정한 애국자이며 민족의 지도자이신 몽양(夢陽) 여운형 선생의 전사(戰死)를 무한히 애석히 여기며 앞으로 민주독립투쟁에서 기어코 승리할 것을 맹약합니다.

이러한 격동 속에서 1년만에 다시 제2차 미·소 공동위원회가 덕수궁 석조전에서 열렸다. 좌우익은 이를 통해 제각기 다른 의견을 제시했는데 그중 특이한 것은 토지개혁과 친일파 숙청 대책이었다.

우익은 토지개혁은 유가매상 유상분배(有價賣上 有償分配)

로 해야 한다고 주장한데 반해 좌익은 무상몰수 무상분배(無償沒收 無償分配)를 고집했다.

친일파 숙청대책에 있어서는 우익은 그 범위를 축소하려고 했고, 좌익은 그것을 확대하려고 했다. 즉 우익은 숙청대상자에 대한 규정은 법률로 정하되 악질적으로 민족에 해를 끼쳐 민중의 원성이 높은 자에 국한해야 한다고 주장했고, 좌익은 귀족원의원, 수작자(受爵者), 중추원고문, 참의, 도부회(道府會)의원, 총독부 도·시군의 책임자, 경찰, 헌병, 검사국, 재판소의 책임자 또는 악질적 복무자, 군수생산과 기타 경제자원 제공자, 친일단체의 지도자에 이르기까지 그 대상을 광범위하게 잡았다.

이러한 좌우익의 예각대립과 협의대상 선정문제를 둘러싼 미·소의 의견대립으로 제2차 공위(共委)도 결국 결렬이 되고 말았다.

대지는 긴 가뭄에 목이 타고 백성들은 물을 달라고 아우성이었다. 그러나 그해 여름의 정치기상도는 작렬하는 태양처럼 뜨겁기만 했다.

# 시련의 바다

 민족의 시련은 계속되고 있었다. 그 시련에 박차를 가하기라도 하려는 듯 남과 북은 창군(創軍)에 온 힘을 쏟고 있었다. 그러나 남과 북은 창군의 바탕이나 속도에 있어서 엄청난 차이가 났다.

 남한의 국방경비대가 겨우 머릿수나 채우면서 보잘 것 없는 소총으로 무장하고 있는데 반해 북한의 군대는 처음부터 우수하고 강력하게 출발했다. 북한은 우선 소련의 지원 하에 소련파 공산당 일색으로 권력체제를 굳혔으므로 제반 계획을 그들의 의도대로 일사 불란하게 진행해 나갈 수가 있었다. 본격적인 창군에 앞서 정지 작업을 한 것은 보안대(保安隊)였다. 보안대는 치안대·자위대·적위대 등 사설 군사단체를 해체하고 치안과 경비를 위해 창설된 일종의 내부적인 군대였다. 그 간부는 모두가 열성적인 공산당원으로 소련파를 위해 충성을 맹세한 사나이들이었다.

 북한 전역을 장악한 보안대는 소련파에 대항하는 일체의 불안요소를 가차없이 무자비하게 척결했다. 그리고 그 토대 위에서 창군을 서둘렀다.

먼저 정치장교 양성기관으로 평양학원을 설치한 다음, 이어서 장교 양성을 위한 보안간부학교, 철도보안대대라 칭한 기간부대 및 모병과 신병교육을 위한 보안훈련소 등을 세웠다. 그리고 이들 기관을 통솔지휘할 총사령부로 보안간부훈련대대부(保安幹部訓練大隊部)를 평양에 창설했다. 이 대대부가 훗날 인민군 총사령부로 발전하는데, 대대부가 창설되면서부터 조직적인 군 편성이 시작되었다.

그 후 제2차 미·소 공위 회담이 절망적으로 흐를 무렵 보안간부훈련대대부는 재편확충되어 인민집단군(人民集團軍)이라 불리게 되었다. 이때부터 군이니 사단이니 하는 명칭이 붙여지고, 전 장병에게 계급이 부여되는 등 모든 것이 군대식으로 일변했다.

이들에 대한 훈련은 소련군 고문관이 맡았다. 그리고 소련은 그들을 76밀리 곡사포, 45밀리 대전차포, 14밀리와 15밀리 대전차포, 120밀리와 82밀리 박격포, 각종 기관총, 따발총, 소총 등 소련제 무기로 무장시켰다.

모병은 18세부터 25세까지의 청년을 대상으로 한 지원제였고 나중에는 민청당원이나 당원을 집단적으로 각 훈련소에 입소시켜 군사훈련을 시켰다.

아무튼 이렇게 해서 북에는 유사이래 처음으로 소련제 무기로 무장한 강력한 군대가 태어났다. 1947년의 일이었다. 그리고 이 군대는 단기간 내에 보다 막강한 군대로 팽창하는 소지를 충분히 안고 있었다. 그것은 단지 시간문제일 뿐이었다.

한편 제2차 미·소 공위 회담마저 결렬되자 이제 이승만을 중심으로 한 남한 단독정부 수립계획은 결정적인 것으로 굳어지고 있었다. 그들은 좌익과 중간파의 반대를 무릅쓰고 총선거 추진운동에 박차를 가했다.

미군은 소련과의 냉전이 심화됨에 따라 그때까지의 소극적인 자세에서 적극적인 자세로 태도를 바꾸었다. 그것은 눈에 보이지 않는 지하전쟁에 돌입했음을 의미하는 것이었다. 미군 점령지역인 남한을 적화시키려는 소련의 음모와 좌익의 폭력을 최대한으로 저지하고 가능한 지역에 우익정권을 세워야 한다는 데에 미군정창의 기본방침이 세워진 것이다. 따라서 양측은 자연 첩보전의 성격을 띤 지하전쟁이 치열하게 전개될 수밖에 없었다.

그 주역을 하림이 근무하고 있는 미군 정보국이 도맡다시피 했다. 정보국장 아얄티 중령은 정보국 내에 CIC(Counter Intelligence Corps)를 급히 설치했다. 방첩업무를 전담할 이 기구에는 미군만이 아닌 조선인들도 요원으로 채용되었다. 국방경비대에서 차출된 사람들이었다. 자연 이 기구는 연합적인 성격을 띠게 되었다.

장하림도 이 방첩대에 들어갔다. 그는 정식으로 국방경비대 대위 계급장을 달고 조선인들을 지휘감독하는 책임자의 자리에 앉았다.

방첩대는 아무도 간섭할 수 없는 독자적인 기관으로 발돋움했다. 미군과 공존하는 기관이었기 때문에 예산은 풍부했고 장비는 모두 최신형 미제였다. 경찰, 헌병 및 기타 수사기관보다 상위기관으로서 방첩대는 첩보활동 외에도 체포, 구금, 수사를 영장 없이 마음대로 집행할 수가 있었다. 한마디로 무서운 기관으로 등장한 것이다.

이러한 기관의 조선측 책임자가 된 장하림 역시 실력자로 부각될 수밖에 없었다. 그러나 그는 가능한 한 밖에 얼굴을 노출시키지 않고 뒤에서 움직이려고 노력했다. 권력 자체를 혐오하는 그는 자신이 책임자가 된 것을 결코 자랑스럽게 생각하지를 않았다.

그는 CIC의 당면과제를 두 가지로 나누었다. 하나는 남한에서 좌익의 폭력을 제지하고 우익정권을 세울 수 있도록 제반 여건을 조성하는 일이었고, 다른 하나는 북으로부터 정보를 수집하는 일이었다. 특히 하림은 북쪽 군대에 대한 정보가 무엇보다도 필요했다.

10월 하순 여옥은 옥동자를 낳았다. 두번째 아들이었다. 남편도 없이 쓸쓸히 아기를 낳았지만 그녀는 이제 자신이 완전히 뿌리를 내렸다고 생각하면서 기쁨을 감추지 못했다.

연락을 받은 대치는 하루가 지난 이튿날 한밤중에 나타났다. 몹시 바쁜지 허둥대는 모습이었다. 그는 둘째 아들을 껴안고 정신없이 볼을 비벼대고 나서

"네 이름은 최웅(崔雄)이다! 영웅이 되기 바란다!"

하고 소리쳤다. 여옥은 그것을 보자 더없이 기뻤다.

"울음 소리가 아주 커요."

"음, 나를 닮은 모양이지."

대치는 아내를 껴안아 주고 나서 들고 온 꾸러미를 풀었다. 미역과 꿀이 들어 있었다.

"산모한테는 꿀이 좋다니까 먹도록 해."

"전 괜찮아요. 당신이나 가져다 잡수세요."

"나는 너무 건강해서 탈이야."

대치가 일어서는 것을 보고 여옥은 웃음을 거두었다. 단 하룻밤만이라도 집에서 함께 지냈으면 좋으련만 남편은 그럴 처지가 못되었다. 안타까운 일이었다. 언제까지 이러한 별거상태가 계속되어야 하는지 아무도 장담 못하고 있었다.

일어나려는 여옥을 말리면서 대치는 방문을 열었다. 그리고 돌아서서 조금 심각한 표정으로 물었다.

"몸을 풀고 나면 다시 직장에 나가야 되겠지?"

"원하신다면 나갈 수 있어요."

여옥은 이제는 집안에 들어앉아 아이들을 기르는데 온 정성을 쏟고 싶었다. 당연히 그래야 한다고 생각하고 있었다. 그런데 남편은 아내가 계속 직장에 나가는 것을 바라고 있었다. 그가 무엇을 원하고 있는지를 알고 있는 그녀로서는 기분이 착잡할 수밖에 없었다. 그러나 남편의 뜻을 거역하고 싶지는 않았다. 그녀는 이미 남편을 위해 자신을 희생할 각오가 되어 있었던 것이다.

"당신의 도움이 계속 필요해."

대치는 이렇게 말끝을 맺고 밖으로 사라졌다.

일 주일쯤 지나 이번에는 하림이 꽃다발을 한아름 안고 여옥의 집을 찾아왔다. 흰 국화다발을 보자 여옥은 가슴에서 신선한 기쁨이 용솟음치는 것을 느꼈다. 하림은 일어나려는 그녀를 만류하고 그녀의 손을 가만히 잡아 주었다. 두 사람은 막상 별로 할 말이 없었다. 서로가 상대방을 정신없이 바라보기만 할 뿐이었다.

이윽고 하림이 안심이 되는 듯 천천히 고개를 끄덕였다.. 여옥이 별탈 없이 아기를 또 낳았다는 사실이 그는 한없이 기쁘고 대견스러웠다.

"대치씨는 알고 있나요?"

"네……"

"다녀갔나요?"

"네, 며칠 전에 다녀갔어요."

"기뻐하던가요?"

그의 물음에 여옥은 얼굴을 붉히면서 가만히 고개를 끄덕였다. 머리를 풀고 누워 있는 그녀의 모습은 어느 때보다도 청초하고 아름다워 보였다. 도저히 아기를 둘이나 낳은 여자 같지가 않았다.

그들은 무엇인가 갈구하는 눈길로 서로를 응시했다. 그러나 그전과는 달리 그들은 더 이상 앞으로 접근하지 않고 있었다. 그런 행위를 서로가 삼가하고 있었다. 눈에 보이지 않는 장막이 그들 사이에 어느새 가로놓여져 있었던 것이다.

아기를 하나 더 낳았다는 사실은 그만큼 중요했다. 여자가 한 남자의 아이를 둘이나 낳았다는 것은 이제 완전한 가정의 주부로서 뿌리를 내렸다는 것을 의미한다. 그것은 즉 성역(聖域)을 구축했다는 것을 뜻한다. 그 성역을 침범하는 것은 크나큰 죄악이다. 아무도 그것을 넘봐서도, 침범해서도 안 된다. 또한 주부는 목숨을 걸고 성역을 지켜야 한다. 지키지 못하면 그 가정은 무너지는 것이다. 파멸되는 것이다.

서로 마주잡고 있는 두 사람의 손길은 뜨거웠다. 그러나 그뿐이었다. 두 사람 다 자제하고 있었기 때문에 응시하는 눈길만 더욱 빛나고 있었다.

그때 문이 열리더니 할머니가 아기를 데리고 들어왔다. 대치의 큰아들이었다. 할머니의 손을 벗어난 아기는 하림을 물끄러미 바라보다가 그가 팔을 벌리자 아장아장 걸어왔다. 이제 두 돌이 지난 아기는 토실토실한 것이 귀엽기 짝이 없었다. 영락없이 대치를 닮은 모습이었다. 눈이 부리부리한 것이 벌써부터 개성 있는 모습을 보여주고 있었다. 아기는 하림의 무릎 위로 올라앉더니 그를 향해

"아빠……"

하고 불렀다. 그리고는 이내 한 손으로 그의 코를 쥐어뜯었다. 코에 상처가 날만큼 따끔했다.

"대운아, 아저씨한테 그러면 안 돼."

여옥이 아기를 끌어당기자 놈은 자기 엄마의 얼굴을 후려갈

졌다. 그리고는 울음을 터뜨렸다. 얼굴이 시뻘개진 채 격렬하게 울어댔다. 하림이 달래도 소용이 없었다.

할머니가 민망해 하면서 아기를 데리고 나가자 여옥이가 말했다.

"아빠를 닮아서 성질이 드센가 봐요."

한 바탕 소란을 피우고 나간 아기를 보자 하림은 감회가 새로웠다. 2년 전 그의 손으로 아기를 받았을 때 그는 생명에 대한 외경과 신비감으로 얼마나 몸이 떨렸던가. 야수의 무리들에게 날개가 잘리고 뼈마저 갉히고 문드러진 어린 위안부가 끝까지 살아남아 사랑하는 남자의 아기를 낳았다는 것은 분명히 하나의 신화였다. 여옥은 신화를 창조한 신비스러운 여자다.

그녀는 자신이 창조한 신화를 끝까지 지켰다. 아기를 건강하게 키우고, 그 아기가 아장아장 걸을 줄 알게 되고, 엄마 아빠를 부르게 되고, 떼까지 쓰는 것을 보았을 때 하림은 그 신화가 살아서 움직이고 있음을 깨달았다. 그것은 하나의 충격이었고 감동이었다.

그는 그 신화가 끝까지 지켜져야 한다고 생각했다. 그러기 위해서는 현재 적대관계에 있는 최대치를 보호해 줄 필요가 있었다. 만일 대치가 체포되어 사형이라도 받는다면 여옥의 신화는 참담한 결과로 끝날 것이 뻔하다.

하림은 여옥을 가만히 들여다보면서 말했다.

"만일⋯⋯누가 와서 대치씨를 찾으면 모른다고 하시오. 소식이 끊긴 지 오래됐다고 하시오. 언젠가는 한번쯤 조사를 받게 될지도 모르니까. 그런 경우에는 나한테 즉시 연락해 줘요. 내 이름을 대도 좋아요."

"고마워요."

"나는 이번에 보다 중요한 일을 맡게 됐어요. CIC라는 새로운 기구에서 중책을 맡게 됐는데 주된 일은 방첩에 관한 거요. 미군과 합동으로 하는 일이기 때문에 효과가 클 거요."

"방첩이라면 좌익과 싸우는 거 아닌가요?"

여옥의 얼굴에서 미소가 사라졌다. 불안이 스쳐갔다.

"주로 좌익과 싸우는 일이지요."

"그럼 그이는 어떻게 되지요? 더욱 위험해지나요?"

"갈수록 위험해질 수밖에 없어요. 여기에 있는 한……"

"부탁이에요. 그이를 구해 주세요. 부탁이에요."

하림을 올려다보는 눈이 불안에 싸여 있었다. 하림은 한 손으로 그녀의 머리칼을 쓰다듬어 주었다.

"힘이 닿는 한 구해 보겠소. 그렇지만 내 능력을 벗어날 경우에는 나도 어쩔 수 없어요. 대치씨와 어느 때라도 연락을 취할 수 있나요?"

"네, 할 수 있어요."

하림이 가고 난 뒤 여옥은 새로운 불안에 휩싸였다. 그때까지의 기쁨은 한낱 쓸모 없는 것으로 날아가 버리고 그 대신 남편의 일을 어떻게 해야할지 갈피를 잡을 수 없는 혼란 속으로 빠져들었다.

여옥의 불안은 즉시 현실로 나타났다. 하림이 들렀다 간 바로 그날 밤 9시경이었다. 전화벨이 요란스럽게 울었다. 그녀가 불안한 마음으로 수화기를 들었더니 그것은 바로 하림으로부터 온 전화였다.

"빨리 대치씨한테 연락하시오! 지금 우리 요원들이 습격하러 갔으니까 빨리 피하라고 해요!"

여옥이 미처 뭐라고 대답할 사이도 없이 전화는 끊어졌다. 여옥은 극심한 전율을 느끼면서 남편이 있는 곳으로 서둘러 전화를 걸었다.

그때 대치는 막 하숙집으로 돌아온 참이었다. 그는 수시로 거처를 옮기고 있었기 때문에 그의 거처를 아는 사람은 극소수에 지나지 않았다.

"뭐라고? 하림이 한테서 그런 전화가 왔단 말이야?"

아내의 전화를 받은 대치는 몹시 경악했다.

"알았어!"

통화내용을 곰곰이 따져볼 겨를이 없었다. 중요한 것들을 가방에 챙겨 넣고 막 방을 나오자 대문을 요란스럽게 두드리는 소리가 들려왔다.

"누구신가요?"

안주인이 마당을 가로질러 가면서 묻자 퉁명스러운 반응이 왔다.

"빨리빨리 문 열어요!"

대치는 각오하고 있던 참이라 뒤껻으로 달려나가 잽싸게 담을 뛰어넘었다. 다행히 그쪽에는 감시원이 없는 것 같았다. 담에서 내려와 골목 안으로 줄달음치자 그제서야 뒤에서 호각 소리가 요란스럽게 들려왔다.

"서라! 쏜다!"

곧이어 총소리가 들려왔다. 대치는 멈칫하다가 계속 달려갔다. 총소리 정도에 놀랄 그가 아니었다. 도망치는 데는 명수였다. 달릴수록 힘이 솟구치고 있었다.

한참을 그렇게 달리자 추적에서 완전히 벗어난 것 같았다. 어느 찻집으로 들어가 털썩 주저앉자 비로소 등골에서 축축이 식은땀이 느껴졌다. 한숨을 내쉬며 커피를 마셨다. 화가 머리끝까지 치밀어 올랐다. 시시각각으로 위험이 닥쳐 오고 있음이 느껴졌다.

장하림이 CIC 조선측 책임자가 된 것을 그는 잘 알고 있었다. 그런 정보는 속속 들어오고 있었다. 막강한 실력자가 된 장하림은 현재 좌익 테러리스트의 표적이 되고 있었다. 모두가 그를 두려워하고 증오하고 있었다.

장하림이 항상 그림자처럼 뒤에 따라붙고 있다고 생각하자 그는 견딜 수가 없었다. 그의 손에서 벗어나야만 자유로워질 수가 있는 것이다. 그런데 비참한 꼴을 당한 지금의 기분으로서는 그의 손에서 벗어났다는 생각이 들지 않았다. 놈은 여유 있게 아내를 통해 피하라고 연락까지 취해 주었다. 체포할 수 있지만 봐준다는 뜻이다. 기막힐 노릇이다.

놈은 순전히 아내 때문에 나를 살려 주고 있는 것이다. 놈의 배려에 조금도 감사할 마음이 들지 않는 것은 그 때문이다. 놈은 지금 내가 도망치는 꼴을 상상하면서 회심의 미소를 짓고 있 겠지. 생각할수록 화가 치밀었다. 치욕감으로 그의 얼굴은 불그락 푸르락해지고 있었다. 패배감에 사로잡혀 그는 어쩔 줄 몰라했다. 적대관계에 있으면서 이제는 하림의 보호를 받는다고 생각하니 가슴이 터져 버릴 것만 같았다.

한편으로 생각하면 장하림 역시 위험한 도박을 하고 있는 것이 분명했다. 이쪽을 살려준다는 것은 하림 쪽으로서는 크나큰 피해를 각오하지 않으면 안 되는 것이다. 적어도 그가 그런 도박을 계속하고 있는 한은 이쪽의 안전은 보장되어 있는 셈이다. 자존심이 허락치 않는 일이었지만 대치는 하림이 정 그렇게 나온다면 그를 이용할 수밖에 없다고 생각했다.

그 해도 한 달밖에 남지 않은 무렵 미국은 조선문제 해결을 UN총회에 맡겼다. 미·소점령지역에서 총선거를 실시하여 독립국가를 수립해 주자는 미국측 제의는 무난히 총회를 통과했다. 거기에 따라 전조선 단일정부 수립을 위한 총선거 감시기구로서「유엔한국위원회」가 설치되었다.

긴장이 감도는 가운데 이번에는 우익진영의 지도자인 한국민주당 정치부장 장덕수(張德秀)가 암살되었다. 12월 2일 저녁, 자택에서 저녁상을 받고 있다가 방문객을 맞으러 현관에 나갔는데, 바로 그 자리에서 암살 당한 것이다. 범인은 경찰관 복장을 한 사나이와 사복청년 한 명이었다. 경찰 복장의 사나이가 어깨에 메고 있던 카빈총으로 장덕수를 사살했다.

47년 한해는 이렇게 불행하게 저물어갔다. 혼란과 불안이 계속되는 가운데 그래도 백성들은 다가올 새해에 실낱 같은 희망을 걸었다. 새해에는 UN의 결정대로 새로운 독립국가가 탄생해 주기를 기대한 것이다.

마침내 1948년이 다가왔다. 무엇인가 결정해야 할 새해가 다가온 것이다. 모두가 불안과 희망이 엇갈리는 가슴으로 새해를 맞았다.

유엔에서 온 진귀한 손님들이 대중 앞에 그 모습을 드러낸 것은 1월 8일이었다. 인도, 프랑스, 필리핀, 오스트레일리아, 중국, 엘살바도르, 시리아 등 7개국 대표로 구성된 UN임시한국위원단이었다. 남북한에서 실시되는 총선거를 감시하기 위해 온 것이었다.

서울운동장에서 그들을 맞이하는 환영식이 열렸는데 진귀한 손님들을 보기 위해 사람들이 구름같이 몰려들었다. 위원단 의장인 인도의 메논은 다음과 같이 말했다.

"누구든지 북조선과 남조선을 생각할 때는 기독교에서 쓰는 말, 즉 하나님이 결합시켰으니 하나님 외에는 아무도 분리시킬 수 없다는 말을 인용하려고 합니다. 그리고 사실상 조선을 분리시키기를 원하는 사람은 없습니다. 38선은 조선을 영구히 쪼개려고 한 것은 아닙니다. 그것은 사소한 군사적 협정으로 생긴 것입니다."

이튿날 위원단은 38선을 넘어 북한으로 들어가려고 했다. 그러나 소련군사령관은 그들의 입북을 거절했다. 거기에 맞춰 남한의 좌익은 물론 중간파까지도 유엔에 의한 선거를 맹렬히 반대하고 나섰다.

UN한국위원단은 난처했다. 난처한 사실을 UN에 보고하자 미국은 선거가 가능한 지역 즉 남한에서만이라도 선거를 치러야 한다고 제의했다. 소총회는 미국의 제의를 통과시키고 5월 10일에 선거를 실시하기로 결정했다. 한 나라의 운명이 좌우된 역사적인 결정이었다.

이승만을 중심으로한 우익계에서는 유엔의 그러한 결정을 적극찬성하고 나섰다. 그러나 좌익은 물론 김구 계열의 우익은 통일정부 수립을 말살하는 처사라고 결사 반대하면서 남북협상을 제의하고 나섰다.

회오리바람이 일었다. 위기감이 고조되었다.

북한에서는 남한의 변화에 질세라 인민회의(人民會議)를 열고 헌법안을 공표했다. 곧이어 인민집단군을 인민군(人民軍)으로 개칭, 인민군 창설을 선포했다.

2월 8일 인민군 창설식에서 김일성은 이렇게 말했다.

"우리가 오늘 인민군대를 가지게 되는 것은 우리 조국의 민주주의 완전자주독립을 일층 촉진시키기 위해서이다. 오늘 조선인민 앞에는 자기 손으로 자기의 군대를 준비함으로써 통일적인 자주독립국가 건설을 촉진시킬 중대한 민족적 과업이 있다."

무력의 시위였다. 그리고 의미심장한 말이었다. 그러나 아직이 말에서 피비린내를 느낀 사람은 아무도 없었다. (이때부터 김일성은 북조선 인민위원장 자격으로 인민군을 통수하고 원수의 칭호를 갖게 된다.)

얼마 후 김구와 김규식은 남북협상차 평양에 가는데 그때 그들은 5월 1일 메이데이 식전에 초대받아 최초의 인민군 열병식을 평양 역전 광장에서 구경하게 되었다.

김구는 인민군의 위용과 그 막강한 장비에 놀라지 않을 수 없었다. 그래서 옆에 서 있는 김일성에게 물었다.

"무엇 때문에 이와 같은 군대를 만드는가? 남에도 경비대가 있으나 그것은 경찰대 이상의 것은 아니다."

김일성은 거기에 대해 이렇게 대답했다.

"조선이 독립한 날에는 일본 제국주의의 재침에 대비할 필요가 있다."

김구는 이때 분명히 남북이 분열해서 따로 따로독립하면 반드시 내전이 일어나게 되고 북의 침략은 피할 수 없다고 생각하게 되었다.

백범 김구와 이승만은 모두가 조국의 독립을 위해 일생을 바친 노애국자들이었다. 그러나 독립국가를 세움에 있어서 그들의 생각하는 바는 근본적으로 달랐다.

이승만은 공산주의자들과의 대화를 처음부터 반대했다. 선진 미국에서 오랫동안 자유민주주의와 자본주의 경제체제의 풍요함에 익숙해져 온 그로서는 우선 생리적으로도 공산주의란 것이 마음에 들지 않았다. 공산주의자라고 하면 보기도 싫어했으니 그들과 무릎을 맞대고 앉아 이야기한다는 것은 생각할 수도 없는 일이었다. 더구나 그는 공산주의자들의 궁극적인 목표가 무엇인가도 꿰뚫어 보고 있었다. 남한까지도 적화시킬 것이라는 것을 그는 알고 있었다. 그것을 알면서 그들과 헛된 협상을 할 수는 없었다. 결국 그는 남한만이라도 적화되는 것을 막으려는 심정에서 남한만의 단독선거를 추진한 것이다. 남들이 볼 때는 그는 협상의 여지가 없는 너무도 완고하고 분명한 반공주의자였다.

백범 김구 역시 공산주의를 싫어했다. 그러나 그는 남과 북에 각각 색채가 다른 정권이 들어섬으로써 조국이 영구히 분열되는 것을 걱정했다. 그가 유엔 감시하의 단독선거를 한사코 반대한 것은 이 같은 민족분열을 막기 위해서였다. 가장 중요한 문제를 놓고 백범과 우남은 정면 충돌했다. 어느 날 백범은 조국분단을 우려하면서 「3천만 동포에게 읍고함」이란 제목하에 5천어에 달하는 장문의 성명문을 발표했다. 피를 토하는 듯한 애국충정을 눈물로 호소한 것이다.

「……우리가 기다리던 해방은 우리 국토를 양분하였으며 안으로는 그것을 영원히 양국의 영토로 만들 위험성을 내포하고 있다. ……미군 주둔 연장을 자기네의 생명 연장으로 인식하는 무지몰각한 도배들은 국가민족의 이익을 염두에 두지도 아니하고 박테리아가 태양을 싫어함이나 다름없이 통일정부 수립을 두려워하는 것이다. 그리하여 그들은 음으로

양으로 유언비어를 조출하여서 단선(單選), 단정(單政)의 노선으로 민족을 선동하여 국련위원회를 미혹하기에 전심력을 경주하고 있다. 미군정의 난익(卵翼) 하에서 육성된 그들은 경찰을 종용하면서 선거를 독점하도록 배치하고 인민의 자유를 유린하고 있다. ……통일하면 살고 분열하면 죽는 것은 고금의 철칙이니 자기의 생명을 연장하기 위하여 남북의 분열을 연장시키는 것은 전 민족을 사갱(死坑)에 넣는 극악극흉(極惡極兇)의 위험일 것이다.

우리는 첫째로 자주독립의 통일정부를 수립할 것이며 이것을 달성하기 위하여 먼저 남북 정치범을 석방하며 미·소 양군을 철퇴시키며 남북 지도자 회의를 소집할 것이니 이 철과 같은 원칙은 우리의 목적을 관철할 때까지 변치 못할 것이다.

삼천만 자매형제여! 한국이 있고야 한국사람이 있고 한국사람이 있고야 민주주의도 공산주의도 또 무슨 단체도 있을 수 있는 것이다. 그러면 우리의 자주독립적 통일정부를 수립하려는 이때에 있어서 어찌 개인이나 자기의 사리사욕을 탐하여 국가민족의 백년대계를 그르친 자가 있으랴. 우리는 과거를 한번 잊어 버려 보자. 갑은 을을, 을은 갑을 의심하지 말며 타매(唾罵)하지 말고 피차의 진지한 애국심에 호소해 보자! 암살과 파괴와 파공(罷工)은 외군의 철퇴를 연장시키며 조국의 독립을 방해하는 결과를 조출할 것이다. 악착한 투쟁을 중지하고 관대한 온정으로 임해 보자! 마음속의 38선이 무너지고야 땅위의 38선도 철폐될 수 있다.

내가 불초하나 일생을 독립운동에 희생하였다. 나의 연령이 이제 칠십유삼(七十有三)인 바 나에게 남은 것은 금일금일하는 여생이 있을 뿐이다. 이에 새삼스럽게 재화를 탐내며 명예를 탐낼 것이냐. 더구나 외국 군정하에 있는 정권을 탐낼 것이냐. 내가 대한민국 임시정부를 주지하는 것도, 한독당을 주지하는 것도 일체가 다 조국의 독립과 민족의 해방을 위하는 것뿐이다. 그러므로 내가 국가민족의 이익을 위하여는 일신이나 일당의 이익에 구애되지 아니할 것이오, 오직 전 민족의 단결을 달성하기 위하여는 삼천만 동포와 공동 분투할 것이다. ……현시에 있어서 나의 유일한 염원은 삼천만 동포와 손을 잡고 통일조국, 독립된 조국의 건설을 위하여 공동 분투하는 것뿐이다. 이 육신을 조국이 수요(需要)한다면 당장에라도 제단에 바치겠다.

나는 통일된 조국을 건설하려다가 38선을 베고 쓰러질지언정 일신의 구차한 안일을 취하여 단독정부를 세우는데는 협력하지 아니하겠다. 나는 내 생전에 38이북에 가고 싶다. 그쪽 동포들도 제 집을 찾아가는 것을 보고서 죽고 싶다. 궂은 날을 당할 때마다 38선을 싸고도는 원귀(怨鬼)의 곡성이 내 귀에 들리는 것도 같았다. 고요한 밤에 홀로 앉으면 남북에서 헐벗고 굶주리는 동포들의 원망스러운 얼굴이 내앞에 나타나는 것도 같았다.

삼천만 동포 자매형제여…….

글이 이에 이르매 가슴이 억색(抑塞)하고 눈물이 앞을 가리어 말을 더 잇지 못하겠다. 바라건데 나의 애달픈 고충을 명찰하고 명일의 건전한 조국을 위하여 한번 더 심환(深患)하라.」

김구는 마침내 4월 19일 남북협상을 위해 서울을 떠나 평양으로 향했다. 5·10선거를 반대하는 각 정당 사회단체 대표들도 협상차 평양으로 떠났다.

전 민족의 이목을 한 몸에 받고 평양에 도착한 김구는 남북연석회의에 참가했다. 그러나 기대했던 것과는 달리 얻은 것이 없었다. 며칠 후 서울로 돌아온 김구는 다음과 같은 공동성명서를 발표했다.

"금반 우리의 북행은 우리 민족의 단결을 의심하는 세계인류에게는 물론이오, 조국의 독립을 갈망하는 다수 동포들에게까지 금차 행동으로써 많은 기대를 이루어 준 것이다. 이 회의는 자주적 통일조국을 재건하기 위하여서 남조선 단선(單選) 단정(單政)을 반대하며 미·소 양군의 철퇴를 요구하는데 의견이 일치하였다. 북한 당국자도 단정은 절대 수립하지 않겠다고 확언하였다. 더욱이 앞으로 양군 철퇴 후 전국 정치회의를 소집하여 통일임시정부를 조직하고 전국 총선거를 통하여 헌법을 제정하고 정식 통일정부를 수립할 것을 약속했다. ……그러므로 우리도 앞으로……동족상잔(同族相

殘)에 빠지지 아니할 것을 확언한다."

그러나 그의 이러한 성명과는 달리 남과 북은 단독정부 수립을 향해 계속 치닫고 있었다.

그해 3월 중순 어느 날 밤이었다. 조그만 동력선 한 척이 소리 없이 목포항을 빠져나갔다.

하늘 중간에는 초생달이 떠 있었다. 밤이 깊은 때라 사방은 고요했다. 통통거리는 엔진 소리만이 조그맣게 들려오고 있을 뿐이었다.

배가 바다 가운데로 나갔을 때 선실에서 한 사람이 갑판 위로 올라왔다. 남자였다. 사나이는 배 뒤쪽으로 가서 난간에 기대섰다. 배가 지나온 쪽으로 흰 물결이 거칠게 일고 있었다. 사나이는 소용돌이치는 물결을 바라보고 있다가 담배를 피워 물었다. 안경을 끼고 코밑에 수염이 난 것이 겉으로 보기에는 중년 사나이 같아 보였다. 다름 아닌 최대치였다.

수사선상에 오른 이래 그는 한번도 자신의 본래 모습을 노출시키지 않았다. 그래서 같은 당원들이라 해도 그의 본래 모습을 알고 있는 사람은 극히 드물었다.

그가 5·10선거를 저지하기 위해 제주도 폭동을 지원하라는 지시를 받은 것은 사흘 전이었다. 그보다 먼저 제주도 책임자로부터는 어느 지역보다도 제주도를 손쉽게 적화시킬 수 있다는 보고가 있었다.

남로당 서울지도부 군사책임자들은 그 보고서를 검토했다.

검토 결과는 희망적이었다. 남로당 수뇌부는 즉시 결행하라고 명령했다.

파견대장으로 최대치가 선출되었다. 그는 전투 경험이 있는 용감한 부하 20명을 선발했다. 1진이었다. 제2진 80명은 하루 걸러 오기로 되어 있었다. 제1진과 함께 출발하면서 그는 기관총 2문과 수류탄 2백 발, 소총 1백 자루도 배에 실었다.

무슨 수단을 써서든지 그는 제주도 일원을 점령해 버릴 생각이었다. 제주도를 점령해서 소왕국을 세울 수 있다면 남한을 적화시키는 것은 시간문제로 남게 된다. 그는 기필코 제주도를 점령해서 혁명요새로 만들라는 지시를 받고 있었다. 그는 그 지시에 추호도 불만을 느끼지 않았다.

배는 잠자는 바다 위를 전속력으로 달리고 있었다. 물결이 잔잔해서 예정대로 달린다면 아침나절에는 섬에 닿을 수가 있을 것 같았다. 배는 낡은 동력선이라 아무리 속력을 내어도 그렇게 빠른 것 같지는 않았다.

그는 시선을 멀리 수평선 쪽으로 보냈다. 조금 추웠다. 외눈이라 앞이 흐릿해 보였다. 눈 때문에 답답할 때가 많았다. 담배 연기를 깊이 빨아들였다가 후우하고 길게 내뿜었다. 가슴이 좀 후련해지는 것 같았다.

거의 두 시간 가까이 그는 그 자리에 꼼짝 않고 서 있었다. 석상 같은 모습이었다. 어둠에 묻힌 바다는 그로 하여금 과거를 생각나게 해 주고 있었다. 과거는 서글픈 것이다. 그것은 현재와 전혀 연관이 없는 것처럼 따로 떨어져 어둠 저쪽에서 반짝이고 있었다.

이윽고 그는 발작적으로 품속에서 권총을 꺼내들고 어둠을 향해 방아쇠를 당겼다. 탄창이 빌 때까지 방아쇠를 당겼다. 총소리는 허공으로 흩어져 별로 크게 들리지가 않았다.

총소리에 놀란 몇 사람이 갑판으로 뛰어올라 왔다. 대치는 잠자코 선실로 내려갔다.

조그만 선실 속에는 거친 모습의 사나이들이 빽빽이 들어앉아 있었다. 천장에 매달린 램프의 불빛이 흔들리는데 따라 그들의 얼굴에 드리워진 명암도 흔들리고 있었다. 불빛이 약한데다 담배연기까지 가득 차서 선실은 어둠침침했다.

대치는 램프를 내린 다음 지도를 폈다. 정교하게 그려진 제주도 지도였다.

"국방경비대는 어디에 주둔하고 있나요?"

"바로 여기……모슬포에 제9연대가 주둔하고 있습니다."

늙수그레한 사나이 하나가 지도의 한 점을 손가락으로 짚어 보였다. 그들을 안내하고 있는 제주도 출신 사나이였다.

"제9연대의 병력은 얼마나 되나요?"

"5백 미만입니다. 그렇지만 계속 불어나고 있습니다. 그밖에 해안 경비대가 있긴 하지만 염려할 게 못됩니다."

대치는 상대방 사나이를 힐끗 보고 나서 다시 물었다.

"경찰력은 얼마나 되나요?"

"제주시와 서귀포에 경찰서가 하나씩 있습니다. 제주에는 약 2백 명, 서귀포에는 약 1백 명 가량의 경찰이 있습니다."

"지서는?"

"모두 합해서 15개인데 각 지서에는 4, 5명 정도가 주재하고 있습니다."

"서북청년단이 상당히 득세하고 있다고 들었는데……"

"그놈들이 제일 무섭습니다. 그놈들한테 걸리면 뼈도 못 추립니다."

대치의 외눈이 무섭게 빛났다. 둘러앉아 있는 사나이들의 얼굴도 무섭게 일그러지고 있었다.

서북청년단(西北靑年團)은 이북에서 월남한 반공청년들로 결성된 청년단체였다. 공산주의자들에게 쫓겨 정든 고향을 등지고 남하해 온 만큼 그 누구보다도 좌익에 대한 증오감이 컸다. 따라서 좌익과의 충돌에는 언제나 그들이 앞장섰다. 경찰력이 약한 때인 만큼 경찰은 서북청년단의 도움을 받을 때가 많았다. 그러한 관계로 해서 서북청년단은 치외법권적인 단체로서 강력히 부상할 수 있었고, 그 세력이 전국 방방곡곡에까지 미쳤다.

당연한 반응으로서 좌익은 서북청년단을 제일 증오했다. 그들은 결코 화해할 수 없는 숙명적인 적대관계로 발전해 나가고 있었다.

"놈들의 수는 얼마나 되나요?"

"행동대원이 약 8백쯤 됩니다."

대치는 눈을 크게 떴다.

"그렇게 많아요?"

"갑자기 불어났습니다. 위험을 느끼고 병력을 많이 증원된 것 같아요."

대치는 팔짱을 끼고 눈을 감았다. 증원군이 오기 전에 단시일 내에 전격적으로 제주도를 점령하지 않으면 오히려 이쪽이 불리하게 될지도 모른다고 생각했다. 제주도 책임자를 만나보기 전에는 아직 이쪽의 전력을 정확히 파악할 수가 없다. 그러나 아무래도 이쪽의 전력은 한정되어 있기 마련이고 상대방은 얼마든지 증원이 가능하다. 그는 입을 꾹 다물고 지도를 내려다보았다.

남북의 길이가 41킬로, 동서가 73킬로에 이르는 타원형 섬이다. 전체 면적은 1천8백40평방 킬로이고, 2백40킬로에 이르는 긴 해안선을 가지고 있다. 중앙부에 1950미터의 사화산(死火山)인 한라산이 우뚝 솟아 있다는 사실이 게릴라전에 유리한 조건이 될 수 있다. 그러나 산 전체가 고산식물인 관목으로 덮여 있고 해발 2백 미터부터는 식수를 구하기가 곤란하기 때문에 장기적인 안목으로 볼 때는 유격활동을 할만한 곳이 못 된다. 산봉우리에는 수림이 거의 없어서 만일 적이 해안선을 봉쇄하고 압축해 들어오면 숨을 곳이 없어지고 만다.

대치는 가만히 고개를 저었다. 싸움이 장기화되면 승산은 전혀 없다. 때문에 빨리 해치워야 한다. 그는 초조하게 담배에 불을 붙였다.

수평선에서 해가 솟았을 때 멀리 제주도가 보였다. 대치는 갑판으로 올라가 망원경으로 섬을 바라보았다. 멀리서 보기에 그것은 남국의 섬을 연상케 했다. 평온해 보였다.

배는 마주 보이는 제주시를 피해 오른쪽으로 방향을 잡았다.

해가 중천에 떴을 때 마침내 배는 제주도 서해안 한림(翰林) 가까운 곳에 닻을 내렸다. 해안을 순시하는 경비정도 없었고, 육지에는 감시원도 보이지 않았다. 배가 닿은 곳은 천애의 절벽 밑이었다. 그들은 배에서 내려 절벽 밑으로 다가갔다.

그때 모퉁이 쪽에서 여자 얼굴이 하나 보였다. 머리에 두건을 쓰고 이마 위에 수중 안경을 끼고 있는 것이 첫눈에도 해녀임을 알 수가 있었다. 병풍처럼 서 있는 절벽에 가려 모퉁이 저쪽이 보이지 않았던 것이다.

여자의 얼굴이 몇 개 더 나타났다. 모두 다섯 명쯤 되는 것 같았다. 무기를 들고 짐을 진 이상한 사나이들의 모습에 해녀들은 깜짝 놀란 표정들이었다. 놀란 것은 이쪽도 마찬가지였다. 이윽고 해녀들은 모퉁이 저쪽으로 사라졌다. 대치의 지시를 받은 대원 두 명이 총을 들고 그쪽으로 달려갔다. 여자들은 고함 소리에 도망치다 말고 돌아섰다.

"모두 이쪽으로 오시오."

물에서 방금 나온 듯 그녀들의 몸은 물에 젖어 있었다. 거친 사나이들의 시선에 해녀복에 가리워진 육체들이 부끄러운 듯 움츠러들었다. 그중 나이가 든 듯한 여인이 무조건 손을 비비며 살려달라고 애걸했다. 대치는 심한 제주도 사투리를 알아들을 수가 없었다.

"살려만 주면 몸이라도 주겠답니다."

안내자가 대치에게 설명해 주었다. 그러나 대치는 고개를 저었다.

"안 돼. 이것들이 지서에라도 알리면 곤란해. 처치해."

다섯 명의 여자들을 처치하라는 그의 지시는 아주 간단했다. 부하들이 머뭇거리자 그는 날카롭게 재촉했다.

"뭘 꾸물거리는 거야!"

부하 하나가 장탄을 했다.

"총을 사용하면 안 돼! 소리 안 나게 처치해."

사나이들이 일제히 단검을 빼어들었다. 그것을 본 해녀들은 몰라서 울부짖기 시작했다. 용감한 해녀 하나가 돌멩이를 집어들고 던졌다. 그러자 나머지 해녀들도 돌멩이를 집어들고 대항했다.

"하나라도 놓치면 안 돼!"

그러나 그때는 이미 해녀들이 물 속으로 뛰어들고 있을 때였다. 나이 많은 해녀 하나만이 붙잡히고 나머지는 물속으로 헤엄쳐갔다. 하는 수 없이 대치는 권총을 뽑아들고 헤엄쳐 가는 해녀들을 향해 방아쇠를 당겼다.

총소리에 해녀들은 깊이 잠수했다. 뒤에 처진 해녀만이 잠수하지 못한 채 피를 뿜으며 수면 위로 떠올랐다. 몸부림치는 해녀 주위로 검붉은 피가 휘어 돌았다. 조금 후 그 해녀는 물 속으로 사라졌다.

붙잡힌 늙은 해녀는 개머리판에 머리를 맞고는 즉사해 버렸다. 그들은 시체를 바다에 버린 다음 서둘러 출발했다.

물가에는 해녀들의 옷가지며 해물, 장비 같은 것들이 주인을 잃은 채 여기저기 흩어져 있었다.

처참한 살육이 있었지만 수평선 위로는 갈매기들이 평화롭게 떠돌고 있었다. 바다는 더없이 잔잔했고, 햇볕은 포근히 내려쪼이고 있었다. 바다에서 불어오는 바람은 부드러웠다. 활동하기에 좋은 계절이었다.

그들은 절벽 밑을 돌아 골짜기로 들어섰다. 돌투성이라 험하기 짝이 없었지만 일부러 인가가 없는 곳을 택해 전진했다.

몸이 언덕 위에 노출되었을 때는 모두가 최대한의 속도를 내어 움직였다. 언덕 위에는 잡초만이 있었다. 10분쯤 초원을 가로질러 간 다음 숲 속에 들어서자 비로소 안심이 되었다.

숲 속 입구에서는 다섯 필의 조랑말이 그들을 기다리고 있었다. 말 위에 가져온 무기와 짐을 실은 다음 쉬지 않고 산으로 올라갔다.

세 시간쯤 지나 대치 부대는 어느 동굴 앞에 도착했다. 군복차림에 권총을 찬 30대의 사나이 하나가 그들을 맞았다.

"오시느라고 수고 많았습니다. 김달삼(金達三)입니다.

사나이는 지적인 얼굴을 하고 있었다. 이름을 들어서 알고 있는 대치는 상대방의 손을 힘차게 흔들었다.

김달삼은 제주도지구 남로당 총책임자였다. 일제시 대학을 다니다 학병으로 끌려간 전력이 있는 그는 이름 있는 인텔리 공산주의자였다. 해방이 되어 고향에 돌아온 그는 학병 출신자들을 끌어 모아 비밀군사조직을 만들고 테러활동을 시작했다. 두

뇌가 명석하고 냉혹하기로 소문난 그도 대치를 보는 순간 멈칫했다. 상대가 범상한 인물이 아니란 것을 깨달은 것 같았다. 무엇보다도 웃음 뒤에서 쏘아보는 강렬한 외눈에 압도당한 것 같았다.

그들 주위로 간부급으로 보이는 사나이들이 몰려들었다. 그들이 수인사를 하는데 조노구(趙魯九), 이덕구(李德九), 김민성(金民星), 김성규(金成奎), 김용관(金容寬) 등의 이름이 튀어나왔다.

이른바 비밀군사조직의 이름은 인민해방군이었다. 그들은 모두 무기를 가지고 때를 기다리고 있었다. 거의가 제주도 출신들인 그들은 주민들과 인척관계이거나 지면이 두터웠으므로 주민들의 지원을 받으면서 강력한 무장단체로 부상할 수가 있었다.

동굴 안으로 안내된 대치는 간부들과 함께 탁자를 둘러싸고 앉았다. 동굴 안은 어두웠으므로 램프가 켜져 있었다. 밖에서 보기보다 내부는 의외로 넓었다. 천장에서는 물방울이 가끔씩 떨어지고 있었다. 더 안쪽 어두운 곳에서 신음 소리가 들려왔다. 그쪽은 어두워서 잘 보이지가 않았다. 대치가 의아한 듯 그쪽을 바라보자 한 사내가 설명했다.

"서북청년단 간부 한 놈을 잡아왔습니다. 입을 열지 않아서 손을 좀 봐줬습니다."

"반동의 자식들이 이곳 섬에까지 건너와서 방해하니까 본때를 보여줘야 합니다. 목을 잘라서 사람들이 잘 보이는 곳에 효시하면 효과가 있을 겁니다. 내가 데리고 온 애들이 목은 잘 자릅니다."

"좋은 방법입니다. 그렇게 하도록 하시지요."

지원차 건너온 대치의 발언은 함부로 거스를 수 없는 무게를 지니고 있었다. 우익 청년의 목을 잘라 효시한다는 것은 전투개시의 신호나 다름없었다. 그리고 그것은 극단적인 투쟁을 의미하는 것이기도 했다.

그곳에 둘러앉아 있는 사나이들의 얼굴에 긴장이 감돌았다. 지금까지와는 다른 절박한 분위기가 그들을 휘어감았다. 그것은 외눈의 사나이가 나타남으로써 생긴 것이었다. 태풍이 불어닥친 것 같은 일신된 분위기를 밀어내기라도 하듯 김달삼이 물었다.

"서울지도부는 요즘 어떻습니까?"

"전투태세에 돌입했습니다."

딱딱한 목소리로 대답하면서 대치는 사내들을 둘러보았다. 그의 눈에는 그들이 어쩐지 나약해 보였다. 죽음을 무릅쓰고 제주도를 점령할 수 있는 사내들 같지가 않았다.

"5·10선거를 한사코 저지해야 한다는 것은 대원칙입니다. 만일 선거가 놈들의 계획대로 제대로 치러지고 남한에 우익정권이 들어서게 되면 사태는 지금보다 더 악화될 것이 뻔합니다. 혁명세력에 대한 일대 탄압이 개시될 겁니다. 그래서 서울지도부는 각 지역에 단선반대투쟁위원회를 설치하고 투쟁을 전개하라고 지시한 겁니다. 또한 이번에 선거를 막지 못하면 남북한

통일혁명은 어려워질 겁니다. 무력투쟁을 위해서 서울지도부는 각 지구에 편성하기로 한 야산대(野山隊) 조직에 박차를 가하기로 했습니다."

야산대란 일종의 무장부대를 말하는 것이었다. 유격대의 성격을 띤 이 무장부대는 전국 각 산악지대를 근거로 해서 조직된 다음 5·10선거를 저지하기 위한 극한적인 게릴라전을 전개하는 것이 목적이었다. 이른바 「빨치산」의 시초였다.

남로당 제주도지구 야산대는 다른 지역보다 쉽게 조직을 확대 강화할 수 있었다. 조직이 어느정도 커지자 그들은 스스로를 인민해방군이라고 불렀다. 실제로 그들은 엄한 군조직체계를 갖추고 있었다. 그러나 대치의 눈에는 그들이 한낱 오합지졸로 보였다.

"제주도지구는 다른 지역보다 유리한 입장에 놓여 있습니다. 육지와 떨어져 있어서 지원군이 오기까지는 시간이 걸립니다. 따라서 적들을 일거에 섬멸해 버린다면 제주도 해방은 손쉽게 날성할 수가 있습니다.

"그건 시간문제죠."

간부들은 자신 있다는 표정들이었다. 그러나 대치는 고개를 저었다.

"제주도 지구가 지리적인 면에서 유리한 반면 불리한 면도 많이 있습니다. 만일 적들을 일거에 섬멸하지 못한 채 지원군이 들이닥친다면 아군은 고립되고 맙니다. 한라산을 중심으로 적들이 포위망을 좁혀 들어오면 아군은 도망칠 구멍이 없어지고 맙니다."

 침묵이 흘렀다. 자신에 차 있던 사나이들의 얼굴에 동요의 빛이 나타나기 시작했다.

 "우리는 거기에 대처하고 있습니다. 여의치 못하면 장기항전 태세에 들어갈 생각입니다. 이 한라산에는 1천3백여 개나 되는 동굴이 있습니다. 이 동굴을 거점으로 이용해서 싸운다면 얼마든지 싸울 수가 있습니다. 도민이 모두 우리편이기 때문에 식량 같은 것은 걱정하지 않아도 됩니다."

 이렇게 말한 사람은 인민해방군 사령관인 이덕구였다. 대치는 웃으면서 상대를 쳐다보았다.

 "게릴라전에 대해 경험이 있습니까?"

 "경험은 없지만……해낼 자신이 있습니다."

 "자신을 가지는 것이야 좋지요. 그러나 그것만 가지고 게릴라전을 수행할 수는 없죠. 추위와 굶주림에 시달리면서 한 달이고 두 달이고 싸워 보십시오. 상대는 자꾸만 강해지는데 이쪽은 계속 쫓기기만 합니다. 그런 상황에서 자신을 가지고 게릴라전을 수행할 수 있는 사람이 과연 몇이나 될까요?"

 아무도 대꾸하는 사람이 없었다. 이덕구가 자세를 고쳐 앉으면서 조금 날카로운 어조로 물었다.

 "동무는 게릴라전 경험이 있나요?"

 "자랑은 아닙니다만……저는 해방될 때까지 모주석의 팔로군에 있었습니다. 게릴라전이라고 하면 신물이 날 정도로 해봤습니다."

이것은 자신이 게릴라 전문가라고 말하는 것이나 다름없었다. 이 한마디는 다른 사람들을 충분히 압도하고도 남았다. 누구나 팔로군 출신이라고 하면 그만큼 그를 인정해 주지 않을 수 없었다.

"게릴라전이란 광대한 산악지대를 배경으로 보급이 원활히 이루어질 때에만 장기적으로 수행할 수가 있습니다. 여기 같은 한정된 섬 속에서 이 산을 믿고 장기항전을 벌인다는 것은 위험하기 짝이 없습니다. 주민들이 적극 도와준다고 해도 적이 주민과의 관계를 두절시키기는 아주 용이합니다. 보급루트가 끊어지면 남은 길은 도망치는 것뿐입니다. 적들이 포위해서 올라오면 어디로 도망치죠? 한라산은 관목으로만 덮여 있습니다. 그나마 위로 올라가면 나무가 없어서 숨을 곳이 없습니다. 동굴이 많다고 하지만 오랜 은신처가 될 수는 없습니다. 한마디로 장기적인 유격전을 벌이기에는 적당한 곳이 못 됩니다."

간부들은 서로가 입들을 다문 채 눈치만 살폈다. 대치의 지적은 이론을 제기할 여지가 없이 옳은 것이었다. 그는 지체하지 않고 말했다.

"한날한시에 일거에 섬을 장악해야 합니다. 생사를 걸고 섬을 점령해야 합니다. 장기항전은 생각지 않는 게 좋습니다. 당은 특히 이곳에 시선을 집중하고 있습니다. 이곳을 혁명기지로 만들 방침을 세우고 있기 때문에 무슨 수단을 써서라도 이곳을 점령하지 않으면 안 됩니다."

이제 대치의 말은 하나의 명령으로 그곳에 확고하게 자리잡기 시작했다. 모두가 고개를 끄덕이며 그의 말에 수긍하는 빛을 보였다.

"현재 훈련된 무장대원은 몇 명쯤 되나요?"

"5백 명입니다."

"그밖에 언제라도 동원할 수 있는 인원은?"

"약 1천 명쯤 됩니다."

"최대한으로 동원가능한 인원은?"

"외곽단체의 조직까지 총동원하면 3천은 됩니다."

대치는 담배를 비벼 끄고 나서 갑자기 자신 있는 표정을 짓고 말했다.

"내가 훈련시킨 특공대원들이 모두 도착하면 1백 명은 됩니다. 그들은 숫자는 얼마 안 되지만 전투에는 뛰어난 솜씨들을 가지고 있습니다. 우리가 단결해서 싸우면 승산은 있습니다. 적들은 아직 우리보다 약세에 있으니까 기습작전을 펴면 되겠습니다."

"적들은 무기를 가지고 있지만 전투경험도 없는 오합지졸에 불과합니다."

이덕구가 맞장구를 쳤다.

"우리 쪽 무기는 어느 정도인가요?"

"현재 확보하고 있는 것으로는 소총이 1천 자루 정도 됩니다. 수류탄이 백 개 정도 있고……"

"그것뿐입니까?"

"그게 전붑니다."

"무기가 많이 모자라는군요. 그럼 먼저 무기고를 습격해야 되겠군요."

"그래도 다른 지구에 비해서 우리는 무기를 많이 가지고 있는 셈입니다."

김달삼이 자랑스러운 듯이 말했다. 그는 인민해방군이 무기를 그렇게 많이 확보할 수 있었던 이유를 설명했다.

전쟁 말기 제주도에는 일본군 제5군이 주둔, 본토결전에 대비하고 있었다. 나가쓰루 사비시게(永律佐比重) 중장 휘하의 3개 사단과 1개 혼성사단으로 구성된 6만 대군이었다. 제5군은 한라산을 요새화하여 미군과의 최후 결전을 벌이는 것이 목적이었다. 이를 위해 일본군은 한라산의 주능선을 둘러싼 머리띠 도로를 구축하고 갱도진지(坑道陣地)까지 파서 결전에 대비하고 있었다. 그러다가 갑자기 항복하는 바람에 무기와 탄약의 일부를 동굴에 방치한 채 본국으로 철수하고 말았다. 이들 무기의 일부가 좌익 청년들의 손으로 넘어가 인민해방군의 전력으로 둔갑하게 되었던 것이다.

"출발부터 유리한 조건이 있었군요."

"그런 셈입니다."

"무장대원들을 며칠 동안만이라도 훈련시키고 싶습니다. 내일 아침 모두 집합시켜 주십시오."

"알겠습니다."

이튿날 아침 인민해방군 12개 중대 병력 5백 명이 숲 속 공지에 모였다. 모두가 의기양양한 모습들이었지만 대치가 보기에는 병정놀이하는 소년들 같아 보였다.

서북청년단원 하나가 줄에 꽁꽁 묶인 채 끌려나오자 모여선 빨치산들의 웅성거림이 더욱 커졌다. 포로는 대치 앞에 꿇어앉혀졌다. 곧 검은 천으로 눈이 가려지자 대치는 일본군이 사용하던 군도를 뽑아들었다. 햇빛에 칼날이 번쩍번쩍 빛났다.

웅성거리던 소음이 뚝 그치면서 정적이 흘렀다. 모든 사람들의 시선이 일제히 대치에게 쏠렸다. 처음 보는 사나이가 나타나 아무 말 없이 군도를 쳐들고 포로로 잡혀온 사람의 목을 자르려 하고 있었다. 모두가 놀라고 어리둥절한 눈으로 그의 움직임을 주시하고 있었다. 그의 코밑과 턱주변이 온통 수염으로 험상궂게 덮여 있었다.

와이셔츠 바람이었는데 걷어붙인 소매 밖으로 뻗어 나온 팔뚝이 구리 빛에 무쇠 같아 보였다. 안경을 끼고 있는 모습이 더욱 냉혹한 인상을 보여주고 있었다.

꿇어앉아 있는 사내는 부들부들 경련을 일으키고 있었다. 칼날이 다시 한번 번쩍했다. 모두가 숨을 죽인 채 목이 떨어지기를 기다리고 있었다. 대치의 전신이 팽팽히 긴장했다. 그는 흐트러진 모습을 조금도 보이지 않았다. 주저하지도 않았다. 높이 칼을 쳐들었다가

"야하!"

하고 소리치면서 목을 내려쳤다.

몸뚱이와 머리통이 각각 따로 움직였다. 머리통이 먼저 굴러

떨어지더니 땅바닥을 몇 바퀴 구르다 멈췄다. 얼굴이 하늘을 향하고 있었는데 두 눈이 무섭게 부릅떠져 있었다. 새파랗게 젊은 얼굴이었다.

엎어진 몸뚱이는 푸들푸들 경련하고 있었다. 오른쪽 손이 앞으로 쑥 나가더니 땅바닥을 쓰다듬었다. 오른쪽 다리가 조금씩 구부러지고 있었다. 머리통이 잘려 나간 채 몸뚱이만 움직이고 있는 모습은 이상하기 짝이 없었다. 검붉은 핏물이 땅을 적시고 풀과 나무 사이로 흘러들었다.

단칼에 목이 잘린 것을 보고 환호성을 지르는 사람은 아무도 없었다. 모두가 벙어리가 된 채 멀거니 서 있을 뿐이었다. 경악한 나머지 그러고 있는 것이었다.

대치는 피가 뚝뚝 떨어지는 칼을 땅에 콱 박았다. 그리고 앞에 늘어서 있는 대원들을 바라보았다.

5백 명의 빨치산들은 기침 소리 하나 없이 무겁게 침묵했다. 완전히 압도당한 끝에 숨마저 제대로 못 쉬는 것 같았다. 대치의 시선이 한번씩 훑어가는데 따라 전율과 공포가 그들의 얼굴에 나타났다가 사라지곤 했다. 마침내 대치의 입이 열렸다. 칼칼한 목소리가 콩튀듯이 터져나왔다.

"내가 지금 이 군도로 포로의 목을 친 것은 적에게 선전포고를 하기 위해서이다. 그리고 목숨을 바쳐 단호히 결전에 임해야 한다는 것을 여러분들에게 알려 주기 위해서이다. 여러분들은 무기만 들고 있으면 쉽게 적을 무찌를 수 있다고 생각할지 모른다. 그러나 그런 생각은 지금 이 순간부터 깨끗이 버리기 바란다."

아무도 움직이려고 하지 않았다. 바람이 나뭇가지를 스쳐가는 소리만이 들려왔다.

"결전에 임하는 태도는 어떤 것인가? 그것은 후퇴가 없는, 죽음을 무릅쓴 태도를 말한다. 그런 각오 없이 싸운다는 것은 공허한 병정놀이에 불과하다. 패하면 우리가 목이 잘릴 것이고 승리하면 우리가 목을 자를 것이다. 명령에 복종하지 않고 물러서는 자는 동지의 손에 의해 목이 잘릴 것이다. 비겁한 동지의 목을 자름에 있어서 나는 추호도 슬퍼하거나 눈물을 흘리지 않을 것이다."

이제는 모두가 질린 표정들이었다. 간부들도 꼼짝하지 않고 그를 바라보고 있었다. 단숨에 5백 명의 사나이들을 사로잡고 그들을 마음대로 주물러대고 있는 그의 솜씨에 자못 경탄하는 빛이 역력했다. 대치의 목소리는 한층 더 칼칼해지고 있었다. 바닷바람이 그의 머리칼을 날리고 있었다.

"우리는 왜 총칼을 들었는가? 왜 아직도 우리는 싸워야 하는가? 그 이유는 명백하다. 귀축 미제국주의로부터 조국을 지키고 이 땅 위에 민주혁명국가를 세우기 위해서다. 미제의 앞잡이들은 우리의 혁명전사들을 탄압하고 이 땅에 괴뢰정부를 세우기 위해 혈안이 되어 있다. 놈들은 5월 10일 선거를 실시한 다음 각본대로 괴뢰정부를 세울 것이다! 괴뢰정부를 세우면 우리 조국은 남북으로 갈리게 된다. 조국을 분열시키는 그와 같은 반역을 우리는 추호도 용서할 수 없다! 우리는 인민의 반역자, 조국을 팔아먹는 매국노의 목을 단칼에 베어 조국 건설의 제단 위에 바칠 것이다!"

비로소 함성이 터져나왔다. 그들은 총칼을 들고 열광적인 환호성을 질러댔다. 새들이 놀라서 날개를 치며 날아갔다. 함성을 밀어내면서 이번에는 노래 소리가 은은히 울려 퍼졌다. 「빨치산의 노래」였는데 누가 먼저인지 모르게 어느새 모두가 노래를 부르고 있었다. 그것이 그치자 이번에는 「최후의 결전가」를 불렀다.

대치는 굳은 표정으로 서서 묵묵히 그들의 노래 소리를 듣고 있었다. 흥분한 빨치산들은 반복해서 노래를 부르고 있었다. 그들의 모습은 형형색색이었다. 깨끗한 차림을 한 자는 아무도 없었다. 모두가 거지 같은 모습이었고, 그래서 마치 거지부대 같은 인상이었다.

그 동안 산발적으로 전개되어 온 싸움에 그들은 어느 정도 익숙해지면서 빨치산의 모습을 서서히 갖추어가고 있었다.

대치가 그들에게서 느낀 인상은 파괴의 본능에 사로잡힌 사나이들의 모습이었다. 싸워서 적을 무찌르고 목적하는 바를 창조하려는 의지 같은 것은 그들에게서 조금도 보이지 않았다. 단순히 저항하고 파괴한 다음 도망치는 것이 그들의 지금까지의 목적인 것 같았다.

그래서 그는 단시일 내에 그들의 머리를 개조하고 그들을 혁명전사로 만들 필요성을 절감했다. 전사로 만든 다음 그들을 죽음 속으로 몰아넣을 생각이었다. 그들의 인간적인 조건 같은 것은 조금도 고려되지도 않았고 고려될 수도 없었다. 5백 명의 목숨은 하나의 집단으로 목적을 위해 도구처럼 이용되면 되는 것이었다. 그밖에는 어떠한 것도 고려될 수가 없었다.

그는 시체를 내려다보았다. 목이 없는 몸뚱이는 이제 미동도 하지 않았다. 그것은 피와 흙에 엉겨 햇빛 속에 내버려져 있었다. 머리통은 저만치 굴러가 있었다. 피비린내를 맡고 어느새 파리 떼가 달려들고 있었다. 여기저기서 까마귀 우는 소리도 들려 왔다.

"단선을 기어이 분쇄하고 단정(單正)을 절대 부인하라!"

노래를 끝낸 빨치산들이 이번에는 구호를 외쳐댔다. 한 사람이 선창을 하자 나머지 사람들이 따라서 복창했다.

"투표하면 인민의 반역자다!"

"단선에 참가한 매국노를 단죄하라!"

그 중 한 사람이 앞으로 달려나오더니 총검으로 머리통을 찔렀다. 그리고 그것을 높이 쳐들어 올렸다.

"만세! 인민해방군 만세!"

"남로당 만세!"

그들은 미친 듯이 날뛰며 소리소리 질렀다. 피에 굶주린 모습들이었다.

수백 명의 머리 위에서 잘린 머리통이 춤을 추었다.

대치는 그대로 가만히 지켜보고만 있었다. 그들이 지쳐서 그만 둘 때까지 내버려두었다. 혁명전사란 피에 익숙해질 필요가 있다는 것이 그의 생각이었다. 사람이 피에 일단 익숙해지면 잔인해진다는 것을 그는 경험을 통해 알고 있었다.

미친 듯이 날뛰던 그들의 기세가 수그러졌을 때 오른손을 번쩍 들어올렸다. 그러자 순식간에 그들은 잠잠해져 버렸다. 그들은 우스울 정도로 쉽게 그에게 복종했다.

"지금부터 유격훈련에 들어가기로 한다. 훈련은 내 방식대로 한다. 훈련에 낙오하는자는 가차없이 처단하겠다!"

얼어붙은 듯한 침묵이 흘렀다. 대치가 데려온 20명의 특공대원들이 앞으로 나섰다. 그들은 각자 약 25명씩을 맡았다. 서울서 내려온 그들은 게릴라 전투의 전문가들이었다. 강인하고 냉혹한 사나이들이었다.

제주도 빨치산들은 생전 처음으로 무서운 훈련을 받게 되었다. 무기만 가지면 무엇이나 할 수 있다고 생각하던 그들은 처음 받게 된 특수훈련에 처음에는 어리둥절하다가 차츰 시간이 흐름에 따라 당황하고 허덕거리기 시작했다.

대치가 데려온 K대 특공대원들은 자신들이 할당받은 25명씩을 데리고 점점 가혹한 훈련에 돌입해 들어갔다. 산을 기어오르고, 능선을 따라 달리고, 관목 숲을 헤쳐나가고, 길고 긴 포복을 계속하는 동안 빨치산들은 그들이 지금까지 지켜온 생활방식이 얼마나 편리하고 제멋대로였는가를 알게 되었다.

두 시간도 못돼 그들은 제대로 걷지도 못하고 손발로 기었다. 훈련교관은 조금도 늦추지 않고 엉덩이를 걷어찼다. 훈련을 이기지 못해 애걸하는 사람도 있었다. 걷어채이다 못해 명령에 기역하는 사람도 있었다. 그런 사람은 훈련을 거부하고 그대로 주저앉아 버렸다. 훈련교관은 그런 자들을 모두 체크했다.

하루 해가 거의 지났을 때 땀과 피로에 젖은 빨치산들은 다시 대치 앞에 모여들었다. 아침때와는 달리 모두가 허탈에 빠져 있었다.

훈련을 거부하고 체크당한 자들은 따로 한쪽에 정렬했다. 모두 10여 명쯤 되었다. 대치는 그들의 옷을 모두 벗기게 했다. 참을 수 없을 정도로 치욕을 안겨 주기 위해서였다. 벌거벗긴 10여 명의 빨치산 대원들은 손으로 남근을 가리면서 엉거주춤 서서 그를 두려운 듯이 바라보았다.

"너희들은 훈련에 낙오하고 명령을 거역한 비겁한 놈들이다. 그런 식으로 어떻게 혁명전사가 되겠다는 건가? 너희들은 지금부터 완전무장을 한 다음 저기 보이는 고지까지 열 번 왕복한다. 이번에도 낙오하거나 거역하는 놈은 용서하지 않는다."

사나이들은 벌거벗은 몸에 탄띠를 두르고 총을 든 다음 일제히 고지를 향해 뛰기 시작했다. 주파력이 강한 사람일지라도 거기까지는 한 시간 이상이 걸릴 거리였다. 길도 없이 관목으로 덮여 있어서 뚫고 나가지 않으면 안 되었다. 알몸이라 나뭇가지에 부딪치고 덤불에 긁혀 하나같이 피투성이가 되었다.

겨우 한번 다녀오자 날이 완전히 어두워져 버렸다. 그들은 애걸하는 눈으로 대치를 바라보았다. 그러나 대치는 끄덕도 하지 않았다.

"너희들이 열 번 다녀올 때까지 나는 여기서 기다리겠다. 빨리 뛰어!"

그들은 울음이 터질 듯한 얼굴로 그를 쳐다보다가 다시 고지를 향해 달려갔다. 달려가는 것이 아니라 비틀거리며 걸어갔다. 그들의 뒤를 훈련교관들이 따라붙고 있었기 때문에 잠시도 쉴 수가 없었다. 마침내 그들은 울었다. 울면서 고지를 향해 비틀비틀 걸어갔다.

수평선 위로 달이 떠올랐다. 고향을 생각하게 하는 둥근달이었다.

"너희들은 이것을 고통으로 알아서는 안 된다. 주어진 임무로 알고 끝까지 수행해야 한다. 너희들이 임무를 다 마칠 때까지 우리는 여기서 기다릴 것이다."

한번씩 다녀올 때마다 대치는 그들을 다그쳐 돌려보냈다. 나머지 대원들은 그 자리에 부동자세로 서 있었다. 어둠과 함께 차가운 바닷바람이 불어왔다. 봄이라고 하지만 한라산의 밤은 추웠다.

세 시간이 지나고 다시 또 한 시간이 지났다. 격렬한 훈련에 지칠대로 지친 대원들은 아무 데나 쓰러져 잠들고 싶었다. 배도 고팠다. 그러나 휴식도 허락되지 않았고 식사도 제공되지 않았다. 새로 나타난 애꾸눈의 사나이는 전체 대원의 훈련이 아직 끝나지 않았다고 말했다. 부동자세로 서 있는 것이야말로 인내심을 기르는데는 최고라는 것이었다.

자정이 지나고 새벽 1시가 되었다. 빨치산들은 애꾸눈의 사나이를 저주하기 시작했다. 그러나 드러내 놓고 그에게 대드는 사람은 없었다.

낙오자들에 대한 제재는 계속되었다. 그들은 허기진 배를 움켜쥐고 울면서 고지를 오르내렸다. 마침내 그중 두 명이 참다못해 도망쳤다. 그들은 빨치산이 되는 것을 포기하고 어느 화전민 마을에 들어가 옷과 음식을 얻은 다음 피로를 이기지 못해 움막에서 잠이 들어 버렸다.

얼마 후 두 명이 도주한 것을 안 대치는 전대원에게 수색명령을 내렸다. 그는 분노에 차서 소리쳤다.

"섬을 구석구석 뒤져서라도 도망병들을 체포해야 한다! 며칠이 걸려도 좋다!"

그러나 도망병들을 체포하는데 며칠까지 걸리지는 않았다. 날이 밝고 수평선 위로 붉은 해가 솟아오르기 시작했을 때 두 명의 도망병들은 동지들의 손에 잡혀 끌려왔다. 그들은 고락을 같이하던 동지들에게 살려달라고 애걸했지만 차갑게 거부당했다. 애꾸눈의 사나이가 얼마나 무서운 사람인가를 알게 된 그들은 도망한 동지들을 살려줌으로써 군율을 어기게 되는 것을 두려워했다.

대치 앞에 끌려온 도망병들은 다시 발가벗겨져 세워졌다. 그들에게는 갖은 수모와 혹독한 형벌이 가해졌다. 동지들이 두 줄로 늘어서 있는 가운데를 그들은 개처럼 엎드려 무릎으로 기어가도록 강요받았다.

"도망자는 우리 인민해방군의 명예에 먹칠을 했다! 그런 자들과 어떻게 혁명투쟁을 하겠는가! 신성한 혁명정신을 더럽힌 자들은 응징을 받아 마땅하다! 지금부터 사정을 두지 말고 제재를 가하라!"

 두 줄로 늘어서 있던 빨치산들은 무릎걸음으로 기어오는 도망자들의 등짝을 닥치는 대로 후려치기 시작했다. 형식적인 행위는 용납될 수 없었으므로 사정없이 후려치기 시작했다. 도망자들은 울부짖으면서 땅바닥을 기어갔다.

 무릎이 까지고 등짝이 터져나갔다. 조금이라도 주춤하면 뒤에서 몽둥이가 날아왔다. 그들의 몸은 금방 피투성이가 되었다. 후려칠 때마다 피가 사방으로 튀었다.

 "살려 줘……살려 줘……"

 그들의 울부짖음은 점점 작아져 갔다. 그들은 끝에까지 갔다가 다시 돌아와야 했다. 그렇게 두번 반복한 끝에 그들은 마침내 더 이상 움직이지 못한 채 길게 뻗어 버렸다.

 대치의 가혹한 처사에 사령관인 이덕구가 반발하고 나왔다. 다른 간부들도 거기에 동조했다. 김달삼만이 입을 다문 채 중립을 지키고 있었다.

 "너무 잔인한 짓입니다. 대원들 사이에 반란이 일어날지도 모릅니다. 처벌보다는 감화하는 방법으로 나가는 것이 좋습니다. 우리 체면도 있고 하니 그만해 두십시오."

 대치는 잡아먹을듯이 상대를 쏘아보았다.

 "부하들이 반란을 일으킬지 모르기 때문에 명령을 어긴 부하를 묵인하라는 겁니까!"

 "묵인하라는 게 아닙니다. 그만했으면 됐으니 달리……"

 "사령관 동무의 말은 부하들의 기분을 상하게 하지 말고 그들의 비위를 맞추라는 것이나 다름없습니다. 명령이 제대로 지켜지지 않은 상태에서 어떻게 싸움을 하겠다는 겁니까? 솔직히 말해 여기 있는 병사들은 무기만 가졌지 오합지졸이나 다름없습니다. 군사훈련을 받은 국방경비대 병력과 맞붙으면 당해낼 자신도 배짱도 없습니다."

"너무 지나친 모욕이오! 당신이 뭔가?"

이덕구의 오른손이 허리에 찬 권총에 닿았다. 그것을 본 대치의 얼굴이 무섭게 일그러졌다.

"나와 싸우겠다는 건가?"

"모욕은 참을 수 없어!"

상대가 권총을 뽑아들었다. 대치는 순간적으로 거칠게 그 손을 후려쳤다. 권총이 땅바닥에 떨어졌다. 대치는 그것을 발로 밟았다. 그리고 자신의 권총을 뽑아들고 이덕구의 턱밑에 찔렀다. 그것을 신호로 대치가 데리고 온 K대 특공대원들도 일제히 총을 들었다.

"당지도부에 거역하겠다는 건가? 너를 죽여 버릴 수도 있어! 나는 제주도를 점령하라고 특명을 받고 온 사람이야! 너를 처치하고 다른 사람을 사령관에 앉힐 권한도 있어!"

일촉즉발의 위기가 감돌았다. 모두가 공포에 질린 표정으로 대치의 움직임을 주시하고 있었다. 대치의 기세는 금방이라도 방아쇠를 당길 것같이 위험스러웠다.

그때까지 가만히 지켜보고 있던 김달삼이 가운데로 끼어들면서 대치를 말렸다.

"최동무, 미안하게 됐소. 내가 대신 사과하리다."

"날짜가 촉박하기 때문에 단시일 내에 유격훈련을 끝내려는 겁니다. 이런 내 계획을 이해하지 못하겠다면 당신들 마음대로 하시오! 난 서울로 돌아가겠소!"

권총을 거두고 그가 결연한 태도로 돌아서자 모두가 그를 붙들었다. 이덕구도 모욕을 감수하면서 대치에게 고개를 숙이고 사과했다.

"내가 부하들을 너무 아낀 나머지 그랬으니 용서하시오. 앞으로 최동무의 방침에 적극 협력하겠소이다."

그제야 대치는 분을 풀고 제 위치로 돌아갔다. 그는 물러선다거나 타협한다거나 하는 것을 모르는 사나이였다.

그의 명령에 따라 도망병 두 명에게는 총살형이 내려졌다. 집행에 앞서 그는 이렇게 말했다.

"군무를 이탈하는 도망자, 명령불복종자, 낙오하는 자는 즉결처분하겠다! 혁명투쟁을 위해 우리는 어떠한 희생도 각오해야 한다!"

이미 반죽음이 된 도망병들은 대치 앞에 엎드려 살려달라고 애걸했지만 대치는 냉혹하게 그들을 물리쳤다. 절벽 위에 그들은 벌거벗은 몸으로 세워졌다. 그들 뒤로 푸른바다가 보였다. 태양이 찬란하게 빛나고 있었다.

여섯 명의 사수가 수 미터 전방에서 일제히 총을 들어올렸다. 대치는 조금도 지체하지 않았다. 주춤하는 기색도 없이 그는 칼칼한 목소리로 차갑게 명령했다.

"쏴!"

여섯 개의 총구가 동시에 불을 토했다. 허공으로 퍼져간 총소리가 메아리되어 다시 들려왔다.

비명도 없이 장난감처럼 두 젊은 사내의 몸이 꺾어졌다. 혁명이라는 이름 아래, 그토록 살고 싶어 발버둥치던 목숨들이 이슬처럼 사라진 것이다. 한 사내는 몸이 꺾어지는 것과 동시에 절벽 밑으로 날아갔다. 다른 사내는 절벽에서 떨어지지 않으려고 기를 쓰면서 나무 뿌리를 움켜잡고 있었다.

대치는 절벽 쪽으로 뚜벅뚜벅 다가가 몸부림치고 있는 사내를 힘껏 걷어찼다. 사내는 두 손을 높이 쳐들면서 절벽 밑으로 사라지고 허공에는 그가 내지른 원한에 찬 비명 소리만이 남아 있었다.

5백 명의 사나이들은 차렷자세로 꼼짝하지 않고 서 있었다. 어제의 흐트러진 모습이 아니었다. 밤을 꼬박 새웠는데도 불구하고 긴장한 모습으로 서 있었다.

무거운 정적이 흘렀다. 감히 누구도 그 정적을 깨뜨리려고 하지 않았다. 그들에게 있어서 대치는 이제 공포의 화신이었다. 그리고 완전한 지배자였다.

대치는 그에게 충성할 것을 결심한 5백 명 사나이들의 시선을 느꼈다. 그는 그들에게 식사와 휴식을 주었다. 그리고 오후에 다시 훈련에 돌입했다. 어제보다 더 심한 훈련이었다.

훈련은 꼬박 일 주일 동안 계속되었다. 밤낮을 가리지 않고 계속된 그 훈련에 10여 명이 희생되었다. 그러나 훈련은 눈에 뜨일 정도로 성공적이었다. 불과 일 주일 사이에 5백 명 빨치산들은 정예 게릴라 대원으로 급성장했다.

대치의 위력은 이제 아무도 건드릴 수 없는 확고한 것으로 부각되었다. 빨치산 간부들은 모두 그의 손아귀 속에 들어갔다. 그는 매일 지도를 펴놓고 작전계획을 면밀히 검토하고 지시를 내렸다.

훈련이 끝나는 날 K대 지원부대가 또 도착했다. 먼저 온 특공대원들을 합쳐 K대 대원은 1백 명이 되었다.

곧 D데이를 놓고 회의에 들어갔다. 4월 하순이나 5월초가 좋다는 의견이 지배적이었지만 대치는 그들의 주장을 일축했다.

"빠르면 빠를수록 좋으니까 내일 모레로 합시다. 4월 3일, 어떻습니까?"

아무도 대답을 하지 않자 그는 그날을 D데이로 잡았다.

"훈련으로 대원들이 피로해 있으니까 이틀 동안 휴식을 준 후 4월 3일 새벽을 기해 공격합시다."

시간은 새벽 2시로 정해졌다. 일단 날짜와 시간이 정해지자 모두가 긴장했다.

"새벽 2시에 일제히 일어나 공격을 해서 점령해야 합니다. 정오까지는 완전 점령이 끝나야 합니다."

빨치산 외에 동원 가능한 인원은 약 4천명이었다. 그 중에는 부녀자와 학생, 심지어 어린이까지 포함되어 있었다.

대치는 구체적인 작전계획을 수립하기에 앞서 사흘간에 걸쳐 제주도 지형을 익혔다. 경찰서와 지서의 위치, 경비대의 위치, 도로, 하천, 교량 등을 샅샅이 간파했다.

그것이 끝나자 그는 마지막 작전계획을 수립했다. 아침에 시작된 회의는 저녁때가 돼서야 끝났다. 그의 손에는 흠잡을 데 없이 완전한 작전계획서가 들어 있었다. 그 계획은 다음과 같은 것이었다.

① 공격 일시는 4월 3일 상오 2시로 한다. 공격신호는 봉화(烽火).

② 15명씩 조를 지어 조천(朝天), 함덕(咸德), 삼양(三陽), 외도(外都), 한림(翰林), 저지(楮旨), 고산(高山), 구엄(舊嚴), 애월(涯月), 남원(南元), 성산(城山), 안덕(安德), 중문(中文), 대정(大靜), 무릉(武陵) 등 15개 지서를 공격 점령한다.

③ 40명은 서북청년단 숙소를 공격한다.

④ 국민회, 독립촉성중앙회, 대한청년단 사무소에는 각기 10명씩 투입한다.

⑤ 특공대 제1진 20명은 인민해방군 50명과 함께 제주경찰서를 습격하여 무기고를 점령한다.

⑥ 특공대 제2진 20명은 인민해방군 50명과 함께 서귀포경찰서를 공략하여 무기고를 점령한다.

⑦ 특공대 제3진 60명은 인민해방군 1백 명과 함께 모슬포로 진격하여 국방경비대 제9연대 병력을 섬멸한다.

⑧ 혁명투쟁에 적극 호응하는 청년 5백 명으로 해안봉쇄를

맡게 한다.

⑨ 각 작전 책임자들은 혁명투쟁에 적극 동조하는 청년들을 최대한 동원하여 전투대열에 참가시킨다.

⑩ 비전투원은 통신, 연락, 구호, 치료 등에 동원한다.

⑪ 경찰관, 관공리, 국방경비대원, 우익단체의 회원 등은 체포 즉시 인민재판에 회부하여 처단할 것.

그날 밤 야음을 틈타 빨치산들은 목표지점을 향해 조용히 떠났다. 달이 유난히 밝은 밤이었다. 지리에 밝은 그들은 어둠을 틈타 모두 목적지에 도착해서 잠복했다.

대치는 제9연대를 치기 위해 주력부대를 이끌고 모슬포로 향했다. 제일 강력한 상대는 제9연대였다. 그들은 군사훈련을 받은 부대라 경찰과는 달랐다. 충분한 무기와 탄약도 가지고 있을 것이었다.

대치는 기관총 2문을 9연대 공격에 이용하기로 했다. 완전 무장한 대원 1백60명으로 9연대를 섬멸할 수 있을 것이라 자신했다.

모슬포가 내려다보이는 고지에 닿은 것은 새벽녘이었다. 이미 거기에는 민간인 동조자 5백 명이 대기하고 있었다. 그들 중 절반 가량이 총을 가지고 있었고 나머지는 낫, 죽창, 군도, 도끼, 곡괭이 같은 것들을 들고 있었다. 보아하니 사기가 충천하고 있었다. 어둠이 완전히 걷히자 그들은 숲 속으로 산개해서 숨었다.

대치는 바위 위에 엎드려 망원경으로 9연대 막사를 관찰했다. 바닷가 곳곳에 대형 천막이 세워져 있었고, 여기저기서 병사들이 훈련을 받고 있는 광경이 보였다. 그 움직임은 느리고 둔해 보였다. 제주도 지구 국방경비대는 편성단계였으므로 아직 제구실을 하지 못하고 있었다. 수백 명이 집단거주를 하면서 훈련받는 것이 일과였다.

경비대 내에 침투해 있는 세포대원을 통해 병력의 규모는 소상히 파악되고 있었다. 문제는 없을 것 같았다.

하루해가 지고 4월 2일 밤이 찾아왔다. 조용한 하루였다. 그러나 폭풍을 안은 하루였다.

대치는 전대원에게 일찍 식사를 마치고 취침하라고 지시했다. 모두가 그의 지시에 따랐다. 식사를 마치고 여기저기 흩어져 자던 빨치산들은 자정에 모두 일어나 무기점검에 들어갔다. 그런 다음 조용히 산을 내려갔다.

4월 3일 새벽 2시, 마침내 최초의 봉화불이 올랐다. 그것은 한라산 영봉에서 오른 봉화였다. 그것을 신호로 제주도 전지역의 산악과 고지에서 일제히 봉화가 올랐다.

파도와 바람 소리를 들으며 새벽의 단잠에 취해 있던 제주도의 주민들은 갑자기 들려오는 총소리에 모두 놀라 깨었다. 개와 닭이 울어대고 아이들도 놀라 깨어 울부짖었다. 평화와 정적에 묻혀 있던 섬에 갑자기 폭풍이 불어닥친 것이다.

겨우 수 명의 경찰력만으로 유지되고 있던 지서들은 손쉽게 떨어져 나갔다. 지서를 점령한 빨치산들은 면사무소에 불을 지르고 마이크로 성명서를 낭독했다.

"경애하는 제주도민 여러분들이여! 사랑하는 부모형제들이여! 오늘 당신님의 아들, 딸, 동생들은 무기를 들고 일어섰습니다. 매국단선(賣國單選)을 결사적으로 반대하고 조국의 독립과 완전한 민족해방을 위하여 일어섰습니다. 당신들의 고난과 불행을 요구하는 미제와 주구들의 학살 만행을 제거하기 위해 일어섰습니다. 우리들은 무기를 들고 궐기하였습니다. 당신님들의 종족의 승리를 위하여 싸우는 우리들을 보위하고 우리와 함께 조국과 인민의 부르는 길에 궐기해야 하겠습니다."

성명서를 낭독한 뒤에는 구호를 외쳤다.

"단선을 기어이 분쇄하고 단정(單政)을 절대 부인하라!"

"투표하면 인민의 반역자다!"

"단선에 참가한 매국노를 단죄하라!"

날이 밝을 때까지 총소리가 콩볶듯이 일었다. 총소리가 그친 지역에서는 빨치산들이 부르는 노랫 소리가 하늘높이 울려 퍼졌다.

제주 시가지 한복판 전봇대 위에는 사람의 머리통 하나가 내걸렸다. 이미 알아볼 수 없을 정도로 썩은 머리통이었다. 그리고 거기에는 피로 휘갈겨 쓴 다음과 같은 내용의 휘장이 걸려 있었다.

"반역자의 말로!"

도망치다 총에 맞아 부상한 경찰은 좌익 청년들이 휘두르는 흉기에 찔리거나 맞아 죽었다.

날이 완전히 밝자 곳곳에서 검은 연기가 솟아오르는 것이 보였다. 하늘은 연기로 금방 가려졌고, 비명 소리와 총소리가 한데 어우러져 나는 소리로 사방이 시끄러웠다.

모슬포의 대치는 직접 진두에서 부하들을 지휘하고 있었다. 일거에 경비대 병력을 섬멸할 줄 알았던 그는 난관에 부딪치고 있었다. 경비대의 저항이 의외로 완강했던 것이다. 그들은 빨치산에 의해 완전 포위되어 있었다. 뒤쪽은 바다였으므로 도망칠래야 도망칠 수도 없었다. 그런데 그것이 오히려 그들에게 단말마적인 힘을 주고 있었다. 싸우지 않으면 죽는다는 것을 그들은 자각하고 있었다. 그들은 한치의 양보도 없이 모래주머니를 유일한 방패로 삼아 응사해 왔다.

대치는 점점 초조해지기 시작했다. 기관총이 계속 불을 뿜어대고 있었지만 방어벽은 무너지지 않고 있었다. 마침내 기관총 1문의 탄약이 바닥이 났다. 나머지 기관총도 곧이어 탄약이 떨어졌다.

"빌어먹을!"

그는 권총을 뽑아들고 독전했지만 별 효과가 없었다. 다른 지역에서는 속속 승전보가 들어오고 있었다. 그런데 그가 직접 지휘하는 부대만이 아직 고전하고 있었다.

가장 결정적인 요인은 병력이 적다는데 있었다. 5백 명의 민간인 동조자가 있긴 했지만 그들은 훈련받지 않은 오합지졸에 불과했다. 총소리가 콩볶듯이 일어나자 그들은 혼비백산해서 땅바닥에 엎드리거나 도망치거나 했다. 독전대가 위협을 했지만 그들은 막무가내였다.

갑자기 약속이나 한 듯 총소리가 뚝 그쳤다. 정적이 찾아왔다. 뿌우연 먼지가 하늘로 피어오르고 있었다. 화약냄새가 코를 찔렀다. 비로소 파도 소리가 들려왔다.

수백 개의 눈초리들이 엄폐물 사이로 반짝이고 있었다. 상대를 죽일 수 있는 기회를 노리는 무서운 눈초리들이었다.

정적은 거의 한 시간 가까이 계속되었다. 양쪽 모두 팽팽히 맞서고 있었다.

대치는 10명씩 결사대를 조직했다. 모두 60명으로 6개조를 조직한 다음 횡대로 늘어서게 했다.

제1진이 뛰어가는 것과 동시에 다시 총소리가 일기 시작했다. 주위로 총알이 떨어지는 소리가 마치 우박 소리 같았다. 제1진 10명은 일제히 수류탄을 뽑아들고 달려갔다. K대 특공대원들이었다.

경비대와의 거리는 1백50미터쯤 되었다. 허리를 반쯤 굽힌 채 결사대원들은 쏜살같이 달려갔다. 그러나 아무리 날쌔고 용맹스러운 전사들이라 해도 경비대의 집중사격을 피할 도리는 없었다.

다섯 명이 거의 동시에 쓰러졌다. 쓰러지는 모습이 마치 장난감 같았다. 나머지 다섯 명은 계속 달려갔다. 다시 두 명이 쓰러졌다. 또 한 명이 쓰러졌다. 바리케이드 앞까지 용케 돌진해 간 두 명은 수류탄을 집어던졌다. 쾅쾅하는 폭음과 함께 사람의 몸뚱이가 공중으로 솟구치는 것이 보였다.

"야아!"

결사대 두 명은 총검을 앞으로 하고 바리케이드를 뛰어넘어 안으로 돌진해 들어갔다.

"2진 돌격!"

대치는 외쳤다. 제2진 10명의 사나이들이 빗발치는 탄우 속으로 돌진했다.

먼저 바리케이드를 뛰어넘어 들어간 결사대 두 명은 앞으로 몰려오는 경비대원들을 향해 총검을 찔렀다. 그러나 무모한 짓이었다. 그보다 먼저 경비대원들의 총이 불을 뿜었다. 결사대원 두 명은 온몸이 벌집이 되어 나뒹굴었다.

결사대 2진 역시 마찬가지였다. 바리케이드를 통과한 대원은 한 명이었다. 나머지는 모두 중간에서 저지되었다. 용감하게 경비대원들을 향해 돌진한 한 명은 부상을 입고 체포되었다. 말할 수 없이 희생이 컸다. 대치는 제3진을 또 죽음 속에 몰아넣었다.

그들마저 모두 전멸하는 것을 보자 그는 작전을 중지했다. 눈앞에 널브러져 있는 부하들의 시체를 보면서 그는 분노에 몸을 떨었다.


한낮이 지나고 해가 서편으로 기울어질 때쯤이었다. 해안 봉쇄를 맡고 있던 부대로부터 연락이 왔다.

"경비대 지원군이 오고 있습니다! 새카맣게 몰려오고 있습니다!"

대치는 가슴이 덜컥 내려앉았다. 급히 고지에 올라가 망원경으로 바다를 보니 해안경비정 두 척이 좌우에서 모슬포를 향해 다가오고 있는 것이 보였다.

"절대 상륙하지 못하도록 막아야 한다! 전병력을 모슬포로 집결시키도록 해!"

통신병에게 지시를 내린 다음 그는 병력을 절반으로 나누어 그 일부를 해안으로 빼돌렸다. 해안에 진지를 구축하고 배가 도착하기를 기다리고 있는데 갑자기 수평선 쪽에서 비행기가 날아왔다. 미군 그라만 편대기였다. 모두 세 대였다.

그라만 편대기는 곧장 그들을 향해 날아왔다. 당황해서 바라보고 있는 사이 순식간에 접근해온 그라만 편대는 해안선을 따라 왔다갔다 하더니 갑자기 기수를 숙이면서 빨치산들의 머리 위로 기총소사를 퍼붓기 시작했다.

갑작스런 공격에 반란군은 혼비백산했다. 기총소사의 위력은 대단했다. 흙이 튀고 나무가 부러졌다. 사람의 몸뚱이가 풀잎처럼 날아갔다. 총알을 맞고 거꾸러지는 사람들 위로 피보라가 일었다. 흙먼지가 자욱하게 일었다.

세 대의 비행기가 한번 훑고 지나간 자리엔 시체가 즐비했다. 일단 비행기가 지나가자 반란군들은 뿔뿔이 흩어져 사방으로 도망치기 시작했다.

"멈춰라! 도망하는 놈은 사살한다!"

대치가 권총을 들고 외쳐댔지만 살길을 찾아 도망치는 무리들을 제지할 수는 없었다. 대치는 닥치는 대로 방아쇠를 당겼다. 도망치던 빨치산 두 명이 비명을 지르며 나뒹굴었다. 그러나 그뿐이었다. 기울어진 전세를 만회하기는 불가능했다.

그라만 편대기는 돌아가지 않고 다시 돌진해 왔다. 화가 머리끝까지 치밀어오른 대치는 부하의 소총을 빼앗아들고 비행기를 향해 발사했다.

미처 도망하지 못한 빨치산들은 비행기가 다가오자 땅위에 얼굴을 처박고 엎드렸다. 그 위로 드르륵 하고 기관총탄이 날아왔다. 사정없이 퍼붓는 기관총소사였다.

빨치산들은 그곳에서 무더기로 죽어갔다. 거의가 등에 총을 맞고 죽어갔다. 대치는 소총을 버리고 부하들에게 후퇴하라고 명령했다.

"경비대가 쳐들어옵니다!"

9연대를 상대하고 있던 부하들 쪽에서 연락이 왔다. 9연대가 공격을 개시한 모양이었다.

"그 개새끼들, 왜 막지 못해?"

대치는 분노에 차서 소리쳤다. 먼지를 허옇게 뒤집어쓴 그의 모습은 노인 같아 보였다.

"모두가 도망쳤습니다! 비행기가 오는 바람에."

그때 통신병으로부터 보고가 들어왔다.

"다른 곳에도 경비대 지원군이 상륙했답니다! 그래서 이쪽으로 못 오겠답니다!"

그때 와아 하는 함성이 들려왔다. 경비대가 가까이 다가오고 있었다.

"모두 산으로 철수해! 할 수 없다!"

분노한들 소용없는 일이었다. 총알은 가리지 않고 사람을 꿰뚫는다. 그것을 막을 도리는 없었다.

일부가 응전하는 가운데 대치는 산으로 기어올라갔다.

철수하는 빨치산들을 향해 비행기에서 또 공격이 가해졌다. 한 명도 남기지 않고 소탕하겠다는 듯 흡사 소낙비처럼 총탄을 퍼부었다.

비행기의 지원을 받으며 경비대가 기세 좋게 추격해 왔다. 살길을 찾아 도주하는 빨치산들의 발길은 비참할 정도로 허둥거리고 있었다.

가까스로 산속 깊은 곳까지 도망쳐온 대치는 숨돌릴 사이도 없이 응전태세를 갖추었다. 산 속에 구축된 방공호와 갱도는 빨치산들에게는 더 없는 엄폐물이 될 수가 있었다. 그리고 일단 높은 곳에서 아래를 관찰할 수가 있기 때문에 웬만한 대병력도 막아낼 수가 있었다.

추격해 오던 경비대도 그 이상은 올라오지 않았다. 겨우 숨을 돌리며 대치는 병력을 점검해 보았는데, 이미 반수 이상이 희생되고 없었다. 다른 지역의 대원들도 후퇴해 오고 있다는 보고가 속속 들어왔다.

해안을 바라보니 지원군을 태운 경비정이 저항 하나 받지 않고 들어오고 있었다. 대치는 땅을 치며 통분해 했다. 너무 얕잡아본 것이 크나큰 실패를 가져온 것이었다.

패잔병들이 속속 모여들고 있었다. 반수 이상이 부상병들이었다. 여기저기서 살려달라고 아우성들이었다.

김달삼 이하 간부들이 모두 모여들었다. 즉시 대책회의를 열었지만 별 뾰족한 수가 없었다. 방법이 있을 리가 없었다. 이제는 끝없이 도망다니면서 유격전을 전개하는 수밖에 없었다. 그것마저 어렵게 되면 정상으로 몰려가 죽음을 기다리는 수밖에 별 도리가 없는 것이다.

마침내 경비대 지원군이 상륙하기 시작했다. 모두가 완전무장하고 있었고 보급물자도 풍부해 보였다.

대치는 망원경으로 경비대 지원군의 상륙광경을 지켜보고 있었다. 그것을 보면서도 아무런 행동도 취할 수 없는 자신의 처지가 말할 수 없이 비참하게 생각되었다.

모슬포로 상륙한 경비대 병력은 약 1천5백 명 가량 되었다. 많은 수의 병력이었다. 다른 곳으로 상륙한 병력까지 합치면 대병력이 제주도에 투입되고 있음을 알 수 있었다.

거기에 비하면 빨치산의 병력은 이제 너무나도 보잘 것이 없었다. 경비대처럼 지원군을 기대할 수도 없었다. 요청한다 해도 묵살될 것이 뻔했다. 그래도 혹시나 하고 무전을 쳐 보았다. 지원군을 요청하는 무전이었다. 응답은 예상했던 대로 불가능하다는 것이었다.

"각 지역의 야산대는 현재 극소수의 인원으로 무력 투쟁 중에 있음. 따라서 제주도에 보낼 병력은 없음. 최후의 일인까지 혁명투쟁을 전개하라."

병력이 있다고 해도 절해고도인 제주도까지 수송한다는 것은 무리였다. 죽으나 사나 싸울 수밖에 없었다. 그렇다고는 하지만 과연 최후의 일인까지 싸울 각오가 되어 있는 사람이 몇이나 될까.

제주도 간부들은 작전의 실패를 들어 대치를 공박하고 나섰다. 패잔병들이 으레껏 들고 나오는 책임전가였다. 누구보다도 사령관인 이덕구가 대치를 물고 늘어졌다.

"처음부터 이번 작전은 무리였소. 착실히 내실을 다진 후에 싸웠다면 이런 패배를 당하지는 않았을 거요. 최동무가 책임을 지시오!"

"어떻게 책임을 지라는 거요?"

대치는 조용히 물었다. 이미 날이 저물어 동굴 안은 어두웠다. 램프불이 겨우 사람들의 얼굴을 알아볼 수 있을 정도로 희미한 빛을 뿌리고 있을 뿐이었다.

"자기 비판을 하시오! 그리고 자결하던가 하시오!"

털끝만치도 동정을 보이지 않는 말이었다. 대치는 입을 꾹 다문 채 미동도 하지 않고 앉아 있었다. 외눈은 허공을 응시하고 있었다. 상대방의 말이 무섭다거나 한 것은 아니었다. 죽는다는 것이 무서운 것도 아니었다. 단지 억울하고 또 억울할 뿐이었다. 이번 공격이 성공할 수 있는 일인데도 실패하고 말았다는 사실이 그로 하여금 견딜 수 없을 정도로 비통하게 만들어 주고 있었다.

"만일 자결하지 않으면 내 부하들이 당신을 죽일 거요!"

상대가 증오에 차서 소리쳤다.

"내 부하들은 모두 당신을 증오하고 있소!"

그것이 신호이기나 하듯 갑자기 밖이 소란스러워지더니 빨치산 몇 명이 안으로 들이닥쳤다. 그들은 곧장 총구를 대치에게 겨누었다.

"당신, 이리 나와!"

대치는 동요하나 없이 그들을 바라보았다. 모두가 금방이라도 방아쇠를 당길 듯이 살기등등했다.

"이리 나와!"

동굴 속이 쩌렁 울렸다.

"이게 무슨 짓들이야?"

김달삼이 꾸짖었지만 노한 그들은 들으려고 하지 않았다.

"이런 놈은 살려두어서는 안 됩니다! 이놈 때문에 우리 동지들이 얼마나 죽었습니까? 이놈아, 이리 나와!"

간부들은 더 말리려 들지 않았다. 동굴 밖에는 노한 대원들이 잔뜩 몰려와 있었다. 반란이 일어날지도 모를 판이었다. 그래서 간부들은 부하들의 비위를 건드리지 않으려고 서로 눈치만 살폈다.

대치는 일어서서 밖으로 나갔다. 그가 하도 당당히 나오는 바람에 폭도들은 주춤주춤 뒤로 물러섰다.

"저 새끼, 죽여라!"

"때려 죽여!"

"모가지를 잘라 버려!"

여기저기서 고함을 질러댔지만 막상 앞장서서 달려드는 사람은 없었다.

"나를 죽일 셈인가?"

대치는 그들을 한 사람 한 사람 바라보며 물었다. 달빛을 받고 있는 그의 얼굴은 돌처럼 차갑고 굳어 보였다. 그는 앞으로 한 발 나섰다.

"쏘고 싶은 사람은 쏴라!"

그의 대담한 말에 아무도 응하는 사람이 없었다. 모두가 질린 듯이 침묵했다.

"죽기 전에 해둘 말이 있다. 너희들은 비겁하고 못난 놈들이다! 만일 이번 전투에서 우리가 승리했다면 너희들은 나를 이렇게 대하지는 않았을 것이다. 나를 영웅으로 대접했겠지. 패하고 보니까 결국 나를 이렇게 죽이려 하고 있다. 패잔병들의 말로를 보는 것 같아 서글프기 짝이 없다!"

그는 한숨을 내쉬었다. 정적이 흘렀다. 바람이 나뭇가지를 스치는 소리가 들려왔다.

"내가 너희들을 혹독하게 훈련시킨 것은 전쟁에 이기기 위해서였다. 만일 그런 훈련이라도 받지 않았다면 너희들은 전멸했을 것이다. 내가 데려온 특공대원들은 전투 경험이 많은 용감한 전사들이었다. 그렇지만 이번 전투에서 거의가 희생되었다. 그만큼 이번 전투는 격렬했었다."

외눈에서 눈물이 흘러내렸다. 그는 손등으로 그것을 훔치면서 말을 이었다.

"나 하나 죽고 살고가 문제가 아니다. 문제는 너희들의 앞날이다. 우리는 지금 포위되어 있는 상태다. 적들은 날이 갈수록 증강되어 시시각각으로 포위망을 좁혀올 것이다. 반면 우리는 지원이 끊기고 완전히 고립되어 있다. 부상자는 부지기수이고 식량도 바닥이 났다. 앞으로 어떻게 할 것인가? 나 하나를 죽인다고 해서 문제가 해결되리라 보는가?"

그의 한마디 한마디는 빨치산들의 가슴을 깊이 찔렀다. 그를 겨누고 있던 총들이 하나 둘씩 밑으로 처지지 시작했다. 대치는 기회를 놓치지 않고 그들을 몰아붙였다.

"우리는 여기서 자결할 수도 없다! 자결해서도 안 된다! 최후의 일인까지 혁명과업을 위해 싸워야 한다! 지금은 비록 적에게 포위되어 있다. 하지만 싸움은 이제부터 시작이다! 이제부터 유격전이 시작되는 것이다! 너희들은 앞으로의 싸움과 생존에서 내가 너희들에게 가르쳐준 그 혹독한 훈련이 얼마나 큰 도움이 되는가를 알게 될 것이다! 너희들이 혁명을 위해 내 목숨이 필요하다면 나는 기꺼이 내 목을 혁명의 제단 위에 바치겠다! 자, 쏴라!"

대치는 가슴을 내밀고 초라하기 짝이 없는 사나이들을 바라보았다. 그는 정말 죽음을 받아들일 준비가 되어 있었다.

차마 아무도 방아쇠를 당기는 사람이 없었다. 그럴만한 배짱과 용기를 가진 사나이가 하나도 없었다. 모두가 대치의 위압감에 주눅이 들린 듯 서 있기만 했다.

대치는 천천히 그들 앞을 지나 어둠 저쪽을 향해 걸어갔다.

총을 쏠 수 있는 기회는 지금밖에 없을 것이다. 어디로 총알이 날아올까. 머리, 등, 아니면 허리로 날아올까. 어디로 날아오든 상관없다. 다만 오랜 시간을 끌지 않고 바로 죽을 수 있으면 좋겠다.

혁명의 불만 당겨 놓았을 뿐 아무 것도 이루어 놓은 것이 없었다. 너무 원통하다. 그러나 혁명투쟁에서 죽는다는 것은 가장 보람 있는 일이다. 나를 반동이라고 부를 사람은 아무도 없겠지. 비록 동지들의 손에 죽는다 해도 나의 혁명정신에는 오점이 없다.

바람에 나뭇가지가 흔들렸다. 나뭇가지 사이로 달이 보였다. 그는 걸음을 멈추고 서서 물끄러미 달을 바라보았다. 한참을 걸어왔다. 그러나 뒤에서는 아무 소리도 들려오지 않았다. 한숨을 내쉬며 다시 달을 바라보았다.

문득 가족 생각이 났다.

오랫동안 만나지 못했다. 영영 못 만나게 될지도 모른다. 미안하다. 그러나 어쩔 수 없는 일이다. 혁명가의 아내란 이별과 죽음을 항상 각오하고 있어야 한다. 그렇지 못하면 혁명가의 아내가 될 자격이 없다. 여옥아, 울어서는 안 된다. 너는 여느 여자와는 다른 여자가 아니냐. 내가 없더라도 아들놈을 굳세고 씩씩하게 키워야 한다. 훗날 그놈이 장성한 후에 내 이야기를 자랑스럽게 해 줄 수 있어야 한다. 너의 아버지는 비겁한 사람이었지. 이런 말을 들려줘서는 안 된다. 나는 결코 비겁하지 않을 것이다. 나는 혁명의 제단 위에서 산화할 것이다. 아내여, 당신은 나 때문에 희생되고 있다. 그러나 그것은 가장 가치 있는 일이다. 그것은 위대한 일이다.

뒤에서 발짝 소리가 들려왔다. 그는 돌아보지 않고 그대로 앞을 바라보고 있었다.

"떠나신 줄 알았는데."

다가온 사람은 김달삼이었다. 대치는 앞에 있는 나뭇가지를 꺾었다.

"내가 가면 어디를 가겠소. 사방이 바다인데……"

"내 사과하리다. 모두를 대표해서 사과하리다."

"난 아무렇지도 않습니다. 다만 앞날이 걱정이 될 뿐입니다."

"앞으로 어떻게 하면 좋겠습니까?"

"장기항전에 들어갈 수밖에 없지요. 이제부터 본격적으로 빨치산 투쟁이 시작되는 겁니다. 우선 우리는 5·10선거를 분쇄해야 하고 그런 다음 결정적인 시기가 올 때까지 지구전을 벌여야 합니다.

"승산이 있습니까?"

대치는 선비 같은 사나이를 물끄러미 바라보았다. 냉혹하다는 평판과는 달리 더없이 나약해 보였다.

"승산이 있고 없고 간에 싸워야 합니다. 문제는 누가 오래 버티느냐에 달려 있습니다. 인내심이 없는 자는 반역하거나 투항할 것이고, 아니면 자결하겠지요."

김달삼은 입을 다물었다. 더 말해 보았자 자신의 나약함만 드러내 보일 뿐이라고 생각한 것 같았다. 대치는 한심한 생각이

들었다. 책임자부터 이렇게 떨고 있으니, 나머지 사나이들이야 오죽하랴. 그들을 이끌고 언제 끝날지 모를 싸움을 계속할 생각을 하니 한심스럽기 짝이 없었다.

# 빨치산

 제주도 4·3폭동이 일어난 지 사흘 후 CIC의 장하림은 미군 정찰기를 타고 제주도로 날아갔다. 계급장도 없는 낡은 군모와 카키복 차림의 그는 짙은 선글라스를 끼고 비행기에서 내렸다.
 토벌군의 지휘관이 직접 그를 마중나와 있었다. 하림은 지휘관과 함께 지프를 타고 해안도로를 달려갔다. 차가 달리는 동안 내내 산의 여기저기에서 총소리와 포성이 들려왔다. 곳곳에서 연기가 피어오르는 것도 보였다.
 도중에 그는 차를 멈추게 하고 한 곳을 가리켰다. 조그만 마을이었는데 인가가 모두 불타고 연기만 피어오르고 있었다. 공지에는 가마니에 덮인 시체들이 즐비하게 널려 있었다.
 "어느 쪽 짓입니까?"
 "공비들 짓입니다. 자경대를 조직해서 공비들에게 대항해 오던 마을이었는데 지난밤에 공비들이 대거 출몰해서 주민을 모두 몰살하고 식량을 탈취해 갔습니다. 이 마을 주민은 모두가 이북에서 월남해 온 사람들이었습니다."
 하림은 차를 내려 그쪽으로 다가가 보았다. 몇 명의 청년들이 작업을 하다 말고 충혈된 눈으로 그들을 바라보았다. 원망이 가득 서린 눈초리였다.

남은 것은 시커멓게 그을린 기둥뿌리뿐이었다. 아직 파내지 못한 시체들도 더러 눈에 띄었다. 간밤의 살육이 얼마나 처참했는가는 보지 않아도 알 수가 있었다. 널려 있는 시체는 모두 40여 구쯤 되었다. 그 옆에 노파 하나가 어린 소년의 시체를 품에 안은 채 넋이 빠져 앉아 있는 것이 보였다. 노파는 미친 것 같았다. 그들이 다가서도 초점 없는 시선을 허공에 던지고 있을 뿐이었다.

하림은 손을 뻗어 노파를 부축하려다가 말고 돌아섰다. 그리고 급히 지프 쪽으로 걸어갔다.

"우리 쪽의 행패도 심하다는 말을 들었는데 사실입니까?"

"주민들과 공비들의 사이가 지연, 혈연 등으로 얽혀 있기 때문에 자연 주민들 쪽에 피해가 많습니다. 공비들에게 협조하는 주민들에 대해서는 엄벌로 나가고 있지만 그 때문에 간혹 본의 아니게 죄없는 양민들이 다치는 경우가 있긴 합니다. 전쟁의 비리죠."

"양민은 한 사람이라도 다쳐서는 안 됩니다. 정의에도 어긋날 뿐 아니라 그렇게 되어 주민들의 원망을 사게 되면 득을 보는 쪽은 공비들이죠. 그들은 전적으로 주민들에게 의지하고 있기 때문에 그들로부터 주민들이 등을 돌리게 해야 합니다. 전군에 특명을 내려 양민에 위해가 가지 않도록 하십시오. 만일 그런 일이 발생하면 CIC에서 직접 수사해서 책임자를 처벌하겠

습니다."

"알겠습니다."

중령은 선글라스를 끼고 있는 CIC 책임자의 존재가 너무 크게 느껴지는지 헛기침을 하면서 자리를 고쳐 앉았다.

길이 나 있는 곳까지 해변을 돌면서 망원경으로 전투가 벌어지고 있는 쪽을 살핀 다음 하림은 시내로 들어갔다.

CIC 제주도 지부는 토벌군사령부와 같은 건물을 쓰고 있었다. 하림이 안으로 들어서자 사복 차림의 사나이들이 차렷자세로 도열해서 그를 맞았다. 지부책임자가 경례를 올려붙이자 하림은 고개를 끄덕인 다음 그와 악수를 나누었다.

지부책임자는 40대의 깡마른 사나이였다. 하림이 자리에 앉으며 브리핑을 요구하자 그는 자료철을 꺼내 놓고 떠듬떠듬 보고하기 시작했다.

"현재 적들과 내통하다가 적발된 민간인은 모두 1백20명입니다. 전원 신병을 확보해 놓고 있습니다. 종합적인 정보 결과에 의하면 아직도 상당수가 적과 내통하고 있습니다. 뿐만 아니라 경비대 내에도 적지 않은 수의 좌익분자들이 침투해 있습니다. 머지않아 모두 색출될 것으로 보고 있습니다. 현재 공비들 외에 주민들로서 집단적으로 폭동을 일으킬 소지는 거의 제거되었다고 볼 수 있습니다. 주민들이 가지고 있던 무기를 모두 압수했기 때문에 위험은 많이 제거됐습니다. 그리고 각 면에는 우리 정보요원들이 배치돼서 잠시도 감시의 눈을 떼지 않고 있습니다. 산에 인접해 있어서 공비들의 침투가 용이한 마을들은 모두 폐쇄시키고 주민들은 해안 쪽으로 소개시켰습니다. 공비들 속에 우리 요원도 다섯 명 침투시켰는데 아직까지 소식이 없습니다. 공비들은 식량확보에 혈안이 돼 있습니다. 따라서 주민들과의 관계만 두절시키면 그들은 자연 괴멸될 수밖에 없을 겁니다. 우리는 그래서 놈들을 고립시키는데 최대의 노력을 기울이고 있습니다. 한편으로 회유책도 쓰고 있습니다. 공비 우두머리인 김달삼과 간접적인 접촉을 시도하고 있는 중입니다. 김달삼의 아버지를 이용해서 그와 접촉을 가지려고 하고 있습니다. 부하들을 데리고 자수하면 모두 살려 주겠다는 조건입니다. 그것이 여의치 않으면 김달삼만이라도 자수하게 할 생각입니다. 우두머리를 잃으면 크게 사기가 떨어질 것이 분명합니다. 김달삼의 아버지는 호의적인 반응을 가지고 있습니다. 아직 뭐라고 단정을 내릴 수는 없지만 조만간 어떤 연락이 오리라고 생각합니다."

지부책임자는 한라산 지도를 걸어 놓고 적들이 자주 출몰하는 지역을 가리켰다.

"적들이 출몰할 수 있는 지역은 20여 곳입니다. 이밖에는 인가도 없고 해서 출몰해 봐야 아무 것도 얻어갈 수가 없습니다. 매일 밤 이 20여 곳에서 전투가 벌어지고 있습니다. 적들은 낮에는 숨어 있다가 밤에만 나타납니다."

"적 병력은 모두 몇 명쯤 되나?"

"정확한 숫자를 파악할 수는 없습니다. 주민들 중에 좌익사상을 가진 자들이 4월 3일 이후 많이 입산했습니다. 마을에 있다가 체포될 것이 두려워 입산한 것 같습니다. 대략 3천 명 정도로 추산하고 있습니다."

"간부급 되는 자들의 수를 파악하고 있나?"

"대강은 파악하고 있습니다."

눈짓을 하자 옆에 서 있던 지부요원이 하림 앞에 자료철을 내놓았다. 그것을 하나하나 들여다보던 하림의 시선이 한곳에서 딱 멎었다. 거기에 다음과 같은 내용이 들어 있었다.

△ ○○○—성명미상의 이자는 남로당 서울 지도부에서 파견된 자로서 K대로 알려진 특공대원들을 이끌고 이곳 공비들을 지원하기 위해 온 자로 생각됨. 왼쪽 눈이 없으며 안경을 끼고 있고, 코밑에 수염을 기르고 있음. 나이는 40대. 유격전의 전문가로 알려져 있으며 공비들을 심리적으로 총지휘하고 있는 것으로 사료됨. 주민들 사이에 「번개」라는 별명으로 불리고 있음. 포악하고 잔인한 인물로 알려져 있음. 이자를 제거하는 것이 급선무임.

하림은 자료철을 밀어 놓고 잠시 생각에 잠겼다. 겉으로 드러나지는 않았지만 그는 적이 놀라고 있었다. 왼쪽 눈이 없는 40대의 안경낀 사나이, 그자는 혹시 대치가 아닐까. 대치가 변장하고 있는 게 아닐까. 서울서 내려온 유격전의 전문가, 포악하고 잔인한 인물, 「번개」라는 별명으로 통하는 사나이······. 여기까지 생각한 하림은 등골로 식은땀이 흐르는 것을 느꼈다.

"서울 지도부에서 내려왔다는 그자에 대한 사진은 입수했나?"

하림은 아무 표정도 드러내지 않은 채 조용히 물었다.

"그자만은 입수하지 못했습니다. 다른 자들의 사진은 모두 입수했는데, 그자의 사진만은 입수하지 못했습니다."

"우리 요원 중에 그자를 본 사람은?"

"한 사람도 없습니다. 그자는 번개같이 나타났다가 사라집니다. 그자가 나타났다 하면 꼭 큰 피해가 따릅니다. 신출귀몰한 놈입니다. 어제는 시내 장터까지 내려왔다가 사라졌습니다."

하림의 눈이 선글라스 너머에서 크게 떠졌다.

"목격자들이 있겠군?"

"네, 목격자들이 많이 있습니다. 그런데 이야기가 모두 다릅니다. 키가 크다는 사람, 작다는 사람, 어떤 사람은 꼽추라고 그러기도 합니다."

"혼자 나타났었나?"

"네, 혼자였답니다. 대담하기 짝이 없는 놈입니다."

"그놈이 노린 것은?"

"장터에서 한바탕 연설을 한 다음 삐라를 뿌리고 갔습니다. 선거를 반대하라는 내용이었습니다. 경찰 두 명을 사살하고 도주했습니다."

이야기를 들을수록 그자가 최대치일 것이라는 확신이 굳어갔다. 당황과 분노로 그의 마음은 착잡해졌다.

"포로는 없나?"

"있습니다."

"이리 데리고 와 봐."

누더기 차림의 공비 하나가 끌려왔다. 그는 모든 걸 체념했는지 저항하는 기색도 없이 고개를 숙이고 있었다. 40대의 나이든 사내였다.

"고개 들어, 이 자식아!"

옆에 서 있던 CIC대원이 어깨를 후려치자 포로는 고개를 쳐들었다. 피골이 상접한 앙상한 얼굴의 사내였다. 움푹 들어간 두 눈은 충혈되어 있었고 불안에 떨고 있었다. 하림은 사내의 손에 채워진 수갑을 풀어 주게 했다. 담배를 권하자 공비는 두 손으로 그것을 받았다. 손을 마구 떨어대고 있었다.

"번개라는 별명을 가진 자를 알고 있나?"

"네……"

"어떻게 생겼던가? 눈이 길게 찢어져 있지 않았던가?"

"네, 길게 찢어진 사람입니다."

"과거에 무슨 일을 했다고 하던가?"

"중국 팔로군 출신이라고 했습니다. 저도 처음 보는 사람이었는데 무서운 사람입니다."

포로는 묻는 대로 술술 대답했다. 하림은 가만히 상대를 바라보다가 다시 물었다.

"당신은 몇 살이지?"

"마흔 다섯입니다."

"공산주의자인가?"

"아닙니다. 그게 아닙니다."

공비는 울먹이면서 하림을 올려다보더니 갑자기 발치에 엎드려 호소하기 시작했다.

"나리, 나리, 목숨만 살려 주십시오! 죽을 죄를 지었습니다! 저는 고기 잡아먹고 사는 가난한 어부입니다! 가난이 서러워 잘살게 될 줄 알고 멋모르고 날뛰었습니다! 저는 빨갱이도 아니고, 아무 것도 아닙니다!"

하림은 사내가 울음을 그칠 때까지 잠자코 기다렸다. 사내는 하림의 다리를 붙잡고 끈질기게 애원했다. 눈물을 흘리며 목숨만 살려달라고 빌고 또 빌었다. 하림의 마음이 동요했다. 잔혹하지 못한 것이 그의 마음이었다.

"가족은 있나?"

"네, 나리……늙으신 부모님과 어린 자식 다섯이 있습니다. 제가 없으면 누가 돌볼 사람이 없습니다. 나리, 부탁입니다. 살려 주십시오!"

하림은 포로의 가정환경을 조사해 오도록 지시했다.

"그자가 말한 대로 사실입니다."

책임자가 수사자료를 들여다보고 나서 대답했다. 하림은 포로를 데리고 독방으로 들어갔다.

"당신의 목숨은 내가 보장하지."

포로를 의자에 앉힌 다음 그는 어깨 위에 손을 올려놓았다.

"저, 저를 살려 주시는 겁니까?"

포로는 감격해서 어쩔 줄을 몰라했다.

"살려 주겠소."

"아이구, 나리, 감사합니다. 고맙습니다!"

"그 대신 부탁을 하나 들어줘야겠어."

"마, 말씀하십시오, 무엇이든지 들어 드리겠습니다."

"다름이 아니고……"

하림은 탁자 앞에 다가앉아 백지를 꺼내 놓았다.

"내가 편지를 한 장 쓸 테니 이걸 좀 전해 주시오."

"누, 누구한테 전하는 겁니까?"

"그 애꾸눈한테 전해 주시오. 할 수 있겠소? 전해 주고 돌아오면 그때부터 당신은 자유요."

그것은 쉬운 일이 아니었다. 그러나 포로는 목숨을 보장받는 대가로 그 심부름을 해야했다.

"하겠습니다. 전해 드리고 오겠습니다."

"고맙소."

하림은 만년필을 꺼내 편지를 쓰기 시작했다.

최대치 앞

당신이 제주도에 와서 4·3폭동의 주역을 맡고 있다니 놀라울 뿐이다. 나는 당신의 정체를 알고 있다. 당신이 체포되는 것은 시간문제다. 체포될 경우 살아나는 것은 불가능하다. 가족들과 당신의 앞날을 생각해서 제발 자수해 주기 바란다. 당신을 아끼기 때문에 하는 말이다. 어떤 해결을 위해 나와 협상하겠다면 언제라도 응해 주겠다. 협상 일시와 장소를 알려 주면 나가겠다.

張으로부터

하림으로부터 편지를 받아든 공비는 자기한테 그런 부탁을 한 것이 아무래도 믿기지 않는지 잠시 의심스러운 눈으로 그를 바라보았다. 하림이 통행증을 써주자 그제야 그는 두번세번 머리를 숙여 인사했다.

"고맙습니다. 이 은혜 잊지 않고 틀림없이 다녀오겠습니다. 고맙습니다."

하림이 공비를 그대로 석방해 주자 대원들은 모두 의아해 했다. 이야기를 대강 듣고 난 지부책임자는 불만스러운 듯 이렇게 물었다.

"저놈이 돌아오리라는 걸 어떻게 보장합니까?"

"보장할 수 있는 건 하나도 없지. 믿어야지. 믿을 수밖에 없지."

"지금이 어느 때라고 적을 믿으십니까?"

"이런 때라고 못 믿을 건 없지. 그리고 영원한 적이란 없는 거야. 적이기 이전에 인간이란 점에서는 모두 똑같아."

모두가 아무래도 이해가 안 간다는 듯 그를 바라보았다. 하림은 포로를 산에까지 호송해 주도록 지시한 다음 전투가 벌어지고 있는 곳으로 나가 보았다.

산으로 올라갈수록 총소리가 시끄러웠다. 길목 여기저기에 공비들의 시체가 널려 있었다. 하나 같이 비참하기 짝이 없는 주검들이었다.

시체는 주로 동원된 민간인들이 치우고 있었는데 일일이 들고 다닐 수가 없었기 때문에 시체의 목에 새끼줄을 걸어 그대로 밑으로 끌어당기고 있었다.

그 바람에 시체는 흙에 뒤범벅이 된 채 밑으로 굴러 떨어지곤 했다. 그렇게 모인 시체가 수십 구나 되었다. 일단 전쟁이 일어나면 인간의 목숨이 파리 목숨보다 못하다는 말이 실감나는 듯했다.

시체가 모인 장소에는 가족들이 몰려와 울부짖고 있었다. 가족들은 원망에 가득 찬 눈으로 토벌군들을 노려보고 있었다. 하림은 가슴이 찢어지는 것 같았다. 비통한 일이었다.

"어쩔 수 없는 일입니다. 그대로 방치해 둘 수는 없는 일 아닙니까!"

그는 이렇게 소리치고 싶었다. 그러나 그런 말로 가족들의 분노를 가라앉힐 수 없는 일이었다.

공비들의 시체는 유가족들에 의해 현장에서 거두어졌다. 가족이 나타나지 않은 시체는 그대로 거기에 방치된 채 썩은 냄새를 피웠다. 미처 시체를 처리할 계획도 서 있지 않았고 손도 모자랐다.

하림은 더 위로 올라가 보았다. 웅덩이처럼 파여진 곳에 네 명의 공비들이 웅크리고 앉아 있었다. 빨치산 포로들이었는데 모두가 부상당해 있었다. 웅덩이 바닥에는 물이 고여 있었다. 흙탕물에 뒤범벅된 그들의 모습은 짐승이나 다름없는 참담한 모습이었다.

토벌군 병사 하나가 장탄을 한 다음 포로들을 사살하려고 했다. 하림은 날카롭게 소리쳤다.

"이 봐! 무슨 짓이야?"

병사는 어리둥절했다.

"사살하라는 지시를 받았습니다!"

"누가!"

"중대장님이 그랬습니다!"

공비들은 흙빛이 되어 부들부들 떨고 있었다.

"포로들을 사살해서는 안 돼!"

그는 중대장을 불렀다. 중대장은 어려보였다. 중위 계급장을 달고 있었다. 거물이 나타난 것을 알자 중대장은 차렷자세로 서서 거수경례를 했다.

"포로를 사살해서는 안 된다. 알았나?"

"네, 알았습니다."

"포로는 모두 수용시켜. 부상자는 치료하고……. 포로를 인간적으로 따뜻이 대해 주면 우리 편으로 만들 수가 있는 거야. 포로를 사살한다는 것이 알려지면 적들이 어떻게 자수하겠나?"

"알았습니다. 화가 나서 그랬습니다. 이놈들은 사람도 아닙니다."

하림이 의아해 하자 중대장은 위쪽을 가리켰다.

"저쪽에 한번 올라가 보십시오."

그는 중대장이 가리키는 쪽으로 올라가 보았다. 소나무 가지에 시체가 하나 높이 매달려 있었다. 벌거벗은 시체로 목이 매달려 있었는데 손발이 모두 잘려 나가고 없었다. 성기도 잘려 있었다. 잘린 성기는 시체의 입속에 쳐박혀 있었다. 시체는 중년사내쯤 되어 보였다. 너무도 참혹한 모습에 하림은 토할 것 같았다. 그는 돌아서서 얼른 담배를 피워 물었다.

"죽은 사람은 누구인가?"

"청년단장입니다. 어젯밤에 납치되어 저렇게 당했습니다."

"끌어내려!"

그는 버럭 고함을 질렀다. 병사 하나가 나무를 타고 올라가 칼로 밧줄을 끊었다. 시체는 물건처럼 픽 소리를 내면서 바닥으로 떨어졌다.

손발이 잘린 시체는 이상해 보였다. 그는 순간 풍뎅이를 생각했다. 시체는 목이 길게 빠져 있었고 눈알이 튀어나와 있었다. 자신의 성기를 물고 죽어 있는 모습이 너무도 참혹했다. 인간은 과연 어느 정도까지 잔혹해질 수 있을까 하고 그는 생각했다.

담배를 던지고 나무 뒤로 돌아가 쭈그리고 앉아 토했다. 눈물이 다 나왔다. 병사들이 이상하다는 듯 그를 바라보았다. 토하는 것이 오히려 이상하게 생각되는 모양이었다. 이런 데서 시체를 보고 토하다니 이상할 수밖에 없을 것이다.

전투는 산발적으로 전개되고 있었다. 적들의 저항은 소극적이었다. 탄환을 아껴야 하는 그들로서는 그럴 수밖에 없을 것이다. 그들로서는 정규전을 치른다는 것이 무리였다.

반면 이쪽은 모든 것이 유리했다. 병력은 자꾸만 증강되고 있었고 보급품도 풍부했다. 여유를 가지고 포위망을 압축해 가면 머지않아 적들은 섬멸될 수밖에 없도록 되어 있었다.

하늘에서는 미군 정찰기가 수시로 떠다녔다. 정찰기에서 보내는 무전보고에 따라 토벌군들은 적의 위치를 정확히 파악할 수가 있었다. 위치가 파악되면 대규모 공격이 퍼부어졌다.

그래서 빨치산들은 아예 낮에는 산속 깊이 숨어 모습을 나타내려고 하지 않았다. 그들은 언제나 밤에 움직였다. 어둠은 그들에게 큰 위안이 되었다. 어둠을 타고 밤안개처럼 숲 속을 흘러다니는 그들의 모습은 흡사 유령같았다. 강력한 토벌군도 밤이 되면 얼어붙어 움직이지 못하거나 철수하곤 했다. 언제 어디서 총알이 날아올지 모르기 때문이었다. 밤과 낮의 차이가 이렇게 엄청나게 달랐다.

그래서 토벌군은 가능한 한 낮에 최대의 전과를 올리려고 전력을 기울였다. 산 속으로 깊이 진격하다 보면 이미 지나친 곳에서 적이 튀어나와 배후를 공격하고 도망치는 수가 있었다. 숲 속에 굴을 파고 나무나 잡초로 감쪽같이 위장하고 있어서 거의 식별하기가 어려울 지경이었다. 하림은 선발대가 있는 곳까지 올라가 보았다. 1개 소대 병력이 움직이고 있었는데 아군 다섯 명이 순식간에 목숨을 잃는 바람에 모두가 당황하고 있었다. 부근에 적이 숨어 있는 것 같았다. 소대는 사방으로 총을 난사하면서 적의 반응을 기다리고 있었다.

하림은 바위 뒤에 웅크리면서 권총을 빼들었다.

"가끔씩 이렇게 공격적으로 나오는 수가 있습니다. 이런 놈들은 공비들 중에서도 독한 놈들이죠."

젊은 소대장이 말을 마치는 순간 피웅 하고 총알이 날아오는 소리가 들려왔다. 소대장은 마치 장난질하는 것처럼 뒤로 풀썩 쓰러졌다. 가슴에서 피가 쏟아져 나오는 것을 보고서야 하림은 정신이 들었다. 잇달아 총소리가 들려왔다. 여기저기 공비들의 모습이 보였다.

"후퇴……후퇴시키십시오."

소대장이 숨을 거두면서 말했다. 하림은 소대원들과 함께 후퇴했다. 산밑에 내려와 보니 전신이 땀에 흠뻑 젖어 있었다.

그날 밤 지부 사무실에서 자고 있는데, 한밤중에 보고가 들어왔다. 밀서를 가지고 갔던 사내가 돌아왔다는 보고였다. 하림은 일어나서 불을 켜고 사내를 맞아들였다.

사내는 사색이 된 채 그에게 편지를 내밀었다. 하림은 단숨에 편지를 읽어치웠다. 대치가 보낸 편지가 틀림없었다.

장하림 보아라.

여기서 네 소식을 듣게 되다니 뜻밖이다. 이제 우리는 마침내 서로의 가슴에 총부리를 겨누게 되었구나. 나에게 이상한 말을 하지 마라. 우리는 원수이고 우리 사이에는 싸움만이 있을 뿐이다.

우리의 혁명투쟁은 반드시 성공할 것이다. 우리는 풀과 나무뿌리로 연명하며 피를 토하고 있다. 동지들은 피를 흘리며 죽어가고 있다. 그러나 우리는 끝까지 투쟁할 것이다. 원수여, 죽음의 날을 기다려라. 나는 지금 달과 별을 벗하며 이슬 속에 서 있다.

한 줌의 흙이 된다 해도 두려울 것이 없다. 다만 걱정이 되는 것은 내 가족이다. 그러나 내 아내는 혁명가의 아내답게 굳세게 시련을 이겨 나갈 것이다. 내 자식들을 훌륭하게 키워 나갈 것이다.

원수여, 나에게 은덕을 베풀려 하는가. 그대는 나에게 굴욕을 씌우려 하고 있다. 참을 수 없는 일이다. 흙을 먹고 사는 한이 있어도 그대의 도움을 바라지 않는다. 네가 협상을 목적으로 나와 만나고 싶다면 응해 줄 용의가 있다. 그러나 내가 말하는 협상이란 어디까지나 화해가 아님을 명백히 밝혀둔다. 쌍방간에 현재의 피해를 줄일 수 있는 방향이라면 협상에 응하겠다. 만일 만나겠다면 내일밤 12시 정각으로 하자. 장소는 남이악이 바라보이는 바닷가 절벽 위다. 양쪽 모두 무기를 휴대해서는 안 된다. 아무도 동반해서는 안 된다. 단둘이 빈손으로 만나 이야기하는 거다. 약속을 지키겠다는 신호로 약속 시간 한 시간 전에 남이악을 향해 신호탄 다섯 발을 쏘아 올려라.

우리는 비록 원수의 사이이지만 이것은 사나이대 사나이의 약속이다. 내 사랑하는 아내의 얼굴을 봐서라도 약속을 어기지는 않으리라고 본다.

崔로부터

 하림은 편지를 구겨 쥐었다. 다시 한번 펴 보았다. 대치다운 편지였지만 화가 나서 견딜 수가 없었다. 그는 어떻게 할까하고 망설이면서 실내를 왔다갔다 했다.

 한밤중에 혼자서 적의 우두머리를 만난다는 것은 쉬운 일이 아니다. 용기와 배짱이 없으면 해낼 수 없는 일이다. 죽음을 각오하지 않으면 감히 할 수 없는 일이다.

 날이 밝자 그는 경비대 사령관과 지부책임자를 불러 이 문제를 상의했다. 이미 그의 마음은 결정되어 있었으므로 그 문제를 놓고 왈가왈부할 필요까지는 없었다.

 "이놈이 번개라는 놈 아닙니까?"

 사령관이 몹시 놀라며 물었다. 그렇다고 하자 손을 저으며 반대했다. 지부책임자도 반대하고 나섰다. 목숨을 보장할 수 없다는 것이 그들의 의견이었다.

 "틀림없이 함정입니다!"

 그들은 그의 용기를 의심하는 듯했다. 하림은 손을 들어 그들의 입을 막았다. 정 그렇다면 부근에 부하들을 잠복시키자는 사령관의 말도 그는 거절했다. 두 사람은 아연해서 그를 바라보기만 했다.


 그날 밤 11시 남이악을 향해 신호탄 다섯 발이 불꽃을 튕기며 올라갔다.

한 시간 후 하림은 바다에 면한 절벽 쪽으로 걸어갔다. 몇 사람의 간부들이 어둠 속으로 사라지는 그의 뒷모습을 두려운 눈길로 바라보았다.

하림은 서두르지 않고 천천히 걸어갔다. 이상할 정도로 그의 마음이 평온했다. 목숨을 내건 사나이치고는 그 움직임이 너무도 침착했다. 눅눅한 바다 냄새를 그는 가슴 깊이 들이마셨다. 달빛에 바다가 금빛으로 반짝이고 있었다. 바다와 하늘이 반짝이고 있었다. 바다와 하늘이 맞닿은 수평선이 유난히도 뚜렷이 보였다.

그는 자신의 생사를 초월한 행동에 문득 놀라움을 느꼈다. 언제부터 자신이 그렇게 변하게 되었는지 잘 알 수가 없었다. 구도자적인 행동이 아닐까 하고 생각하자 심한 반발심이 일었다. 나는 그와 같은 인간은 아니다. 속되고 평범하기 짝이 없는 인간에 불과하다.

벼랑을 때리는 파도 소리에 몸이 흔들리는 것 같았다 멀리 저쪽에서 불빛이 반짝거렸다. 불빛은 몇 번 깜박이다가 곧 꺼졌다. 그는 멈칫하고 섰다가 다시 걸어갔다. 적이 사격하기에는 자신의 위치가 너무 좋다고 생각했다.

절벽 끝에 서 있는 사나이의 모습이 시야에 어슴푸레하게 들어왔다. 그는 반사적으로 허리춤에 손이 갔다. 그러나 권총은 없었다. 약속대로 무장하지 않은 맨손임을 비로소 깨달았다. 오싹 소름이 돋았다.

사나이의 모습이 뚜렷이 부각되어 나타났다. 안경을 낀 모습이 꼼짝하지 않고 바다를 향하고 있었다. 찢긴 옷자락이 바람에 펄럭이고 있었다. 남루한 모습이었다. 그가 멈춰서는 것과 동시에 사나이가 얼굴을 획 돌렸다. 달빛에 안경이 하얗게 빛났다. 사나이가 안경을 벗었다. 최대치였다. 그들은 가까이 다가섰다.

"오랜만이군."

하림은 상대를 쏘아보면서 손을 내밀었다. 그 손을 대치의 손이 거칠게 툭 쳤다. 땀에 절은 냄새가 대치에게서 확 풍겨왔다. 강렬한 사나이의 냄새였다. 두 사람은 한동안 말없이 상대를 노려보기만 했다.

"약속에 틀린 짓은 하지 않겠지?"

한참만에 대치가 침묵을 깨고 거칠게 물었다.

"물론……"

하림은 빨치산의 얼굴을 가만히 응시했다. 전보다 많이 야위었다. 그래서인지 강파르고 냉혹한 인상을 더해 주고 있었다. 턱은 온통 수염투성이였다. 그야말로 전형적인 빨치산이었다. 고생이 얼마나 극심한가를 알 수가 있었다.

"언제까지 우리를 탄압할 텐가?"

"항복할 때까지……"

"가소롭군."

"그쪽이 오히려 가소롭지. 빨치산을 탄압하는 게 아니야. 폭력을 저지하는 것 뿐이야. 자젠 무력으로 여기를 점령할 수 있다고 보는가?"

"물론이지. 우리는 승리하고야 만다."

대치는 이를 갈며 오른편 주먹을 들었다가 내렸다.

"어리석은 생각이야. 고집을 부리는 만큼 희생이 따른다. 왜 귀중한 인명을 희생시키려 하는가?"

"조국을 양분하려는 반역자들을 그대로 두라는 말인가? 어떠한 희생을 치르고서라도 우리는 조국을 구할 생각이다."

"민족을 분열시키는 것은 당신들 짓이야. 우리는 대의(大義)에 따라 움직이고 있을 뿐이야."

"대의라고? 너희들이야 말로 미제의 앞잡이가 되어 대의를 망각하고 전 민족의 여망을 저버리고 있는 거야! 우리는 전 민족의 호응을 받고 행동하고 있는 거야. 장하림! 지금이라도 늦지 않으니 나와 함께 투쟁대열에 서지 않겠나?"

"내가 너한테 부탁하고 싶은 말이다."

대치의 호흡이 거칠어지고 있었다. 결코 뛰어넘을 수 없는 장벽을 보는 것 같아 하림은 답답했다.

"나는 당신한테 현실적인 문제를 이야기하고 싶다. 시간을 끌면 끌수록 당신들의 피해는 크다. 지원군이 계속 들어오고 있어서 거기에 대항한다는 건 어리석은 짓이야. 섬은 완전히 포위될 것이고 그렇게 되면 당신들은 빠져나갈 수 없게 돼."

"우리는 구태여 빠져나가려고 하지 않는다. 모두가 죽을 각오가 돼 있어. 한 사람이 남더라도 우린 싸울 거다. 끝까지 싸울 거야!"

"당신은 가족 생각은 하나도 하지 않는군."

"내 가족에 대해서 당신이 이러쿵저러쿵 말하지 마!"

뜨거운 것이 목구멍으로 치밀어 오르는 것을 하림은 가까스로 참아냈다.

"만일 우리가 토벌을 그치면 당신들은 어떻게 할 건가?"

"당신들이 우리를 탄압하지 않으면 우리도 굳이 무력투쟁을 벌이지는 않겠다."

"만일 당신들이 무기를 버리고 내려와 준다면 그 동안 지은 죄과를 불문에 붙이겠다. 이건 내가 결정할 수 있는 문제가 아니지만 나는 자신할 수 있어."

"결국 자수하라는 말이군. 내가 자수할 것 같나? 왜 그렇게 어리석어?"

그렇지 않아도 험상궂은 얼굴이 잔뜩 일그러진다. 폭발할 것 같은 기세에 하림은 숨을 죽였다. 발 아래는 천애의 절벽이다. 파도 소리가 우뢰처럼 대지를 울리고 있었다.

"우리가 무기를 버리는 조건으로 모든 것을 불문에 붙이는 것과 동시에 우리의 평화적인 투쟁을 보장해. 그러면 무기를 버리겠다."

"어떠한 종류의 투쟁도 허용할 수 없어. 그것만은 안 돼!"

"그렇다면 할 수 없지. 끝까지 싸울 수밖에."

하림은 할 수 없다는 말에 분노가 치밀었다. 이놈은 바위 같은 놈이다. 어떠한 말도 먹혀 들어가지가 않는다.

"당신은 비참한 죽음을 당할 거다. 그래도 좋은가?"

"누가 비참한 죽음을 당할지는 두고 봐야 해. 난 죽지 않아."

하림은 한 걸음 앞으로 다가섰다. 그리고 평온한 눈길로 상대방을 바라보았다.

"당신을 돕고 싶어. 그것이 내 진정이야. 그래도 내 맘을 모르겠나?"

"도움 같은 것은 바라지 않아."

"자존심 때문에 그러겠지."

"너의 도움을 바랄 정도로 비굴하지는 않아."

"제주도에서 빠져나가겠다면 배편을 마련해 주겠어. 물론 나도 위험을 무릅쓰고 하는 짓이야."

"갈수록 가관이군. 여옥이가 그렇게 부탁하던가?"

"부탁을 받고 하는 게 아니야. 당신 부인은 아무 것도 모르고 있어. 내가 베풀 수 있는 마지막 호의니까 내말을 들어두는 게 좋을 거야."

"혀를 깨물고 죽더라도 당신 같은 인간의 도움을 바라지는 않아. 그런 식으로 사람을 유혹하지 마!"

무섭게 노려본 다음 홱 돌아서서 걸어간다.

"나중에 가서 후회하지 마!"

하림은 주먹을 쥐고 소리쳤다. 울고 싶은 심정이었다.

"약속만 아니었으면 너를 죽였어!"

대치도 돌아서서 고함을 질렀다. 하림은 그 자리에 떨고 서서 대치의 모습이 어둠 속으로 사라지는 것을 바라보았다. 그의 입에서 중얼거리는 소리가 흘러나왔다.

"미친놈 같으니! 완전히 미쳤어! 제명에 살지 못할 거야! 혁명이라고? 어리석은 자식 같으니!"

그는 몸을 돌려 바다를 바라보았다. 고독이 엄습했다. 강렬한 고독이었다. 몸속으로 전율이 스쳐갔다. 버림받은 기분이었다. 인간이 서로 화합할 수 없다는 데서 오는 절망적인 기분이었다. 인간이 삶을 향유하는 것이 아니라 끊임없이 싸워야 한다는 것, 이보다 더 괴롭고 암담한 일이 또 어디 있을까.

바닷바람이 차갑게 얼굴을 할퀴고 지나갔다. 갑자기 하늘에 구름이 덮치더니 주위가 캄캄해졌다. 벼랑을 때리는 거친 파도 소리만이 들려왔다.

그는 고개를 돌려 대치가 사라진 쪽을 바라보았다. 어둠 속에 잠긴 산이 짐승처럼 커다랗게 아가리를 벌리고 서 있었다. 저 어둠 속으로 혁명을 꿈꾸는 한 사나이가 사라졌다고 생각하자 견딜 수가 없었다. 적이면서도 죽이고 싶지 않은 상대가 바로 최대치였다. 결코 그를 죽일 수는 없을 것이다. 왜냐하면 그를 죽이는 것은 바로 여옥이를 죽이는 것이기 때문이다. 적을 죽일 수 없다는 것은 확실히 모순이다. 그 모순을 감내해야 하기 때문에 그는 괴로웠다.

하림이 막 돌아서려고 하는데 산 쪽에서 총소리가 일었다. 몇 개의 불꽃이 바다를 향해 날아가는 것이 보였다. 그러자 기다렸다는 듯이 이쪽에서도 총을 쏘아댔다. 수백 개의 불꽃이 산 쪽으로 날아갔다. 그 기세에 눌린 듯 산 쪽에서는 다시 총소리가 나지 않았다. 그들은 다만 저항의 표시로서 몇 번 총을 쏜 것 같았다.

하림이 돌아가자 기다리고 있던 사람들이 우하니 그를 에워쌌다.

"다친 데는 없습니까?"

"없습니다."

"그놈을 만났습니까?"

"네, 만났습니다."

"뭐라고 하던가요?"

"끝까지 싸우겠답니다. 자수하면 살려 주겠다고 했더니 코웃음을 치더군요. 평화적인 투쟁을 보장해 주면 자기들도 무력충돌은 피하겠답니다."

"하여간 대단하십니다. 무기도 없이 적을 만나러 가다니 사고가 안 나기 다행입니다."

하림은 지프를 타고 숙소로 돌아오는 동안 거의 입을 열지 않았다. 그의 머리 속은 대치에 대한 것으로 꽉 차 있었다. 생각하지 않으려고 해도 자꾸만 그에 대한 문제로 가슴이 답답해 왔다. 이제는 그로서도 어쩔 수 없는 일이었다.

이곳을 탈출하지 못한다면 대치는 죽을 것이다. 몹시 비참하게 죽을 것이다. 그러나 할 수 없는 일이다. 도움을 거절한 이상 어떻게 해 볼 도리가 없다.

지부 사무실로 돌아오자 편지를 전해 준 포로가 그때까지 거기에 꿇어앉아 있었다. 하림이 들어서자 포로는 기대에 찬 눈으로 그를 바라보았다.

"이 사람 석방시켜."

하림은 그때까지 감시하고 있던 대원에게 지시했다.

"그냥 석방시켜도 됩니까?"

지부책임자는 꺼림칙한 낯빛으로 물었다.

"내가 사인할 테니 석방시켜."

포로는 무릎걸음으로 다가와 하림의 옷자락을 붙잡고 수없이 절했다.

"고맙습니다. 고맙습니다. 이 은혜는 잊지 않겠습니다."

"다시는 그런 짓하지 말고 가정생활에 충실하시오."

하림은 포로의 손을 잡고 흔들어 주었다. 포로는 뒤를 돌아보고 돌아보고 하면서 밖으로 사라졌다. 아직도 믿어지지 않는지 두려운 빛을 띠면서 어둠 저쪽으로 걸어갔다.

하림은 가슴을 채우고 있던 암담한 기분이 문득 가시는 것을 느꼈다. 처음으로 좋은 일을 했다는 생각이 들었다.

그는 잠자리에 누웠지만 잠이 얼른 오지 않았다. 잠이 올 리가 없었다.

그는 숙직실에 마련된 야전침대 위에 누워 있었다. 숙직실은 사무실 안쪽에 마련되어 있었는데 사무실을 통해서만 들어갈 수가 있었다. 애초에 이곳 책임자는 대장의 잠자리를 시내 일류 여관에 잡아놓고 술자리까지 준비해 두고 있었다. 그러나 하림은 여관에 드는 것을 거절했다. 사태가 절박한 이때에 여관방에서 두 다리를 뻗고 편히 잠잔다는 것이 싫었던 것이다. 대접받기를 싫어하는 그의 깨끗한 성품 탓이기도 했다.

그가 숙직실을 숙소로 정하는 바람에 이곳 책임자를 비롯한 대원들도 집에 돌아가지 않고 사무실을 지켰다. 교대로 사무실에서 잠을 자면서 열성을 보였는데, 새벽녘이 되자 그나마 모두 잠이 들어 버렸다.

숙직실 한쪽에는 창문이 하나 있었다. 창문은 뒷마당과 면해 있었다. 겨우 잠이 든 하림은 잠결에 비바람치는 소리를 들었다. 비바람에 창문이 마구 흔들리고 있었다. 창문 쪽으로 등을 돌리고 누웠다. 이렇게 비바람이 치고 있는데 최대치 그 자식은 어떻게 지내고 있을까? 하고 생각했다. 머리 위로 담요를 뒤집어쓰면서 이제 자야겠다고 마음먹었다. 다시 창문이 마구 흔들렸다. 한숨을 내쉬면서 이번에는 창문 쪽으로 돌아누웠다. 창문 흔들리는 소리에 저절로 눈이 떠졌다.

창문 저쪽에서 무엇인가 흔들리는 것 같았다. 도로 눈을 감았다. 여옥의 모습이 떠올랐다. 서글픈 눈으로 이쪽을 바라보고 있다. 갑자기 찬바람이 몰려 들어왔다. 무거운 눈꺼풀을 밀어 올리고 다시 창문을 바라보았다. 처음 그것은 어둠 같았다. 어둠이 엉겨 있는 것 같았다. 그러나 다시 보니 그것은 어둠이 아니었다. 어둠보다 더 짙은 검은 그림자였다. 이상하다 하고 생각하면서 그는 도로 눈을 감았다. 이젠 정말 잠들 수 있을 것 같았다. 잠들고 싶었다.

찬바람이 계속 불어 들어왔다. 삐걱거리는 소리가 들려왔다. 창문이 열린 것 같았다. 왜 창문이 열렸을까. 저절로 열린 모양이지. 그렇다면 일어나 닫아야지. 그러나 몸이 말을 듣지 않는다. 겨우 눈만 뜨고 또 창문을 바라보았다.

삐걱이면서 창문이 조금씩 열리고 있었다. 비로소 정신이 들었다. 검은 그림자가 움직이고 있었다. 사람이 분명했다. 웬놈일까. 침대 밑으로 손을 뻗어 권총을 집었다. 비바람이 몰려들었다. 소름이 끼쳤다. 웬놈일까. 나를 죽이려는 것이겠지. 기분 나쁜 일인데…….

얼마든지 일어나 사살할 수 있었다. 그러나 그는 기다렸다. 침대 위에 죽은 듯이 누워서 결정적인 순간을 기다렸다.

검은 그림자는 창문을 가로막고 서서 한참 동안 서 있었다. 아마 이쪽의 반응을 살피고 있는 것 같았다. 이윽고 창틀 위로 올라오는 것이 보였다. 자객이 틀림없었다. 쏴 버릴까 하고 그는 생각했다. 그러나 다시 참고 기다렸다.

이런 경우를 예상하지 못한 것이 아니었다. 자신이 언제나 죽음 앞에 서 있다는 것을 잘 알고 있었다. 상대는 대담한 놈인 것 같았다. 죽음을 각오하고 들어오는 것이 분명했다.

마침내 자객의 몸이 방안으로 내려왔다. 창문과 그가 누워 있는 침대 사이의 거리는 3미터쯤 되었다. 그는 숨을 죽인 채 담요 밑에서 권총으로 상대를 겨누었다.

상대가 누구인지 전혀 짐작이 가지 않았다. 캄캄해서 알아볼 수도 없었다. 자객이 그곳까지 침투해 들어온 것이 한심스러웠다. 만일 자객이 방안으로 들어오지 않고 수류탄이라도 던져 넣었다면 꼼짝없이 죽었을 것이다. 왜 그 방법을 쓰지 않았을까. 아마 체포될까 봐 그랬겠지. 놈은 감쪽같이 나를 죽인 다음 도망치려고 그러는 것이다.

자객은 창문을 가로막고 서서 한동안 움직이지 않았다. 그림자처럼 붙어서 있을 뿐이었다. 숨소리도 나지 않았다. 기회를 엿보고 있는 것이 분명했다. 뭘 우물쭈물하는 거냐. 빨리 다가와라. 다가오라구. 하림은 눈을 가늘게 뜨고 방아쇠에 손가락을 걸었다.

본능대로 한다면 이런 경우 방아쇠를 당겨야 한다. 그러나 왠지 그럴 수가 없었다. 그러고 싶지가 않았다. 마음이 표독스럽게 굳어지고 있었다. 만일 네놈이 그대로 돌아가 준다면 나도 그대로 잠을 자겠다. 올 테면 빨리 와라. 그렇지 않으면 돌아가. 피를 보고 싶지는 않으니까 돌아가 줘.

어느새 어둠에 눈이 익어 있었다. 자객이 오른손에 들고 있는 것이 어렴풋이 보였다. 권총은 아니었다. 가만 보니 낫 같았다. 저놈이 나를 낫으로 찍어 죽이려고 하는 구나 하고 생각하니 등골이 오싹했다. 저것으로 내 몸을 미친 듯이 찍어대겠지. 그러면 나는 고통에 몸부림치겠지. 고통에 못 이겨 몸부림치면서 죽어가겠지. 그 고통이란 어떤 것일까. 아마 무시무시한 고통일 것이다.

죽음이 그렇게 가까이 접근해 있다는 사실에 그는 놀랐다. 권총을 쥐고 있는 손이 떨고 있었다. 방아쇠를 당기면 죽음을 쫓을 수가 있을까. 혹시 내 운명은 오늘밤 죽어야 하는 것이 아닐까. 운명이 그렇게 결정지워져 있다면 권총을 쏜들 쓸데없는 일일 것이다. 방아쇠를 당긴다. 그러나 불발이다. 그러면 어떻게 될까.

그가 생각하기에는 탄창에 총알이 한 알쯤 남아 있을 것 같았다. 그러나 그 한 발마저도 없을 수가 있다. 점검해 보지 않았기 때문에 탄창이 비어 있을지도 모른다. 그렇지 않고 한 발이 남아 있다 해도 그것이 반드시 터진다는 보장은 없다. 불발일 경우도 있는 것이다.

식은땀이 흐르는 것이 느껴졌다. 숨을 가만히 몰아쉬면서 권총을 단단히 거머쥐었다. 손바닥에 땀이 배어나오는 바람에 미끈거렸다.

저놈은 아주 확실한 무기를 들고 있다. 저 원시적인 무기는 틀림없이 내 목이나 가슴을 칠 것이다. 아주 정확하게 치명적인 상처를 안겨줄 것이다. 나보다 먼저 내려친다면 결코 실패하지 않을 것이다.

문득 사타구니 사이가 뜨뜻해져 왔다. 웬일일까. 뜨뜻한 감촉이 하체로 급속히 퍼져간다. 비로소 그는 자신이 오줌을 싸고 있음을 깨달았다. 참으려고 해도 소용이 없었다. 오줌은 거세게 흘러나오고 있었다. 자신의 의지와는 상관없이 마치 둑이 터진 듯 흘러나오고 있었다. 그는 그 순간에도 놀라고 당황했다. 자신이 얼마나 못난 놈인가 하는 것이 느껴졌다. 오줌을 싸다니 이럴 수가 있을까. 저놈은 오줌까지 싸고 있지는 않겠지. 저놈은 창문을 타고 들어와 당당히 버티고 서 있다. 원시적인 무기 하나만을 든 채 나를 죽이려고 서 있는 것이다. 얼마나 용감한 놈인가.

자객이 마침내 움직였다. 앞으로 한 발 다가온다. 멈춰 서서 이쪽을 노린다. 낫을 단단히 움켜쥔다. 낫이 머리 위로 올라간다. 다시 한 발 다가선다.

오줌이 그쳤다. 뜨뜻한 감촉이 그대로 남아 있다. 빌어먹을, 오줌을 싸다니. 갈아입을 것이 걱정이다. 시체로 발견되더라도 웃음거리가 되겠지. 아무개가 오줌을 싸고 죽었단다. 얼마나 창피스런 이야기인가.

가장 남자답게 죽을 수 있는 길은 무엇일까. 죽는다는 것은 모든 것의 종말을 의미한다. 시간과 우주가 사라지는 것이다. 시간과 우주는 다른 사람에 의해 존재하게 된다. 너무 허무하다. 허무함을 느끼기 때문에 빨리 죽고 싶지가 않은지도 모른다. 죽는다는 것이 자연에 귀의하는 것이라고 느끼기까지에는 과연 어느 정도의 세월과 인내가 필요할까.

남의 목숨을 끊으려고 하는 자의 심정은 어떤 것일까. 단지 살기로만 충만해 있을까. 그렇지는 않을 것이다. 하나의 논리 위에서 살의를 실천에 옮기고 있을 것이다. 그것은 타인을 죽임으로써만 자신이 존재할 수 있다는 논리일 것이다. 그러한 논리가 지배하고 있는 시대에 우리는 살고 있다. 그 논리를 무시한다는 것은 곧 죽음을 의미한다. 나도 그 논리에 따라 저자를 죽이려 하고 있다. 저자나 나나 하나의 논리 위에 서 있기는 마찬가지다. 그 논리를 파괴하려면 저자가 내려치는 낫을 받아야 한다. 나는 성자가 될 수 없을까. 권총을 잡고 있는 손에서 힘이 빠져나갔다.

그때 자객이 두 걸음 더 다가왔다. 더 이상 다가오지 않아도 좋을 위치에 서 있었다. 왼손을 뻗더니 침대 머리에 벗어 놓은 옷을 집어든다. 그것으로 입을 틀어막으려는 것 같았다.

이상하게도 손목에서 빠져나간 힘이 다시 살아나지 않는다. 권총은 가슴 위에 쓸모 없이 놓여져 있을 뿐이었다. 방아쇠를 걸고 있는 손가락을 움직여본다. 마비된 듯 움직이지가 않는다. 무의식 상태에 들어선 듯한 느낌이다.

옷뭉치가 입을 틀어막는 것과 동시에 자객의 오른손이 머리 위로 높이 올라갔다. 입이 온통 부서져 나가는 것 같은 강한 충격을 느끼면서 그는 상체를 일으켰다. 순간 저절로 방아쇠가 당겨졌다.

탕!

벽이 흔들리고, 창문이 깨지고, 검은 그림자가 비틀거리는 것이 보였다. 다시 방아쇠를 당겼다. 그러나 쇠가 부딪치는 마찰음만이 공허하게 실내를 울렸다. 이어서 쿵하고 쓰러지는 소리가 났다.

숙직실 문을 박차고 여러 사람이 뛰어들었다. 불이 켜졌을 때 하림은 침대 위에 걸터앉아 있었다. 자신이 오줌을 쌌다는 사실조차 잊은 채 멍하니 앉아 있었다. 총알도 없는 권총을 들고 있었다.

"대장님! 괜찮습니까?"

지부책임자가 물었다. 그는 권총을 들고 바닥에 쓰러져 몸부림치고 있는 자객을 겨누고 있었다. 금방이라도 발사할 것 같은 태세였다.

자객은 놀랍게도 아까 풀어준 그 중년의 공비였다. 그 사내가 자기를 죽이려고 다시 돌아왔다는 사실이 하림은 아무래도 믿어지지가 않았다.

"이 자식이군."

지부책임자가 자객을 걷어차며 중얼거렸다.

"제가 뭐랬습니까? 이런 놈을 살려 줘서는 안 됩니다!"

방아쇠를 당기려는 것을 하림이 제지했다.

"권총을 치워."

그는 허리를 굽혀 자객을 들여다보았다. 자객은 아직 죽지 않고 있었다. 자객은 허덕거리며 무슨 말인가 하려고 안간힘을 쓰고 있었다. 손을 허우적거리더니 경련을 일으키며, 한 손으로 지부책임자를 가리켰다.

"저 사람이……저 사람이……시켰어. 저……저……저 사람이……."

말이 끝나기도 전에 총성이 울렸다. 지부책임자가 발사한 것이었다. 총알은 자객의 목을 관통했다. 사방으로 피가 튀었다. 자객은 부르르 몸을 떨더니 이내 뻣뻣이 굳어갔다.

하림은 귀가 멍멍했다. 너무 변화가 빠르다고 생각했다. 동시에 사태가 절박하다는 느낌이 들었다. 지부책임자를 바라보았다.

지부책임자는 아직 손에 권총을 들고 있었다. 총구를 곧장 하림에게 향한 채 경계하고 있었다. 하림은 조용히 상대를 바라보았다. 그에게 향해져 있는 총구가 가늘게 떨리고 있었다.

"권총을 치워. 이 사람은 죽었으니까."

"그놈 말을 믿나요?"

경계를 풀지 않고 그가 물었다. 입술이 바짝 말라붙어 있었다. 하림은 고개를 끄덕였다.

"믿지. 죽어가는 사람은 거짓말을 하지 않으니까."

"뭐라구요?"

눈이 공포로 얼어붙는 듯했다. 하림은 손을 들어 상대를 가리켰다. 그리고 대원들을 바라보며 명령했다.

"이놈을 체포해!"

지부책임자는 하림의 가슴에 재빨리 총구를 박았다.

"뭐라구? 이 쥐새끼 같은 놈! 나를 체포하겠다구? 내 부하들이 네 말을 들을 줄 알았느냐?"

"네가 적과 내통하고 있는 줄은 몰랐다. 총을 치워!"

"못 치워! 네가 먼저 죽어야 해!"

하림은 혼란을 느꼈다. 대원들은 어쩔줄 모르며 그들을 바라보고만 있었다. 가슴이 답답했다. 벽쪽으로 밀린 그는 이미 죽음을 각오하고 있었다. 비굴한 짓은 하고 싶지 않았다.

그때 사태를 재빨리 간파한 대원 하나가 뒤쪽에서 지부책임자에게 달려들었다. 권총으로 뒤통수를 찌르면서 대원은 고함을 질렀다.

"권총을 치워! 안 치우면 쏘겠다!"

그것을 신호로 그때까지 머뭇거리고 있던 다른 대원들도 일제히 권총을 빼들고 지부책임자를 겨누었다. 긴박한 순간이 흘러갔다. 하림은 비로소 힘이 솟는 것을 느꼈다. 공포 같은 것은 느껴지지 않았다. 손을 올려 상대의 권총을 잡았다.

"나를 쏠 텐가? 어리석은 짓은 하지 않겠지?"

상대의 손에서 권총이 빠져나왔다. 상대는 힘없이 손을 떨어뜨리면서 부들부들 떨기 시작했다.

"이놈에게 수갑을 채워. 그리고 시체를 치워."

놈의 손목에 수갑이 채워지자 지부책임자는 발악을 하기 시작했다.

"왜, 왜 이러는 거야? 너희들이 나한테 이럴 수가 있어? 내가 무슨 죄가 있다고 이러는 거냐? 이 새끼들아, 이거 풀어! 풀으라구!"

시체를 치우고 실내를 정리하느라고 한동안 어수선했다.

하림은 뒤늦게 자신이 오줌을 싼 것을 알고 군복을 하나 빌려 가지고 아무도 없는 곳으로 가서 갈아입었다. 부끄러웠다. 러닝셔츠는 온통 땀에 젖어 있었다.

돌발사태로 인해 제주도 지부는 벌집을 쑤셔 놓은 듯 소란스러웠다. 총소리를 듣고 군대까지 출동했다. 군 지휘관과 경찰서장이 달려왔다. 하림은 대충 사태를 알린 다음 문제를 조용히, 그러나 신속히 처리해 나갈 필요성을 느꼈다.

지부책임자가 적과 내통하고 그를 죽이려 했다는 것은 확실히 놀랍고 중대한 사태가 아닐 수 없었다. 그것은 바로 좌익이 얼마나 깊숙이 침투해 들어와 있는가를 단적으로 말해 주는 것이라고 할 수 있었다. 지부책임자가 그러하니 다른 기관이야 말할 것도 없었다.

하림은 직접 지부책임자를 심문했다. 건장한 대원 두 명을 옆에 대기시켜 놓고 위협조로 나갔다. 그러나 40대의 그 사나이는 공비가 죽어가면서 내뱉은 말을 가지고 자기를 의심한다는 것은 언어도단이라고 우겼다. 하림은 사태를 빨리 수습해야 했으므로 상대와 입씨름을 벌일 시간이 없었다. 또 그러고 싶지도 않았다. 하는 수 없이 그는 고문에 의지했다.

"바른 말할 때까지 이놈을 혼내 줘. 죽여도 좋아."

그의 명령이 떨어지자 대기하고 있던 두 명의 대원이 팔을 걷어붙이고 양쪽에서 사내를 후려치기 시작했다.

처음에 완강히 저항하던 사내는 고문이 조금 심해지자 더 이상 참지 못하겠는지 살려달라고 애걸했다. 의외로 나약한 사내였다. 하림은 바싹 더 다그치라고 눈짓을 했다.

비명이 높이 실내를 울렸다. 사내의 얼굴에 격심한 고통의 빛이 나타났다. 입에서 침이 줄줄 흘러내렸다. 핏발선 눈이 튀어나올 듯 부릅떠져 있었다.

"살려 줘! 살려 줘!"

무릎으로 기면서 사내는 호소했다. 하림은 권총을 뽑아들고 총구를 관자놀이에 갖다댔다.

"네놈이 나를 죽이라고 지시한 거지?"

"요, 용서하십시오. 죽을 죄를 졌습니다.

하림을 죽이려고 한 자객에게는 성숙한 딸이 하나 있었다. 사내는 그녀를 인질로 삼아 자객에게 협박했다고 했다.

"그 처녀는 어디 있지?"

"어젯밤 산으로 보냈습니다."

하림은 권총으로 사내의 이마를 후려쳤다. 이마가 깨지면서 피가 흘러내렸다. 사내의 얼굴이 참혹하게 일그러졌다.

"공산당에 입당한 게 언제지?"

"3년 전입니다. 목숨만 살려 주시면 전향하겠습니다."

"묻는 대로 솔직히 대답해. 우리 내부에 네가 심어 놓은 첩자가 모두 몇 명이지?"

"두, 두 명입니다."

"누구누구야?"

이름을 불러 주는 대로 하림은 체포지시를 내렸다.

지부책임자는 CIC뿐만 아니라 경비대, 경찰, 각 관공서, 민간단체 등에 첩자들을 심어 놓았다고 자백했다. 조사결과 그는 첩자들을 지휘하고 있는 우두머리였다. 점검해 보니 현재 활약하고 있는 첩자가 백여 명이나 되었다.

하림은 극비리에 각 기관장들을 소집시킨 다음 첩자들의 명단을 공개했다. 각 기관의 책임자들은 모두 경악의 빛을 얼굴에 나타내면서 불안해 했다.

"정보가 새면 모두 도망치고 맙니다. 일거에 한 놈도 빠짐없이 체포해야 하니까 협조해 주시기 바랍니다."

즉시 일대 사냥작전이 시작되었다. 각 기관에서 차출된 4백 명의 사나이들이 아침 10시 정각에 맞춰 작전을 개시했다.

작전은 한 시간만에 끝났다. 체포된 첩자는 모두 98명이었고, 나머지 수 명은 현장에서 저항하다가 사살되었다.

각 기관에 심어 놓은 좌익 첩자들이 모두 검거되는 바람에 한라산 빨치산들은 완전히 고립되었다. 그 동안 첩자들을 통해 가까스로 각종 정보를 수집하고 주민들과의 접촉을 유지해 오던 빨치산들은 이제 꼼짝없이 산 속에 갇힌 신세가 되었다. 완전히 고립된 것을 알자 빨치산들은 발악적으로 행동했다. 퇴로를 막힌 쥐새끼가 죽기를 각오하고 고양이에게 달려드는 격이었다.

날씨는 따뜻한 봄철이었으므로 산 속에서 생활하기에는 적당한 편이었다. 그러나 섬인데다 산이 높았으므로 자주 비가 내렸다. 갈아입을 옷도 없는 빨치산들로서는 비를 맞는다는 것이 괴롭기 짝이 없는 일이었다.

그러나 무엇보다도 고통스러운 것은 굶주림을 참는 일이었다. 식욕이 왕성한 수천 명의 사나이들이 고산에서 먹이를 찾아 헤매는 모습이란 실로 참담한 광경이 아닐 수 없었다. 애초부터 투철한 의식을 가지고 입산한 사람들은 사실 극소수에 불과했고, 대부분은 가난에 대한 뿌리깊은 원한을 풀어 보려는 착각에서 얼떨결에 휩쓸려들었기 때문에 시련이 닥치자 투쟁목적 따위는 헌신짝처럼 내던져 버리고 완전히 산짐승이 되어 굶주림을 면하고 목숨을 부지하는 일에만 급급했다.

그러나 산 속에서 먹이를 찾아 배를 채운다는 것은 거의 불가능했다. 짐승을 잡아먹는다는 것은 극히 드문 일이었고, 풀뿌리나 나무뿌리, 칡뿌리 혹은 설익은 열매 따위로 겨우 기아를

면하는 것이 고작이었다. 그러니 위험을 무릅쓰고서라도 식량을 구하기 위해 군인들의 감시망을 뚫고 마을까지 내려가지 않을 수가 없었다.

인간이 고스란히 앉아서 굶어 죽는다는 것은 있을 수 없는 일이다. 굶주림을 면하기 위해 인간은 원시시대부터 약탈이라는 방법을 사용해 왔다. 이 약육강식의 원리를 그대로 답습하고 있는 것이 한라산의 빨치산들이었다. 그들은 인간이 다시 원시인으로 돌아갈 수 있다는 가능성을 보여주고 있었다. 실로 불행한 일이었다. 굶주림과 고난을 견디지 못하는 사람은 약자로 낙인찍혀 연민의 눈길 한번 받아보지 못한 채 버림받았다. 도망칠 수 있고, 약탈에 가담할 수 있는 자만이 살아남았다.

수천 명이던 빨치산은 불과 한 달도 못 돼 그 수가 절반으로 줄어들었고, 대치가 5·10선거를 앞두고 일대공격을 계획할 즈음에는 1천 명 남짓밖에 되지 않았다.

빨치산들은 자연 동굴이나 교묘하게 위장된 토굴 속에서 대부분의 낮을 보냈다. 때때로 그들이 숨어 있는 토굴 앞으로 토벌군들이 지나쳐갈 때도 있었다. 그럴 때면 숨을 죽이고 그들이 멀리 사라질 때까지 기다리곤 했다.

그날도 비가 오고 있었다. 하루종일 동굴 속에 틀어박혀 굶주림을 참아내던 대치는 날이 어두워지자 더 이상 참지 못하고 보급투쟁에 나섰다. 비오는 날에는 모두가 움직이는 것을 싫어했다. 그만큼 힘들기 때문이었다. 그러나 마을로 잠입하기는 맑은 날씨보다 비오는 날이 더 용이했다. 비오는 밤이면 지척을 분간할 수 없을 정도로 어두울 뿐만 아니라 빗소리 때문에 이쪽의 움직임이 여간해서는 드러나지 않기 때문이었다.

대치는 데리고 갈 대원들을 차출하기 위해 동굴 안을 둘러보았다. 희미한 등불이 동굴 안을 겨우 밝히고 있었다. 30명 남짓되는 사나이들이 체력의 소모를 조금이라도 줄이려고 죽은 듯이 누워 있었다.

어디선가 열에 뜬 듯한 신음 소리가 들려왔다. 대치는 소리가 나는 쪽으로 다가갔다. 꽤나 늙어 보이는 대원 하나가 열에 떠 허덕이고 있었다. 자원해서 입산한 민간인이었다. 얼굴이 온통 수염으로 덮여 있었다.

"먹을 것좀 줘……배고파……아, 집에 가겠어……집에 보내 줘……제발 부탁이야."

비상식량이 없는 것은 아니었다. 그러나 병들어 죽어가는 사람에게 그것을 줄 수는 없는 일이었다. 스스로 일어서지 못하면 죽어야 한다. 간호를 받고 싶어한다는 것은 어리석은 생각이다. 옆에서 죽어가도 누구 하나 관심을 기울이지 않을 것이다.

"살려 줘……제발 살려 줘……물……물좀……"

물만은 부족하지 않다. 밖에 비가 내리고 있기 때문에 얼마든지 물을 받아줄 수 있다. 그러나 아무도 움직이려고 들지를 않는다. 굶주림에 지쳐 누워 있는 그들로서는 손가락 하나 까딱하기가 싫은 것이다.

"나쁜 놈들……사람 같지 않은 놈들……물 한잔 안 주다니……"

견디다 못한 병자는 출입구 쪽으로 기어가기 시작했다. 몸을 몹시 떨어대는 것으로 보아 염병에라도 걸린 것 같았다. 병자가 밖으로 기어나가는 것을 지켜보고 난 대치는 대원 두 명을 발로 걷어찼다.

"일어나. 나가서 저놈을 처치하고 와."

의아한 듯 바라보는 그들에게 다시 명령했다.

"저놈은 결국 우리를 배반할 놈이야. 그리고 전염병에 걸린 게 분명해. 함께 있으면 우리 모두가 병에 걸리게 된다. 멀리 갖다 버려."

동굴 안이 비로소 술렁이기 시작했다. 그러나 아무도 반대하고 나서는 사람이 없었다.

지시를 받은 두 명이 몽둥이를 들고 나간 지 조금 후에 얕은 비명 소리와 함께 툭탁하는 마찰음이 들려왔다.

얼마 후에 두 사람이 비에 흠뻑 젖어 들어왔다. 그들은 몸을 떨면서 날씨를 원망했다. 사람 하나를 처치한 그런 모습들이 아니었다. 옷을 벗어 물을 짜내면서 계속 투덜거렸다.

대치는 10명을 차출했다. 튼튼해 보이는 사내들로만 뽑았다. 지적당한 사내들은 마지못해 일어나면서 원망스러운 듯 그를 바라보았다. 대치는 그들을 세워 놓고 나직하게 타일렀다.

"밥을 먹어본 지 벌써 여러 날째다. 이러고 있다가는 모두 굶어 죽는다. 오늘밤 어떻게 해서든지 식량을 확보해야 한다. 굶어 죽고 싶은 사람 있나?"

"……"

아무도 대답하지 않는다. 조직과 지휘 계통은 거의 붕괴 직전에 놓여 있었다. 간부들은 안전권에 들어앉아 부하들만을 족치고 있었다. 그러나 대치만은 달랐다. 그는 모든 일에 앞장섰고 언제나 부하들과 함께 행동했다. 그러한 그를 부하들은 두려워하면서 따랐다.

쫓기는 신세가 되면서부터는 작전이고 뭐고 없었다. 많은 인원이 함께 몰려다니는 것은 위험했다. 소수로 번개처럼 나타나 식량을 탈취하고 재빨리 도망치는 것이 유행이었다. 그밖에는 다른 방법이 없었다. 처음에는 부대 단위로 이동하면서 싸웠으나 지금은 이삼십 명씩 조를 짜서 점조직으로 움직이고 있을 뿐이었다.

대치는 부하들을 데리고 밖으로 나갔다. 기다렸다는 듯이 비가 억수같이 쏟아지고 있었다. 번개가 치고 뇌성이 울었다. 모두가 비에 젖지 않게 총을 거꾸로 메고 말없이 걸어갔다. 대치는 안경을 벗어 주머니에 집어넣었다. 빗물이 안경에 부딪쳐 더 이상 쓰고 다닐 수가 없었다.

옷이 금방 비에 후줄근히 젖어들었다. 온몸으로 빗물이 스며들고 있었다. 으스스 한기가 느껴졌다. 손바닥으로 얼굴에 흘러내리는 빗물을 훔쳤다.

비바람에 나뭇가지들이 미친 듯 춤추고 있었다. 지척을 분간할 수가 없었다. 단지 더듬어 나갈 뿐이었다.

시커먼 것이 앞을 가로막는다. 반사적으로 권총을 앞으로 내민다. 나무였다. 그런 착각이 수없이 반복되곤 했다 적당한 간

빨치산 · 243

격을 두고 대원들을 점검했다. 이탈자가 없으면 다시 출발했다. 많이 다녀본 길이었지만 비바람치는 어둠 속이라 익숙하게 움직일 수가 없었다. 번개가 치는 것을 이용해서 겨우 앞을 알아볼 수 있을 뿐이었다.

사람이 움직이는 소리 정도는 비바람 소리에 먹혀 들리지도 않았다. 이런 밤에 빨치산이 내려갈 것이라고는 생각지도 못할 것이다. 그러나 경계만은 하고 있을 것이다.

우르릉 ― 우르릉 ―.

산이 우는 소리가 들려왔다. 그는 잠시 걸음을 멈추고 산의 울음 소리에 귀를 기울였다. 산에서 죽어간 혁명 동지들의 울음 소리 같았다. 그래서인지 매우 비통하게 들려왔다.

세 시간쯤 지난 것 같았다. 겨우 숲에서 벗어난 그들은 나무 밑에 앉아서 앞을 바라보았다. 이제부터 위험이 시작된다는 것을 말하지 않아도 모두가 알고 있었다.

어딘가에 복병이 숨어 있을 것이다. 어디에 놈들이 숨어 있을까. 대치는 외눈으로 찬찬히 앞을 바라보았다. 그때 저만치 떨어진 곳에서 불빛이 반짝했다가 꺼졌다. 담뱃불을 붙이는 것 같았다.

"뭔가 보였지?"

대치는 자신의 눈을 의심하며 물었다.

"네, 성냥불 같았습니다."

"거리가 얼마나 될까?"

"한 50미터쯤 될 것 같습니다."

"따라와."

단도를 꺼내 입에 물고 땅바닥에 납짝 엎드렸다. 그리고 조금씩 기어가기 시작했다. 잡초에 얼굴이 마구 할퀴었다. 경계망을 피해 갈 수는 없었다. 산밑에는 뺑 둘러 경계망이 쳐져 있었다. 결국 경계망을 뚫고 잠입해 들어갈 수밖에 없었다.

지척을 분간할 수 없을 정도로 어두운 것이 다행이었다. 그렇지 않다면 접근은 불가능하다. 팔꿈치와 무릎이 저려왔다. 눈으로 자꾸만 빗물이 흘러 들어왔다. 속도가 떨어지기 시작했다. 긴장으로 몸이 굳어지고 있었다.

번개가 번쩍했다. 10미터 저쪽에 참호가 보였다. 참호 위로 사람이 기어오르고 있었다. 우비를 쓰고 있었는데 참호에 물이 차자 밖으로 기어나오고 있는 것 같았다.

대치는 오른손에 칼을 들고 몸을 일으켰다. 그리고 한달음에 뛰어갔다. 참호 밖으로 빠져나온 경비병이 인기척에 몸을 돌리려고 했다. 대치의 왼팔이 상대의 목을 휘어감았다. 뒤이어 다가온 빨치산들이 개머리판으로 경비병을 난타했다.

"조용히 하지 않으면 죽인다!"

대치는 단도를 경비병의 목에 갔다 댔다. 경비병은 의외로 허약했다. 여자처럼 목이 가늘어 조금 더 힘을 가하면 부러져나갈 것 같았다. 대치는 경비병을 끌고 멀리까지 갔다. 경비병은 힘하나 쓰지 못하고 질질 끌려갔다. 경계망을 완전히 벗어났다고 생각되는 곳에서 대치는 멈춰 섰다.

"오늘밤 암호가 뭐지?"

칼을 목에 대자 경비병은 몸을 부르르 떨었다. 대답할 수 있도록 목을 감았던 팔을 늦추자 캑캑거렸다.

"빨리! 시간이 없다! 암호가 뭐야?"

"모래……자갈……"

부들부들 떨면서 모기 소리만하게 대답한다. 칼을 더욱 바싹 들이댔다.

"마을 경비상태를 말해 봐!"

"지서에……지서에……몇 사람 있습니다."

"그뿐이야?"

"그, 그렇습니다."

경비병은 몹시 어린 것 같았다. 대치는 다시 목을 휘어감은 다음 끙하고 팔에 힘을 주었다. 경비병은 몸부림쳤다. 오른쪽 팔꿈치로 뒤통수를 밀어대면서 다시 왼팔을 바싹 죄었다. 몸부림치던 경비병의 몸에서 힘이 스르르 빠지더니 이윽고 무릎을 꺾으며 밑으로 무너져내린다. 팔을 풀자 철퍼덕하고 쓰러진다. 공비 하나가 개머리판으로 경비병의 머리통을 후려쳤다. 퍽퍽 소리가 둔탁하게 주위를 울렸다.

경비병을 살해하고 난 그들은 내리막길을 타고 내려갔다. 한참 걸어가자 마을의 불빛이 희미하게 보였다. 다리가 나타났다. 다리 밑으로 물이 소란스러운 소리를 내면서 흐르고 있었다. 비가 오는 바람에 냇물이 부쩍 분 모양이었다.

만일의 경우를 생각해서 한 사람씩 다리를 건너가기로 했다. 다리 저쪽에는 아무도 없었다. 비가 와서 경비에 신경을 쓰지

않은 것 같다고 생각하면서 다리를 조심스럽게 건너갔다. 그런데 막 다리를 건너는 순간 어둠 속에서

"정지! 누구야?"

하는 소리가 들려왔다. 돌아서보니 다리 밑에서 시커먼 것이 튀어 올라오고 있었다.

"손 들어. 암호!"

대치는 손을 들어올렸다. 총구가 가슴팍을 겨누고 있었다. 숨결이 거칠었다. 술냄새가 풍겨왔다.

"암호!"

"모래!"

"자갈!"

총구가 밑으로 내려갔다.

"누구야?"

"아, 수고한다."

대치는 손을 내리는 척하다가 주먹으로 명치를 힘껏 후려쳤다. 갑작스런 일격에 상대는 비명도 지를 새 없이 뒤로 벌렁 나가자빠졌다. 대치는 쓰러진 사내를 타고 앉아 단도로 미친 듯이 내리찍었다. 핏물이 튀는 것인지 빗물이 튀는 것인지 분간할 수가 없었다.

시체를 냇물에 집어던지고 마을로 들어섰다. 꽤 큰 마을이었다. 돌담 밑으로 소리 없이 움직였다. 한밤중이었기 때문에 몇 군데를 빼놓고는 모든 집들이 불을 끈 채 어둠 속에 깊이 잠들어 있었다.

대치는 열 명의 부하들을 데리고 마을 깊숙이 들어갔다. 사거리가 나타나자 부하들에게 지시를 내렸다.

"두 명씩 짝을 지어 행동한다. 한 시간 후 다리 건너로 모두 집합해!"

부하들이 뿔뿔이 흩어지고 난 후 대치는 혼자서 어느 집으로 들어갔다. 사립짝으로 만든 문이라 쉽게 문을 열고 안으로 들어갈 수 있었다.

먼저 부엌으로 들어갔다. 어둠 속을 더듬어 먹을 것을 찾았다. 식은 밥덩이가 손에 닿자 미친 듯이 입속에 처넣었다. 실로 오랜만에 너무 갑자기 먹어 보는 밥이었기 때문에 목이 메어 잘 넘어가지가 않았다. 그는 거칠게 몇 번 심호흡을 하고 나서 솥뚜껑을 열었다. 손을 집어넣으니 미지근했다. 숭늉 같았다. 얼굴을 처박고 돼지처럼 벌컥벌컥 들이켰다.

다시 밥을 먹기 시작했다. 식은 밥이 많아 다행이었다. 보리와 감자가 많이 섞인 것 같았다. 조금 쉰내가 났지만 상관하지 않고 손으로 마구 집어먹었다. 찬장을 다듬어 반찬도 찾아냈다. 먼저 냄새를 맡아본 다음 먹을 수 있는 것이면 닥치는 대로 입속에 처넣었다.

모든 것이 기막히도록 맛이 좋았다. 먹고 또 먹었다. 몸을 떨며 눈물을 흘리며 증오하며 저주하며 정신없이 집어먹었다.

이윽고 배가 완전히 차 오르자 더할 수 없는 포만감으로 비틀거렸다. 현기증이 느껴졌다. 너무 배가 불러 움직이기조차 어려웠다. 아궁이 앞에 털썩 주저앉아 한숨을 내쉬었다.

등허리가 뜨뜻해져 왔다. 눈이 스르르 감기면서 졸음이 밀려왔다. 잠들어서는 안 된다. 일어나야 한다고 생각했지만 마음대로 되지가 않았다. 다리를 쭉 뻗고 드러누워 그대로 잠들고 싶었다. 모든 것이 귀찮은 생각이 들었다. 혁명이고 뭐고 귀찮았다. 아내와 자식들이 있는 곳으로 날아가 잠들고 싶었다. 아내와 실컷 관계를 가진 뒤 한달 동안 내내 잠자고 싶었다.

젖을 대로 젖어 몸에 착 달라붙어 있는 옷이 마치 거머리처럼 느껴졌다. 웃옷을 벗어 팽개쳤다. 자꾸만 한숨이 나왔다. 더 참을 수 없을 정도로 졸음이 밀려왔다. 손가락 하나 움직이기가 힘들었다. 부뚜막 위로 고개를 발딱 젖힌 채 마침내 드르릉 하고 코를 골기 시작했다. 자서는 안 된다고 생각하면서도 코를 골았다.

그때 부엌문 사이로 불빛이 다가오고 있는 것이 희미하게 보였다. 본능적으로 눈을 번쩍 뜨면서 권총을 움켜쥐었다. 불빛이 가까이 다가왔다.

부엌문이 삐걱하고 열리더니 호롱불이 먼저 안으로 들어왔다. 여자였다. 젊은 여자였다. 자다가 나온 듯 머리가 헝클어져 있었다. 아래는 속치마 바람이었고 위에는 저고리를 걸치고 있었다. 옷고름을 풀어헤치고 있어 앞가슴이 훤히 드러나 있었다. 살결이 희었고 젖가슴이 풍만했다. 젖가슴이 흔들리고 있었다. 한 손에 그릇을 들고 있었다. 멀리서 아이 우는 소리가 들려왔다. 아이가 물을 달라고 칭얼거리자 마침 방안에 들여놓았던 숭늉이 떨어져 부엌으로 물을 가지러 나타난 것 같았다.

빨치산 · 249

대치는 숨을 죽인 채 구석에 서 있었다. 여자가 가까이 다가왔다. 솥뚜껑이 열려 있고 물이 더럽혀져 있는 것을 발견하고는 두려운 듯 주위를 살폈다. 어두운 구석에서 이상하게 빛나고 있는 발광체를 보는 순간 여인은 먼저 부르르 몸을 떨었다. 그리고는

"에그머니나!"

하고 소리를 질렀다.

대치의 큼직한 손이 여인의 목을 휘어감았다. 호롱불이 굴러 떨어지고 어둠이 확 덮쳐왔다.

"쉿! 조용히 해! 소리치면 죽인다!"

몸부림치던 여체가 경련을 일으키면서 굳어졌다. 총구를 이마에 들이대고 몸을 여체에 밀착시켰다.

"죽고 싶나?"

"……"

여인이 완강히 머리를 저었다. 살고 싶다는 뜻이었다. 뜨거운 입김이 확 끼쳐왔다. 따뜻한 체온이 온수처럼 전신으로 스며들어왔다.

목을 휘어감은 팔을 조금 늦추었다. 여인이 숨을 몰아쉬며 헐떡거렸다. 머리 냄새가 강렬히 후각을 자극했다.

"살려 주세요! 목숨만 살려 주세요!"

여인은 낮은 소리로 다급하게 말했다. 여인의 옷도 푹 젖어들었다. 얇은 속치마가 몸에 착 달라붙자 육체의 탄력이 그대로 몸에 전해져 왔다. 대치는 불현듯 성욕을 느꼈다. 오랫동안 잠

자고 있던 성욕이 눈을 뜬 것이다. 극한 상황에서 성욕을 느끼다니, 어이없는 일이었다. 그러나 그는 자신의 의지와는 달리 불 같은 성욕을 느끼고 있었다.

뻣뻣이 발기한 그것이 몸을 찌르자 여인은 부르르 몸을 떨었다. 대치는 저고리 속으로 손을 집어넣어 한쪽 젖가슴을 움켜쥐었다.

"떠들면 죽인다! 집안에 누구누구 있지?"

"시, 시부모님하고……"

"또?"

"아이들하고……"

"여인이 괴로운 듯 신음했다.

"남편은?"

"아파서 누워 있어요. 오래 전부터……"

"그러면 오랫동안 남자 맛을 못 봤겠구나. 불쌍한 것……"

그 처지에도 농담이 나왔다.

"산사람님, 시키는 대로 할 테니 제발 목숨만 살려 주세요! 제발……"

주민들은 공비들을 산사람이라고 불렀다. 대치는 그 말이 듣기가 좋았다. 밑으로 손을 뻗었다. 따뜻한 아랫배가 만져졌다. 고향집의 아랫목 같이 따뜻했다. 사타구니에 손을 집어넣고 잠들고 싶었다.

"시부모는 어디에 있지"

"저기……안방에……"

"남편은?"

"안방 옆에……따로 있어요."

중병에 걸려 남편은 다른 방에서 별거하고 있는 것 같았다.

"아이들은?"

"별채에……"

아까 들어올 때 보니 집이 꽤 큰 것 같았다.

"옷 한 벌 줘. 남편이 입던 것이라도 좋아."

"저기, 별채에 있어요 갖다 드리겠어요."

"안 돼! 함께 가야해!"

여인을 앞세우고 밖으로 나갔다. 여전히 비가 쏟아져 내리고 있었다. 여인의 등에 권총을 들이대고 밀었다. 여인은 쓰러질 듯 비틀거렸다.

"허튼 수작하면 죽인다! 빨리 걸어!"

두 사람은 마당을 가로질러 걸어갔다.

"제발……"

별채 앞에 이르자 여인은 두 손을 비벼대며 애걸했다. 별채의 한쪽 방에는 불이 켜져 있었는데 거기서 아이 우는 소리가 들려오고 있었다.

"잔소리 마! 빨리!"

대치는 여인의 엉덩이를 걷어찼다. 뭉클한 감촉이 전해져 왔다. 여인은 엎어졌다가 일어나 불이 켜진 방과 잇대어 있는 방 앞으로 다가섰다. 대치는 그녀를 방안으로 밀어넣고 자신도 뒤따라 들어갔다. 그리고 문을 닫았다.

방안은 옆방에서 흘러나오는 빛으로 그다지 어둡지가 않았다. 방과 방 사이에는 조그만 장지문이 하나 있었다. 골방인 듯 방안에는 갖가지 물건들로 가득 차 있었다.

대치는 권총을 가까운 선반 위에 올려놓고 젖은 옷들을 모두 벗어 버렸다. 한쪽 구석에 오그리고 서서 오들오들 떨고 있던 여인은 그것을 보자

"에그머니나!"

하고 고개를 돌려 버렸다.

대치는 벌거벗은 몸으로 장대같이 서서 여인에게 재촉했다. 여인은 무릎걸음으로 낡은 궤짝 앞으로 다가갔다. 그 속에서 헌 옷가지들을 꺼내 놓았다. 대치는 여인의 뒤로 다가가 옷가지를 집어들었다가 도로 놓았다. 그리고 왼손을 뻗어 여인의 허리를 끌어안았다. 여인이 흐윽하고 숨을 몰아쉬면서 몸을 부르르 떨었다. 저항하듯 몸을 틀었다.

"가만있어! 소리내거나 하면 목을 비틀어 버릴 테다!"

그리운 여인의 냄새가 물씬 풍겨왔다. 오른손으로 저고리를 벗기면서 코를 목덜미에 박고 숨을 들이켰다. 달콤한 향기가 전류처럼 몸 전체로 퍼져나갔다.

여인은 무저항이었다. 공포로 떨어대고만 있었다. 저고리를 벗긴 다음 속치마를 밑으로 끌어내렸다.

"아, 안 돼요!"

여인이 치마를 움켜쥐고 허리를 비틀었다. 치마를 놓지 않는 바람에 치마가 북하고 찢어졌다. 대치는 주먹으로 그녀의 머리

를 후려쳤다.

"죽여 버릴 테다!"

"아이고, 살려 주세요!"

"가만있어!"

벌거벗은 여인의 육체가 자신의 품안에서 오돌오돌 떠는 것을 보자 대치는 정복욕에 불타올랐다. 마침 칭얼거리던 아이는 지쳐서 도로 잠이 든 것 같았다.

여인을 방바닥에 눕히고 내려다보았다. 스물 서넛쯤 되어 보이는 여인이었다. 미인은 아니었지만 귀염성 있게 생긴 얼굴이었다. 익을대로 익은 육체는 남자 없이는 못살 것 같았다. 여인은 이쪽을 보는 것이 무서웠던지 눈을 감고 있었다.

따뜻한 곳에서 편안한 마음으로 여자를 희롱한다는 것은 평범한 일상사에 지나지 않는 일이다. 그는 그런 짓에는 별로 마음이 내키지 않았다. 절박한 상황 속에서 여자를 힘으로 강간하는 것에 오히려 그는 희열을 느끼고 있었다. 그것은 일본군에 있을 때 어쩔 수 없이 익히게 된 악습이 그대로 체질화되어 버린 탓인지도 몰랐다.

야수 같은 사내에게 비참하게 짓눌린 여인은 처음부터 신음 소리를 냈다. 공포와 흥분이 엇갈리는 야릇한 신음 소리였다.

"쉿! 조용히!"

대치는 손에 잡히는 옷가지를 뭉쳐 그녀의 입을 틀어막았다. 여자가 숨이 막히는지 바둥거렸다.

"숨막히나?"

여인이 고개를 끄덕였다. 대치는 입에서 도로 옷뭉치를 빼주
었다.

"소리내면 안 돼. 이를 악물어."

일단 몸과 몸이 섞이자 여인은 의외로 순순히 그의 요구를 들
어 주었다. 오히려 협조적이었다. 비록 짐승에게 먹혀도 흥분
이 이는 것만은 어쩔 수가 없는 모양이었다. 팔다리를 허우적거
리던 여인은 마침내 더 참을 수 없다는 듯 대치를 끌어안으며
몸부림쳤다. 죽음의 공포도 깨끗이 잊은 듯했다. 단지 육체의
욕망에 모든 것을 내맡긴 것 같았다.

대치는 그러한 여인에게 조금치도 사정을 두지 않았다. 마치
그녀를 갈기갈기 찢어발기기라도 하려는 듯 무자비하게 그녀
를 짓이겨 갔다.

"네……네 이름이 뭐지?"

"옥……옥……"

허덕이며 여인이 겨우 입을 열었다.

"똑똑히 말해 봐."

해머로 내려치듯 대치는 여인의 하체를 내려찍었다.

"아그그그……"

여인은 자지러지면서 어쩔 수 없이 사내에게 매달렸다.

"옥……옥……옥련이에요……"

"성은 뭐야?"

"강……강이에요……"

"네 서방은 기동도 못하냐?"

"네……"

"병신 같은 놈이구나. 여편네를 이 지경으로 놔두다니."

"아이구, 나리……이제 그만……그만……."

여인은 흥분에 떨면서 고통을 호소했다. 대치는 들은 척도 하지 않았다. 거머리처럼 찰싹 달라붙어 여인을 사정없이 몰아붙였다. 여인이 밀리다 못해 구석에 처박히면 다시 방 가운데로 끌어내어 욕을 보였다.

그렇게 뒤엉키기를 거의 한 시간이 지난 다음에야 대치는 비로소 야욕을 채우고 몸을 일으켰다. 여인은 축 늘어져 있다가 비틀비틀 일어나 옷을 입었다. 대치도 재빨리 옷을 입었다. 두껍게 옷을 껴입었다.

"수고했다. 난 갈 테다. 또 만나게 되겠지."

공포와 연민이 엇갈리는 눈으로 여인은 대치를 바라보았다. 그 눈빛이 점차 감동으로 변했다.

"잠깐 기다리세요. 먹을 것을 싸 드릴 테니……"

여인은 후두둑 눈물을 흘렸다.

"빨리 가져와. 밖에 나가 있을 테니……"

여인이 먼저 문을 열고 마당으로 내려섰다. 순간 놀라는 소리가 들려왔다.

"안에 웬놈이냐? 기어코 네가……"

대치는 권총을 쥐고 밖으로 재빨리 뛰쳐나갔다. 노인이 문 앞에 버티고 서서 몸을 떨고 있었다. 하얀 수염이 바람에 휘날리고 있었다.

"너 이놈, 누, 누구냐?"

권총 끝이 가슴을 찌르자 노인은 비틀거렸다.

"아버님, 산사람이에요."

"뭣이라고?"

노인은 며느리의 말을 듣고서야 비로소 사태를 눈치챈 것 같았다. 두 손을 마주 비벼대며 목숨을 살려달라고 애걸했다. 뒤이어 노파와 병든 아들이 달려와 애걸했다.

"아이구, 나리 달라는 대로 드릴 테니 목숨만 살려 주십시오! 제발 목숨만 살려 주십시오! 우리 같은 것이야 뭘 압네까. 그저 목숨만 살려 주십시오!"

여인의 남편은 비바람 속에서 오돌오돌 떨어대며 심하게 기침을 해댔다. 여인이 무엇인가 한 보따리 꾸려가지고 달려오자 대치는 그것을 나꿔채서 어깨에 둘러메었다. 그리고 떨고 있는 사람들을 향해 권총을 휘두르며 거칠게 쏘아붙였다.

"제주도는 곧 우리 해방군에 의해 해방이 될 거요! 고생스럽겠지만 그때까지 참고 기다리시오! 이건 우리 동무들과 함께 잘 먹겠소!"

잠시 멈추었다가 그는 노인을 향해 한마디 더 했다.

"당신 며느리는 협조를 잘해 주었소. 기억해 두겠소."

말을 마친 그는 어둠 속으로 재빨리 몸을 날렸다.

그의 모습이 완전히 사라지자 그때까지 떨고 있던 노인이 갑자기 며느리를 밀어젖혔다. 여인은 질퍽한 땅바닥에 쓰러져 울음을 터뜨렸다.

"가거라! 저놈을 따라가거라! 너는 이제 내 며느리가 아니야! 저놈하고 몸을 섞었으니 저놈을 따라가아!"

노인의 목소리가 어둠 속을 울리고 있었다. 젊은 여인은 그대로 마당에 쓰러진 채 흐느껴 울기만 했다. 모든 벌을 달게 받겠다는 듯이 고개를 숙인 채 흐느끼고 있었다. 그때 떨고만 있던 그녀의 병약한 남편이 발작을 일으켰다.

"이녀언 붙어먹을 게 없어서 그런 짐승 같은 놈하고 붙어먹었냐? 이녀언! 너 죽고 나 죽자!"

미처 말릴 사이도 없었다. 이미 반 미쳐 버린 젊은 사내는 어느새 손에 들었는지 닥치는 대로 낫을 휘둘렀다. 여인은 비명을 지르며 걸레처럼 짓이겨졌다. 정신없이 낫을 휘두르고 난 젊은 사내는 미친 듯이 웃고 나더니 이번에는 자신의 가슴을 낫으로 찍었다.

자신의 침입으로 한 가정이 풍비박산 되는 것도 모른 채 대치는 다른 집으로 들어가 황소를 한 마리 몰래 끌고 나왔다. 다리 건너 약속 장소에는 이미 부하들이 집결해 있었다. 모두가 운반할 수 있을 만큼의 식량들을 짊어지고 있었다. 황소를 끌고 나타난 그를 보고 그들은 기가 차다는 듯 쑥덕거렸다.

희생자도 없고 식량도 잔뜩 확보한 터라 그날 밤은 성과가 꽤 큰 편이었다. 대치는 부하 한 명을 먼저 보냈다. 지원을 요청하기 위해서였다.

마을에서 수색이 벌어졌을 때는 빨치산들은 이미 경계망을 벗어나 있었다. 여기저기서 총소리가 들리고 추격이 벌어졌지만 비바람치는 암흑 속에서 뒤를 쫓는다는 것은 불가능한 일이었다. 토벌군들은 숲 속까지 따라들어오지 못한 채 발길을 돌릴 수밖에 없었다.

일단 안전한 곳까지 들어온 빨치산들은 소 잡을 준비를 했다. 황소는 자기의 목숨이 위태로워진 것을 알았던지 눈에 불을 켜고 슬피 울었다.

사나이들은 어둠 속에서 귀신처럼 움직였다. 별로 실수하는 일없이 재빠르고 빈틈없이 행동했다. 먼저 두 명이 양쪽에서 황소의 고삐를 단단히 움켜쥐고 버티었다. 다음에 백정 출신의 사나이가 머리통만한 돌덩이를 집어들었다.

"잘 해! 손 다치지 않게!"

고삐를 잡고 있는 사나이가 말했다. 황소는 눈을 휘번득거리면서 버둥거리고 있었다. 백정 출신의 빨치산은 돌덩이를 높이 쳐들었다가 두 눈 사이를 힘껏 내려찍었다. 소가 풀쩍 뛰었다.

"꽉 잡아!"

날뛰는 소를 향해 다시 한번 돌덩이가 내려찍혔다. 황소는 아까보다 더 높이 튀어 올랐다가 무릎을 꺾으며 그 육중한 몸을 땅 위에 쿵하고 눕혔다. 기다렸다는 듯이 사나이들이 단검을 뽑아들고 우하니 소에게 달려들었다. 소는 몇 번 버둥거리다가 더는 움직이지 않았다.

주위는 순식간에 수라장이 되면서 피비린내가 확 풍겼다. 마치 맹수에게 먹히듯이 소의 살덩이가 뭉턱뭉턱 떨어져 나갔다.

어둠속에서 거친 숨을 몰아쉬며 칼질을 하고 있는 사나이들의 모습은 그야말로 야수보다 무섭고 끔찍스러운 것이었다.

내장, 머리, 다리, 꼬리 같은 것들은 취급하기가 곤란했으므로 그대로 버려졌다. 부드러운 살점만 모두 도려져나갔다.

대치는 내장 속에서 간을 찾아내어 입으로 덥석 물었다. 마치 늑대같이 간을 씹어먹었다. 채 식지 않은 간은 따뜻했다. 얼굴이며 손이며 옷이 온통 피투성이었지만 어둠 속이라 보이지가 않았다. 문득 오오에 오장의 간을 씹어먹던 일이 생각났다. 순간 그는 몸서리치면서 먹은 것을 도로 토하기 시작했다.

# 두 개의 깃발

 마침내 선거일인 5월 10일 아침이 되었다. 불안한 공기가 감도는 가운데 선거일이 밝아온 것이다. 남한의 주민들은 설레는 마음으로 그날을 맞았다. 그러나 그 동안 남한 단독선거를 반대하는 좌익의 폭력이 극심했던 터라 모두가 불안한 마음으로 그날을 맞을 수밖에 없었다.

 제주 역시 마찬가지였다. 불안과 설렘이 엇갈리는 가운데 5월 10일 아침이 밝아왔다. 제주도는 남한 전역에서 가장 강력한 저항세력을 지니고 있는 취약지구였다. 4·3폭동 이후 토벌군이 대거 투입되어 연일 토벌작전을 전개하고 있지만 아직도 산 속에는 상당수의 공비들이 남아 있었다.

 그들은 지금까지 삼삼오오 짝을 지어 이곳저곳에서 식량을 약탈해 가는 것 외에는 거의 모든 싸움에서 토벌군에게 일방적으로 쫓겨왔는데, 그것은 그들이 전력을 아끼기 위해 그랬다는 소문이 파다했다. 따라서 5월 10일 공비들의 대대적인 최후 공격이 있을 것이라는 소문도 나돌았다.

 그러한 소문을 뒷받침하기라도 하는 듯 거리거리에는 불온

벽보와 삐라가 난무하고 있었다. 하나 같이 5·10선거를 반대하라는 격렬한 내용이었다.

이러한 가운데 갑자기 피난민의 행렬이 줄을 잇기 시작했다. 공비들의 대공세에 불안해진 벽지 주민들이 참다 못해 시가로 몰려든 것이다. 어느새 제주 시가는 큰 혼란에 빠져들고 있었다. 경찰은 민심을 안정시키려고 노력했지만 한번 혼란에 빠진 사람들은 좀처럼 갈피를 못 잡고 있었다.

이미 투표는 시작되고 있었다. 그러나 투표장에 가는 사람보다 거리에서 우왕좌왕하며 서성거리는 사람들이 더 많았다.

그런데 아침 나절이 조금 지났을 때였다. 어디서 왔는지 수명의 거지들이 시 중심가에 어슬렁어슬렁 나타났다. 모두가 흉측한 몰골들이었다. 그들은 가게마다 들르면서 구걸을 했다. 거절당하면 욕설을 해대면서 다음 가게로 옮겨갔다.

그들 가운데 벙거지를 깊숙이 눌러쓴 거지가 있었는데 처음부터 뒷전에 물러서서 거지들을 지휘하고 있는 것이 우두머리 같았다.

거지들은 어느새 경찰서 가까이 접근해 있었다. 그중 벙거지를 포함한 세 명이 경찰서 앞을 지나 거기서 얼마 떨어져 있지 않은 제1투표장으로 향했다. 제1투표장은 국민학교에 마련되어 있었다. 학교 정문 부근에는 많은 사람들이 몰려 서서 서로들 눈치를 보며 들어갈까 말까 망설이고 있었다.

세 명의 거지들은 활짝 열려 있는 정문을 통해 학교 운동장으로 들어섰다. 정문에서 투표장까지는 1백 미터쯤 되었다. 그들은 서로 장난을 치기도 하면서 투표장 쪽으로 슬슬 접근해 갔다. 투표장 입구에는 몇 사람이 줄을 서 있을 뿐 아직은 한산한 편이었다. 입구 양쪽에는 두 명의 경찰이 총을 들고 서 있었다.

거지들은 차례를 기다리고 있는 사람들 뒤로 다가서서 낄낄거렸다. 사람들이 고약한 냄새에 얼굴을 찌푸리며 흩어졌다. 그것을 본 경찰 한 명이 다가왔다.

"이 봐, 이 봐, 저리 가!"

경찰관이 호각을 불면서 쫓으려고 했지만 거지들은 들은 체도 하지 않았다.

"왜들 이래? 비키라구!"

그러자 벙거지를 눌러쓴 거지가 앞으로 나섰다.

"우리라고 투표하지 말란 법 있소?"

벙거지 밑에서 유난히 파란 눈 하나가 움직이지 않고 빛나고 있었다. 올빼미 눈처럼 초점이 없는 눈이었다. 그것과는 대조적으로 오른쪽 눈동자는 부지런히 움직이고 있었다. 두 눈동자의 모양이나 균형이 서로 다르고 엇갈려 있는 것이 얼핏 보기에 사팔뜨기처럼 보였다.

경찰은 거지의 흉측한 모습에 질린 것 같았다. 그러나 무기를 가진데다 경찰이라는 직업의식이 강하게 작용하고 있었기 때문에 총대로 거지의 복부를 쿡 찔렀다.

"가라면 가지 왜 잔소리가 많아?! 여기가 어딘 줄 알고 까불어?! 말 안 들으면 잡아넣을 테다!"

"흥, 마음대로 해보시지. 우리는 사람이 아닌가. 왜 투표를 못하게 하는 거야?! 우리도 같은 백성이라고!"

거지들은 경관을 에워싸고 빙빙 돌아갔다. 사태가 험악해지고 있었다. 그것을 본 다른 경관이 동료에게 가세하기 위해 뛰어왔다.

"뭐야, 뭐? 당신들 저리 비키지 못해?!"

그러자 거지들은 갑자기 깡통을 두들기며 타령을 하기 시작했다. 하도 요란스럽게 떠드는 바람에 한 줄로 줄을 서 있던 사람들은 투표장에 들어가는 것도 잊은 채 구경하기에 바빴다. 밖에 서 있던 사람들도 우하니 학교 안으로 몰려들어왔다.

화가 난 경찰관이 총대로 후려치려고 하자 거지 하나가 나 죽는다고 엄살을 떨어대면서 총대를 잡았다. 다른 거지 한 명도 경찰과 실랑이를 벌이기 시작했다.

그 틈을 이용해서 벙거지를 눌러쓴 거지는 투표장 쪽으로 접근해 갔다. 몇몇 사람들이 의아한 눈길로 벙거지를 바라보고 있었다. 벙거지는 열린 창문을 통해 투표장 안을 들여다보았다. 창가에 서 있던 투표장 관리인 한 명이 손을 저으면서

"뭘 보려고 그래? 저리 가!"

하고 소리쳤다. 거지는 누런 이를 드러내며 웃었다.

"헤헤헤헤……빵떡 하나 드릴까?"

"저리 가라니까!"

빗자루를 들어 거지를 후려치려고 하자 거지는 한 발 뒤로 물러서면서 무엇인가 시커먼 것을 하나 꺼내들었다. 거기서 연기가 피어오르고 있었다.

"헤헤헤헤……자, 처먹어라!"

거지는 손에 든 것을 창문 안으로 집어던졌다. 그리고 총을 휘두르고 있는 경찰 쪽으로 뛰어들었다. 거의 동시에

꽝!

하는 폭음이 주위를 뒤흔들었다.

먼저 창문이 온통 와르르 쏟아져 내렸다. 비둘기들이 놀라서 사방으로 날아갔다. 목조건물이라 기둥 한쪽이 우두둑 부러지면서 지붕이 기우뚱하니 내려앉았다. 자욱한 연기 사이로 여러 사람의 비명이 들려왔다. 총소리가 몇 번 더 주위를 울렸다. 쓰러진 쪽은 의외로 경찰관들이었다. 거지들은 어느새 총을 들고 있었다.

경찰관 한 명은 총에 빗맞은 탓인지 채 죽지 않고 몸부림치고 있었다. 그것을 본 벙거지가 가까이 다가서더니 뒤통수에 권총을 들이대고 방아쇠를 당겼다. 경찰관의 몸이 풀쩍 튀어 올랐다가 짐짝처럼 땅바닥 위로 나뒹굴었다.

서 있는 사람은 아무도 없었다. 모두가 무릎을 꿇고 웅크린 채 오들오들 떨어대고 있었다. 그들을 향해 벙거지가 목쉰 소리로 외쳤다.

"모두 집으로 돌아가! 투표장에 나오는 놈은 반역자다!"

공중을 향해 공포를 쏘자 사람들은 무릎으로 뻘뻘뻘 기어가다가 줄행랑을 쳤다.

경찰서 쪽에서도 폭음이 들려오고 있었다. 뒤이어 총소리가 콩볶듯이 튀었다. 기다렸다는 듯이 거지들은 경찰서 쪽으로 뛰

어갔다.

경찰서는 어느새 포위되어 있었다. 거지와 피난민을 가장해서 들어온 빨치산들이 경찰서를 포위하고 맹렬히 공격을 가하고 있었다. 미처 생각조차 못했던 일이라 서에 남아 있던 소수의 경찰관들은 몹시 당황하고 있었다. 대부분의 경찰관들은 이미 지난밤부터 각 투표장과 시 외곽으로 나가서 경계에 임하고 있었기 때문에 경찰서 안에는 소수의 인원만이 남아 있었다.

그들은 급히 사방으로 연락을 취하는 한편으로 적들을 향해 필사적인 저항을 벌였다. 그러나 빨치산들이 전화줄을 끊어 버리는 바람에 연락도 제대로 이루어지지 않았고 워낙 소수의 인원이라 저항에도 한계가 있었다.

기관총 하나에 의지한 채 그들은 시간을 버는데 전력을 기울였다. 기관총은 모래주머니로 쌓아올린 바리케이드 위에 설치되어 있었다. 모래주머니는 여러 겹으로 쌓여져 있어서 매우 튼튼했다. 기관총 뒤에서는 세 명의 경찰관들이 숨어서 응사하고 있었다. 나머지는 창틀 밑에 한두 명씩 엎드려 총을 쏘아대고 있었다.

거리에 나왔던 민간인들은 총소리에 놀라 모두 도망치고 없었다. 올 것이 왔다고 생각한 사람들이 대부분이어서 투표 같은 것은 아예 뒷전으로 물러나고 앞으로의 사태가 어떻게 되어갈지 오직 그것만이 궁금한 눈치들이었다.

빨치산들은 경찰서에만 매달리고 있을 수가 없는 형편이었다. 지원병력이 도착하기 전에 경찰서를 파괴하고 다른 곳으로 옮겨가야 했다. 목적은 오직 하나, 혼란을 야기시켜 선거를 치르지 못하게 하는 것이 목적이었다.

그것을 위해 침투한 빨치산 병력은 약 3백 명 가량 되었다. 그들은 1개 시, 2개 읍, 9개 면을 동시에 습격하기 위해 조를 짜서 각 지역으로 잠입해 들어갔다.

대치가 맡은 지역은 제주시 일원이었다. 그는 거지로 변장해 시내로 들어오는데 성공했다. 그의 부하 몇 명은 거지 차림으로 그와 행동을 같이 했고 나머지는 피난민 아니면 주민으로 가장해서 시내로 침투했다.

그들은 닥치는 대로 투표소를 파괴했다. 저항하는 자는 무조건 사살해 버렸다. 그 동안 산 속에서 비바람을 맞으며 굶주려 온 사나이들이라 모두가 원한에 사무친 채 야수로 변해 있었다. 시내는 무방비 상태나 다름없었다. 주둔 병력은 현재 모두 산에서 공비들과 교전중이었다. 주력을 빼돌리기 위해 산에 남은 공비들이 일부러 공격을 가장해서 싸움을 걸어왔기 때문이었다.

"단 일분이라도 좋다! 경찰서를 점령해야 한다! 그리고 저 꼭대기에 붉은 깃발을 꽂아야 한다!"

대치는 담벽에 기대서서 이렇게 속으로 부르짖고 있었다. 30미터 전방에서 기관총이 쉬지 않고 불을 뿜어대고 있었다. 그것만 제거할 수 있으면 경찰서를 점령하는 것은 쉬울 것 같았다.

경찰서 건물은 벽돌로 되어 있어서 매우 튼튼해 보였다. 아무리 총을 쏘아도 총알이 튀기만 할 뿐 안으로 뚫고 들어가지는 못하고 있었다. 수 미터 앞으로 달려가 수류탄을 던질 수만 있으면 좋으련만 그럴 기회가 좀처럼 주어지지 않았다. 담벽에서 고개를 조금만 내밀어도 기관총탄이 소나기처럼 퍼부어졌다.

초조해진 대치는 정문을 포기하고 옆으로 이동했다. 거기 역시 쉽지가 않았다. 경찰은 창틀 밑에 완전히 몸을 가린 채 쏘아대고 있었다. 이쪽은 골목 모퉁이에 숨어서 공격하고 있었기 때문에 움직임이 자유롭지가 않았다.

경찰서 건물 옆에는 한 그루의 큰 은행나무가 서 있었는데, 가지가 넓게 퍼져서 지붕 위까지 올라가 있었다. 대치의 눈이 잠깐 그것을 바라보았다. 곧이어 그는 명령을 내렸다.

"엄호할 테니까 저 나무를 타고 지붕으로 올라가! 앞쪽으로 기어가서 기관총위로 수류탄을 던져!"

명령을 받은 빨치산이 머뭇거리자 그는 버럭 고함을 질렀다.

"빨리! 시간이 없다! 자, 뛰어나가!"

엄호사격과 함께 그의 부하는 은행나무 쪽으로 뛰어갔다. 겨우 나무에 닿아서 숨쉴 사이도 없이 다람쥐처럼 나무를 타고 기어올라갔다. 나무 타는데 비상한 재주를 가진 사내였다.

가까스로 지붕 높이까지 이르러 가지를 잡으려고 했을 때 창문쪽에서 연달아 총성이 울렸다. 빨치산은 높다랗게 비명을 지르며 나뭇가지에 달라붙어 대롱거리다가 밑으로 철썩 떨어져 죽었다.

"빌어먹을! 엄호해!"

"안 됩니다! 위험합니다!"

부하가 말렸을 때 대치는 이미 앞으로 뛰쳐나가고 있었다. 나무 밑에 몸을 던지는 것과 동시에 가까운 창문 안으로 수류탄을 집어던졌다. 창틀이 날아가면서 물씬 연기가 피어올랐다. 창틀 위로 피를 뒤집어쓴 경찰관의 몸이 걸레처럼 축 늘어지자 빨치산들은 다시 맹렬히 총을 쏘아댔다.

대치는 그 틈을 이용해서 재빨리 나무를 타기 시작했다. 옆으로 총알이 스쳐가는 소리가 핑핑 났다. 죽을 힘을 다해 나무를 기어올랐다. 다행히 몸에는 아무 이상도 일어나지 않았다. 가지를 타고 간신히 지붕으로 올라가면서 문득 어린애 장난 같은 생각이 들었다.

비스듬히 경사진 기와지붕이라 마음대로 뛰어갈 수가 없었다. 상체를 굽히고 두 손으로 지붕을 짚으면서 앞으로 제빨리 다가갔다.

수류탄을 집어들면서 보니 멀리서 몇 대의 트럭이 먼지를 뽀오얗게 일으키면서 달려오는 것이 보였다. 서둘러야겠다고 생각하면서 밑을 내려다보았다. 기관총 뒤에 경찰관 세 명이 달라붙어 있는 것이 보였다. 정신없이 기관총을 난사하고 있었다. 안전핀을 뽑은 다음 수류탄을 밑으로 슬그머니 던졌다.

쾅하는 폭음과 함께 지붕이 흔들렸다. 사람의 몸뚱이가 공중으로 솟구치는 것이 보였다. 뒤이어 와아 하는 함성이 일었다. 여기저기 숨어 있던 빨치산들이 일제히 경찰서를 향해 돌격을 개시하고 있었다.

나무를 타고 재빨리 밑으로 내려온 대치는 경찰서 안으로 뛰어 들었다. 필사적으로 저항하던 경찰들은 이미 모두 사살되고 난 뒤였다.

"적이 오고 있다! 빨리 불을 질러!"

대치는 고함을 지르며 부하들을 독려했다. 일부는 지원군을 저지하려고 뛰어나갔다. 그 사이 나머지는 경찰서 내부를 닥치는 대로 파괴하고 거기에다 불을 질렀다.

대치는 불길이 치솟을 때까지 지원군을 상대해서 싸웠다. 길을 차단하고 총을 쏘아대자 미친 듯이 달려오던 세 대의 트럭들이 급정거하면서 경비대원들이 우르르 뛰어내려 사방으로 흩어지기 시작했다.

전투는 이제 치열한 시가전으로 접어들려 하고 있었다. 경비대 병력은 백여 명쯤 되는 것 같았다. 그 정도라면 얼마든지 상대할 수 있을 것 같았다. 시가전의 경우 숨을 곳이 많기 때문에 일당백의 싸움도 가능한 것이다.

대치는 부하들로 하여금 세 명씩 조를 짜서 흩어지게 했다. 그렇게 함으로써 경비대 병력이 분산되는 것을 노렸다.

총소리는 점점 사방으로 확산되어 갔다. 경찰서 건물에서 시커멓게 뿜어 나오기 시작한 연기가 마치 신호이기나 하듯 이곳 저곳에서 연기가 피어올랐다. 시가지 하늘은 얼마 가지 않아 시커먼 연기로 뒤덮였다. 사방에서 콩볶듯이 총소리와 함께 가끔씩 폭음도 일었다. 놀란 주민들은 집안에 틀어박힌 채 오돌오돌 떨어대고 있었다.

빨치산들은 도국괭이처럼 지붕을 타기도 하고, 담을 뛰어넘기도 하고, 골목과 골목을 쳇바퀴 돌듯 돌아가기도 하면서 시내를 마음껏 유린했다. 대치는 시가전이 마치 숨바꼭질 같다고 생각했다. 쫓기다보면 자기도 모르는 사이에 적의 배후에 서 있기도 했다. 그럴 경우에는 이쪽이 추격자가 되고 상대는 쫓기는 입장이 되는 것이었다.

시가전은 오후가 되어서도 계속되었다. 그 동안 지원병력은 수백으로 불어났다. 그러나 수십 명에 지나지 않은 게릴라들은 시간이 흐를수록 더욱 미친 듯이 날뛰었다. 이리 뛰고 저리 뛰면서 마구 총을 쏘아대는 그들을 소탕한다는 것은 쉬운 일이 아니었다. 그들은 늑대처럼 사납고 재빠르게 움직이고 있는데다 발악적이었기 때문에 쉽게 따라잡거나 사살할 수가 없었다. 경비대원 수 명이 희생되어야 겨우 빨치산 한 명을 사살할 수 있을까 말까 할 정도였다.

대치는 혼란을 가중시키기 위해 집집마다 불을 지르면서 주민들을 밖으로 몰아냈다. 아녀자들의 울부짖는 소리가 총소리와 뒤섞여 비통하게 거리거리를 휩쓸었다. 주민들이 밖으로 쏟아져 나오는 바람에 거리는 온통 아수라장을 이루었다. 주민들은 거리에서 갈팡질팡하고 있었다. 자연 토벌군들에게는 그들이 장애물이 될 수밖에 없었다.

혼자서 떨어진 대치는 불타고 있는 어느 집으로 뛰어들어가 농을 뒤져 재빨리 새옷으로 갈아입었다. 그리고 일부러 지팡이를 짚고 절뚝거리며 피난민들 사이로 끼어들었다. 그의 눈앞을 토벌군들이 씩씩거리며 뛰어다녔다. 어떤 토벌군은 총대로 그를 밀어대면서 길에서 어정거리지 말고 저리 비키라고 말하기까지 했다.

그는 피난민들 사이에 끼여 시가지 밖으로 흘러갔다. 어느새 시 외곽으로 통하는 길목에는 토벌군들이 바리케이드를 치고 오가는 사람들을 일일이 감시하고 있었다.

시는 토벌군들에 의해 완전히 포위된 듯했다. 병력이 속속 불어나고 있었고 포위망을 압축해 가면서 새롭게 소탕작전을 전개할 셈인 것 같았다. 시내에 갇힌 빨치산들은 어차피 희생될 수밖에 없는 입장이었다. 대치는 그들에 대한 미련을 버렸다. 피난민 대열은 갈수록 길어지고 있었다. 갈 데가 없는 그들은 부근 산으로 올라가 불타고 있는 시가지와 자신들의 집을 울면서 내려다보았다.

대치는 피난민들 사이에 끼어 앉아 시간을 보냈다. 수라장이 된 시가를 내려다보면서 적어도 제주도 지역에서만은 5·10 선거가 완전히 실패했다고 자부했다.

날이 어두워지자 충천하는 화염이 장관을 이루고 있었다. 총소리는 더 이상 들려오지 않았다. 모두 불을 끄는데 전력을 기울이고 있는 듯했다.

어느새 피난민들도 사라지고 없었다. 그는 언덕 위에 혼자 앉아 있었다. 다른 지역에서는 선거가 어떻게 치러졌는지 궁금했다. 두 시간 후 그는 빨치산 본부로 돌아갔다.

그곳에는 간부들이 이미 다 모여 있었다. 혼자 돌아오는 그를 보고 모두 의아해 했다.

"불바다가 된 걸 보니까 시내에서는 전투가 치열했나 보지요?"

"치열했습니다. 모두 장렬하게 전사했습니다. 다른 지역들은 어떻습니까?"

"역시 치열했습니다. 하지만 희생이 큰 대신 투표는 완전히 저지했습니다."

김달삼이 자랑스러운 듯이 말했다. 그러나 대치의 다음 질문에 표정이 금방 어두워졌다.

"다른 지방은 어떻습니까?"

"다른 지방은 투표가 제대로 실시된 모양입니다."

"서울은요?"

"역시……"

대치는 한쪽 구석에 놓여 있는 라디오를 틀었다. 개표 진행상황이 전국적으로 발표되고 있었다. 그는 라디오를 끄고 분노의 한숨을 내쉬었다.

"이놈의 새끼들……투표하는 거 구경만 하고 있었나 보지. 우리는 헛고생만 한 거 아닌가."

그의 분노는 자연 다른 지방의 좌익들에게로 향해졌다. 그러한 그를 김달삼이 위로했다.

"너무 낙담하실 거 없습니다. 제주도만이라도 저지했으니 우리로서는 할 일을 다한 셈입니다."

대치는 대꾸도 하지 않고 두 손으로 머리를 감싸쥐었다. 그때 무전병이 뛰어들었다. 김달삼이 무전병의 손에 들려 있는 전문을 낚아챘다.

"나와 동무한테 온 거요. 상경하라는 지시요."

김달삼이 내주는 전문을 대치는 거들떠보지도 않고 구겨 던졌다.

"책상에 앉아서 지시만 내리는 자식들······이젠 꼴도 보기 싫어!"

"그래도 지시에 따라야지요."

"남한을 지도부의 손에 맡겨놨다가는 결국 아무 것도 못할 겁니다."

"좌우간 여기서 이럴 게 아니라 상경해서 따지도록 합시다. 상경하는 것도 쉬운 일은 아니지만······"

탁자에 둘러앉은 다른 간부들 얼굴에 하나같이 동요의 빛이 나타났다. 자기들을 절해고도에 남겨둔 채 두 사람만 빠져나간다는 사실에 충격을 받은 것 같았다.

"두 분이 떠나면 우리는 어떻게 합니까?"

"남아서 싸워야지요. 나는 곧 돌아올 거요."

김달삼의 말에 모두가 코웃음을 쳤다.

"최동무야 서울로 돌아가는 게 당연하지만 이곳 책임을 맡고 있는 김동무가 떠난다는 것은 아직 시기상조라고 봅니다. 만일 소문이 나면 사기가 크게 저하될 것이 뻔합니다."

반발이 거세게 일자 난처해진 것은 김달삼이었다. 그는 구원을 청하기라도 하는 듯 대치를 바라보았다. 그러나 대치는 두 손으로 머리를 감싸쥔 채 탁자만 내려다보고 있었다. 그에게는 김달삼이 떠나건 말건 아무 관심거리도 되지 않았다. 김달삼은 초조한 눈길로 간부들을 둘러보다가 자신은 지시대로 이번에 떠나야 한다고 다시 주장했다.

"해주에서 인민대표자회의가 곧 열릴 계획이기 때문에 나는 제주도 대표로서 거기에 참석해야 합니다. 동무들은 그 점을 이해하고 쓸데없는 생각 같은 것은 버리기 바랍니다."

"해주 인민회의는 아직 기간이 많이 남아 있지 않습니까? 8월에 열리는 걸로 알고 있는데 벌써 올라가서 뭘 어쩌겠다는 겁니까?"

"위원장 동무가 지금 떠나시면 모두가 도망가는 줄 알 겁니다. 정비된 뒤에 떠나시는 게 옳으리라고 봅니다."

모두가 이구동성으로 말하는 바람에 김달삼은 더 어쩌지 못하고 뒤로 슬그머니 물러앉았다. 그러나 그는 제주도를 떠나야 한다는 생각을 포기하지 않았다. 제주도에 더 이상 눌러 있어 봐야 결국 개죽음밖에 당할 게 없다는 것을 그 자신 잘 알고 있었기 때문이다.

며칠이 지났다. 초생달이 나뭇가지 사이로 희미하게 비치는 밤이었다. 그날 김달삼은 대규모 보급투쟁 명령을 내렸다. 그리고 자신은 대치와 자연스럽게 접촉을 꾀했다. 산 속을 가다가 둘만이 남았을 때 대치의 의중을 조심스럽게 떠 보았다.

"최동무는 언제 상경할 생각인가요?"

"글쎄, 아직 구체적으로 생각해 보지 않았습니다. 배편도 마땅치 않고……"

"떠나기는 떠날 겁니까?"

"가야겠지요. 여기에 갇혀 있어 봐야 우물 안 개구리 신세 아닙니까?"

"동감입니다. 배편이 마련되면 함께 떠나겠소?"

"반대할 이유야 없죠."

숲에서 벗어난 그들은 비탈길을 재빨리 뛰어가 바위 뒤에 엎드렸다. 여기저기서 검은 그림자들이 재빨리 움직이고 있는 것이 보였다. 김달삼은 숨을 가다듬은 다음 다시 말했다.

"쇠뿔도 단김에 빼라고 오늘밤 떠나기로 합시다."

대치가 어리둥절해서 바라보자 김달삼이 그의 어깨를 잡고 흔들었다.

"염려할 거 없어요. 배편은 언제라도 떠날 수 있게 준비돼 있으니 오늘밤 즉시 떠나기로 합시다. 혼자 가려다가 최동무를 남겨두고 갈 수가 없어서 말씀드리는 거요. 최동무는 잠자코 나만 따라오면 됩니다."

"다른 동무들은 어떻게 하고?"

"내버려 둘 수밖에 없지요."

"그렇지만 말도 없이 떠날 수야 있습니까? 나는 괜찮지만 위원장 동무가 그래서 될까요?"

"다른 동무들한테 알리면 또 못 가게 막을 겁니다. 그러다간 결국 한 발짝도 여기서 벗어나지 못하게 됩니다. 아무 말 말고 떠나도록 합시다."

"……"

대치는 아연한 눈길로 상대를 쏘아보았다. 한심하다는 생각이 들었다. 한 지역 책임자가 빨치산 투쟁을 하다가 부하들을 적지에 내버려둔 채 혼자 도망치겠다는 것이다. 물론 상부의 지시에 따라 떠나야 한다는 명분은 있다. 그러나 김달삼의 의중에는 목숨을 부지하기 위해 도망치려는 의도가 분명히 담겨 있었다. 역겨움과 함께 분노가 치솟았다. 그러나 그로서는 지금 그것을 내색할 입장이 못 되었다. 그 역시 떠나야 할 처지였고, 그래서 그의 머리는 어느새 재빨리 손익을 따지고 있었다.

김달삼의 말을 들어 보면 그는 이미 도망갈 준비를 완벽하게 갖추어 놓고 있는 것 같았다. 그를 따라가면 안전하게 갈 수는 있을 것이다. 마음에 내키지 않았지만 대치는 생각 끝에 김달삼을 따라가기로 작정했다. 김달삼의 의중을 모르는 바 아니었다. 함께 제주도를 빠져나감으로써 자신이 혼자서 도망쳤다는 비난을 조금이라도 면해 보려는 의도가 분명했다. 대치의 생각을 간파하기라도 한 듯 김달삼은 이렇게 부언했다.

"도망치자는 게 아닙니다. 우리는 투쟁에 성공한 겁니다. 그러니까 임무를 완수하고 가는 겁니다. 남한전역에서 5·10선거를 제지한 것은 우리뿐입니다. 우리는 밖에 나가는 대로 영웅 대접을 받을 겁니다. 그런 걸 바라는 건 아니지만……우리는 그만큼 떳떳하다 이겁니다."

"알겠습니다. 함께 가기로 하겠습니다. 무슨 배로 갈 겁니까?"

"조그만 고깃배로 갈 겁니다."

"동력선인가요?"

"아닙니다. 동력선은 지금 모두 묶여 있어서 움직일 수가 없습니다. 어부로 가장해서 노를 저어갈 수밖에 없습니다."

"꽤 힘이 들 텐데요."

"바람만 잘 타면 별로 힘들이지 않고 갈 수 있습니다. 힘깨나 쓰는 동지들을 수 명 데리고 가니까 노젓는 것도 어려울 게 없습니다."

바위에서 벗어났을 때 갑자기 총소리가 들려왔다. 기다렸다는 듯이 여기저기서 일제히 총성이 울렸다. 경비대에 발각된 것 같았다. 이쪽에서도 총을 쏘기 시작했다.

"이리 따라와요."

지리에 익숙한 김달삼은 앞장서서 뛰어갔다. 대치는 홀린 듯한 기분으로 뒤따라갔다. 총소리가 점점 멀어지고 있었다. 그들은 우거진 수풀 속으로 들어갔다. 덤불을 헤치자 검은 구멍이 나타났다. 김달삼이 먼저 구멍 속으로 뛰어들면서

"입구를 잘 가리시오."

하고 말했다. 구멍으로 들어서니 앞이 전혀 보이지 않았다.

"일본군이 파 놓은 갱도죠. 마을 가까이까지 뻗어 있는데 교묘하게 가려져서 놈들은 아직 모르고 있어요."

앞으로 기어나가면서 김달삼이 말했다.

대치는 그와 같은 갱도에 들어가 본 것이 처음이었기 때문에 바짝 긴장되지 않을 수 없었다. 갱도는 한 사람 정도가 겨우 머

리를 굽히고 통과 할 수 있을 정도로 좁았다. 퀴퀴한 곰팡이 냄새가 물신 풍겨오고 있었다.

"이거……해골을 만났군. 조심해요, 해골이니까."

무릎에 무엇인가 부딪치는 것이 있었다. 손으로 더듬어 보니, 바가지 같은 것이었는데 손이 쑥 들어간다. 집어서 뒤로 던져 버리고 다시 기어갔다.

"일제 때 이 속에다 사람을 죽여서 버린 모양이에요. 해골이 수두룩해요."

김달삼은 대수롭지 않은 듯 지껄이고 있었다. 그의 말대로 사람의 해골이며 뼈 같은 것이 많이 부딪쳐 왔다. 대치 역시 그런 것에는 무딜 대로 무디어 있어서 아무렇지도 않았다. 갱도는 꽤나 길었다. 한참 동안 땀을 흘리며 기어가자 마침내 앞이 막혔다. 뒤따라 올라가니 대숲이었다. 대숲은 어느 집 뒤꼍에 있었는데 대나무가 빽빽이 들어차 있었다. 그들이 지나온 쪽에서는 여전히 총소리가 일고 있었다.

"이제 됐습니다."

그들은 한숨을 놓으며 이마에 흐르는 땀을 닦았다.

대나무 잎들이 바람에 흔들리는 소리가 사르르 사르르 들려왔다. 대나무 가지 사이로 달빛이 흔들리고 있었다. 어디선가 밤개 짖는 소리가 컹컹컹 들려왔다.

대나무 숲을 빠져나온 그들은 뒤꼍을 돌아 조심스럽게 앞마당으로 나갔다. 오막살이였는데 불빛 하나 없이 어둠 속에 잠겨 있었다. 너무 조용해서 폐가처럼 보이기도 했다. 김달삼이 앞으로 다가서서 문을 가만히 두드리자 기다렸다는 듯이 문이 벌컥 열렸다.

"뉘시오?"

남자의 거친 목소리가 들려왔다.

"이동무, 나야, 나!"

"아, 위원장 동무……"

조그만 사내 하나가 재빨리 밖으로 나왔다. 어둠 속에서도 눈이 반짝반짝 빛나고 있었다.

"오늘밤 출발하려고 하는데 어떤가?"

"기다리고 있었습니다. 자, 우선 안으로 들어가시지요."

그들은 사내가 안내하는 대로 방안으로 들어갔다. 사내는 등잔에 불을 붙인 다음 다녀오겠다고 하면서 재빨리 뛰어나갔다. 조금 후 사내를 따라 어부 세 명이 나타났다. 모두가 젊은 층이었는데 김달삼의 손을 잡고 눈물을 찔끔거렸다.

김달삼과 대치는 즉시 어부들처럼 차려입고 밖으로 나섰다. 위장하기 위해 그들 두 사람은 앞뒤에서 그물을 걸치고 걸어갔다. 어부 세 명은 짐들을 지고 있었다.

얼마쯤 걸어가자 길 양켠에서 두 사람이 튀어나왔다.

"정지! 누구야?!"

"마을 사람이오."

앞선 어부가 대답하자 플래시의 불빛이 그들을 한 사람씩 비추기 시작했다.

"어디 가는 거요?"

두 명 다 경비대원이었는데 한 명은 뒤에서 금방이라도 쏠듯이 총을 겨누고 있었다.

"어장에 그물 좀 치려고 가는 길입니다."

"이 밤중에 말이오?"

"예, 뱃길이 멀어서 지금 가야 새벽녘에 칠 수가 있습니다."

불빛이 대치의 얼굴에 머물렀다. 대치는 온몸의 피가 머리로 몰리는 것을 느꼈다. 손에 든 권총은 그물에 가려져 있었다. 총구를 앞으로 한 채 얼굴을 찌푸렸다.

"당신 모자 벗어 봐."

깊숙이 눌러쓰고 있는 밀짚모에 얼굴이 가려 잘 알아볼 수가 없는 모양이었다. 대치는 밀짚모를 뒤로 젖혔다. 불빛에 드러난 얼굴 모습에 그들은 몹시 놀라고 있었다.

"당신도 이 마을 사람인가?"

대치는 성한 눈을 꿈벅거린 채 대답하지 않았다.

"이 봐. 이 마을 사람인가 말이야?"

뒤에 서 있던 경비대원이 총으로 찌를듯이 위협했다. 대치는 여전히 대답하지 않은 채 괴상한 소리만 냈다.

"벙어리입니다."

어둠 속에 서 있던 김달삼이 얼른 대답했다.

"그래애?"

경비대원은 고개를 끄덕이더니

"좋아, 가보시오."

하고 말했다. 가까스로 위기를 벗어난 일행은 해변으로 서둘러 걸어갔다.

"바람기가 조금 있는 것이 배를 저어가기에는 아주 안성맞춤입니다."

김달삼이 곁에 붙어서며 속삭였다. 대치는 아무 대꾸도 하지 않은 채 부지런히 걷기만 했다.

해변에는 이미 배가 준비되어 있었다. 조그마한 목선이었다. 그들은 급히 배에 올라 출발했다. 대치는 뒷전에 앉아 멀어지는 섬을 바라보았다. 섬은 점점 검은빛을 띠면서 뚜렷한 윤곽을 드러내기 시작하고 있었다.

죽음의 섬이었다. 적어도 대치의 가슴에 박힌 제주도의 인상은 바로 죽음 그것이었다. 그러나 지금은 어둠 속에 평화로이 잠들고 있는 듯이 보였다.

높이 치솟은 한라산 영봉도 검은 빛을 띠고 있었다. 죽음의 혼들이 무수히 방황하며 울부짖고 있을 터인데도 산은 침묵 속에 고요히 떠 있을 뿐이었다.

한스러운 기분에 젖어 그는 멀어지는 산을 꼼짝 않고 바라보고 있었다. 누가 뭐라 해도 지금의 자신은 도망치고 있는 것이었다. 동지들을 사지(死地)에 남겨두고 도망치고 있는 것이었다. 선거를 저지했다고 해서 승리감을 느끼지는 않았다. 그런 기분은 조금치도 없었다. 제주도를 제외한 남한 전역에서는 이미 선거가 성공적으로 치러졌다. 따라서 제주도 한곳에서 선거가 실패했다고 해서 총선거가 부정되는 것은 아니다. 미군정과 우익은 성공적으로 단독정부 수립을 밀고 나가고 있었다. 그리고 그 토대가 이제 견고히 마련된 것이다. 아무리 발버둥쳐 봐야 현실은 엄연히 거대한 바위덩어리처럼 그 정체를 드러내고 있었다. 발버둥치면 칠수록 그 바위에 깔려 질식되고 말 것이다.

모든 공산당 활동은 불법화되고, 법을 어기는 자는 가차없이 처벌될 것이다. 발붙일 곳이 없는 공산주의자들은 하는 수 없이 북한으로 도망치거나 지하로 숨어들겠지. 그리고 언제 끝날지도 모를 싸움을 시작하겠지.

한기를 느낀 그는 어깨를 웅크렸다. 수평선 저쪽으로 산머리가 희미하게 떠 있는 것이 보였다. 돛을 올린 배는 바람을 받아 기세 좋게 달리고 있었다.

생각할수록 자신이 더없이 초라하고 비겁해 보였다. 산 속에 버려진 혁명 동지들은 무엇을 생각하며 죽어갈까. 아마 절망과 배신을 안고 죽어가겠지. 춥고 배고픈 사람에게는 한 모금의 따뜻한 물이 모든 희망일 수도 있다. 그러나 그들에게는 따뜻한 물 한 모금 마실 자유마저 없다. 그런 상황 속에서 혁명의 꿈을 안고 버틸 수 있는 사나이가 과연 몇이나 될까. 혁명은 과연 성공할 수 있을까.

처음으로 그의 가슴속에 회의가 싹텄다. 그는 당황해서 담배를 피워 물었다. 초조하게 담배를 빨아대면서 헛기침을 했다. 그때 김달삼이 다가와 앉으며 조금 들뜬 목소리로 말했다.

"최동무의 영웅적인 투쟁을 인민회의 석상에서 말해 줄 생각이오."

대치는 자신과는 전혀 다른 기분에 젖어 있는 사나이를 물끄러미 바라보았다.

"우리는 함께 피를 흘리며 굳게 맺어진 전우요. 당연히 서로 협조해야 한다고 생각합니다. 최동무가 전사라면 나는 지략가라고나 할까요? 하하하……"

높다란 웃음 소리에 대치는 입술을 깨물었다.

"당신에 대해서 나는 아무 말도 하지 않을 테니, 당신도 나에 대해서는 이러쿵저러쿵 말하지 마시오! 우리는 도망자들이니까!"


하림이 서울로 돌아온 것은 대치를 마지막으로 만난 지 며칠 후였다.

전국은 좌익의 선거 반대운동으로 투표장은 수라장이 되어 있었다. 방화, 살인, 선거사무소 습격 등 3백48건에 달하는 불상사가 전국 도처에서 발생했다. 그러나 제주도를 제외한 모든 지역에서는 그런 대로 자유스러운 분위기 속에서 성공리에 선거가 치러졌다.

5월 10일 밤이 깊어 하림은 수집된 투표율이 유권자의 91%임을 알고는 비로소 한숨을 놓았다. 그로부터 20여일이 지난 5월 31일 상오, 마침내 제헌국회(制憲國會)가 그 역사적인 막을 올렸다.

그날 하림은 아얄티 국장의 방에서 라디오에 귀를 기울이고 있었다. 임시 의장에 선출된 이승만 박사는 개회사에서 이렇게 말했다.

① 본 국회는 기미년 3·1운동 이후 상해에서 조직된 임시정부를 계승한다.
② 이북 4백50만 동포가 어서 선거를 실시하여 나머지 의석 백석을 채우기 바란다.
③ 미군은 국군편성이 완료될 때까지 주둔해 주기 바란다.

한국말을 겨우 알아들은 아얄티 국장은 하림에게 손을 뻗어 악수를 청했다.
"축하합니다!"
하림은 웃어 보이다가 말았다. 감격스럽기도 하고 괴롭기도 한 기분이었다. 통일국가를 세우지 못한 채 남한만의 단독정부가 들어서게 된 것이 괴롭기 짝이 없었다. 그러면서도 한편으로는 감격스럽기도 했다. 일제 36년을 거쳐 해방된 지 3년만에 나라가 서게 됐으니 감격스럽지 않을 리가 없었다.

그러나 감격에 젖어 있을 시간 여유가 없었다. 앞으로가 문제였다. 북쪽에 정권이 들어설 경우 남북은 군사력을 강화하여 대치할 것이 틀림없었다. 그렇게 되면 필연적으로 한반도는 전쟁의 공포 속에 빠지게 될 것이다.

"앞으로가 문젭니다. 모든 것이 불비한 상태에서 만일 전쟁이라도 발발하면 그야말로 큰일입니다."
하림의 말에 아얄티 중령은 피우던 파이프를 내려놓았다.

"전쟁이 일어나지 않도록 해야지요."

"북쪽은 현재 급속히 군사력을 팽창하고 있습니다. 그대로 방치해두면 남침할 가능성이 있습니다. 자기들이 강력하다는 것을 알면 반드시 그대로 있지 않을 겁니다."

"남한에도 군사력을 강화해야겠지요."

"지금 우리 군사력은 한마디로 형편없습니다. 2만5천 명이 겨우 소총 한 자루씩을 가지고 있을 뿐입니다. 저 정도 가지고는 상대가 안 됩니다."

"상부에 강력히 건의해 보겠소. 당장 군사지원을 강화하라고 말이오."

"군사력이 강화되기도 전에 미군이 철수하면 전쟁이 일어날 겁니다. 미군 철수는 신중을 기해야 합니다."

"그렇게 빨리 철수하지는 않을 겁니다."

"제발 그랬으면 합니다. 만일 철수할 경우 그 장비만이라도 우리에게 물려 주면 다행인데……"

"나 같은 일개 정보장교가 중대한 결정을 내릴 수는 없고……다만 요로에 정보를 넘김으로써 급박한 상황을 알릴 수는 있지요. 노력해 볼 테니 너무 걱정하지 마시오. 전쟁이 일어나도록 내버려두지는 않을 테니……"

아얄티 국장의 자신 있는 말에 하림은 어느 정도 마음이 놓였다. 그러나 가슴에 쌓인 먹구름을 거둬 버릴 수는 없었다.

6월이 지나고 7월이 왔다. 7월 17일 국회의장 이승만은 헌법을 공포하고 국호를 대한민국(大韓民國)이라 명명했다. 국회는 이승만을 초대 대통령으로, 이시영을 부통령으로 선출했다. 정부통령 취임식에서 이박사는 다음과 같이 말했다.

"여러분! 죽었던 이 몸이 하나님의 은혜와 동포의 애호로 지금까지 살아 있다가 오늘 이와 같이 영광스러운 추대를 받은데 있어 감당키 어려운 책임과 두려운 생각을 금하기 어렵습니다. 여러분이 나에게 맡기는 이 직책은 누구라도 한 사람의 힘으로 성공할 수 없습니다. 애국동포 남녀의 합의협력만이 가능합니다. 우리는 공산당을 반대하는 것은 아닙니다. 공산당의 매국주의를 반대합니다. 이북의 공산주의자들은 하루속히 회심개과해서 평화적인 남북통일을 해서 모든 복리를 다같이 누리게 되기를 바랍니다."

역사적인 취임사였다.

8월 15일, 대한민국은 드디어 내외에 독립을 선포했다. 동북아시아의 한 조그만 반도에서 신생 독립국가가 탄생한 것이다.

그러나 반도에는 거의 동시에 두개의 깃발이 솟아올랐다. 하나는 태극무늬가 그려진 백기였고 다른 하나는 별이 찍힌 적기였다.

북한은 남한에 단독정부가 수립되자 기다렸다는 듯이 최고인민회의 대의원 선거를 실시하고, 9월 9일 김일성을 수상으로 하는 소위 조선민주주의인민공화국(朝鮮民主主義人民共和

國)을 정식으로 선포했다. 이로써 남북에는 두 개의 깃발이 휘날리게 되고 전혀 이질적인 체제가 폭탄을 안고 극적인 대치를 보이게 된 것이다.

북한은 인민공화국을 선포한 직후부터 인공 지지공작과 인공기(人共旗) 게양투쟁을 적극적으로 전개했다. 남로당은 그 하나로「스탈린 대원수께 드리는 감사문」을 발표하여 그를 조선인민의 은인으로 추켜세웠다.

 "……우리 3천만 조선인민은 절세의 위인이며 우리 민족의 위대한 은인이신 당신을 우러러 무한한 감격 속에 이 글월을 삼가 올리나이다. 조선인민은 우리 조국을 광명의 길 위에 내세워 준 영용한 소비에트 군대가 북조선을 떠나감에 대하여 끝없는 석별의 정을 금치 못함과 아울러 조선인민의 해방자이시며 벗인 당신에게 다시금 끓어넘치는 민족적 감사와 영예를 드리나이다……조선인민은 조국의 자유의 독립을 위하여 싸우면서 위대한 소련을 우러러, 세계 근로인민의 스승이며 벗인 스탈린을 우러러 일제의 압박에서 해방되는 광명의 그날이 올 것을 굳게 믿었으니……고국으로 돌아가는 소비에트 장병들을 전별하면서 우리 3천만 인민의 가슴 가슴에는 영웅적 소비에트 군대의 은공에 대한 무한한 감격이 끓어넘치고 있습니다.……오늘도 그 어느 때도 이 나라의 성악 백두산이 만리창공에 높이 솟아 북으로 우랄산을 바라고 두만강 푸른 물결이 두 나라의 기슭을 살뜰히 스쳐 동해의 품속으로 흘러내리고 있을지니, 이같이 조·소 인민의 친선도 영구 불멸의 그 광휘를 떨쳐 길이길이 천추에 빛나리이다."

이렇게 두 개의 깃발이 나부끼기 시작하고 있을 때 여옥은 어떻게 지내고 있었을까.

그녀는 그야말로 그림자처럼 조용히 지내고 있었다. 그녀가 둘째 아들을 낳고 다시 사령부 정보국에 나온 것은 여름도 다 갈 무렵이었다. 그 동안 한시도 대치를 잊은 적이 없었다. 아이들이 커 갈수록 남편 없이는 살 수 없다는 생각이 절실히 들었다. 어디서 어떻게 고생하고 있는지 생사가 궁금했고, 그래서 더욱 남편이 보고 싶었다. 한편으로 소식도 없는 남편이 야속하고 원망스러웠다.

하림은 몹시 바쁜지 며칠씩 자리를 비울 때가 많았다. 그러다가 갑자기 마주치기라도 하면 매우 곤혹스러워 하면서 시선을 피하는 것이었다. 어떤 때는 그 시선이 연민에 차 있기도 했다. 연민에 찬 눈으로 그녀를 바라보다가 쓸쓸히 웃으면서 지나치는 것이었다. 그럴 때면 여옥은 가슴이 미어지는 것 같은 고통을 느끼곤 했다. 왜 그러시는 것일까. 전에는 그렇지 않았는데, 왜 그러시는 걸까. 무슨 일이 있는 게 아닐까. 말 못할 무슨 고민이 있는 게 아닐까.

영리하고 직감력이 빠른 그녀의 눈에는 하림의 그러한 태도가 심상치 않게 보였다. 그러나 그녀는 그가 난처해 할까 봐 굳이 캐묻지는 않았다.

그녀는 점점 말이 없어지고 우울해져 갔다. 마치 우울증 환자처럼 창가에 서서 꼼짝 않고 밖을 내다볼 때가 많았다. 건국의 기쁨도, 분단의 비극도 그녀에게는 아무런 느낌을 자아내게 하지 못하는 것 같았다. 사실 그녀는 그러한 모든 것들을 어두운 밤중에 지붕을 스쳐가는 바람 정도로 느끼고 있을 뿐이었다.

그녀에게는 정치적 동물 같은 감정이 존재하지 않았다. 그런 것이 존재할 수도 없었다. 그녀는 남자의 사랑을 받으며 알뜰히 살림을 꾸려나갈 수 있으면 그것으로 만족할 수 있는 그런 평범한 여자였다. 그러한 그녀를 끌어내어 시달리게 하고 정치적인 옷을 입힌 것은 타인들이었다. 그래서 그녀는 자신도 모르는 사이에 이상한 존재로 부각된 것이고 계속 어두운 앞날을 안고 있는 것이었다. 그러나 그와 같은 시달림 속에서도 그녀의 여성다운 품성과 소망은 더럽혀지지 않은 채 가슴속에 꼬옥 응어리져 살아 있었다.

그런 어느 날, 함께 근무하는 타이피스트 소민희가 퇴근 때 좀 만나자고 했다. 퇴근하면 집밖에 갈 데가 없는 여옥은 민희의 요구에 응했다.

퇴근하는 길로 여옥을 고궁으로 데리고 간 민희는 벤치에 앉자마자 두 손으로 얼굴을 가리며 흐느껴 울었다. 영문을 몰라 붙드는 여옥에게 그녀는 울면서 말했다.

"헨리 중위가……떠났어. 가 버렸어. 말도 하지 않고 가 버렸어! 아, 미워!"

헨리 중위를 그토록 사랑했나 싶어 여옥은 마음이 아팠다. 민희는 실컷 울고 나서 가슴속에 있는 비밀을 모두 털어 놓았다. 그녀의 말에 의하면, 헨리 중위와 깊은 관계를 갖게 되어 급기야 동거생활까지 했다는 것이었다.

"동거한 지 1년 됐어. 그 자식, 결혼식 올리자니까 함께 미국 가서 올리자고 하더니 도망가 버렸어. 그럴 수가 없어. 며칠 안 보이기에 물어봤더니 귀국했대. 나, 어쩌면 좋아. 나 그 자식 애기 가졌단 말이야!"

가여우면서도 어이가 없어 여옥은 한동안 멍하니 앉아 있었다. 임신한 탓인지, 아니면 그 동안 애욕에 시달린 탓인지 둥글넓적하던 민희의 얼굴은 많이 꺼칠하고 수척해져 있었다.

"여옥이, 나 어떡하면 좋지? 말해 봐. 나 어떡하면 좋지?"

비탄과 불안으로 그녀는 지푸라기라도 붙잡고 싶은 심정인 것 같았다. 그러나 여옥으로서도 무슨 말을 해 주어야 할지 알 수가 없었다. 겨우 이렇게 말하는 수밖에 없었다.

"헨리 중위한테서 무슨 연락이 올 거예요. 그때까지 좀 기다려 봐요."

"아니야. 편지할 리가 없어. 도둑놈처럼 도망친 사람이 무슨 편지를 하겠어."

민희는 입술을 깨물며 헨리를 저주했다. 그러다가 갑자기 여옥의 손을 잡으며 말했다.

"나 영어로 편지 한 장 써줘. 여옥이는 영어를 잘하니까 부탁해, 응?"

그러면서 꼬깃꼬깃 구겨진 종이를 내어 민다. 미리 한글로 써둔 편지인 것 같았다.

"헨리한테 보낼 편지야. 내일 미국 가는 헨리 친구 편으로 보내려고 그래. 읽어 봐도 좋아. 하긴 읽어 보지 않고는 안 되겠지."

여옥은 편지를 펴서 읽어 보았다. 구구절절이 사랑한다는 것, 당신의 아기를 낳겠다는 것, 말도 없이 떠나 원망스럽다는 것, 그러나 용서해 주겠다는 것, 소식 꼭 바라겠다는 것, 만일 소식이 없으면 미국으로 쫓아가겠다는 것 등이 뒤범벅되어 적혀 있었다. 하기 싫은 일이었지만 상대가 너무 가여웠기 때문에 여옥은 마지못해 편지를 백속에 집어넣었다.

그런데 갑자기 민희가 정색을 한 채 느닷없는 말을 했다.

"나, 미안한 말 한마디 해야겠어. 그저께 뭣좀 찾을 게 있어서 여옥이 책상서랍을 열어 봤어. 타이핑 종이가 떨어져서 그랬어. 여옥이는 그때 자리에 없었어."

여옥의 얼굴이 하얗게 변했다. 민희를 바라보는 그녀의 눈에 경련이 스쳐갔다. 민희는 조금 전의 비탄과 번민에 잠겨 있던 모습이 아니었다. 무엇을 밝혀내려는 듯 눈을 날카롭게 뜬 채 똑바로 여옥을 바라보고 있었다.

"맨 아래 서랍을 열었어. 미안해. 그런데 거기에 타이핑한 것이 잔뜩 들어 있었어. 난 여옥이 퇴근 때 그것들을 백속에 집어넣는 것도 보았어. 이상하다고 생각했어. 나중에 알았지만 여옥이는 언제나 같은 걸 두 부씩 치더군. 한 부는 제출하고 나머지는 서랍 속에 따로 보관했다가 가져가고……"

여옥은 손가락 하나 움직이지 못한 채 앉아 있었다. 입술이 바르르 떨리고 있었다. 그것을 놓치지 않고 바라보면서 민희는 갑자기 다정한 목소리로 말을 이었다.

"이상하다고 생각했지. 그렇지만 나하고는 상관없는 일이니까 괜찮아. 그런 거 아무려면 어때. 난 상관하지 않아. 내가 알고 있다고 해서 걱정돼?"

"……"

"아이, 난 상관하지 않는대두 그래. 나도 이젠 미군이 미워졌어. 모두 헨리 탓이야. 만일 헨리한테서 연락이 없으면 가만 안 둘 테야."

조그만 눈이 반짝거리는 것이 갑자기 무섭게 보였다. 여옥은 부인하면 할수록 오히려 더 의심을 산다는 것을 알고 있었다. 그녀는 눈물이 글썽한 눈으로 민희를 바라보았다.

"언니, 제발……모른 체해 줘. 부탁이에요!"

"그래, 염려 마. 나하고는 상관없는 일이니까."

그녀는 의연하게 대꾸하면서 여옥의 손을 꼭 쥐어 주었다.

"그런 걱정은 하지 말고 편지나 잘 써줘, 응?"

여옥은 고개를 끄덕이면서 애걸하듯이 민희를 바라보았다. 아무래도 마음이 놓이지 않는다. 이 엉뚱한 여자가 앞으로 입을 굳게 다물고 있을 것이라는 보장은 없다. 어떻게 하나. 하필 민희한테 들키다니, 이를 어떡하나.

그러나 할 수 없는 일이었다. 이미 발각된 마당에 그것을 잊어달라고 해서 잊어지는 것은 아니었다. 매달려 사정하는 수밖에 별 도리가 없었다. 여옥은 눈물이 글썽한 눈으로 다시 민희게게 매달렸다.

"언니, 부탁이에요. 제발 모른 체해 주세요. 부탁이에요!"

"어머나, 울기까지 하네. 울지 마. 염려하지 말라니까. 내가 그렇게 입이 가벼운 여자는 아니니까 울지 마, 응?"

이제는 두 여자가 정반대의 입장이 되어 있었다. 헨리 중위가 도망쳤다고 흐느끼던 민희가 지금은 반대로 여옥을 달래 주고 있는 것이다.

"헌데 왜 그런 짓을 했지? 그런 거 가지고 가서 뭘 하려고 그러지?"

"아, 언니, 제발……묻지 마세요. 말할 수 없어요. 앞으로는 그런 짓하지 않겠어요."

"혹시 누구 부탁받고 그러는 거 아니야?"

"아, 아니에요! 집에 가서 좀 읽어 보려고 그런 거예요!"

"그걸 읽어서 뭐 하려구?"

"……"

여옥은 말문이 막혀 버렸다. 민희는 고개를 갸우뚱했다.

"말하기 싫으면 하지 않아도 좋아."

여옥은 도망쳐 버리고 싶었다. 그러나 자신이 이 땅에 얼마나 깊이 뿌리를 내리고 있는가를 알고는 눈앞이 어지러웠다.

집으로 돌아오면 큰아이는 떼를 쓰고 갓난아기는 칭얼거린다. 남편이 없는 집안이지만 두 남자 아기 때문에 집안은 어느새 꽉 찬 듯한 느낌이 든다. 퇴근해서 집으로 돌아와 아기들을 안을 때 그녀는 제일 행복을 느낀다. 김노인 부부가 낮 동안은 아기들을 잘 보살펴 주고 있어서 별 걱정이 안 된다.

그러나 민희를 만나고 온 그날 저녁만은 아기를 안아도 기쁜 마음이 들지 않았다. 눈앞이 캄캄하고 어지러울 뿐이었다. 만일을 생각해서 그 동안 집안에 가져다 놓은 정보자료들을 모두 소각해 버렸다. 만일 민희의 고자질로 조사를 받게 된다면 끝까지 부인하는 수밖에 없다. 그러나 하림씨는 속아넘어가지 않을 것이다. 사실을 알게 되었을 때 그분은 어떤 표정을 지으실까.

저녁도 고스란히 굶은 채 그녀는 어두운 방안에 우두커니 앉아 있었다. 밤마다 어두운 방안에 앉아 남편을 기다리곤 했다. 밖에서 무슨 소리만 들려도 뛰쳐 일어나 밖을 내다보곤 했다. 그러나 그날 밤만은 그러지 않았다. 감당하기 어려운 불안이 덮쳐왔기 때문이다.

창문에 보름달빛이 가득했다. 그녀는 천천히 일어나 창가로 다가섰다. 달덩이가 나뭇가지 사이로 움직이고 있었다. 아니 나뭇가지가 바람에 흔들리고 있었다.

시선을 밑으로 내리는 순간 무엇인가 시커먼 것이 눈에 띄었다. 시커먼 그림자 하나가 막 담 위로 기어오르고 있었다. 캡을 쓴 모습이 남자 같았다. 누굴까? 도둑일까? 그녀는 뒤로 물러섰다가 다시 다가섰다. 오싹 소름이 끼쳐왔다.

검은 그림자가 담에서 뛰어내리는 것이 보였다. 모자를 벗고 집안을 둘러본다. 안경을 끼고 있었다. 천천히 둘러보는 것이 도둑 같지는 않았다.

여옥은 방을 뛰쳐나갔다. 구르듯이 계단을 내려가 현관문을 열었다. 시커먼 그림자가 입구를 가로막고 있었다. 그렇게도 애타게 기다리던 남편이었다.

대치의 두 팔 사이로 그녀는 뛰어들었다. 두 사람은 말없이 한참 동안 부둥켜안고 있었다. 여옥은 남편의 가슴에 얼굴을 묻은 채 소리 없이 눈물만 흘렸다.

"미안해."

그것은 멀리서 들려오는 병자의 신음 소리 같았다. 그의 목소리는 쉬고 피로에 젖어 있었다. 그녀는 아무 말도 할 수가 없었다. 남편이 무사히 돌아와 준 것만도 기쁘고 감격스러울 따름이었다.

"아이들은 잘 크고 있나?"

그녀는 고개를 끄덕거리며 남편의 얼굴을 쳐다보았다. 그리고 자기도 모르게 손을 뻗어 그 얼굴을 더듬었다.

방으로 들어가 불을 켜고 보았을 때 남편은 너무도 많이 변해 있었다. 얼굴은 많이 야위어 있었고, 하나밖에 없는 눈은 초조와 불안에 떨고 있는 듯했다. 해 박은 왼쪽 눈은 푸른 빛을 띤 채 초점 없이 허공을 향하고 있었다. 몹시 초라한 몰골이었다.

대치는 잠이 든 아기들을 물끄러미 바라보다가 아기들의 뺨에 입을 맞추었다. 그러한 그의 모습에는 부정(父情)이 넘쳐흐르고 있었다. 괴롭고 안타까운 모습이었다.

저녁밥을 지어 주자 그는 며칠을 굶은 사람처럼 정신없이 밥 한 그릇을 다 먹어치우고는 다시 한 그릇을 더 비웠다.

그 다음에는 예상했던 행동에 들어갔다. 밥상을 윗목에 치워 놓고는 그녀를 이불 위에 눕히고 옷을 벗겼다. 모든 것이 다급하게 치러지고 있었다. 여옥은 남편이 하는 대로 내버려두었다. 자신의 몸이 짓눌리는 순간 그녀는 갑자기 슬픔을 느꼈다. 희열 같은 것은 저만치 물러가고 없었다. 대치는 순식간에 일을 치르고 나자 자기 자신도 쑥스러웠던 모양인지

"미안해."

하고 말했다.

"왜 이제 오셨어요? 매일 기다렸어요."

여옥은 대치가 더없이 원망스러웠다. 대치는 거듭 미안하다고만 말했다.

"연락이라도 주실 줄 알았어요."

"그렇게 됐어."

그녀는 땀으로 끈끈히 젖어 있는 남편의 가슴을 어루만졌다. 언제 만져도 그 가슴은 바위처럼 단단했다. 어둠 속에서 그들은 약속이나 한 듯 한숨을 내쉬고 있었다. 바로 곁에 남편이 누워 있는데도 그녀는 남편이 손닿을 수 없는 먼 곳에 있는 것 같은 느낌이 들었다.

"그 동안 어디 계셨어요?"

"음, 바쁘게 돌아다녔어."

그뿐이었다. 그는 자신이 어디서 무슨 일을 했는지 말하지 않았다.

"대운이가 이젠 아빠를 찾아요. 커갈수록 당신을 닮아가요.

성격이 드세고 고집이 여간 아니에요."

그 말에 대치는 충격을 받았는지 아무 대꾸도 하지 않았다. 침묵을 지키다가 한참 후에 이렇게 말했다.

"아이들은 당신이 알아서 잘 키워. 아이들과 함께 놀아주고 싶지만……그럴 시간이 없어. 당신은 내가 없더라도 아이들을 훌륭히 키울 수 있을 거야."

그 말을 듣자 여옥은 왈칵 눈물이 솟았다. 돌아누워 눈물을 흘리자 대치가 뒤에서 그녀를 껴안아 주었다.

"당신은 나를 이해해 줘야 해."

"그렇지만 헤어져 지내는 건 싫어요. 어디 가시든 데려가 주세요."

"……"

그는 다시 침묵했다. 이번에는 아까보다 더 길고 무거운 침묵이었다. 그것이 거부의 뜻임을 여옥은 강렬히 느끼고 있었다.

"당신이 떠나시면……이젠 기다리기가 무서워요. 기약도 없이 기다리는 건 정말 싫어요. 견딜 수 없어요."

"알고 있어. 그렇지만 참아야 해. 집을 떠나 객지에서 돌아다니는 나도 마음이 편할 리가 없어. 그야말로 뼈를 깎는 고통의 연속이야."

"왜 꼭 그래야만 되지요?"

"새삼스럽게 그게 무슨 말이야? 당신은 당원이고 영웅칭호까지 받은 처지야. 그런 처지에 투쟁 이유를 묻다니, 그런 말이 어딨어."

"그렇지만 전 그런 것보다 가정을 꾸려나가는 것이 더 중요하다고 생각해요. 전 사실 그런 것에는 별로 관심이 없어요. 당신이 자꾸 그러시니까 그러는 것이지……"

그전 같았으면 버럭 화를 내었을 대치였다. 그러나 갖은 풍상을 겪는 동안 그의 불 같은 성격도 많이 마멸되어진 듯했다. 그는 여전히 타이르듯이 말했다.

"이거 봐. 그런 말하는 게 아니야. 가정이란 것도 혁명이 있고 가정이 있는 거야. 조금만 참아. 괴롭더라도……참으면 우리는 광명 속에서 떳떳이 살아갈 수 있을 거야. 내가 항상 말했듯이 당신은 혁명가의 아내란 것을 잊지 마. 혁명가의 아내는 울지 않고 강하게 이겨내야 해."

혁명가의 아내 — 그 낯선 말에 여옥은 친근감보다 오히려 두려움을 느꼈다. 그녀는 슬픔을 억누르며 다시 물었다.

"언제 떠나실 거예요?"

"조금 있다 새벽에 가야해. 여긴 위험해서 오래 있을 수 없어. 날이 새기 전에 떠나야 해."

뜨거운 것이 목으로 치밀어 올라왔다. 그녀는 남편의 가슴에 얼굴을 묻었다.

"제가 싫으시죠? 그래서 가시는 거죠?"

"무슨 말을 그렇게 하는 거야?"

노기 띤 음성이 튀어나왔다. 그러나 그는 이내 가라앉은 소리로 말했다.

"나는 원래 사랑을 몰랐어. 그걸 우습게 여겼었지. 그러나 당신과 결혼하고부터 그것이 무엇인 줄 알았어. 그리고 내가 당신을 얼마나 사랑하는지도 알았어. 혁명가가 사랑을 느끼다니 나도 많이 변했어."

그의 가슴은 어느새 여옥이 흘리는 눈물로 축축이 젖어들고 있었다.

"감사해요……. 감사해요……. 막지 않을 테니 무사히 다녀오세요."

그녀는 남편의 가슴에 얼굴을 비비면서 몇 번이나 같은 말을 되풀이해서 중얼거리곤 했다.

"이번에 가시는 데는 어디예요?"

"남쪽이야. 여수(麗水) 쪽이야."

"거기 가서 무슨 일을 하실 거예요?"

"그건 당신이 몰라도 돼. 그보다도 당신은 내가 부탁한 일을 계속해 줘. 귀중한 정보를 계속 모아 줘."

"……"

여옥은 순식간에 가슴이 돌덩이처럼 굳어지는 것을 느꼈다. 사정을 이야기하고 안 된다고 하면 몹시 낙담할 것이다. 이를 어쩌나.

그녀는 뜬눈으로 밤을 지샜다. 행복하기보다는 불행한 하룻밤이었다. 남편이 흘린 사랑한다는 말 한마디에 모든 것을 의지한 채 그녀는 남편의 새벽길을 지켜보았다. 잠깐 눈을 붙인 대치는 아직 어둠이 걷히지 않은 이른 새벽에 일어나 다시 길을 떠났다.

여옥은 남편을 따라 멀리까지 나갔다. 조금이라도 더 그 뒷모습을 보아두려고 자꾸만 뒤따라갔다. 대치는 가다 말고 돌아서서 그녀를 막곤 했다.

"자, 이젠 돌아가. 어서."

그러나 그녀는 듣지 않고 골목을 벗어나 한길까지 나갔다.

"그러지 말고 빨리 들어가. 아기가 깨면 어떡하려고 그래."

그는 재빠른 걸음으로 한길을 건너갔다.

여옥은 마침내 그 자리에 서서 어둠 속으로 빨려들어가듯 사라지는 남편의 모습을 지켜보았다. 문득 남편이 측은한 생각이 들었다. 초췌한 모습으로 어디론가 떠나가는 남편의 모습이 견딜 수 없이 불쌍해 보였다. 잠은 어디서 주무실까. 식사는 제대로 하실까. 만일 저러다가 붙잡히면 어떡하지……. 남편이 그렇게 측은하고 위태롭게 보이기는 처음이었다. 뜨거운 눈물이 솟아나오는 바람에 앞이 보이지가 않았다.

"나는 혁명가의 아내야. 울어서는 안 돼."

그녀는 남편의 말을 받아들이려고 속으로 중얼거려 보았다. 그러나 그것은 허공을 스쳐 가는 바람 소리 같을 뿐, 그녀의 눈에서는 계속 걷잡을 수 없이 눈물이 흘러내리고 있었다.

그로부터 며칠이 지난 어느 날, 퇴근 무렵이었다. 조민희가 또 할 이야기가 있다고 하면서 만나자고 했다. 영문편지를 써준 적이 있는 여옥은 또 편지를 써 달라고 그러는 게 아닐까 하고 생각하면서도 한편으로 가슴이 덜컥 내려앉는 것이었다.

그전처럼 두 여자는 고궁으로 갔다. 민희는 헨리 중위에 대해서는 한마디도 하지 않았다. 그 대신 이런 저런 이야기들을 늘어 놓다가 갑자기 정색을 하고 여옥을 바라보았다.

"여옥이는 그 많은 돈을 다 어디다 쓰지?"

느닷없는 질문에 여옥은 어리둥절했다. 얼굴을 붉힌 채 머뭇거리고 있는 그녀를 향해 민희는 다시 말했다.

"여옥이는 부자라는 소문이 파다하던데……정말 부러워. 어린 나이에 어떻게 그런 많은 돈을 모았지?"

알고 그러는 것인지 모르고 그러는 것인지 여옥은 여전히 어리둥절했다. 아직 민희의 속셈이 무엇인지 알 수가 없었다.

"여옥이 혹시 그 돈, 뭐 팔아서 만든 거 아니야?"

"……"

"이를테면 미군의 중요한 서류 같은 거 말이야. 들으니까 그런 정보 하나 팔면 많은 돈을 받는다고 그러던데……"

여옥은 소스라치게 놀랐다 온몸이 산산이 부시지 날아가 버리는 것만 같았다. 자기도 모르게 고개를 저으면서 그녀는 민희를 쏘아보았다. 민희의 다음 말은 더욱 충격적이었다.

"그런 데 있으면 나한테도 소개해 줘. 나도 돈좀 벌게 말이야. 여옥이처럼 착실한 사람도 하는데 나라고 못할 게 뭐 있어. 안 그래?"

검은 파도가 몰아치는 것 같았다. 서 있었다면 아마 그녀는 쓰러졌을 것이다. 한 손으로 얼굴을 가리면서 다른 한 손으로 민희의 어깨를 잡았다. 민희는 잔인한 말을 계속했다.

"미군 서류 같은 거 아무려면 어때? 헨리가 도망친 뒤부터 난 미군이 미워졌어. 복수하고 말 거야!"

어리석은 여자는 어리석은 만큼 저돌적이고 탐욕적이다. 굳어진 얼굴에 눈을 번뜩이고 있는 민희의 모습을 보자 여옥은 소름이 쭉 끼쳐왔다. 동시에 자신이 지금 큰 덫에 걸려들었다는 것을 깨달았다. 그녀는 떨리는 가슴을 진정하면서 겨우 입을 열었다.

"언니, 그건 잘못 아신 거예요. 전 그런 짓한 적 없어요. 그건 안 돼요."

민희의 눈꼬리가 치켜올라갔다. 노골적으로 홍하고 코웃음을 쳤다.

"난 여옥이가 그래도 진실된 사람이라고 보았는데, 지금 보니까 그게 아니네."

"언니……제발 다르게 생각지 마세요. 제발……"

"다르게 생각지 않게 됐어? 생각해 보라구. 여옥이는 미군 기밀서류를 훔쳤어. 내가 두 눈으로 똑똑히 봤어. 휴지가 없어서 그걸 훔쳤겠어? 무슨 목적이 있으니까 훔쳤겠지. 그래 놓고도 내가 잘못 생각하고 있다고 생각해?"

"……"

여옥으로서는 입이 열 개라도 할 말이 없었다. 고스란히 당하는 수밖에 별 도리가 없었다. 변명해 보았자 의심만 더 사게 될 뿐이었다.

"남의 물건……그것도 미군 서류를 훔치면 어떻게 되는지 여옥이도 잘 알걸. 뭐, 도둑 정도로 끝나지는 않을 거야. 더구나 요새는 좌익을 엄하게 벌한다고 하던데……"

"언니, 저한테 뭘 바라세요. 요구하시는 대로 해드릴 테니……"

"아, 아니야. 내가 그걸 미끼로 여옥이를 어쩌려고 한다고 생각하면 큰 오해야. 나는 다만 이왕 그럴 바에는 함께 일하자 이거지. 우린 서로 가까운 사이니까 함께 하면 더욱 좋지 않을까 하고 생각한 거야. 나도 여옥이처럼 쉽게 한번 돈을 벌어 보고 싶어."

"언니……"

"여옥이 혹시 좌익 아니야? 미군 서류를 팔 데라곤 좌익밖에 더 있어?"

"아니에요."

부인하는 말치고는 너무도 힘이 없었다.

"하긴 뭐 좌익이면 어때. 난 요새처럼 돈이 필요하면 도둑질이라도 해야 할 것 같아. 먼저 뱃속에 있는 아기부터 떼야겠고……. 수술하려면 돈이 많이 들겠지? 그것보다, 아프지 않을까? 생각만 해도 무서워. 헨리 중위를 죽이고 싶어. 미국에 갈 수만 있으면……"

이를 악물고 저주스런 한숨을 내쉰다. 여옥은 입이 얼어붙어 말이 나오지 않았다.

"미군들은 너나 할 것 없이 다 똑같아. 내가 양공주라도 돼서 노랭이들 피나 빨아먹을까 봐. 여옥이, 왜 그러고 있지? 내가 무서워? 아이, 그러고 있지 말고 가타부타 말을 해 줘야 할 거 아니야?"

헨리 중위가 안겨준 상처로 해서 민희는 하루아침에 무서운 여자로 변해 있었다. 여옥은 사람이 그렇게 갑작스럽게 변할 수 있다는 데 대해 전율했다.

"언니, 제가 돈을 많이 가지고 있는 건 사실이에요. 그렇지만 그건 그런 짓해서 번 게 아니고 상금으로 받은 거예요. 제발 믿어 주세요."

"상금? 무슨 상금인데……"

여옥이보다 나중에 들어온 그녀는 여옥이가 무공훈장과 상금까지 받은 사실을 모르고 있는 것 같았다. 여옥은 상금을 받게 되기까지의 이야기를 자신의 입으로 해 주기가 여간 난처하지가 않았다. 그러나 말해 주지 않을 수가 없었다. 그녀는 자신이 정신대로 끌려갔던 부분만은 빼고 이야기했다.

대강 이야기를 듣고 난 조민희는 눈을 크게 뜨면서

"어머, 그랬어? 난 통 몰랐네."

하고 호들갑을 떨었다.

"그러니까 미군을 도와서 항일운동을 했다 이 말이군. 으음, 이제야 알겠어. 여옥이가 그렇게 애국자인 줄은 몰랐지. 늦었지만 축하해. 제2의 유관순이라고 해도 손색이 없겠어."

그 어조 속에는 다분히 빈정거림이 담겨 있었다. 질투와 의혹도 있었다.

"그런데 그때는 그렇게 미군을 돕고 나서 왜 이제 와서 미군을 배신하지?"

너무나 정곡을 찌르는 질문에 여옥은 어쩔 줄을 몰랐다.

"배신한 게 아니에요, 그건……"

겨우 이렇게 말했지만 민희가 믿을 리가 없었다.

"배신한 게 아니라고……?"

그녀는 목소리를 높여 웃기까지 했다.

"이제 보니까 여옥이는 제법 거짓말을 잘해. 나한테까지 그렇게 숨길 필요가 뭐 있어? 안 그래? 미군 같은 거 배신하면 어때서 그래?"

"……"

"그 서류들은 다 어디다 빼돌린 거지? 돈 받고 팔아먹는 게 아니라면 누구한테 갖다 주는 거지? 말해 봐, 응?"

"……"

여옥은 창백하게 질린 채 고개를 밑으로 떨어뜨렸다. 자신을 괴롭히고 있는 그녀가 더없이 미웠다. 민희는 더욱 집요하게 추궁해 들어오고 있었다.

여옥은 한참만에 숙이고 있던 고개를 들고 민희를 바라보았는데, 눈에는 가득 눈물이 괴어 있었다.

"언니, 제발 더 이상 묻지 말아 주세요. 부탁이에요."

"내가 묻는 게 싫다면 그만두지. 난 워낙 호기심이 많아서 말이야. 미안해. 그런데 어떡하지?"

여옥의 눈치를 살피고 나서 충분히 효과를 거둘 수 있다고 생각했는지 그녀는 마침내 목적한 바를 털어 놓았다.

"그거라도 팔아서 돈을 좀 마련하려고 했는데, 그게 안 되면 어떡하지? 돈이 좀 필요한데……"

"필요하시다면 제가 돌려드리겠어요."

"아이, 난 그러고 싶지 않은데……"

"괜찮아요. 저한테 여유가 충분히 있으니까."

그것이 민희의 입을 틀어막는 길이라면 얼마든지 그렇게 하고 싶었다.

"여옥이가 그렇게 마음을 써주니까 정말 고마워. 그럼 좀 빌려줘. 곧 갚겠어. 어디까지나 빌리는 거야. 그래야 나도 마음이 편하니까."

"필요하신 대로 말씀하세요."

민희는 짐짓 심각한 표정을 지었다.

"난 사실 여옥이가 오해할까 봐 이런 말 안 하려고 했는데……하여간 미안해."

"아이, 괜찮아요. 서로 나누어 쓴다는 게 뭐가 나쁘나요."

"그렇게 말해 주니 고마워. 정말 고마워."

"저기……저도 부탁 하나 드리겠어요."

여기서 여옥은 상대방을 뚫어지게 응시했다. 확약을 받아야 한다고 그녀는 생각했다.

"제가 그런 짓한 거……절대 비밀로 해 주세요. 아무한테도 말하지 않겠다고……"

"아아, 별 걱정도 다 하네. 그런 적정은 하지 않아도 된다니까. 염려 마."

그녀는 여옥의 손을 꼭 잡아주기까지 했다.

다음날 여옥은 조민희에게 5백 달러를 내주었다. 함부로 쓰고 싶지 않은 돈이었지만 당장 발등에 떨어진 불을 끄기 위해서는 할 수 없는 일이었다.

"고마워. 이건 어디까지나 빌리는 거야. 곧 갚겠어."

"갚지 않아도 돼요."

"아니야. 그럴 수는 없어."

꼭 갚겠다고 장담한 민희는 그것을 갚는 대신 며칠 뒤 또 돈을 빌려달라고 요구해 왔다. 이제 본격적으로 돈을 우려낼 속셈인 것 같았다. 여옥은 다시 5백 달러를 빌려 주었다.

"미안해."

민희는 가볍게 한마디 하고 돈을 받아 챙겼다.

여옥은 이제 민희를 보는 것이 두려웠다. 그녀가 말을 걸거나 시선이라도 마주치면 흠칫하고 놀라는 것이었다. 매일매일 출근해서 민희와 함께 근무하는 것이 괴롭기만 했다. 민희에게 발각된 이후로는 정보 자료를 훔치는 것도 아예 그만두었다.

민희는 교묘하고 끈질기게 그녀를 괴롭혔다. 그럴수록 여옥은 피가 마르는 것만 같았다. 날이 갈수록 거기에 비례해서 민희의 요구 역시 노골적이고 빈번해졌다. 이제는 미안하다거나 곧 갚겠다는 말도 하지 않았다.

민희는 사흘이 멀다하고 돈을 요구했다. 그때마다 여옥은 한 번도 거절하는 법이 없이 요구하는 대로 돈을 내주곤 했다. 거절할 수가 없었던 것이다.

자식이 둘이나 된 그녀는 자기의 신상에 조금이라도 변화가 일어날까 봐 몹시 두려워했다. 혼자 몸이라면 별로 겁날 것이 없었다. 그러나 자식들이 있는 현재의 처지로서는 꼼짝도 할 수가 없었다.

  모두해서 거의 5천 달러 가까운 돈을 민희에게 빼앗긴 어느 날 저녁 때였다. 힘없이 집으로 돌아가는데, 골목길에서 누가 그녀를 불러 세웠다. 종종 그녀로부터 정보를 받아가던 연락원이었다. 사내는 아무 말 없이 손을 내밀었다. 좌우를 살피면서 빨리 자료를 달라고 눈짓했다.

 "없어요."

 여옥은 고개를 저었다.

 "그런 짓 이젠 못하겠어요. 가서 그렇게 말해 주세요."

 "왜 그러는 겁니까?"

 사내는 표정이 굳어지고 있었다.

 "이유는 묻지 마세요."

 "동지들을 실망시키지 마십시오."

 여옥은 처음으로 분노를 느꼈다. 이쪽의 위험은 조금치도 고려하지 않은 채 정보만 끊임없이 요구하고 있다. 이젠 구역질이 난다. 남편이 야속하다. 그녀는 연락원을 쏘아보았다.

 "지금 저는 위험에 처해 있어요. 제가 체포되는 것을 원하세요? 제가 체포되면 제 자식들은 누가 돌보죠? 혁명가들이 돌봐 줄 건가요?"

 "알았습니다. 사정이 그러하다면 상부에 보고하겠습니다."

사내는 급히 오던 길을 되돌아갔다.

여옥은 분노와 함께 암담한 기분을 느꼈다. 이 기회에 아예 직장을 그만두는 것이 좋을 것 같았다. 그렇지 않고 계속 나가다가는 무슨 사고라도 일어날 것만 같았다. 민희는 민희대로, 조직은 그들대로 계속 그녀를 괴롭히면서 돈과 정보를 요구할 것이 뻔했다.

여옥이 이렇게 마음먹고 있을 때 대치로부터 연락이 왔다. 집으로 전화가 걸려온 것이다.

"9시까지 덕수궁 앞으로 나와!"

분노에 찬 목소리가 수화기를 쩌렁 울렸다. 전화를 받고 난 여옥은 가슴속으로 마치 비수가 들어와 박히는 것 같았다.

대치가 몹시 분노에 차 있다는 것을 알 수가 있었다. 그의 말은 완전히 명령조였다. 그가 왜 그러는지 짐작이 갔기 때문에 그녀는 더욱 두려운 생각이 들었다.

정각 9시, 시간에 맞추어 덕수궁 앞으로 나가자 중절모를 눌러쓴 낯선 사내 하나가 미리 와서 기다리고 있었다. 사내는 여옥이 곁을 지나치면서

"윤동무, 정동교회로 곧장 가보시오."

하고 말했다. 그리고는 어둠 속으로 사라져 버렸다.

여옥은 절로 주위가 살펴졌다. 어느새 자신이 남의 눈을 경계하게 된 것을 알자 서글픈 생각까지 드는 것이었다. 덕수궁 담을 끼고 한참을 초조하게 걸어가자 곧 정동교회가 보였다. 교회 안에는 불이 환하게 켜져 있었다. 그 속에서 찬송가 소리가 들

려오고 있었다.

그녀는 멈춰 서서 높이 솟아 있는 십자가를 바라보았다. 기도하듯이 두 손을 마주잡고 서서 자기도 모르게 주님에게 용서를 빌었다.

"주여! 어찌 하오리까? 어떻게 하는 것이 올바로 사는 길이옵니까! 주를 욕되게 하지 않는 길을 가르쳐 주시옵소서!"

이윽고 그녀는 끌리듯이 교회 안으로 들어갔다. 교회 안은 반쯤 자리가 차 있었다. 모두가 독실한 신자들인 듯 찬송가책을 펴들고 열심히 노래를 부르고 있었다.

그녀는 얼어붙은 표정으로 뒤쪽 구석진 곳에 가만히 앉았다. 주위를 둘러보았지만 대치의 모습은 보이지 않았다. 의아해 하고 있을 때 누가 옆으로 다가와 앉았다. 돌아보니 대치였다.

"왜 정보를 넘기지 않지?"

그는 앉자마자 정면을 바라보며 물었다. 여옥은 손을 뻗어 남편의 손을 가만히 잡았다.

"죄송해요. 어쩔 수 없었어요."

"어쩔 수 없다니, 왜? 무슨 이유로?"

찬송가가 끝나고 목사의 설교가 시작되었다. 대치는 바싹 붙어 앉으며 다그쳤다.

"우물쭈물할 시간이 없어. 이유가 뭐야?"

거친 숨소리가 들려왔다. 그는 몹시 흥분하고 있었다. 여옥은 호소하는 눈길로 남편을 바라보았다.

"용서해 주세요."

"말하라니까!"

부릅뜬 외눈이 무섭게 그녀를 응시하고 있었다.

"발각됐어요!"

그녀는 낮게 부르짖었다.

"뭐라구? 누구한테?"

"……"

"누구한테 발각됐느냐 말이야?"

"같이 일하는 타이피스트가 눈치를 챘어요."

"이름이 뭐야?"

"……"

"이름이 뭐냐 말이야?"

여옥은 숨이 막혔다. 민희의 이름을 알려 주고 싶지가 않았다. 그러나 대치의 다그치는 물음을 벗어날 수가 없었다.

"조민희라고 해요."

"그 여자밖에 모르고 있나?"

"아마 그럴 거예요."

"그 여자가 뭐라고 그랬어?"

"돈을 요구했어요."

"그래서?"

"줬어요. 지금까지 5천 달러 줬어요. 무서워서 하는 수 없었어요. 직장 그만두고 이제 집에 있고 싶어요. 그 여자 보기가 무서워요. 허락해 주세요."

그녀의 호소를 대치는 단번에 묵살해 버렸다.

"안 돼! 그만둬서는 안 돼! 그대로 나가도록 해! 그년을 무서워할 필요는 없어! 그년……입을 막아줄 테니까 염려하지 마!"

여옥은 공포의 눈으로 남편을 바라보았다.

"안 돼요! 그 여자한테 손대시면 안 돼요!"

"내가 알아서 처리할 테니 염려하지 마! 그 개 같은 년……정말 그년밖에 모르나?"

여옥은 질리다 못해 파리해진 얼굴을 끄덕였다.

"그대로 나가도록 해! 알았지?"

"……"

"당신이 나가지 않으면 그 책임은 나한테 돌아와. 꼭 나가도록 해. 그년에 대해서는 걱정하지 않아도 돼."

"그 대신 약속해 주세요. 그 여자한테 해를 끼치지 않는다고……"

"이것 봐. 그년이 거기 있는 한 당신은 아무 일도 못해. 일하기는커녕 계속 협박을 받아 돈을 뜯길 테고 나중에는 결국 체포되고 말 거야. 그래도 좋다는 건가?"

"……"

"하여간 그 문제는 나한테 맡겨. 내가 알아서 처리할 테니 염려하지 않아도 돼. 어떻게 잘될 거야. 참, 그 여자 어떻게 생겼지?"

여옥은 머뭇거리다가 대답했다.

"좀 뚱뚱한데다 눈이 작아요. 머리는 파마를 했어요."

"그럴 게 아니라 내일 그년하고 함께 퇴근해. 그리고 저녁식 사나 하면서 시간을 끌어. 날이 완전히 어두워진 뒤 헤어져야 해. 알았지?"

"뭐할려구 그러시는 거예요?"

"묻지 마. 당신은 시키는 대로만 해. 꼭 그렇게 해야 해. 언제 그년이 당신을 고자질할지 모르니까, 이 문제는 신속히 처리하지 않으면 안 돼. 당신이 거기에 나가지 않는다고 해서 위험이 없어지는 건 아니야. 사실이 발각된 이상 당신은 어느 때라도 그년에 의해 고발당할 수가 있어. 내 말 명심해."

대치는 그녀의 손을 꽉 잡아흔든 다음 소리 없이 일어나 밖으로 사라져 버렸다. 여옥은 뒤따라 일어서지 않고 그대로 자리에 앉아 있었다.

설교가 끝나고 기도가 시작되고 있었다. 그녀는 멍하니 앞을 바라보았다. 십자가에 못 박힌 그리스도의 고통스러운 모습이 시야 가득히 들어왔다. 저절로 머리가 숙여졌다. 자기도 모르게 눈을 감았다.

"주여! 용서하시옵소서!"

조민희가 괴한들에게 납치되는 광경이 나타났다.

여옥은 머리를 흔들었다. 그럴 리가 없다. 그런 짓은 하지 않을 것이다.

"주여! 어떻게 해야 하오리까! 현명한 답변을 주시옵소서! 지아비의 말을 따라야 합니까, 아니면 그를 거역해야 합니까?"

"······"

아무 대답도 들려오지 않았다. 고뇌에 찬 그리스도의 모습만이 보일 뿐이었다.

 소란스러운 소리에 여옥은 눈을 떴다. 예배가 끝나고 사람들이 돌아가고 있었다. 그녀도 일어서서 밖으로 나왔다.

 어둠에 잠긴 거리를 그녀는 터벅터벅 걸어갔다. 암담하고 허탈한 기분에 휩싸인 탓으로 걸음걸이에 힘이 없었다. 번개처럼 나타났다 번개처럼 사라지는 남편이 갈수록 이해하기 힘든 사람으로 보였다. 그렇지만 그녀에게 남편이 차지하는 비중은 거의 절대적인 것이었다. 그의 뜻을 거역한다는 것은 생각할 수도 없는 일이었다.

 집에 돌아온 여옥은 밤새 악몽에 시달렸다. 조민희의 모습이 자꾸만 꿈에 나타나는 바람에 몹시 괴로웠다. 그녀의 모습은 여러 번 반복해서 나타났다.

 한번은 실로 끔찍한 꿈을 꾸었다. 두 명의 괴한이 그녀를 납치해서 칼로 찌르는 꿈이었다. 괴한들 중의 하나는 대치의 모습과 너무도 비슷해 보였다. 소스라치게 놀라 일어난 그녀는 거친 숨을 몰아쉬며 얼굴에 번진 식은땀을 닦았다. 그런데 그 다음에 나타난 민희의 모습은 더욱 끔찍스러웠다. 바로 귀신 같은 모습이었다. 하얀 소복에 머리를 산발하고 입에 피거품을 물고 있는 귀신이 나타났는데, 가만히 보니 바로 민희였다.

 "히히히히……"

 소름끼치는 음산한 웃음 소리와 함께 민희는 갑자기 품속에서 칼을 빼들더니 그녀에게 달려들었다:

 "네가 나를 죽였지?! 어디 너도 한번 이 칼에 죽어 봐라!"

여옥은 악하고 소리치며 벌떡 몸을 일으켰다. 입안에는 신물이 가득 고여 있었다. 꿈치고는 너무도 생생한 광경에 그녀는 소름이 끼쳤다. 다시 잠을 이룰 수가 없었다.

날이 새자 사령부에 출근하는 것이 두려웠다. 무엇인가 불길한 일이 반드시 일어날 것만 같았다. 그러나 마음은 집에 있어야 한다고 하면서도 그녀는 끌리듯이 직장으로 나갔다.

하루종일 불안하기만 했다. 민희는 헨리 중위가 안겨준 상처 따위는 이미 잊어 버렸다는 듯 콧노래까지 불러대고 있었다. 그것이 이쪽의 약점을 잡고 그러는 것만 같아 여옥은 그녀가 몹시 밉살맞게 보였다.

퇴근 시간이 가까워 옴에 따라 여옥은 초조와 불안이 극도에 달해 안절부절했다. 대치가 지시한 대로 민희를 유인해내야 할지 그만두어야 할지 아직 단안을 내리지 못하고 머뭇거리고 있는데, 민희 쪽에서 먼저 말을 걸어왔다.

"어디 불편해? 안색이 좋지 않은데……? 그거 있나 보지?"

생리를 가리키는 말에 여옥은 쓴웃음을 지었다.

"어머머, 여옥이가 그런 웃음도 다 웃네. 처음 보겠어."

여옥은 화가 났다. 언제까지 이 여자가 나를 괴롭힐까 하고 생각하니 참을 수 없을 정도로 분노가 일었다.

"이것 봐. 오늘 나하고 영화 구경 안 갈래? 아주 배꼽을 쥐고 웃게 하는 영화래."

여옥은 물끄러미 상대를 바라보았다. 이 여자는 스스로 무덤을 파고 있는 게 아닐까 하는 생각이 들었다.

"글쎄요. 아이들 때문에……"

"아이, 뭐, 할머니가 계시다며? 그러지 말고 함께 가."

이 여자는 한번 내뱉은 말은 취소할 줄 모른다. 거부당하면 몹시 불쾌해 한다. 여옥은 하는 수 없는 일이라고 생각했다. 제발 별일이 없기를 바라면서 고개를 끄덕였다.

"좋아요."

"그래, 그래야지."

민희는 자기 의사가 여옥에게 받아들여진데 대해 몹시 만족한 빛을 나타내면서 이번에는 책상 한끝에 쌓여 있는 서류를 가리켰다.

"요새는 이거 안 가져가는 거야? 눈감아 줄께 마음대로 가져가. 이 까짓 거 좀 가져가면 어때?"

여옥은 얼음 덩어리가 등으로 굴러 들어오는 것처럼 온몸이 오싹했다.

"나 때문에 안 가져가는 거야? 괜찮아. 모른 체할께 맘대로 가져가라구, 응?"

여옥은 미칠 것 같았다. 처음으로 그녀가 저주스럽게 생각되었다. 미끼를 던진 다음 그것을 이용해서 이쪽을 괴롭히려 한다고 생각하니 더없이 그녀가 저주스러웠다. 그녀는 화가 난 김에 정색을 하고 말했다.

"언니, 그런 말하지 마세요. 언니가 그런 말할 때마다 전 몹시 괴로워요. 전 그런 짓하고 싶지 않아요. 분명히 말하는데, 두번 다시 그런 말하지 마세요. 부탁이에요. 그리고 지난 일은 제발 잊어 주세요."

민희의 눈이 휘둥그레졌다. 여옥으로부터 그렇게 강한 반발을 받아 보기는 처음인만큼 그녀가 놀라는 것도 무리가 아니었다. 그녀가 보기에 지금까지의 여옥은 연약하기 짝이 없는 어린 여자에 불과했었다. 이쪽이 요구하는 대로 이리저리 끌려 다니는, 원하는데 따라서는 간이라도 빼줄 그런 여자 같았다. 그런데 오늘 보니 그게 아니었다.

민희는 내심 움찔했다. 그러나 내색은 하지 않고 오만하게 웃었다.

"호오, 그래. 그럼 내가 말을 잘못했나 보지. 여옥이가 싫다면 앞으로는 그런 말 안 할께. 난 그저 농담으로 한번 해본 건데……미안해."

민희가 빈정거리는 투로 사과하는 바람에 여옥은 더욱 기분이 상하고 울적했다. 그래서 민희에게 가해질지도 모르는 위해(危害) 때문에 괴로워하던 마음이 싹 가셔 버렸다.

민희를 따라 극장에 갈 때까지도 그녀는 기분이 풀리지 않았다. 민희가 계속 뭐라고 지껄여대고 있었지만 그녀는 귀담아 듣지 않았다.

영화는 미국에서 들여온 희극물이었는데, 눈앞에 어른거리는 흑백 활동사진에 그녀는 도무지 마음이 쏠리지가 않았다. 관객들이 계속 폭소를 터뜨리는 것으로 보아 몹시 재미있는 영화인 것 같았다. 민희는 웃다 못해 발을 동동 구르며 여옥의 어깨를 주먹으로 때리기조차 했다. 그러나 여옥은 목석처럼 앉아 있기만 할 뿐이었다.

괴로운 시간이었다. 어둠 속에 앉아서 모든 것으로부터 소외된 채 허공을 바라보고 있는 그녀의 마음은 울적하고 암담하기만 했다. 영화가 끝나고서야 그녀는 얼굴이 온통 땀으로 젖어 있는 것을 깨달았다.

민희는 밖으로 나와서까지 깔깔거리며 웃어댔다. 여옥이 굳은 표정으로 말없이 걸어가자 그녀는

"어머, 여옥이는 우습지도 않나 보지. 참, 별나."

하면서 그녀의 얼굴을 무슨 물건을 보듯이 들여다보았다.

여옥은 그대로 헤어져 집으로 돌아가고 싶었다. 그러나 보이지 않는 검은 손이 그녀의 발길을 끌어당기고 있었다.

"영화 잘 봤어요. 제가 대신 저녁 살께요."

"어머, 그래. 고마워."

"뭐 드시고 싶으세요?"

"나 말이야. 저기……중국 음식 먹구 싶어."

여옥은 민희가 원하는 대로 이름 있는 중국 요릿집으로 찾아갔다.

민희는 대식가였다. 여옥이 목이 메어 거의 먹지 못하고 있는 사이에 그녀는 물만두를 거의 세 그릇이나 비우고 탕수육도 거의 혼자 먹어치웠다. 여옥은 사흘 굶은 돼지처럼 먹어대는 민희를 가만히 훔쳐보았다. 마치 잔칫날 죽음을 앞두고 마지막 음식을 먹어대는 가련한 돼지 같았다.

그러자 머리에 혼란이 일었다. 그대로 그녀를 방치해 버릴 수는 없다는 생각이 들었다. 망설이면서 주위를 둘러보았지만 식당 안에는 민희를 노리는 사람이 없는 것 같았다. 지나친 걱정이 아닐까. 별일 없을지도 모른다.

그때 식사를 끝내고 난 민희가

"아, 배불러."

하고 말했다. 기름에 번들거리는 두터운 입술이 몹시 지저분해 보였다.

이번에는 그녀가 차를 사겠다고 해서 마지못해 여옥은 그녀를 따라갔다. 그들이 들어간 찻집에는 별로 손님이 없었다. 카운터 쪽에서는 유성기가 목쉰 소리를 내고 있었다.

차를 마시고 난 민희는 일어서려고 하지 않고 쭈뼛거리다가 또 돈 이야기를 꺼냈다. 이번에는 적은 액수가 아니었다. 1천 달러나 되는 돈이었다.

"마지막이야. 이젠 더 부탁하지 않겠어. 여옥이를 괴롭히는 것 같아 미안해."

언제나 마지막으로 부탁하는 것이라고 말한다. 그리고 미안하다는 말도 덧붙인다. 수법이 몹시 악랄하다.

여옥은 대답하지 않고 가만히 찻잔만 내려다보고 있었다. 몹시 비감스러운 기분이었다. 그런 짓을 한 자신이 견딜 수 없도록 저주스러웠다. 좋은 일에 써야 할 돈이 이런 식으로 없어지는 것이 안타깝기만 했다.

"안 되겠어?"

민희의 목소리가 높아졌다. 여옥은 섬뜩해서 민희를 바라보았다. 그리고 격한 반발심을 느끼면서 자기도 모르게 고개를 저었다.

"곤란해요. 더 이상 제 맘대로 돈을 쓸 수가 없어요. 애기 아빠가 알면……"

"그래애?"

순식간에 표정이 굳어지면서 아랫입술을 깨문다. 모욕을 당했다는 태도다. 여옥은 할 수 없다고 생각했다. 이젠 부딪쳐 볼 수밖에 다른 도리가 없었다. 그렇지 않으면 두고두고 괴롭힘을 당할 것만 같았다.

"알았어. 그렇다면 할 수 없지. 있는 돈 좀 빌려 달라는데 그럴 수가 있어?"

"그 동안 저는 성의껏 빌려 드렸어요. 그건 생각지 않는가요?"

이왕 이렇게 된 거. 할 말은 해야겠다고 생각하면서 그녀는 굽히지 않고 대꾸했다. 민희의 조그만 눈이 날카롭게 치켜 올라갔다.

"여옥이, 정말 이렇게 나오기야? 돈 조금 빌려 주고 그렇게 생색내기야?"

"생색내는 게 아니에요. 저한테 너무 많은 것을 요구하니까 하는 말이에요."

"이것 봐. 나나 되니까 지금까지 봐줬지 다른 사람한테 걸렸다면 벌써 감옥에 갔을 거야."

"……"

여옥의 입이 다물어졌다. 그녀는 옷자락을 손가락에 말아 쥐고 비틀었다. 입안이 바짝 말라붙어 목이 말랐다.

"난 그래도 여옥이를 동정해 온 거야."

"동정은 바라지 않아요. 자신의 일이나 잘 처리하세요."

"아니, 뭐라고? 이제 보니까 요 계집애가 사람을 아주 무시하네. 야, 니가 뭐 잘났다고 그러니? 도둑질이나 하는 게 뭐가 잘났다고 그러는 거야? 니가 정신대 출신이라는 것도 다 알아. 더러운 것……"

"……"

여옥은 눈앞이 뽀오얗게 흐려지는 것을 느꼈다. 머리 속이 멍해지면서 고개가 밑으로 떨어졌다.

"흥, 콩맛 좀 봐라. 내일쯤이면 감옥에서 콩맛을 보게 될 거다. 그때 가서 나한테 애걸복걸해도 소용없어. 잘해 봐!"

민희는 백을 들고 홱 일어섰다. 여옥은 그녀를 붙잡아야 한다고 생각했다. 민희는 벌써 밖으로 사라지고 없었다. 여옥은 주춤거리며 일어섰다가 도로 힘없이 털썩 주저앉았다.

화가 머리끝까지 치솟은 민희는 입술을 깨물며 부리나케 걸어갔다.

"요놈의 기집애, 어디 두고보자."

중얼거리다 말고 뒤를 돌아보았지만 여옥이가 따라오는 기미는 보이지 않았다. 그래서 화가 더욱 났다. 뒤따라와 울며 매달릴 줄 알았는데 그게 아니다. 자기를 무시하고 대들었다는 점에서 가증스럽게 생각되기조차 했다.

"그런 기집애는 본때를 보여줘야 해. 도둑질이나 하고 위안부 노릇까지 한 기집애가 뭐가 잘났다구 지랄이야. 가만두지 않을 테다."

사실은 두고두고 옭아먹을 생각이었다. 나중에 가서는 그녀의 봉급까지 바치게 할 생각이었다. 그런 것이 깨져 버린 것이다. 화가 나서 견딜 수 없다. 그녀는 길가에 버려진 깡통을 냅다 걸어찼다. 내일 고발해 버려야지.

걷다 말고 그녀는 멈칫했다. 뱃속에서 꿈틀하는 것이 느껴졌던 것이다. 호흡을 멈추고 가만히 반응을 기다렸다. 다시 꿈틀하는 것이 느껴졌다. 아까보다 더욱 뚜렷이 느껴졌다. 끓는 물 같은 희열이 가슴속에서 용솟음쳤다. 감동이었다. 그러나 이내 그녀의 표정은 어두워졌다. 헨리 중위를 생각하자 증오심과 함께 공포가 일었다. 이가 갈렸다. 발걸음이 흐트러졌다.

가까이 질러가기 위해 골목으로 들어섰다. 조금 안으로 들어갔을 때 뒤에서 인기척이 났다. 남자들의 모습이 보였다. 갑자기 무서운 생각이 들었다. 기분이 꼭 미행당한 느낌이었다. 급히 종종걸음으로 걸어갔다. 그러나 뒤를 따라오는 발걸음들이 어느새 바싹 다가선 것 같았다.

한 남자가 그녀를 앞질러 갔다. 몇 걸음 앞서다가 갑자기 휙 돌아선다. 캡을 눌러써서 얼굴이 잘 보이지 않았다.

"실례지만……조민희씨 되십니까?"

"네, 그런데요……"

대답과 동시에 그녀의 목이 뒤로부터 휘어감겼다. 숨이 콱 막히고 눈앞이 아찔했다. 살아야 한다고 생각하면서 팔뚝을 쥐어뜯었다. 그러나 강철 같은 팔뚝이 더욱 바싹 조여지기만 했다. 소리를 지르려고 했지만 헛수고였다.

"왜 여옥이를 괴롭히지?"

앞에 서 있는 자가 물었다. 입속으로 걸레뭉치 같은 것이 들어왔다. 여옥의 모습이 확 나타났다가 차츰 머리 속에서 사라져갔다. 발버둥을 치자 복부로 주먹이 날아들었다. 고통을 느끼면서도 몸부림치며 저항했다.

"빨리! 빨리!"

그들은 모두 세 명이었다. 몹시 행동이 민첩했다. 재갈을 물린 다음 그녀를 땅바닥에 눕히더니 팔다리를 재빨리 묶었다. 그것이 끝나자 그녀를 큼직한 자루 속에 처박았다.

그녀는 짐짝처럼 들려 골목 밖으로 운반되어 나갔다. 밖에는 지프가 한 대 발동을 걸고 대기하고 있었다. 그들은 여자를 차 속으로 던져 넣었다.

"개 같은 년, 너 같은 건 죽어야 해!"

차가 출발하자 위에서 쉰 듯한 굵은 목소리가 들려왔다. 그녀는 머리를 흔들었다.

비로소 여옥을 건드린 것을 후회했지만 이미 늦은 일이었다. 재갈이 벗겨져 말할 수만 있다면 빌고 싶었다. 다시는 여옥이를 괴롭히지 않겠다고 빌고 싶었다. 죽기는 싫었다. 여옥이의 발치에 쓰러져 살려달라고 호소하고 싶었다. 여옥이 얼마나 무서운 여자인가를 비로소 느꼈다.

 차는 어두운 밤길을 무서운 속도로 달려갔다. 한참을 그렇게 달리다가 강변에 닿았다. 인적 하나 없는 강변이었다.

 차가 멈춘 곳은 깎아지른 듯이 보이는 벼랑 끝이었다. 벼랑 끝에 한 사내가 서 있었다. 캡을 눌러쓰고 눈에는 안경을 끼고 있었다. 대치였다.

 차에서 내린 사내들은 지체하지 않고 자루를 끌어내더니 그것을 대치 앞으로 집어던졌다.

 "조민희가 틀림없나?"

 대치는 구둣발로 자루를 밟아 보면서 물었다.

 "네, 틀림없습니다."

 "본 사람 없었나?"

 "아무도 없었습니다."

 "좋아, 집어던져."

 민희는 몸부림쳤다. 그러나 쓸데없는 짓이었다.

 벼랑 밑은 시커먼 강물이었다. 벼랑 끝으로 자루를 들고 간 사내들은 자루 주둥이를 단단히 묶은 다음 양쪽에서 그것을 들고 이리저리 흔들다가 끙하고 힘을 주면서 그것을 벼랑 밑으로 내던졌다.

 무거운 물체가 떨어지는 듯 철썩하는 소리가 들려왔다. 소리는 금방 사라지고 밤의 정적이 다시 찾아왔다. 스산한 강바람이 벼랑 위에 서 있는 사내들을 스치고 지나갔다.

 이윽고 그들은 움직였다. 모두가 지프 속으로 기어들자 지프는 더듬듯이 어둠 속으로 사라졌다.

달이 구름 뒤에서 희미하게 빛나는 밤이었다.

이튿날 아침 여옥은 두려운 마음으로 출근했다. 민희에게 꼭 무슨 불길한 일이 일어난 것만 같아 밤새 불안한 마음을 떨쳐 버릴 수가 없었다.

9시 조금 전에 사무실에 도착한 여옥은 자리에 앉지도 않은 채 서성거렸다. 민희는 아직 출근해 있지 않았다. 타자기에는 덮개가 씌워져 있었고 책상 위는 어제 그대로 깨끗이 정리되어 있었다.

출근시간인 9시가 지났다. 그러나 민희는 나타나지 않았다. 가끔 지각하는 일이 있기 때문에 여옥은 더 기다려 보기로 하고 책상 앞에 다가앉아 일을 시작했다.

문이 열렸다. 여옥은 깜짝 놀라 문 쪽을 바라보았다. 민희가 아닌 미군 일등병이 웃으며 들어오고 있었다. 미군은 타이핑해야 할 자료들을 여옥의 책상 위에 올려놓고나서 민희 자리를 가리켰다.

"미스 조는 안 나왔나요?"

"네, 아직……"

미군은 나머지 서류를 민희의 책상 위에 올려놓으려다가 고개를 갸우뚱하면서 도로 가지고 나갔다.

여옥은 자꾸만 문 쪽을 바라보곤 했다. 궁금하고 불안해서 견딜 수가 없었다.

10시가 지났다. 민희는 출근하지 않았다. 이렇게 출근이 늦은 적이 없었다. 초조해서 타자를 칠 수가 없었다. 막 일어서는데 전화벨이 울렸다. 수화기를 들자 여자의 다급한 목소리가 들려왔다.

"여보세요! 여보세요!"

"네, 말씀하십시오."

"혹시 거기 우리 민희 나오지 않았어요? 나 민희 에미 되는 사람인데……"

"……"

여옥은 일순 손발이 마비되어 버리는 것 같았다. 민희 어머니의 목소리가 귀를 후비고 들어왔다.

"우리 민희 출근했어요, 안 했어요?"

"아직 출근하지 않았는데요."

"아이구, 이를 어쩌지? 그애가 어디를 갔을까? 엊저녁에 집에도 들어오지 않았는데."

"네?! 뭐라구요?!"

여옥은 자기도 모르게 큰 소리로 물었다. 민희 어머니의 말은 너무도 엄청난 충격으로 그녀를 후려쳤다.

"같이 있는 아가씨우?"

"네, 그렇습니다."

"아, 그럼 어젯밤 함께 극장에 갔던 아가씨 아니우?"

여옥은 소스라치게 놀랐다.

"어제 퇴근하기 전에 전화를 걸었더니 같이 일하는 여옥인가

하는 아가씨하고 함께 극장에 갈 거라고 그러던데……함께 가지 않았나요?"

"함께 갔어요. 극장에 갔다가 식사하고 헤어졌어요."

"그럼 이애가 어디로 갔을까? 웬일이지?"

걱정어린 여인의 말에 여옥은 뭐라고 할 말이 없었다.

"어머니, 너무 걱정하지 마세요. 별일 없을 거예요."

"아니야. 아무래도 이상해요. 경찰에 알려야 하나 어쩌나?"

"좀더 기다려보다가 소식이 없으면 그때 가서 경찰에 신고하세요."

"그럴까."

여옥은 초조와 불안으로 하루종일 진땀만 흘렸다. 누가 문을 열고 들어오거나 전화만 걸려와도 깜짝깜짝 놀라곤 했다. 민희 어머니로부터는 거의 한 시간 간격으로 확인 전화가 걸려오곤 했다.

그러나 퇴근시간이 지나도록 민희는 나타나지 않았고 소식도 없었다.

다음날도 민희는 출근하지 않았다. 여옥은 가시방석에 앉아 있는 기분으로 타자기만 두드려댔다. 그녀는 기다리고 있었다. 마침내 그녀가 기다리던 사람이 나타난 것은 점심때가 조금 지나서였다. 빼빼 마른 중년사내였는데 하림이 사내를 안내하고 있었다.

"경찰에서 오셨다는데, 뭣좀 물어볼 게 있답니다. 아는 대로 대답해 주시오."

유심히 이쪽을 바라보며 사무적으로 말하는 하림의 태도에 여옥은 어쩔 바를 모르고 엉거주춤 서 있기만 했다.

"함께 나가서 이야기 좀 할 수 없을까요?"

중년의 형사는 여옥이 아닌 하림을 바라보며 다분히 협조를 구하는 태도로 물어왔다. 상대가 상대이니만큼 형사가 기를 펴지 못하는 것도 무리는 아니었다.

"안 됩니다. 여기서 이야기하십시오. 여기라고 해서 안 될 것은 없지 않습니까?"

하림의 말에 형사는 고개를 끄덕이며 쑥스러운 듯 웃었다.

"네, 그렇다면 할 수 없죠. 그럼 여기서 물어 보겠습니다.

그들은 의자에 앉았다. 하림은 떠나지 않고 형사와 여옥의 대화를 지켜보았다.

형사는 하림에게는 부드러운 표정을 보이다가도 여옥을 바라볼 때면 날카롭게 눈을 치뜨곤 했다.

"헤어진 시간이 몇 시였습니까?"

"아마……10시 좀 지났을 거예요."

여옥은 침착해지려고 애를 썼지만 제대로 되지가 않았다. 형사보다도 하림의 시선이 더욱 따갑게 느껴졌다. 그가 곁에서 지켜주는 것이 감사했지만, 그녀의 지금 입장으로서는 그것이 오히려 불안만 더욱 가중시켜 주고 있었다.

"민희양이 무슨 이상한 말하지 않던가요?"

"아, 아니오."

"두분이 주로 무슨 말을 했습니까?"

"뭐……여자들만이 나눌 수 있는 일상적인 이야기를 했죠."

김형사라고 하는 중년사내는 하림때문에 날카롭게 캐물을 수가 없는지 불만스러운 표정으로 자리에서 일어섰다.

# 함 정

 민희가 사라진 지 1주일이 지났다. 민희의 행방을 아는 사람은 아무도 없었다. 그녀는 완전히 종적을 감춘 것이다.
 다만 여옥이 혼자만이 민희가 살해되었을 것이라고 생각하고 있었다. 날이 갈수록 그녀는 자책하는 마음에 빠져들고 있었다. 민희가 그렇게 된 것은 전적으로 자신의 책임이었다.
 그녀는 이제 자신이 빠져나갈 길 없는 큰 함정 속에 갇혀 있음을 깨달았다. 무서운 일이었다. 법적으로 그것은 살인공모에 해당된다. 이를 어쩌나? 스파이짓에다 살인공모까지 하다니, 실로 엄청난 범죄자가 된 것이다.
 정보국 내에서는 조민희의 실종을 대수롭게 여기지 않았다. 일개 타이피스트의 실종인 만큼 굳이 그녀를 기다리지 않고 며칠 후에는 그 자리에 다른 여자를 새로 앉혔다.
 하림은 여옥에게 아무 것도 묻지 않았다. 그 역시 민희의 실종을 여옥과 관련시켜 생각하지는 않았다.
 민희의 실종을 내사하던 김인후(金仁厚) 형사는 윤여옥이라는 여자가 아무래도 마음에 걸렸다. 어떤 증거가 있어서 그런

게 아니고 순전히 육감에서 비롯된 것이었다. 그러나 장하림이라는 자가 뒤에서 그녀를 보호해 주고 있어서 함부로 접근할 수가 없었다. 그는 하림으로부터 이렇게 다짐을 받은 것이다.

"윤여옥에 대해서 조사할 일이 있으면 반드시 사전에 나를 통해서 하시오. 그럴 리가 없지만, 만약 하나라도 그런 일이 있으면 사전에 나한테 알려달란 말입니다."

젊은 놈이 아니꼬왔다. 그러나 막강한 기관의 책임자인 만큼 굽신거리지 않을 수 없었다. 그는 일제의 고등계 형사 출신이었다. 일제시 표면적으로 악랄하게 군 사실이 별로 없었기 때문에 다른 동료들처럼 계속 경찰에서 일하고 있었다. 친일분자를 과감하게 숙청하지 않고 적당히 체제에 등용시키고 있는 이 정권의 관용에 그는 감사하고 있었다. 그래서 어느 정도 책임 의식을 지닌 채 좀 새로운 마음으로 임무를 수행하고 있는 터였다.

그가 지난 일 주일 동안 윤여옥을 줄곧 미행한 것도 그런 책임 의식의 발로 때문이었다. 육감으로나마 미심쩍은 데가 있는 여자를 모른 체할 수가 없다고 생각한 것이다.

그러나 상대는 함부로 다룰 수 없는 여자였다. 생각 끝에 그는 그 문제를 놓고 상사와 의견을 나누었다. 상사는 그의 이야기를 듣고 나더니 실종으로 처리하라고 지시했다.

"CIC와 충돌해 보았자 우리가 손해야. 별것도 아닌 것 같은데 실종으로 처리해 버려."

"알겠습니다."

김형사는 내키지 않았지만 상사의 말도 일리가 있다고 생각하고 민희의 행방을 더 이상 추적하지 않기로 마음먹었다.

그런데 민희가 사라진 지 여드레째 되는 날 아침 한강에서 여자의 변시체가 발견되었다는 신고가 들어왔다. 사실은 그 전날 오후에 접수된 것이었는데, 파출소에서 늑장을 부려 이튿날 아침에야 김형사의 눈에 띄게 된 것이다.

변시체가 적지 않게 발견되고 있었기 때문에 경찰은 그것을 처리하는데 골머리를 앓고 있었다. 김형사는 매일매일 들어오는 보고 중 젊은 여자의 변시체에 유의하고 있던 참이었다.

한 시간 후 김형사는 현장으로 나갔다. 시체는 큰 자루 속에 들어 있었다. 자루를 벗기자 젊은 여자의 시체가 나왔다.

시체는 팅팅 부풀어 있었고 썩은 냄새를 풍기고 있었다. 너무 변해서 인상을 알아볼 수가 없을 지경이었다. 다만 입고 있는 옷을 통해서 실종된 조민희라는 것을 알아볼 수 있을 뿐이었다.

한 시간쯤 지나 조민희의 어머니가 경찰의 안내를 받고 나타났다. 여인은 자기 딸의 시체임을 확인하자 땅바닥에 주저앉아 대성통곡했다. 아침의 찬 공기를 가르며 울부짖는 여인의 모습은 보는 사람들로 하여금 눈시울을 붉히게 했다.

조민희가 살해된 시체로 발견되었다는 소식은 미군 정보국 내에 금방 전해졌다. CIC는 긴장했다. 누구보다도 놀란 사람은 여옥과 하림이었다.

그러나 두 사람의 놀라움은 내용면에서 아주 달랐다. 여옥의 놀라움은 자신이 그 살인사건에 관련되어 있다는 데서 오는 무서운 공포였다. 반면 하림의 놀라움은 정보국 내에서 근무하던 한국인이 살해되었다는 사실에 대한 단순한 반응이었다.

즉시 자체 내에서 조사가 진행되었다. 조사할 수밖에 없었다. 적어도 조민희가 왜 살해되었는가 하는 것 정도라도 알아내야 했기 때문이다. 조사 대상은 민희와 마지막으로 만났다는 여옥이가 될 수밖에 없었다. 하림은 여옥이를 조사한다는 것이 괴로웠다. 그러나 그녀가 민희의 죽음과 조금도 관련이 있다고는 보지 않았기 때문에 깊이 추궁해 들어가지는 않았다.

그들은 점심을 함께 하면서 이야기를 나누었다.

"민희가 살해되었다는 것은 보기에 따라서는 심각한 문제라고도 할 수 있어요. 그런데 곤란한 것은 여옥씨가 그녀를 맨 마지막으로 만난 사람이라는 사실이오. 경찰에서 다시 찾아올 텐데……괜찮겠소?"

"……"

여옥은 밥이 입에 들어갈 리가 없었다. 고개를 숙인 채 가만히 앉아 있는데 하림이 더욱 부드럽게 물었다.

"그녀가 살해된 데 대해 혹시 짚이는 것이라도 있으면 말해 줄 수 있겠소? 도움이 될 텐데……"

"아무 것도……아무 것도 몰라요."

여옥은 나직하나 완강한 어조로 부인했다. 그렇게 부인하면서도 하림을 마주 바라볼 수가 없어 시선을 밑으로 떨어뜨리고 있었다.

"그렇다면……됐어요. 별문제 없겠지요. 하여튼 민희가 그렇게 죽었다는 것은 참 안됐어요. 우리 기관을 노린 놈들의 소행이 아니었으면 좋겠는데……"

 하림은 거기에 대해 더 이상 묻지 않았다. 그 대신 대치 소식을 물었다. 여옥은 그로부터 전혀 소식이 없다고 답변했다. 이렇게 거짓말을 함으로써 하림과의 사이에는 보이지 않는 장벽이 쌓여갔다. 그러나 하는 수 없는 일이었다.

 오후에 예상했던 대로 김인후 형사가 하림을 찾아왔다. 김형사는 여옥이를 서로 연행해서 신문할 것이 있으니 협조해 달라고 요구했다.

 "그건 안 됩니다. 우리가 자체 내에서 조사한 결과 그 여자는 아무 관계도 없습니다. 단지 피살자와 마지막으로 만났다는 사실뿐이니 돌아가 주십시오. 정 다시 묻고 싶은 게 있으면 여기서 하십시오."

 김형사는 노련한 사나이였다. 결코 화를 내는 법이 없이, 그러나 지난번보다는 좀 강경하게 나왔다.

 "말씀하신 건 잘 알겠습니다. 그러나 이건 살인사건입니다. 더구나 여기에서 일하던 여직원이 살해된 겁니다. 협조해 주실 만한데……왜 거절하시는지 모르겠군요."

 일단 여옥이 서로 연행되어 수사를 받게 되면 죄가 있든 없든 괴로움을 당하게 될 것을 잘 알고 있는 하림으로서는 김형사의 요구에 응할 수가 없었다.

 "협조를 안 하는 게 아니오. 내가 보증할 테니, 그 여자에 대해서는 손대지 말라 이겁니다. 그 여자는 아무 관계도 없어요."

 "잘 알고 있습니다. 그렇지만 저희 경찰로서는 마지막 목격자를 간과할 수가 없습니다. 증언만 듣고 곧 보낼 테니……좀 부탁합니다."

하림은 거칠게 일어났다.

"안 된다고 그러지 않았소? 쓸데없는데 신경쓰지 말고 돌아가시오!"

새파랗게 젊은 사나이한테 질책하는 듯한 소리를 듣자 김형사는 얼굴빛이 굳어졌다. 그러나 그는 하림을 상대로 싸운다는 것이 어리석은 짓이라는 것을 잘 알고 있는 듯했다. 그는 다시 억지 웃음을 지으며

"그럼 하는 수 없지요. 대장님만 믿겠습니다."
라고 말하면서 돌아갔다.

하림은 김형사의 뒷모습을 보면서 그 사나이가 그렇게 쉽게 포기할 리가 없다는, 개운찮은 기분을 느꼈다. 그래서 여옥에게 가서 경찰이 혹시 연행하려고 하면 절대 응하지 말라고 신신당부까지 했다.

그날 여옥은 불안한 마음으로 퇴근했다. 일단 직장 밖으로 나온 그녀는 자기를 보호해 줄 방벽이 없다는 것을 깨달았다. 죽은 민희를 생각하자 칼로 가슴을 도려내는 듯 고통스러웠다. 나는 나쁜 여자다. 살인 공모자다! 아니 살인자다! 입안이 바짝 타 들어오고 눈앞이 어지러웠다. 남편을 생각하자 분노가 치솟았다. 그가 더없이 저주스러웠다. 어떤 결말을 보지 않고는 그대로 있을 수가 없을 것 같았다.

넋을 뺀 채 걸어가는데 뒤에서 그녀를 부르는 소리가 났다.

"윤여사, 저 좀 보실까요?"

깜짝 놀라 돌아보니 김형사가 웃고 있었다. 윤여사하고 부르는 것이 더없이 빈정거리는 소리로 들렸다.

"미안합니다. 여쭐 말씀이 있으니까 좀 협조해 주시겠습니까?"

여옥은 어깨가 움츠러들었다. 겨우 상대를 바라보면서

"네, 협조해 드릴 수 있어요."

하고 말했다.

"저와 함께 서까지 좀 가주시겠습니까?"

"이 부근 찻집이 좋지 않을까요?"

따라가서는 안 된다고 생각했다. 그러나 피하는 것보다는 차라리 정면으로 부딪쳐보는 것이 나을지도 모른다는 생각도 들었다.

"남의 이목도 있으니까 찻집은 좋지 않습니다. 잠깐이면 되니까 서까지 함께 가 주시죠. 부탁입니다. 그렇다고 강요하는 건 아닙니다."

형사는 집요하게 물고 늘어졌다. 결코 놓아줄 것 같지가 않았다.

"자신이 떳떳하다면 왜 서에 함께 가는 것을 꺼려하시죠? 난 도무지 이해할 수 없군요."

"좋아요. 가겠어요."

여옥은 마침내 승낙했다. 형사는 부드럽게 미소했다.

"감사합니다. 그 대신 이건 우리 두 사람만의 비밀로 해 주십시오. 대장님한테 말씀하시지 않겠다고……"

"네, 약속하겠어요. 말하지 않겠어요."

여옥은 형사 뒤를 말없이 따라갔다. 반 시간쯤 지나 그녀는 경찰서 취조실에서 김형사와 대면했다. 취조실은 2층의 한 방이었는데, 마룻장 위에 책상이 하나 댕그라니 놓여 있었다. 형사가 걸음을 옮길 때마다 마룻장이 삐걱거리는 것이 여간 음산한 소리가 아니었다.

여옥은 책상 앞에 가만히 앉아 있었고 형사는 그 주위를 맴돌고 있었다.

"장하림씨하고는 어떤 관계지요?"

"아무 관계도 아니에요. 단지 상사일 뿐이에요."

"그런 것 같지 않던데……. 윤여사를 굉장히 보호해 주려고 하던데 그 이유가 뭐죠?"

"그럴 리가 없어요. 잘못 보셨을 거예요."

"그랬을지도 모르지."

김형사는 냉소를 지으면서 여옥의 맞은편에 다가와 앉았다.

"어떻게 해서 거기서 일하게 됐지요?"

"아는 분의 소개로 들어갔어요."

"어떤 분입니까?"

"그건 대답할 수 없어요. 비밀이에요."

"아, 그래요. 그렇다면 할 수 없죠. 부군께서는 뭘하십니까?"

"그냥 놀고 있어요."

형사의 눈꼬리가 치켜 올라가더니, 갑자기 주먹으로 책상을 쾅 쳤다. 여옥은 깜짝 놀랐다.

"거짓말하지 마시오! 다 조사했는데 왜 거짓말하는 거요?"

"……"

여옥은 하얗게 질려 얼어붙은 듯 앉아 있었다.

"현상수배된 빨갱이를 남편으로 두고 있으면서 시치미를 떼다니 보통이 아니군. 윤여사, 당신도 빨갱이지?"

그의 질문은 비수처럼 폐부를 파고들었다.

"아, 아니에요. 전 아니에요."

"그렇지. 부인하시겠죠. 부인, 솔직해야 합니다. 나는 최대치가 부인의 남편이란 걸 알고는 깜짝 놀랐습니다. 그리고 어떻게 해서 부인이 미군 정보국에서 일하게 됐는지 아무래도 이해가 가지 않았습니다. 부부가 전혀 다른 이질적인 위치에서, 다시 말해 적대관계에서 활약하고 있다니, 정말 이상하지 않습니까? 어떻게 해서 그렇게 됐는가요?"

"……"

무슨 말을 한단 말인가. 뭐라고 변명할 수 있겠는가. 그녀는 꿀 먹은 벙어리처럼 가만히 앉아 있었다.

"경찰에서는 지금까지 이 사실을 알고서도 대수롭지 않게 생각했었지요. 하긴 뭐 그 동안 시국이 어지럽고 경찰 내부에도 좌익들이 득실거리고 해서 수사다운 수사를 해 오지 못했지요. 그러나 정부가 수립된 지금은 사정이 달라졌습니다. 좌익은 모두 뿌리 뽑히고 있습니다. 이 대통령은 특명을 내렸습니다. 좌익을 모두 제거하라고 말입니다."

여옥의 반응을 살피려는 듯 형사는 말을 끊고 한동안 그녀를 바라보았다.

여옥은 이 순간을 잘 넘겨야 한다고 생각했다. 그렇지 못하면 모든 것이 무너진다. 가정도, 미래도, 행복도, 그 모든 것이 무너지는 것이다.

"남편이 미군 정보국에 들어가라고 하던가요?"

"아니에요. 남편하고는 상관없는 일이에요."

"상관없을 리가 있나요? 남편은 공산당 골수분자고 테러분자로 소문난 사람인데요."

"전 모르는 일이에요! 전 상관하고 싶지 않아요! 우리는 형식적인 부부일 따름이에요!"

여옥은 격렬하게 쏘아붙였다. 자기도 모르게 터져나온 소리였다. 형사는 재미있다는 듯 웃었다.

"남산 집은 좋더군요. 그런 집에서 남편도 없이 혼자 지내다니. 그 심정 이해할만 합니다. 소위 말하는 혁명정신으로 참고 살아가는 게 아닙니까?"

"전 혁명정신이 뭣인지 잘 몰라요."

"남편과는 어떻게 연락을 취하고 있습니까?"

"연락 같은 거 없어요."

"정보를 넘기려면 연락이 있어야 할 텐데……?"

"그런 짓한 적 없어요."

"잡아떼는 데는 능숙하시군. 좋습니다. 조민희는 누가 죽였습니까?"

"전 몰라요."

"그 여자와 헤어지기 전에 무슨 말을 했나요?"

"잘 기억이 안 나요."

"그 아가씨를 임신시킨 남자는 누구죠?"

"헨리 중위라는 미군이에요."

"그럼 그 미군이 죽였나?"

"그 사람은 벌써 미국으로 떠났어요. 그래서 민희는 고민했어요."

"민희는 자살한 게 아니야. 살해당한 거란 말이오! 당신은 그 여자를 죽인 범인을 알고 있어. 그렇죠?"

"몰라요! 정말 전 몰라요!"

그녀는 딱 잡아뗴었다. 자신도 놀랄 정도로 정색을 하고 부인했다.

"윤여사, 다 알고 있는데 왜 그렇게 부인하는 거요? 당신이 이번 사건에 관련되어 있다는 거 다 알고 있단 말이오! 왜 그 여자를 죽였지?"

"터무니없는 말씀이에요. 전 아무 관계도 없어요. 돌아가겠어요!"

"여기 들어온 이상 함부로 나갈 수 없어요. 내 허락 없이는 나갈 수 없어요. 알겠소?"

형사는 다시 일어나 그녀의 주위를 뚜벅뚜벅 거닐었다.

"남편은 빨갱이에다 당신은 미군 정보기관에서 일하고 있고……그런데 당신과 함께 일하던 여직원 하나가 살해되었어.

그 여자와 마지막으로 헤어진 사람이 바로 당신이고……아무리 생각해도 뭔가 이상하단 말이야."

여옥은 자신의 몸이 튼튼한 줄로 칭칭 동여매이는 것 같았다. 어떤 일이 있더라도 사실을 말해서는 안 된다. 완강히 부인해야 한다. 사실대로 자백하면 그때 가서는 끝장이다. 그녀는 호흡을 가다듬으며 결심을 굳혔다.

형사는 그녀를 내보내 주지 않았다. 그대로 취조실에 내버려 두었다가 새벽 1시쯤에 다시 들어와서는 새로운 사실을 발견한 듯 큰 소리로 말했다.

"윤여사, 당신 고향에 신원조회한 결과가 나왔어. 정신대 출신이더군. 왜 그 사실을 숨겼지?"

경멸하는 듯한 시선에 여옥은 반발심이 솟구쳤다.

"네, 그래요. 사실이에요. 그것도 죄가 되나요?"

"아, 그런 게 아니라……"

형사는 그녀의 반발에 당황한 기색을 보이더니 곧 미소를 지었다.

"정신대 출신이 어떻게 해서 그런 곳에 취직했느냐 이 말이오."

"정신대 출신은 취직도 못하나요?"

"그런 게 아니라……당신 처세술이 보통이 아니라 이거요."

이해가 안 간다는 듯 형사는 새삼스럽게 그녀를 살펴보았다. 형사가 보기에 그녀는 확실히 특별한 여자에 속했다. 특별한 여자인만큼 특별하게 다룰 필요가 있었다.

"윤여사, 일제를 어떻게 생각하시오?"

"생각하고 싶지도 않아요."

"미워하시나 보지?"

"결코 잊을 수 없어요."

"그 심정 알겠소."

그는 사이를 두었다가 말을 이었다.

"당신을 고문할 수도 있어. 고문하면 사실을 불게될 거요. 그렇지만 그런 짓은 하지 않겠소. 당신을 뒤에서 지키는 사람이 있으니까."

형사는 하품을 하더니 다시 밖으로 나가 버렸다.

여옥은 자리에 우두커니 앉아 있었다. 넋나간 사람처럼 꼼짝도 하지 않고 허공만 바라보고 있었다. 조금 있자 전기마저 나가 버렸다. 죽음 같은 정적과 어둠 속에서 그녀는 자식들 생각만 하고 있었다. 어머니로서 당연한 생각이었다. 그것은 다른 여러 가지 것들을 거르고 난 뒤에 마지막으로 남은 가장 순수한 생각이었다.

자식들을 위해서 오래 살고 싶었다. 자식들을 남부럽지 않게 기르고 싶었다. 그것만이 자신의 유일한 희망이라는 것을 그녀는 어둠 속에서 선명히 깨닫고 있었다.

남편에 대해서는 이제 더 이상 생각하고 싶지 않았다. 그녀는 지칠대로 지쳐 있었고, 말할 수 없는 노여움까지 느끼고 있었다. 대치에 대해 지금처럼 절망을 느껴 보기는 처음이었다. 그가 조민희를 죽였다는 것은 의심할 나위없는 일이었다. 그녀로

하여금 스파이 행위를 계속시키기 위해 방해자를 잔혹하게 제거한 그의 행위는 실로 가증스러운 것이었다. 그것은 아무리 생각해도 용서받을 수 없는 행위임이 분명했다. 그와 함께 그녀는 자신의 스파이 행위가 얼마나 중대하게 취급되고 있는가 하는 것도 알게 되었다.

이미 그녀 자신은 칠흑 같은 검은 함정 속에 빠져 있었다. 단순히 남편의 강요에 위해 남편을 위해 저지른 행위가 그토록 엄청난 결과를 가져올 줄은 생각조차 못했었다.

그녀는 절망적인 기분에 휩싸인 채 꼬박 밤을 지샜다.

하림이 그녀가 잡혀 있는 경찰서에 나타난 것은 이튿날 오후 세 시쯤이었다. 여옥이 출근하지 않자 그는 먼저 집으로 연락해 보았다. 그러나 집에도 지난밤에 들어오지 않았다는 것을 알자 불길한 생각에 직접 경찰서로 달려가 보았다.

거기서 그는 여옥을 연행해 온 김형사에게 분통을 터뜨렸다. 그 자리에는 서장도 있었다.

"내가 당신한테 분명히 말하지 않았소! 그 문제는 우리 기관에서 충분히 조사했고, 그 여자한테는 아무 관계도 없는 일이라고……"

"죄송합니다. 그렇지만 그 여자는 조사할 점이 많습니다. 그 여자의 남편이 빨갱이 골수분자인 최대치라는 걸 아시지요?"

"알고 있소."

하림은 사납게 상대를 쏘아보았다.

"그게 어떻다는 거요? 남편이 빨갱이라고 해서 아내도 빨갱이란 법이 있나요?"

"더구나 그 여자는 중요한 정보기관에 근무하고 있지 않습니까?"

"그 여자의 인사 문제까지 당신이 상관하는 거요? 그 여자를 쓰고 안 쓰고는 우리가 상관할 일이란 말이오! 건방지지 않나!"

하림의 노여움을 그의 부하 두 명이 대신했다. 그들은 여러 사람들이 보는 앞에서 그 형사를 구타했다. 아무도 그들을 말리는 사람이 없었다.

"죄송합니다. 다시는 그런 일이 없도록 하겠습니다."

서장은 창백한 얼굴로 하림에게 사과했다.

초췌한 모습으로 하림 앞에 나타난 여옥은 눈물을 떨구며 고개를 숙였다. 아무 것도 따지지 않고 무조건 그녀를 돌봐주는 하림이 너무도 고마우면서도 이젠 쳐다볼 면목조차 없었던 것이다.

자동차로 집에까지 데려다 주는 동안 하림은 내내 그녀의 손을 꼭 잡아 주었다. 따뜻하고 부드러운 손길이었다.

집에 닿자 김노인 부부가 달려나오고 아이들이 엄마를 부르며 울어댔다. 여옥은 두 아들을 한꺼번에 껴안으면서 미안하다는 말만 되풀이했다.

대치가 나타난 것은 그날 밤이 깊어서였다. 초저녁부터 곤히

잠에 떨어져 있던 여옥은 누가 흔드는 바람에 눈을 떴다. 놀랍게도 곁에 대치가 앉아 있었다. 소스라치게 놀란 그녀는 얼결에 대치를 밀었다.

"왜, 왜 오셨어요? 경찰이 우리 집을 감시하고 있을지도 모르는데 왜 오셨어요?"

지난밤을 경찰서에서 보냈다는 말을 들은 대치는 코웃음을 쳤다.

"짜식들. 마음대로 잡아 보라구 해. 배때기에 구멍을 뚫어 줄 테니까."

"당신은 살인자예요!"

"민희 말이군. 내가 그런 게 아니야. 부하들이 너무 과잉행동을 한 거야. 혼내 주라고 했는데, 그만 죽이고 말았어."

"거짓말 마세요!"

여옥은 어둠 속에서 눈을 빛내며 소리쳤다. 대치가 손을 뻗어 오는 것을 뿌리치며 그녀는 거칠게 숨을 몰아쉬었다.

"여자를 죽이다니 용서할 수 없어요!"

"내가 죽인 게 아니야! 정말이야!" 대치는 정색을 하고 부인했다.

"아무튼 당신들이 죽인 거예요!"

"이것 봐. 당신이 위험해진 것을 두고 볼 수가 없었어. 당신을 위해서 한 짓이야. 이해해 줘!"

"저를 끝까지 이용하려고 그런 것이겠죠. 왜 솔직히 말씀하시지 않는 거예요?"

"이 봐. 우리의 목적은 오직 한 가지야. 그 목적을 위해 함께 일하자는 것인데 그걸 이용당한다고 생각하면 돼? 우리의 사랑은 혁명 속에서만 더욱 굳어질 수가 있어. 나는 평범한 사랑 따위는 싫어."

"아니에요. 잘못 생각하신 거예요. 이 아이들을 보세요. 이 아이들은 매일 아빠를 찾고 있어요. 아빠와 함께 평화롭게 살고 싶어해요."

침묵이 흘렀다. 대치는 그녀의 말에 충격을 받은 듯했다. 한참 후 그는 깊고 뜨거운 음성으로 말했다.

"미안해. 조금만 참으면 우린 행복하게 살 수 있어. 그때까지 좀 참아 줘."

아무리 원망하고 분노하고 후회해도 역시 그녀는 최대치의 아내에 불과했다. 아내인 이상 남편의 요구에 결국은 순응하게 마련이었다.

대치는 여옥을 굴복시킨 다음 어둠 속으로 바람처럼 사라져 버렸다. 대치가 떠난 자리에는 공허한 어둠만이 남아 있었다. 그 어둠 속에 쭈그리고 앉아서 그녀는 날이 새기를 기다렸다.

남편이 그토록 침이 마르게 부르짖고 있는 혁명, 그것은 도대체 무엇일까. 무엇이기에 그이를 그렇게 사로잡고 있을까. 혁명가의 아내란 꼭 그런 짓을 해야만 하는 것일까. 여느 때처럼 직장에 출근한 그녀는 이런 생각을 하면서 자기도 모르게 다시 기회를 노렸다.

일단 경찰서로부터 의심을 받은 이상 그전처럼 대담한 짓을 하는 것은 삼가야 했다. 절대 눈치 못 채게 교묘하게 자료를 절취해야 했으므로 그녀는 처음 며칠 동안은 충실히 일에만 전념했다.

퇴근할 때 보면 언제나 미행자가 있었다. 경찰 같았다. 그래서 그녀는 더욱 조심했다. 경찰의 끈질긴 추적에 못내 몸서리가 쳐졌다.

그렇다고 포기할 수도 없었다. 감시망을 뚫고 자료를 빼내는 것이 그녀의 임무였다. 그것이 스파이가 해야 할 일이었다.

좋은 방법은 얼른 떠오르지 않았다. 자료를 가지고 나가다가 언제 누구한테 수색을 당할지 몰랐다. 발각되면 현장에서 체포될 것이다. 그때는 하림씨도 어찌할 수 없을 것이다. 배반당한 것을 알면 그분은 어떻게 나오실까.

궁리 끝에 그녀는 한곳으로 전화를 걸었다. 그곳은 급한 일이 발생할 때 그녀가 연락하도록 되어 있는 조직의 전화번호였다. 남자가 전화를 받았다. 그녀는 망설이다가 말했다.

"저, 필동에 사는 영자예요."

"아, 네. 웬일이십니까?"

상대는 금방 알아차리고 다음 말을 기다렸다. 전화가 도청당하고 있을지도 모른다는 생각에 잔뜩 긴장해 있었다.

"저기, 다름이 아니고……집안 일을 믿고 맡길 수 있는 아주머니 한 분이 필요해서 그러는데……그런 분이 계시면 한 분 소개해 주십사 하고 전화 걸었어요."

"그래요? 가만 있자 마땅한 사람이 있을지 모르겠군요."

"집안식구처럼 믿고 맡길 수 있는 사람이면 좋겠어요. 아이들이 둘이나 돼서 일은 좀 벅차겠지만 그 대신 보수는 후하게 드리겠어요."

"알겠습니다. 한번 알아 보죠. 언제까지 필요합니까?"

"될수록 빨리……"

"네, 알겠습니다. 댁으로 보내 드리면 될까요?"

"네, 저녁 7시 이후에 보내 주시면 저를 만날 수 있어요."

낯선 여인이 집에 나타난 것은 이튿날 오후 8시경이었다. 삼십은 조금 넘은 성싶은 초라한 여인 하나가 문 앞에서 서성거리고 있었다. 입이 툭 튀어나오고 하관이 쏙 빠진 여인이었는데 눈빛이 날카로웠다. 가슴에 보따리를 안고 있었다.

여옥은 골목을 살핀 다음 아무도 없는 것을 확인하자 방문객을 집안으로 데리고 들어갔다. 여인은 박옥자라고 자기 소개를 하면서 꼬깃꼬깃 접은 편지 하나를 여옥에게 내주었다. 여옥은 급히 그 편지를 펴 보았다. 거기에는 다음과 같은 글이 적혀 있었다.

"박옥자씨는 동무와 같은 혁명투사이니, 모든 것을 믿고 함께 일하십시오. 건투를 빕니다. 지도부로부터."

박여인은 차가운 눈으로 방안을 둘러보고 있었다. 여옥은 그 눈빛을 보자 후회했다. 그러나 이미 엎질러진 물이었다.

"아주 알뜰하게 살림을 꾸려나가시는군요."

매끄러운 목소리로 여인이 말했다. 말 속에 빈정거림이 섞여 있었다. 여옥은 상대를 가만히 지켜보았다.

"댁은 어디신가요?"

나이로 보아 자식들이 서너 명은 될 것 같아 이렇게 물었다.

"난 집 같은 거 없어요. 전투하고 있는 마당에 가정을 꾸릴 처지가 되나요."

쌀쌀맞고, 당돌하고, 그래서 남자 이상으로 강인해 보였다.

여옥은 그녀의 신상에 대해서 더 이상 묻지 않았다. 물어본들 사실대로 말해 줄 리가 없었다.

"동무에 대해선 이야기를 많이 들었어요. 함께 일하게 돼서 기뻐요."

그렇게 말하는 여인은 조금도 기뻐하는 것 같지가 않았다.

여옥은 몹시 주저하다가 내친김에 입을 열었다.

"이번 일은 매우 위험한 일인데, 괜찮겠어요?"

"위험을 각오하지 않고 어떻게 혁명을 하겠어요. 무슨 일인지 어디 들어나 봅시다. 애들 기저귀나 빨라는 건 아니겠지."

여인은 한마디도 놓치지 않겠다는 듯이 바싹 다가앉는다. 여옥은 상대의 눈을 들여다보듯이 하고 용건을 이야기했다.

"다름이 아니라……미군사령부에 청소부로 취직해서 제가 일하고 있는 방에 자연스럽게 들어오는 거예요."

"음, 그래서……?"

"사령부 안에는 잡역부들이 많아요. 그러니까 제 추천으로 들어와 일한다고 해서 이상하게 보지는 않을 거예요."

"응, 그래서……?"

"밖으로 나오면 저는 감시를 당해요. 언제 몸수색을 당할지 몰라요. 그래서 전처럼 자료를 가지고 나올 수가 없어요. 그러니까 대신 아줌마가 가지고 나가 주세요."

"사람들이 볼 텐데 어떻게……?"

여옥은 자세하게 일러 주었다. 그것은 즉 여옥이 타이핑한 정보자료를 절반으로 접어 쓰레기통에 버리면 박여인이 나중에 그것을 자연스럽게 수거해 가는 것이었다.

수거해 간 정보자료를 처리하는 것은 전적으로 박여인이 책임진다. 근무처에서 두 사람이 접촉하는 짓은 절대 삼가한다. 가장 모범적인 청소부가 되어 미군의 호감을 산다.

"좋아요. 해봅시다."

박여인은 쾌히 수락했다. 눈을 반짝이며 입술을 오무리는 것이 좋은 사냥감을 발견한 고양이 같았다.

박여인은 다음날 사령부로 오기로 하고 돌아갔다.

그녀가 가고 난 뒤 여옥은 자신의 적극적인 행위에 소스라치게 놀랐다. 자신의 변화에 어리둥절한 기분마저 들 정도였다. 이러다가 나는 어디까지 가게 될까. 이제 가장 악랄한 여자가 되었으니, 이 일을 어쩌면 좋을까. 할 수 없다. 이렇게 된 이상 그이를 믿고 따를 수밖에 없다. 여필종부라 했으니 지아비를 따르는 것이 마땅하지 않은가.

자기 행위를 합리화시키려는 생각이었다. 그러나 그렇게라도 하지 않고는 질식해 버릴 것 같았다.

박옥자 여인이 사령부에서 청소부로 일하기 시작한 것은 바로 다음날 오후부터였다.

여옥은 박여인을 채용하기 위해 차마 하림을 만날 수가 없었다. 그래서 생각 끝에 말콤이라는 미군 상사에게 그 문제를 부탁했다. 인사계 일을 보고 있는 늙은 미군 상사는 잡역부로 채용된 조그만 한국 여인들을 집적거리기를 좋아했다. 그러나 타이피스트인 여옥이만은 함부로 대하지 못하고 있었다. 그녀의 기품과 차가움 앞에서 오히려 슬슬 기는 판이었다. 그러면서도 한편으로는 여옥이 같은 미인을 한번 품어봤으면 하는 아쉬움을 버리지 못하고 있던 터였다. 그런 참에 여옥으로부터 인사문제를 부탁받은 것이다.

청소부 자리 하나 마련하는 것쯤이야 그의 권한으로 얼마든지 할 수 있는 아주 간단한 일이었다. 그는 그녀에게 호의를 베풀 수 있는 기회를 놓치고 싶지 않았다. 신원을 자세히 캐묻지도 않고 그 즉시

"오케이. 당장 데려와요."

하고 말했다.

그렇게 해서 박여인은 미군사령부에 들어오게 된 것이다. 아주 쉽게 잠입한 것이다.

첫날 저녁 무렵 그녀는 여옥이 방에 나타났다. 여옥은 그녀를 알아보고 가슴이 뛰었지만 모른 체하고 일에 전념했다.

박여인은 여옥이 곁에 놓여 있는 쓰레기통을 들고 가서는 복도에 놓아둔 큰 통에다 쓰레기를 부었다. 다음은 여옥이와 등을 맞대고 앉아 있는 타이피스트 곁으로 다가가며 역시 쓰레기통

을 집어들었다.

여옥은 박여인이 매우 자연스럽게 조용히 행동하고 있다는 것을 피부로 느낄 수 있었다. 안심하고 계속 일을 했다.

한편 박여인은 허리 높이의 쓰레기통을 밀고 엘리베이터 쪽으로 다가갔다. 쓰레기는 뒷마당에 있는 드럼통에 채워져 트럭으로 운반되어 나간다. 아래층까지 쓰레기통을 가져가는 동안 다른 사람들의 눈을 피해 자료를 찾아내는 일은 그다지 어려운 일이 아니다. 시간은 충분하다.

엘리베이터 문이 열렸다. 그녀는 쓰레기통을 밀고 안으로 들어갔다. 문이 닫히자 그녀는 뚜껑을 열고 휴지를 헤쳤다. 절반으로 접은 종이는 보이지 않았다. 이상하다고 생각하면서 좀더 깊이 헤쳐 보았다. 역시 보이지 않았다.

뚜껑을 덮자 문이 열리면서 돼지처럼 살찐 미군이 들어왔다. 말콤 상사였다. 몸집이 어마어마하게 커서 엘리베이터 안이 꽉 차는 것 같았다.

뭐라고 영어로 지껄이면서 그녀의 엉덩이를 슬슬 만진다. 박여인은 움찔하고 놀라면서

"에그머니나!"

하고 소리를 질렀다.

말콤은 재미있다는 듯이 낄낄거리더니 문이 열리자 윙크를 던지며 사라졌다.

"징그러운 자식……노랭이……개자식……"

그녀는 중얼거리며 바닥에다 침을 칵하고 뱉었다.

다음날도 그녀는 허탕을 쳤다. 여옥은 시침을 떼고 일만하고 있었다. 박여인은 화가 치밀었지만 함부로 따질 수가 없어서 속으로 욕만 해댔다.

사흘째 되는 날도 여옥은 자료를 넘기지 않았다. 그녀는 화가 머리끝까지 치밀어 올랐다. 쓰레기통을 그녀의 책상 옆에 거칠게 던져놓다시피 했다. 그러나 여옥은 곁눈질 하나 하지 않은 채 타자기만 두드려댔다.

여옥이 그때까지 자료를 넘기지 않은 것은 박여인으로 하여금 내부사정에 익숙해지게 하기 위해서였다. 익숙해지지 않은 상태에서 그런 짓을 하다가는 실수할 염려가 있기 때문이었다.

나흘째 되는 날 박여인은 마침내 첫번째 자료를 손에 넣을 수가 있었다. 그녀는 그것을 품속 깊이 찔러 넣고 퇴근 시간을 기다렸다.

청소를 모두 끝내고 나가는 시간은 7시였다. 7시 10분에 그녀는 정확히 을지로 1가 전차 정류장에 나타난다. 그곳에 캡을 쓴 청년 하나가 다른 사람들 사이에 섞여 서 있다. 그 청년과 박여인은 재빨리 시선을 교환한다. 그리고 같은 전차의 같은 출입구로 전차에 오른다.

전차 속에는 사람들이 가득하다. 두 사람은 몸을 밀착한다. 서로 다른 방향을 바라보고 있다. 전차가 덜컹하고 출발하자 박여인은 밑으로 손을 내려 핸드백을 열고 종이뭉치를 꺼내 밑으로 떨어뜨린다. 동시에 캡을 쓴 청년의 손을 툭 건드린다. 청년이 허리를 굽혀 종이뭉치를 집어든다. 그리고 자연스럽게 그것을 자기 호주머니 속에 집어넣는다.

청년은 다음 정거장에서 내린다. 박여인은 그 다음 정거장에서 내려 골목으로 들어간다.

아무도 눈치챌 수 없는 행동이었다. 청소부가 정보자료를 훔쳐 내갈 것이라고는 그 누구도 생각지 못한 일이었다.

김인후 형사는 하림의 부하들에게 얻어맞은 것을 생각할 때마다 이를 갈았다. 결코 그때의 모욕만은 잊을 수가 없을 것 같았다. 복수를 하리라 굳게 마음먹으니 한시도 상대로부터 관심을 돌릴 수가 없었다. 분명히 목표를 정하고 덤벼들면 무엇인가 잡히게 마련이다. 그런 예상이 빗나간 적은 한번도 없다.

그는 매일 퇴근시간에 맞춰 여옥을 미행했다. 자신이 직접 나가지 못할 때는 부하 형사를 풀어 미행하게 했다. 이번만은 반드시 확증을 잡아내겠다고 단단히 결심하고 달라붙은 것이다. 움직일 수 없는 확증을 잡아내면 장하림도 어쩔 수 없을 것이라고 생각했다. 그자가 쓰러지는 것을 보고 싶었다.

윤여옥이 전혀 눈치채지 못할 정도로 조심해서 미행했다. 젊은 여자는 볼수록 아름다웠다. 그리고 매우 영리한 것 같았다. 한번도 뒤돌아보거나 하지는 않았지만 미행을 의식하고 있는 것만 같았다.

미행이 거듭되고, 그녀가 누구와도 접선하는 것이 발견되지 않을수록 김형사의 의심은 짙어가기만 했다. 그와 함께 상대가 여느 여자와는 비교도 할 수 없는 특이한 인물이라는 생각이 들었다. 무엇보다도 제일 그의 호기심을 자극한 것은 정신대 출신인 여옥이 어떻게 해서 오늘과 같은 신분으로 부상할 수 있었는가 하는 점이다. 그것은 하나의 이해할 수 없는 수수께끼였다. 더구나 그녀는 지금 아들을 둘이나 두고 있다.

처음에는 보잘 것 없는 한낱 연약한 여자에 불과하다고 생각했던 것이 날이 갈수록 두려운 상대로 느껴지고 있었다. 그 이유를 자신도 잘 알 수가 없었다. 당연히 거기에 대한 반발이 있었다. 그 조그맣고 가련해 보이는 여자의 신비로운 힘을 어떻게 해서든지 부러뜨려 버리고 싶었다.

그러나 끈질기게 미행을 벌였지만 그녀에게서는 이상한 점이 하나도 발견되지 않았다. 그럴 리 없다고 생각하면서 더욱 치밀하게 뒤를 밟았지만 결과는 마찬가지였다. 김형사는 두 가지 결론에 이르렀다.

하나는 그녀가 전혀 혐의가 없다는 것이었다. 현재 그녀에 대한 의혹은 그녀가 단지 조빈희의 죽음과 관련되지 않았나 하는 것만이 아니고, 최대치 즉 좌익과 얽혀 있지 않나 하는, 보다 심각하고 폭넓은 방향으로 확대되어 있었다. 이와 같은 의혹이 완전히 잘못된 것으로서 윤여옥이 생각과는 달리 전혀 혐의가 없을 수도 있다는 결론에 그는 닿았다.

다른 하나는 그녀가 교묘하게 자신을 위장한 채 쥐도 새도 모르게 좌익과 내통하고 있다는 생각이었다.

이 두 가지 결론 중에 그는 아무래도 후자 쪽에 마음이 기울어지는 것을 어찌할 수가 없었다. 그것은 순전히 육감이었지만 그것을 내버리기에는 너무 아까운 생각이 들었고, 또 가슴속에는 결코 풀어지지 않는 감정이 단단히 응어리져 있어 그러한 육감에 부채질을 하고 있었다.

어느 날 그는 자신은 표면에 나서지 않고 부하로 하여금 여옥을 덮치게 했다. 여옥은 느닷없이 나타난 젊은 형사에게 이끌려 부근 파출소로 연행되었다.

"미안합니다. 상부의 지시니까 이해해 주십시오."

젊은 형사는 거듭 사과를 하면서도 눈에 불을 켜고 자기가 할 일을 철저히 수행했다. 핸드백 속을 뒤져 기대한 것이 나오지 않자 그녀를 데리고 숙직실로 들어갔다. 여옥은 창백하게 질려 있었다. 자신이 그렇게도 감시의 대상이 되고 있는가 하고 생각하니 오싹 소름이 끼쳤다.

"미안합니다. 지시를 받은 이상 어쩔 수 없습니다. 옷을 벗으시겠습니까, 아니면……"

형사는 손을 뻗어 그녀의 몸을 만지려고 했다.

여옥은 바르르 몸을 떨었다. 무서웠다. 자신이 다시 유린당할 것 같은 생각이 들었다. 반사적으로 몸이 움츠러들었다.

"손닿는 게 싫다면 옷을 벗으시오."

형사는 물러날 기미를 보이지 않았다. 그 얼굴에는 자기가 맡은 직분을 충실히 수행하려는 집념이 강하게 드러나 있었다.

여옥은 각오하고 돌아섰다. 옷을 한 꺼풀씩 벗을 때마다 전율이 스쳐갔다. 팬티는 차마 벗을 수가 없어 그대로 움직임을 멈춘 채 서 있었다.

"됐습니다. 그만 하십시오."

형사는 민망했던지 얼굴을 붉히면서 그녀가 벗어 놓은 옷가지를 헤쳐 보았다. 이상한 것이 있을 리가 없었다.

"미안합니다. 입으십시오."

그녀가 옷을 입는 동안 형사는 그곳에 서 있었다. 여옥은 옷을 입고 나서 정색을 하고 형사를 바라보았다.

"죄도 없는 여자한테 이런 모욕을 줄 수 있나요?"

"미안합니다."

무엇인가 아쉬워하는 표정으로 형사가 대답했다. 여옥은 이 기회에 자신에 대한 의혹을 없애 버려야겠다고 생각했다.

"이런 모욕을 받고 참을 수는 없어요. 제가 왜 이런 모욕을 당해야 하는지 끝까지 따지겠어요."

그녀의 배경을 알고 있는 형사는 당황했다.

"죄송하게 됐습니다. 이해해 주십시오. 앞으로는 이런 일이 없을 테니 이번만 이해해 주십시오. 저는 다만……"

"누가 시켰단 말인가요? 김형사라는 분이 이런 짓을 시키던가요? 분명히 말씀해 주세요. 가만있지 않겠다고 말이에요."

젊은 형사는 백배사과했다. 조그만 꼬투리라도 하나 찾아낼 줄 알았던 것이 허탕을 치자 입장이 완전히 뒤바뀐 것이다.

여옥으로서는 이렇게 수모를 당한 사실을 하림에게 알리고 싶은 마음이 애초부터 없었다. 하림이 사실을 아는 것조차 그녀는 꺼려했다. 그를 볼 낯이 없는 그녀로서는 가능한 한 그의 손길이나 그와의 관계를 멀리하고 싶은 심정이었다.

그러면서도 수사관을 위협하는 수단으로서 그녀는 어느새 하림의 존재를 이용하고 있었던 것이다. 형사로부터 다시는 그런 짓을 하지 않겠다는 다짐을 받고서야 그녀는 형사와 헤어져 집으로 돌아왔다.

그런데 놀랍게도 집안은 엉망이 되어 있었다. 놀라는 그녀를 보고 김노인은 마치 자신의 잘못이기라도 한 듯 죄스러운 표정을 지어 보였다.

"형사라는 사람이 와서는 집안을 샅샅이 뒤졌답니다. 그리고 바깥양반에 대해서 자꾸만 묻기에 모른다고 했습지요."

방안으로 들어선 그녀는 공포로 몸을 떨었다. 방안은 태풍이 휩쓸고 지나간 듯 어지럽혀져 있었다. 방안을 정리하고 있던 할머니가 그녀를 보고는 눈물을 흘렸다.

"난 무서워서 혼났다우. 애기 어멈한테 무슨 일이 일어난 줄 알았지요."

여옥은 흐트러진 옷가지들 사이에서 뒹굴며 놀고 있는 아이들을 덥석 껴안으며 눈을 감았다.


10월초, 장하림은 소령으로 진급했다. 모두가 그를 부러워하고, 그 중에는 질시하는 사람조차 없지 않았지만 그는 아무 내색도 보이지 않았다.

언제나 사복 차림인 그는 누가 보기에도 군인 같아 보이지가 않았다. 더더구나 방첩기관의 책임자 같은 인상은 조금치도 풍기지 않았다.

그는 오직 일에만 파묻혀 살고 있었다. 너무 일에만 매달리는 바람에 그의 부하들은 그의 건강을 염려할 정도였다. 그러나 그는 일하지 않을 수 없는 위치에 놓여 있었다.

해방된 지 만 3년만에 아쉬운 대로나마 독립국가가 세워지고 이정권이 들어서자 그의 임무는 한층 막중해지고 거기에 비례해서 처리해야 할 일들이 산적해 갔다. 그가 처리해야 할 일들이란 대충 다음과 같은 것들이었다.

① 지하에 잠복해 있는 좌익분자 색출.
② 좌익분자의 침투 봉쇄.
③ 좌익분자에 의한 각종 테러, 파괴 및 살인 등의 방지.
④ 대북(對北) 첩보활동.
⑤ 각종 정보분석.

이중 그 어느 것 하나 제대로 충실히 수행되고 있는 것이 없었다. 모든 것이 불충분했고 어수룩한 나머지 도처에 구멍이 뚫려 있었다. 한마디로 자리가 잡혀 있지 않았다. 믿을만한 인물도 드물었다. 결국 그는 혼자서 악전고투하고 있다고 할 수 있었다. 그런 줄 알면서도 그는 묵묵히 일들을 처리해 나갔다.

그가 하고 있는 일들 가운데 가장 낭패하고 그로 하여금 실망을 느끼게 하고 있는 것이 있다면 바로 대북 첩보활동 부분이었다. 그것은 일종의 눈에 보이지 않는 싸움이라고 할 수 있는 것으로서 남북에 각각 이질적인 정권이 들어서면서부터 더욱 본

격화되고 치열해지고 있었다.

그러나 그 싸움에서 그는 언제나 몰리고 있었다. 북쪽은 남쪽에 심어 놓은 남로당 지하당원들을 이용해서 맹렬히 대남공작을 전개, 많은 수확을 거두고 있었으나 이쪽은 거기에 필적할 수 있는 뿌리가 북쪽에 박혀 있지 않았다.

그래서 하림은 북쪽에 첩보망을 구축하려고 무진 애를 쓰고 있었다. 그러나 가까스로 구축해 놓은 첩보망이 얼마 가지 않아 무너지곤 하는 바람에 그는 적이 실망하지 않을 수 없었다.

그런 대로 어렵게나마 흘러 들어오는 정보에 의하면 북한은 날이 갈수록 군사력을 강화, 이제는 남한과 비교가 안 될 정도로 막강한 공격력을 갖추고 있었다. 이런 상태로 나갈 경우 북한이 승산이 있다고 판단하면 전쟁을 일으킬 것은 너무도 뻔한 이치였다.

하림은 닥쳐올 불행을 사전에 막기 위해 각종 정보를 미군측에 넘기는 일도 게을리하지 않았다. 미군이 그것을 이해하고 북한에 맞먹는 군사력을 남한에 심어 준다면 전쟁만은 억제할 수 있을 것이라는 것이 그의 생각이었다. 그러나 미군을 움직이는 태평양 저쪽의 행정관리들은 한반도에서 날아 들어오는 적색경보에 코웃음을 칠 뿐 미동할 기미도 보이지 않았다.

가슴이 타오르는 것 같은 안타까운 나날이 흘러가는 가운데, 어느 날이었다. 북쪽에 파견되었던 첩보요원 하나가 불쑥 하림을 찾아왔다. 30대의 깡마른 사나이였는데 몹시 불만스러운 얼굴로 하림에게 할 이야기가 있다고 했다. 예고도 없이 불쑥 나타난 민영기(閔英基)라고 하는 그 요원의 태도에 하림은 불길한 예감을 느끼며 그를 밀실로 데리고 갔다.

"이렇게 불쑥 나타나면 어떻게 되나?"

하림이 힐책하는 투로 묻자 민영기는 잠자코 담배를 한대 모두 피우고 나서 똑바로 그를 응시했다.

"우리 정보가 새고 있습니다!"

몹시 분노에 차 있는 듯한 목소리였지만 억제하느라고 애쓰고 있는 모습이 역력했다. 하림 역시 상대를 똑바로 응시했다. 민영기는 이중스파이였다. 이쪽 공작원으로서 저쪽에 깊이 침투해 있는 조직의 일원이었다.

"정보가 새고 있다니, 그럴 리가 있나?"

"다른 데도 아니고 바로 여기에서 정보가 새고 있다는 사실에 놀랐습니다."

"뭐라고?"

하림은 스스라치게 놀랐다.

"구체적인 증거가 있나?"

"있습니다! 바로 이겁니다!"

그는 허리를 굽히더니 양말 속에서 조그만 종이 쪽지를 한 장 꺼냈다. 그것은 놀랍게도 영어로 타이핑된 극비보고서를 촬영한 것이었다. 그것이 CIC에서 흘러나간 것임을 알자 하림은 자지러지게 놀랐다.

△ CIC 보고 = 소 · 중 · 북한 3자 전략회의 결정에 관한

보고서

△ 내용 = 1948년 말부터 50년 6월까지 18개월 이내에 다음의 병력을 정비한다. 이것을 원조하기 위해 소련은 특별 군사 사절단을 파견한다.

① 북한은 9개 보병사단과 돌격사단을 편성한다.

② 중국에 있는 한인부대(동북의용군)에서 2만 내지 2만5천 명을 귀국시켜 이것을 기간요원으로 하여 8개 전투사단과 8개 예비사단을 편성한다.

③ 약 5백 대의 전차로 2개 전차사단을 편성한다.

④ 공군은 현하의 국제정세에 비추어 시기를 보아 편성한다.

△ 소련군 특별군사사절단 구성요원 = 슈치코프 대장을 단장으로 크바노프 중장, 차토노프, 가라제프, 차사로프 소장 등 40명의 군사전문가로 편성됨. 이들은 현재 길림(吉林)에서 동북의용군 대표와 회견중인 것으로 밝혀짐.


하림은 창백하게 질린 눈으로 민영기를 바라보았다.

"이건 민동지가 우리에게 보낸 거 아닌가?"

"네, 그렇습니다."

그것은 민영기가 CIC에 보낸 것을 이쪽에서 영어로 번역해서 타이핑한 것이었다. 그것이 도로 북한으로 흘러 들어간 것이다. 아무래도 믿을 수 없는 일이었다. 그러나 현실은 현실이었다. 사실이 드러난 이상 믿을 수밖에 없었다.

"이것이 어떻게 된 일이지?"

"제가 묻고 싶은 말입니다. 이것이 대남공작부에 들어오자 거기서는 발칵 뒤집혔습니다. 내부에 스파이가 침투해 있다는 것이 밝혀진 거죠. 저는 대장님께 사실을 직접 보고해야겠기에 위험을 무릅쓰고 그것을 촬영해서 가져온 겁니다. 우리 조직이 지금까지 자꾸만 붕괴된 것도 CIC내부에 스파이가 있기 때문이었습니다. 차제에 그놈을 체포해야 합니다!"

하림은 현기증이 일었다. 눈앞이 캄캄했다. 그는 일어나서 천천히 실내를 거닐었다. 가장 중요한 시기에 내부에서 문제가 발생한 것이다. 중대한 사태가 아닐 수 없었다. 누구의 짓일까. 아무튼 누구의 짓이든 극비리에 처리해야 될 문제인 것만은 틀림없다. 스파이들의 손을 거쳐 극비정보가 한 바퀴 돌아온 데 대해 그는 놀라움을 넘어 기가 막혔다.

"이 이야기를 다른 누구한테 했나?"

"하지 않았습니다."

"민동지 말고 또 알고 있는 사람이 있나?"

"없습니다."

"입을 다물어 줘. 극비리에 처리해야 하니까."

"알겠습니다. 타이프는 대게 몇 벌을 칩니까?"

"대게 여러 벌씩 치지. 중요도에 따라서 많이 치기도 하고 적게 치기도 하고 그러지. 제출해야 할 데가 많으니까."

"그 타이프를 누가 칩니까?"

"여러 사람이 치고 있어. 미군, 미군 군속, 타이피스트……그렇지만 주로 타이피스트가 많이 치고 있어."

"타이피스트는 몇 명이나 됩니까?"

"모두 해서 십여 명쯤 돼. 그중 한국인은 두 명이야."

"타이핑 된 것은 어디로 갑니까?"

"각 기관으로 가지. 미국 CIA, 미국방성, 미국무성, 미군사령부 정보국, 한국 육군정보국……그밖에 우리 CIC에도 비치하고 있지. 그러니 어디서 정보가 새는지 찾기가 쉽지 않지."

의식의 밑바닥에 흐릿하게 떠오르는 얼굴이 하나 있었다. 그러나 그는 그것을 지워 버렸다. 생각하고 싶지 않은, 생각해서는 안 될 얼굴이었기 때문이었다.

"이 정보자료를 제출한 각 기관에 알아 보면 어디서 이것이 없어졌는지 알 수 있지 않을까요?"

"각 기관이 정확히 보고해 주기만 한다면 별문제가 없지. 그렇지만 그게 용이한 일이 아니야. 자료가 새나갈 구멍은 거기 말고도 많아."

"타이피스트 쪽은 어떤가요? 특히 한국인 타이피스트 쪽 말입니다."

하림은 적잖게 당황했다. 그러나 내색은 하지 않고 천천히 고개를 저었다.

"내가 보기에 그들은 믿어도 좋은 사람들이야."

"남잡니까, 여잡니까?"

"두 사람 다 여자야."

"여자라면 위험의 소지가 다분히 있습니다."

민영기의 눈이 빛났다. 하림은 창가로 다가가 문을 열었다.

함정 · 365

그리고 돌아보지 않고 말했다.

"미국인들 쪽에 오히려 위험이 많아. 좌익들은 미인계를 써서 미국인들에게 많이 접근하고 있어. 접근하는 이유는 뻔해. 기밀정보를 노리고 있는 거야. 미국인들로서는 사실 우리 한국에 관한 기밀정보 따위는 별로 대수롭지 않게 생각하고 있을지도 모르지. 하여간 우리 내부에 스파이가 침투했다면 어떻게 해서든지 잡아내야 해."

"스파이를 체포하지 않고는 안심하고 일할 수가 없습니다."

"당연하겠지."

"현재 모두가 의기소침해 있습니다. 어떤 조치가 취해지지 않는 한 조직을 재건하기는 어려울 것 같습니다."

"알았어. 내가 평양에 한번 다녀오지."

하림은 여전히 창밖을 바라보고 있었다. 창밖 가로수의 잎사귀들은 어느새 녹빛이 스러지고 대신 붉은 빛을 띠어가고 있었다. 1948년 가을이 있나.

가을과 함께 무엇인가 결실이 맺어질 것을 기대했지만 그것은 헛된 생각이었던 것 같았다. 모든 것은 더욱 살벌해지고, 집단에 의한 대규모 충돌을 향해 치닫고 있는 듯한 느낌이었다. 안 된다. 충돌해서는 안 된다. 피해야 한다. 무슨 수를 써서든지 피해야 한다.

그러나 현실은 그렇지가 않았다.

하림은 즉시 수사에 착수했다. 극비리에 수사를 벌였다.

먼저 그 자료를 타이핑한 타이피스트를 찾아내야 했다. 타이핑일지를 조사해 보니 윤여옥이 그것을 친 것으로 되어 있었다. 하림은 가슴이 흔들렸다. 우연이라고 생각했지만 자꾸만 마음이 놓이지가 않았다.

일지에는 모두 여섯 부를 친 것으로 되어 있었다. 이번에는 정보자료 발송철을 체크해 보았다. 여섯 부 모두 각 기관으로 이미 발송되어 있었다.

발송되는 정보자료에는 기밀의 정도에 따라 그것을 가리키는 사인이 들어가도록 되어 있었다. 「소·중·북한 3자 전략회의 결정에 관한 보고」에는 「극비 1호」의 붉은 스탬프가 찍혀 있었다. 그러나 민영기가 촬영해 온 사진에 나타난 자료에는 스탬프가 찍혀 있지 않았다.

이것은 즉 각 기관에 보낸 정보자료 외에 또 한 부를 따로 찍었다는 것을 뜻했다.

하림은 등으로 식은땀이 흐르는 것을 느꼈다. 생각하고 싶지 않아 그는 머리를 흔들었다. 그러나 그럴수록 여옥의 모습이 자꾸만 눈앞을 어지럽혀 왔다. 그럴 리가 없어. 생각할 수도 없는 일이다. 여옥이 그것을 한 부 더 쳐서 빼돌리다니, 그렇게 생각하는 내 자신이 어디가 잘못된 게 아닐까.

각 기관으로 발송한 자료가 도중에 북쪽으로 넘어갔다면 사진에 스탬프가 나와 있어야 옳다. 그러나 그렇지가 않았다. 각 기관에 보낸 자료는 틀림없이 들어갔을 것이다. 그렇다면 이것은 어디서 누가 찍은 것일까?

아무리 생각해도 여옥이 제일 용의선상에 올랐다. 여옥이 그것을 한 부 더 찍는 것은 아주 용이한 일이다. 누가 타이프 옆에 지켜서서 감시하지 않는 이상 따로 쳐둔 자료를 빼돌리는 것은 식은 죽 먹기다.

하림은 다른 방향으로 생각하려고 기를 썼다. 즉 자료 발송을 취급하고 있는 자가 남몰래 그것을 복사해서 빼돌릴 수도 있다는 생각이었다. 자료가 한 기관에 닿아서 책임자의 손에 닿기까지는 여러 사람들의 손을 거치게 마련이다. 그 과정에서 새어나간 게 아닐까. 아마 그랬을 것이다. 여옥은 결백하다.

결국 하림은 여옥에 대한 의심을 애써 지워 버렸다. 그대신 정보자료를 철저히 관리하도록 부하들에게 당부했다. 여옥을 제외시키자 아무리 눈을 부릅뜨고 보아도 누가 스파이인지 알아낼 도리가 없었다. 그것을 알아내는 데는 시간이 필요했다. 문득 하나의 방법이 떠올랐지만 그것이 여옥에게 관계된 일이기에 그는 그만두기로 했다.


며칠 후 그는 착잡한 마음으로 서울을 떠나 북으로 향했다. 민영기와 동행이었다. 38선 가까운 곳까지 지프로 간 다음 차를 내려 어두운 산길을 걸어갔다. 별빛이 영롱한 가을밤이었다. 밤공기가 꽤 차가웠다. 그들은 열심히 걸어갔다.

38선에 닿은 것은 새벽 1시쯤이었다. 분단선은 엄중하게 경비되고 있었다. 그것은 이제 뛰어넘을 수 없는 국경선처럼 굳어져 버린 느낌이었다.

"경비대한테 발각되면 무조건 사살당합니다."

민영기를 따라 하림은 포복자세를 취했다.

북한은 38경비대를 창설, 38도선 2백40킬로를 엄중히 감시하고 있었다. 남쪽에서 침투하는 것을 막는 일 외에 끊임없이 내려오는 북한 주민들을 막는 것이 그들의 주된 임무였다.

민영기는 용이한 침투로를 찾아 재빨리 달려갔다. 하림 역시 그 뒤를 바짝 쫓아갔다. 가까운 곳에서 총소리가 들려왔다. 그들은 풀밭에 납짝 엎드렸다가 다시 앞으로 전진했다.

그렇게 한참을 가자 앞에 강이 나타났다. 강물은 어둠 속에 잠겨 소리 없이 흐르고 있었다.

"헤엄칠 줄 아십니까?"

어둠 속에서 민영기가 물었다. 하림은 옷을 벗었다.

"이 정도야 건널 수 있지."

"옷이 젖지 않게 나무 끝에 붙들어 매십시오."

그들은 기다란 나뭇가지를 꺾어 그 끝에 둘둘 뭉친 옷가지를 달아맸다. 두 사람 다 벌거벗은 알몸이었다.

"만일 발각되면 물 속으로 숨을 수밖에 없습니다."

그들은 나무 뒤에 숨어 한동안 주위를 살폈다. 총소리도 그치고 풀벌레 소리만 들려오고 있었다.

이윽고 두 사람은 납작 엎드려 뱀처럼 기어갔다. 맨살에 와 닿는 감촉이 심히 따가웠다.

"강이 얼지 않은 겨울철에는 알몸으로 강을 건너는 것이 끔찍스럽습니다. 심장이 약한 사람은 심장마비를 일으키기 십상

이죠."

긴장 상태 속에서도 계속 말을 꺼내고 있는 민영기는 불안을 씻으려고 노력하고 있음이 역력했다.

마침내 그들은 물 속으로 들어갔다. 으스스 한기가 느껴져서 몸이 움츠러들었다. 하림은 몸이 물위에 뜨는 것과 동시에 옷꾸러미를 매단 나뭇가지를 머리 위로 쳐들었다.

수영에는 자신이 있었다. 일찍이 유격훈련을 통해서 수영을 익힌 바 있는 그는 강 하나쯤은 그다지 어려운 일이 아니었다. 문제는 발각되지 않게 소리 없이 건너가는 것이었다.

처음에는 온몸이 얼어붙는 것 같았지만 중간쯤 헤쳐가자 별로 한기가 느껴지지 않았다. 민영기는 익숙하게 헤엄쳐 나가고 있었다. 하림은 서두르지 않고 천천히 움직여 나갔다. 그런데 그들이 거의 강을 건너왔을 때 갑자기 강물 위로 플래시의 불빛이 비치면서 총소리가 콩볶듯이 일었다.

하림은 반사적으로 물 속으로 머리를 처박으며 앞으로 돌진했다. 들고 있는 옷꾸러미에 무엇이 부딪치는 바람에 하마터면 그것을 놓칠 뻔했다.

옷을 겨드랑이에 끼고 강변으로 뛰어나왔다. 앞을 보니 민영기는 이미 달리고 있었다. 밤의 적막을 찢는 총소리가 한층 요란스러웠다. 벌거벗고 뛰는 자신이 흡사 짐승 같다고 생각했을 때, 앞서 달리던 동지가 나뒹구는 모습이 보였다.

그는 다시 일어나지 않았다. 하림은 달려가 그를 부둥켜 안았다. 그러자 민영기는 하림을 손으로 밀어냈다.

"난 상관 말고 빨리 피하십시오! 빨리!"

하림은 동지를 들쳐업고 뛰었다. 총소리가 뒤를 쫓아왔다.

"날 여기 내려 줘요! 난 틀렸어요! 대장님이 다치시면 안 됩니다. 권총을 꺼내 주십시오. 제가 놈들을 막고 있는 동안 도망치십시오!"

하림은 대꾸하지 않고 그대로 달려갔다. 어디서 그런 힘이 솟아났는지 모를 일이었다.

"저기 숲 속까지만 가면 돼!"

그는 맹렬히 뛰어갔다. 혼자 달리는 것 이상으로 속력이 나왔다. 숨이 턱에까지 차올랐다. 숨이 넘어갈 것만 같았다.

동지를 업은 채 그는 한번 나뒹굴었다. 총에 맞은 것 같았으나 다시 일어나 보니 괜찮았다. 민영기는 자신을 내버려달라고 사정했다. 그러나 그럴 수는 없었다.

마침내 숲 속에 들어섰다. 일단 안심이 되었지만 그는 구두를 꺼내 신은 다음 계속해서 뛰어갔다. 땀이 차는 바람에 둘러 업은 동지의 몸이 자꾸만 밑으로 미끄러져 내렸다.

거의 한 시간 가까이 지나서야 하림은 동지를 내려놓았다. 민영기의 몸은 온통 피로 젖어 있었다. 하림의 몸도 동지가 흘린 피로 흠뻑 젖어 있었다. 총알은 옆구리를 관통한 것 같았다. 상처에서 계속 피가 흘러나오고 있었다. 민영기는 이미 사색이 되어 있었다. 하림은 옷을 찢어 상처를 막았지만 피는 멈추지 않았다.

"빨리 떠나십시오. 제발 상관하지 말고 떠나시라구요."

목소리가 많이 약해져 있었다. 그때 어디선가 닭 우는 소리가 들려왔다. 마을이 가까운 것 같았다. 동지에게 옷을 입히고 자신도 옷을 입은 다음 하림은 다시 출발했다. 그의 등 위에서 동지는 축 늘어져 있었다.

한참을 걸어가자 날이 뿌우옇게 밝아오면서 조그만 마을이 나타났다. 마을로 들어서자 사방에서 개들이 일제히 짖어대기 시작했다. 일찍 잠이 깬 노파 하나가 사립문을 열고 나오다가 그들을 발견하고는 한약방을 가르쳐 주었다.

촌로가 마을 사람들을 상대로 한약재를 팔고 있는 한약방이었다. 촌로는 응급처치를 해준 다음 고개를 저었다.

"목숨은 장담 못하겠소."

민영기는 이제 몸을 가누지도 못했다. 하림은 초조했다.

"가까운 곳에 어디 병원이 없을까요?"

"이 근방에는 없어요. 기차를 타고 사리원까지 가야 병원이 있을 거요."

5리쯤 떨어진 곳에 간이역이 있다고 했다. 하림은 소달구지를 빌어 타고 역으로 갔다.

역사도 없는 역에 부상자를 눕혀놓고 기다리고 있는데 어둠이 완전히 걷히면서 부슬비가 내리기 시작했다. 영기는 추운지 몸을 부들부들 떨어대고 있었다. 하림은 저고리를 벗어 그를 덮어 주었다.

한시가 급했다. 그러나 기차는 얼른 오지 않았다. 거의 두 시간이 지나서야 기차가 왔다.

다행히 승객이 많지 않았다. 부상자를 의자에 기대앉히고 땀을 닦자 기차가 출발했다. 차창에 기대앉은 민영기의 얼굴은 핏기라곤 하나도 없이 창백하기만 했다. 입술은 말라붙어 있었고 눈은 죽은 듯이 감겨 있었다.

하림은 중절모로 환자의 얼굴을 덮어 주었다. 다른 사람들이 볼 때는 마치 잠이 든 것 같았다.

기차는 궁뱅이처럼 느릿느릿 굴러갔다. 안타깝기 짝이 없었다.

하림은 동지의 손을 꼭 잡아 주면서 속삭였다.

"조금만 참으면 돼."

그러나 옆구리를 보니 계속 피가 옷 밖으로 배어나오고 있었다. 촌로가 해준 응급처치도 소용이 없는 것 같았다. 몸이 식어 가는지 손마저 차가웠다. 하림은 동지의 손을 몇 번이고 쓰다듬어 주면서 속삭였다.

"죽으면 안 돼. 살아야 해. 우리는 승리할 거야. 조금 참아."

죽은 듯이 앉아 있던 동지가 천천히 고개를 끄덕였다.

"우리는 승리할 겁니다. 져서는 안 되지요. 승리해야지요."

하림은 눈물을 삼켰다. 동지의 숨소리가 점점 가빠지고 있었다.

"민동지가 없으면 안 돼. 민동지를 대신해서 일할 수 있는 사람이 없어. 그러니까 민동지는 반드시 일어나야 해."

"그렇지만……억울하지는 않아요. 단지 제 처자식이 걱정이 돼서……"

"가족이 어디 있지?"

"수원에 살고 있습니다."

"수원 어디?"

"제가 죽었다는 말하지 마십시오. 모르시는 게 좋습니다. 대장님도 자식이 있지요?"

"딸이 하나 있지."

상체가 앞으로 쓰러지려는 것을 하림은 붙들었다.

"저는 지금······행복합니다."

"염려하지 말고 푹 쉬어."

"마프노란 놈은 죽여야 합니다. 그놈을 살려두면 안 됩니다."

"나한테 맡겨."

"우리는······통일돼야 합니다."

"민동지가 앞으로 해야 할 일이야. 반드시 통일될 거야."

하림은 동지의 식은 손에 뺨을 댔다. 자기도 모르게 눈물이 흘러 동지의 손등에 묻었다.

"대장님······우시는군요. 대장님이 우시는 거······처음 봅니다."

"우는 게 아니야. 해가 뜨는군."

햇빛이 동편 산마루 위로 뻗치는 것이 보였다. 민영기가 얼굴을 돌려 동편 산마루 쪽을 바라보는 것 같았다. 그와 함께 그의 머리가 밑으로 힘없이 떨어졌다.

하림은 와락 동지를 껴안았다. 숨소리는 들리지 않았다.

"민동지! 민동지!"

마구 흔들며 이름을 불렀지만 민영기는 반응이 없었다. 이미 숨이 끊어져 있었다. 하림은 터져나오는 울음을 목으로 삼키며 소리 없이 오열했다.

막 기차가 정지하고 있었다. 신막(新幕)이란 곳이었다.

하림은 죽은 동지를 어떻게 해야 할지 몰라 그대로 의자에 앉히고 모자를 깊이 눌러 씌웠다.

문득 창밖을 보니, 군복을 입은 사나이들이 승강구에 오르는 것이 보였다. 조금 있자 두 명이 출입구 앞에 나타났다. 두 명 다 어깨에 총을 메고 있었다.

하림은 순간적으로 옆구리에서 권총을 빼내 저고리 오른쪽 주머니에 집어넣고 앞을 쏘아보았다. 그들이 민영기의 죽음을 확인하면 틀림없이 동행인 그를 조사할 것이 분명했다. 하림은 싸늘하게 식은 동지의 손을 한번 잡아준 다음 재빨리 통로를 건너 옆자리로 옮겨앉았다. 거기에는 젊은 아낙이 혼자 앉아 아기에게 젖을 먹이고 있었다. 하림이 맞은편에 앉으며 웃어 보이자 아낙은 얼굴을 붉히며 젖가슴을 가렸다.

"아기가 귀엽군요."

하림은 눈짓을 하며 아기를 안아들었다. 어리둥절해 하던 아낙은 무엇인가 심상치 않은 사태를 의식했던지 잠자코 아기를 내주었다. 젖을 빨다 말고 낯선 사람한테 안긴 아기는 놀라서 울어대기 시작했다.

하림이 아기를 달래느라고 진땀을 흘리고 있는 사이에 군복의 사나이들이 가까이 다가왔다.

"증명 좀 봅시다."

날카로운 말투에 하림은 고개를 쳐들었다. 그리고 웃으면서 증명을 꺼내 그들에게 내주었다. 식별할 수 없게 만들어진 위조 증명이었다.

"어디 가는 길인가요?"

눈매가 사나운 사내가 물었다.

"사리원에 가는 길입니다."

"사리원에는 무슨 일로……?"

"거기에 살고 있습니다. 금천에 다녀오는 길입니다."

"거긴 무슨 일로……?"

"거기에 처가가 있습지요."

바보처럼 웃었다. 바보 같은 웃음이 저절로 나왔다.

"가족인가요?"

여자와 아이를 번갈아 바라보며 묻는다.

"네, 그렇습니다."

하림이 고개를 끄덕이며 웃자 여자도 함께 따라 웃었다.

군복의 사나이들은 몸을 돌려 건너편 자리로 다가섰다. 하림은 아기를 아낙에게 안기면서 죽은 동지 쪽을 바라보았다.

"이 봐. 이 봐."

군복의 사나이가 거칠게 부르고 있었다. 남들이 볼 때는 마치 깊이 잠들어 있는 모습이었다. 반응이 없자 이번에는 총대로 어깨를 쿡쿡 찔렀다. 그 바람에 몸이 흔들리더니 머리에 씌워놓은 중절모가 밑으로 굴러 떨어졌다.

"어?"

눈을 치뜨고 있는 시체를 보자 그들은 멈칫했다. 순식간에 사람들이 몰려들고, 호각 소리가 요란스러웠다.

하림은 일어서서 사람들 사이에 끼어 들었다. 가슴이 찢어지는 듯 아팠다. 그들이 시체를 처리하는 대로 내버려두어야 하는 자신의 처지가 저주스럽기까지 했다.

군복의 사나이들이 몇 명 더 나타났다. 그들은 사람들의 접근을 막으면서 시체를 자리에 눕히고 검사를 했다.

"총에 맞은 것 같습니다.

"운반해!"

상급자가 거칠게 명령했다. 그들은 시체를 들고 나갔다. 팔다리가 들리워 밖으로 운반되어 가는 동지를 보면서 하림은 속으로 울었다.

"동지, 용서하시오……부디 잘 가시오……"

밖으로 떠메어 나간 시체는 트럭에 짐짝처럼 처넣어졌다.

시체가 발견되는 바람에 기차는 즉시 출발하지 못하고 그곳에 오래 지체했다. 그리고 검문검색이 철저하게 실시되었다. 하림은 권총을 꺼내 의자 밑에 밀어 넣고 침착한 얼굴로 앉아 있었다. 맞은편의 젊은 아낙은 보기보다는 훌륭했다. 하림이 권총을 숨기는 것을 보고서도 잠깐 놀라기만 할 뿐 아무 말도 하지 않았다.

두번째 검문에서 그는 몸수색을 당했다. 몸에서는 의심을 살 만한 것이 아무 것도 나오지 않았다. 그들이 지나간 뒤 하림은 여인에게 감사했다.

"정말 감사합니다."

"선생님은 나쁜 일을 할 사람 같지가 않았어요."

여인은 웃으며 대답했다.

"아까 그분, 동행 아니신가요?"

"네, 동행입니다. 총에 맞았죠. 애석합니다."

그는 창밖으로 고개를 돌렸다. 눈물이 한 방울 볼을 타고 흘러내리고 있었다. 기적 소리와 함께 기차가 다시 출발하고 있었다. 그는 걷잡을 수 없이 흘러내리는 눈물을 손등으로 닦았다.

평양 거리는 그전에 왔을 때와는 아주 다른 분위기를 띠고 있었다. 거리의 첫인상은 조직화되고 질서정연한 느낌이었다. 곳곳에 벽보가 다닥다닥 붙어 있었다. 모두가 혁명 구호였고, 최고 권력자에 충성하라는 내용이었다. 독재의 냄새가 거리거리에 충만해 있었다.

그는 한 벽보 앞에 서서 그것을 찬찬히 바라보았다. 거기에는 다음과 같은 내용이 담겨 있었다.

"남조선 괴뢰도당은 마침내 조국을 미제국주의에 팔아넘겼도다! 이 어인 일인가! 산도 울고 강도 울고 전인민이 울부짖도다! 미제의 앞잡이들아! 조국의 울부짖음이 들리지 않는가! 남조선 괴뢰도당들은 이제 우리 북조선까지 노리고 있도다! 인민이여! 우리는 이제 한치의 땅도 그들에게 내어 주어서는 안 된다! 우리 인민은 위대한 독립정신으로 미제의 앞잡이들을 몰아내어 남북통일의 대업을 이룩해야 할 것이다! 인민이여! 일어나라! 궐기하라!"

 피로 쓴 듯한 붉은 글씨를 보자 하림은 머리가 어지러웠다.

 그는 다시 천천히 걸어갔다. 군인들을 잔뜩 태운 트럭이 나타났다. 모두가 완전무장을 하고 있었다. 그는 멈춰 서서 그들을 바라보았다.

 트럭은 한 대가 아니었다. 줄을 이어 나타나고 있었다. 모두가 남쪽으로 향하고 있었다. 그는 트럭 수를 하나하나 세었다. 모두 35대였다. 적지 않은 병력의 이동이었다.

 병사들의 얼굴은 하나 같이 굳어 있었다. 얼굴빛은 검었다. 강건한 인상이었다. 억센 훈련으로 단련된 모습들이었다. 하림은 가슴속으로 써늘한 냉기가 스쳐 가는 것을 느꼈다.

 문득 비행기 소리가 들리기에 하늘을 올려다보니 야크기 편대가 날아오고 있는 것이 보였다. 10개의 편대가 줄을 이어 머리 위를 지나갔다. 언제라도 전투에 임할 수 있는 전투기 편대를 보자 간담이 써늘해졌다. 남한에는 현재 연락기 10여 대밖에 없다는 것을 그는 누구보다도 잘 알고 있었다.

 거리의 사람들은 질서정연하게 제 갈길만을 가고 있었다. 길가에서 할 일 없이 어정거리는 사람은 거의 보이지 않았다.

 이번에는 어린아이들이 열을 지어 가면서 혁명가를 부르고 있었다. 손에 손에 인공기를 들고 있었다. 다른 노랫 소리는 들리지 않았다. 문득 그는 아이들 속에 자기 딸애가 있을 것 같은 생각이 들었다. 저와 같이 키운 아이들이 장래에 어떤 어른이 될까 하고 생각하니 모골이 송연해졌다.

아마 질서에 따르고, 명령에 움직이고, 스케줄대로 살아가는 판에 박은 인간들이 되겠지. 비판이나 저항 같은 것은 생각해 보지도 못하겠지. 창조적인 개인 생활이란 더더구나 생각할 수 없을 것이다. 집단 속의 한 분자로서 집단이 움직이는데 따라 짐승처럼 끌려 다닐 것이다. 그런 인간들을 무장시키고 전쟁터로 내보내는 것은 아주 쉬운 일이다. 하나의 적을 만들고 그 적을 죽이라는 명령을 내리면 그들은 두말 없이 그대로 실천할 것이다. 꾸준히 적대감을 안고 자라온 인간들인 만큼 서슴없이 목숨을 바칠 것이다.

인간의 사악함과 그 어리석음에 그는 분노가 치밀었다. 가슴이 답답해지는 것이 한 바탕 외치고 싶은 심정이었다. 바지 주머니에 두 손을 찔러 넣고 급히 길을 건너갔다.

# 추적의 발소리

어둠침침한 실내에 여섯 명의 사나이들이 앉아 있었다. 방안은 긴장에 싸여 있었고 담배연기가 자욱했다. 그늘진 얼굴들은 하나같이 침통한 빛이었다. 밖에서 들려오는 빗소리가 실내의 침묵을 더욱 무겁게 해 주고 있었다.

그들은 CIC소속 지하공작원들이었는데, 하림으로부터 민영기가 사망했다는 말을 듣고 모두가 비탄에 잠겨 있었다. 민영기의 활약이 누구보다도 대담하고 활발했던 만큼 그의 죽음은 다른 공작원들에게 큰 충격으로 받아들여지고 있었다. 그러나 어떠한 불행과 고난도 침묵으로 받아들일 수밖에 없는 것이 지하공작원들의 운명이었다. 죽음을 당한 자에게는 아무런 영광도 주어지지 않는다.

그가 세상에 존재하면서 무슨 일을 했는가 하는 것은 죽음과 함께 영원한 망각 속으로 파묻혀 버린다. 그래서 더욱 허무한 것이다.

그들은 열 평쯤 되는 실내에 탁자를 둘러싸고 앉아 있었다. 낡은 건물의 이층이었는데 바닥이 판자로 되어 있었다. 창문에는 검은 커튼이 드리워져 있어 외부로부터의 빛을 차단하고 있었다.

하림은 비탄에 잠겨 있는 요원들을 위로하고 그들로 하여금 다시 임무 수행에 정진할 수 있도록 그들에게 무엇인가 해 줄 만한 것을 생각해 보았으나 마땅한 것이 없었다. 그만큼 앞날이 어두웠던 것이다.

"민동지는 결코 죽지 않았어. 그의 영혼은 영원히 살아서 우리를 도울 거야. 민동지는 여러분들이 슬퍼하는 것을 바라지 않을 거야."

아무런 반응이 없다. 하림은 다시 무겁게 말을 이었다.

"여러분들은 앞으로도 계속 죽음을 맞이하게 될지도 모른다. 자신이 아니면 동지들의 죽음을 말이다. 그렇지만 여러분들은 죽음을 대하는 태도가 보통 사람들과는 달라야 해."

천장에서 거미 한 마리가 굴러 떨어졌다. 모두가 눈을 반짝이며 거미를 바라보았다. 거미는 다리를 오므리더니 줄을 타고 다시 올라가기 시작했다. 아무도 그것을 죽이려 하지 않았다. 모두가 그것의 움직임을 지켜보고만 있었다.

이윽고 그것이 사라지자 모두가 상체를 움직이며 자리를 고쳐 앉았다. 그리고 조금 전보다는 사람들의 표정이 조금씩 밝아지고 있었다. 그들 중 가장 연장자인 듯한 중년의 사나이가 헝클어진 머리칼을 쓸어 올리며 새파랗게 젊은 대장을 지그시 바라보았다.

"여기서 대장님의 말씀에 불만을 느끼는 사람은 아무도 없을 겁니다. 모두가 죽기를 각오하고 일하는 사람들이니까요. 단지 우리가 기분이 좋지 않은 것은……결과가 너무 허무해서 그러는 겁니다."

"잘 알고 있어. 너무 허무하지. 그렇지만 우리는 싸워야 해. 그 허무를 극복하기 위해서도 싸워야 해. 그렇지 않고 물러나면 허무보다 더 비참한 종말이 있을 뿐이야."

모두가 수긍하는 빛을 보이며 고개를 끄덕이자 하림은 비로소 마음이 좀 놓였다.

그때 노크 소리가 났다. 모두가 긴장해서 문 쪽을 바라보았다. 노크는 1 · 2 · 3박자로 세번 되풀이되었다. 한 사람이 일어나 권총을 겨눈 채 문을 열어 주자 캡을 눌러쓴 사나이가 긴장한 표정으로 들어섰다.

"뭔가 터질 것 같습니다."

사나이는 캡을 벗어 물기를 털면서 의자에 털썩 주저앉았다. 30대로 눈매가 사나운 사나이였다. 하림은 상대를 물끄러미 바라보았다. 몹시 급하게 왔던지 사나이는 가쁜 숨을 한동안 몰아쉬더니 가까스로 입을 열어 말했다.

"대남공작부의 요원 두 명이 오늘 밤차로 평양을 떠납니다."

"……"

"해주의 남로당에서는 벌써부터 사람을 보낸 모양입니다."

"어디로?"

"여수와 순천 등지로 공작원들을 잠입시킬 계획인 것 같습니다. 대남공작부 요원 두 명은 여수의 14연대를 찾아가는 것 같

습니다."

하림의 표정이 굳어졌다.

"믿을만한 정보인가?"

"네, 틀림없는 정보입니다."

그 사나이는 대남공작부 안에 구축되어 있는 민영기의 첩보망을 통해 정보를 입수했다고 밝혔다.

"정보에 의하면 벌써 상당수의 요원들이 여수로 내려갔다고 합니다. 모종의 거사를 계획하고 있는 것 같은데, 정확한 것은 잘 모르겠습니다."

"14연대의 누구를 만날 계획인가?"

"잘 모르겠습니다."

군 내부에 침투해 있는 좌익세력은 아직도 뿌리 뽑히지 않고 있는 상태였다. 따라서 북의 대남공작부 요원이 남한의 군부에 침투하려고 한다 해서 놀랄 것은 못 되었다. 그러나 여수에 있는 14연대로 상당수의 요원들이 침투하고 있다는 것은 무엇인가 심상치 않은 조짐인 것 같았다.

"남로당 사나이들도 모두 여수 쪽으로 내려갔나?"

"네, 여수 순천 등지로 내려갔답니다."

하림은 여수에 주둔하고 있는 14연대 연대장을 생각해 보았다. 연대장급이면 모두 CIC의 심사대상에 올랐던 인물들로, 사상적으로 의심이 갈만한 사람은 이미 제거된 지 오래다. 여수 순천지구가 흔들리면 지리산 일대가 빨치산 소굴이 될 우려가 다분히 있다. 그렇지 않아도 오대산을 통해 태백산 줄기를 타고 빨치산의 침투가 점점 빈번해지고 있는 터였다. 빨치산은 언제나 깊은 산을 근거로 유격투쟁을 전개하기 때문에 산악지방이 취약지구로 경계의 대상이 되어야 함은 누구나 다 알고 있는 사실이었다. 제주도 4·3폭동이 안겨 준 쓰라린 경험이 그것을 잘 입증해 주고 있었다.

그러나 그런 위험을 알고 있으면서도 미처 손을 쓰지 못하고 있는 것이 당시 우리 정부의 상황이었다. 하림은 자신이 우려하고 있던 불행한 사태가 혹시 발생하는 것이 아닌가 해서 몹시 초조했다.

"즉시 본부로 무전을 쳐! 14연대에 모종의 움직임이 있을지 모르니 경계하라구 말이야. 그리고 박소위!"

그는 정보를 가져온 사나이를 불렀다. 그리고 나이 많은 정소위를 턱으로 가리켰다.

"두 사람은 지금부터 즉시 행동을 개시해! 남파되는 공작원을 추적해서 그놈이 14연대의 누구와 접촉하는지 알아내란 말이야!"

"알았습니다."

지시를 받은 두 사람은 서둘러 일어났다.

"두 명의 인상을 알고 있나?"

"모릅니다. 오늘밤 10시에 출발한다니까 아직 알아낼 시간은 있습니다."

하림은 일어서서 두 사람과 악수를 나누었다. 명령을 받은 두 사람은 비내리는 어둠 속으로 급히 사라져갔다. 하림은 창가에

서서 그들의 뒷모습을 바라보며 그들은 역시 용사들이라고 생각했다.

그곳은 평양으로부터 동남쪽으로 1백 킬로쯤 떨어진 산악지대였다.

포성이 들리기 시작한 것은 동이 트기 전부터였다. 느닷없이 쿵쿵 울리는 소리에 산간 주민들은 새벽잠에서 깨어나 공포에 떨었다. 포성과 함께 총소리가 끊임없이 들려왔다. 날이 새자 완전무장한 보병부대가 마을과 마을을 지나 산 속으로 진격해 들어갔다.

인민군 보병의 행렬은 끊일 줄 모르고 이어지고 있었다. 보병과 함께 전차도 지나갔다. 소련제 전차였다. 보급품을 실은 수송 차량도 줄을 잇고 있었다. 그 위를 야크기 편대가 낮게 떠서 날아갔다.

갑자기 전쟁이 일어난 듯했다. 산간 주민들은 두려운 눈으로 군대의 움직임을 바라보고 있었다. 전쟁은 아니었다. 그러나 실전을 방불케하는 대규모 군사훈련이었다. 전쟁을 앞둔 군사훈련이라는 것을 누구나 짐작할 수 있었다.

훈련이 실시되는 깊은 산악지대에는 일반인의 통행이 일체 금지되어 있었다. 그러나 높은 산꼭대기에 올라가 나무 사이에 숨어서 군사훈련을 지켜보는 사람이 있었다. 장하림이었다. 나무꾼으로 변장한 그와 그의 부하는 이미 지난밤부터 산 속에 들어와 대기하고 있었던 것이다.

하림은 군사훈련 광경을 하나하나 놓치지 않고 카메라에 담았다. 그는 연방 카메라 셔터를 누르면서 흥분을 가눌 길이 없었다. 그가 보기에 군사훈련에 참가한 병력은 3개 사단쯤 되는 것 같았다. 첫눈에도 전병력이 정예화되어 있는 것을 알 수가 있었다. 기동력도 우수했다. 맞은편 산마루를 향해 집중포격이 10분 동안 계속된 뒤 이번에는 야크기 편대가 날아와 기관총탄을 퍼부었다.

뒤이어 십여 대의 탱크가 일제히 불을 뿜었다. 탱크에서 쏘아대는 포탄의 위력은 대단했다. 뿌우옇게 일어나는 포연 사이로 아름드리 나무들이 툭툭 부러져나가고 있었다. 포연이 사라진 뒤에 보니 맞은편 봉우리가 칼로 목을 친 듯 나무라곤 하나도 없이 밋밋해져 있었다.

기다렸다는 듯이 보병들이 공격을 개시했다. 사기가 충천한 보병들은 와아 하고 함성을 지르며 산봉우리를 향해 치달려 올라갔다. 높은 산 위에서 내려다볼 때 그것은 흡사 개미떼가 움직이는 것 같았다.

산 위에서는 가상 적군이 완강하게 저항하고 있었다.

"모두가 소련제 무기입니다."

하림의 부하가 망원경을 눈에 댄 채 말했다.

"저 전차는 T34라는 겁니다. 각 학교에서 우수한 학생들만을 골라 약 4백 명 정도로 전차연대를 편성해 놓고 있습니다. 76밀리 곡사포, 45밀리 대전차포, 14, 15밀리 대전차포, 120밀리와 82밀리 중·중 박격포(重·中迫擊砲), 기관총, 따발총, 소총 등 없는 것이 없습니다. 전쟁이 일어나면 남한은 하루아침에 적화될 게 뻔합니다."

부하의 말은 너무도 당연해서 하림은 무엇이라고 대꾸해 줄 말이 없었다.

첫 고지를 무난히 점령하고 난 인민군은 산을 넘어 깊이 진군해 들어갔다.

그날 하림은 몹시 충격을 받았다.

북한이 인민공화국을 수립하고 나서 인민군 총사령부를 민족보위성(民族保衛省)이라 개칭하고 군사력 증강에 박차를 가하고 있다는 것은 알았지만 직접 눈으로 군사훈련을 보고 난 지금은 그 느낌이 한층 충격적이었다.

그날 밤 늦게 아지트로 돌아온 하림은 이렇게 메모했다.

"1948년 10월 10일. 황해도 곡산 부근에서 적군 합동 군사훈련 개시. 2개 보병사단, 전차부대, 1개 기계화 보병사단, 2개 야크기 편대 등으로 돌파, 전과 확장, 우회, 침투 훈련 등 실시. 매우 충격적인 광경이었음."

밤이 깊어서도 그는 잠이 오지 않았다. 인민군이 단시일 내에 그토록 강대해질 수 있었던 것은 순전히 소련의 원조 덕분이었다. 부럽기 짝이 없었다. 북쪽 사정이 그런데 반해 남한은 정반대의 상황에 놓여 있었다.

남한이 무장할 수 있는 길은 현재로서는 미국의 원조밖에 없었다. 그러나 미국은 끝까지 무기 원조를 거부하고 있었다. 인민군을 과소평가한데다 남한을 무장시키면 오히려 전쟁을 촉발시킨다는 우려 때문이었는지 모른다.

여기에는 평화를 갈구하는 미국 국민 전체의 여망도 무시할 수 없는 잠재력으로 작용하고 있다고 볼 수 있었다. 2차대전에서 승리했다고는 하지만 많은 피를 흘리고 막대한 군비를 소모한 미국은 사실 지쳐 있었다. 그래서 더 이상 전쟁에 휩쓸리는 것을 피했다. 이제는 승전국이자 세계의 초강대국으로서 세계 도처에서 빈번히 일어나고 있는 내분이나 국지전에 신경질적인 반응을 보일 게 아니라 어미 닭처럼 약소국을 포용하면서 적당히 먹을 것이나 대주고 평화를 만끽하자는 것이 그들의 생각이었는지도 모른다.

그러한 그들에게 고통을 호소하고 위험을 경고한들 진정으로 가슴 깊이 받아들여질 리가 없었다. 우리를 해방시켜 주고 이제는 한국의 자유우방국이라고 하지만 그들이 진정한 고통을 함께 나눈다는 것은 불가능한 일이었다. 그들은 태평양 건너에 있었고, 어디까지나 우리는 다른 나라 사람들이었다. 그들로서는 우리를 끝까지 돌보아야 할 의무나 책임도 없었다. 따라서 그들이 한국에 무기 원조를 안해 준다고 해서 그들을 탓할 것은 못 되었다.

불행의 열매가 익어가고 있었지만 그것은 수년 전, 아니 수십 년 수백 년 전부터 이미 그 씨가 뿌려진 것이었는지도 모른다.

하림은 어둠 속에 드러누워 두 눈을 멀거니 뜬 채 담배만 빨아댔다. 문득 가슴에서 뜨거운 것이 북받치면서 목이 터지게 외치고 싶은 충동이 일었다. 처음으로 그는 한반도에 태어난 것을 원망했다. 그래서는 안 되는 줄 알면서도 원망스러움을 지울 수가 없었다.

그 시간에 하림이 보낸 두 첩보요원은 호남선 하행열차에 몸을 싣고 있었다. 그들이 뒤쫓고 있는 대남공작부 사나이들이 서울서 하루를 지체하는 바람에 그들도 함께 서울서 하루를 보낸 다음 마지막 추적길에 들어선 것이다.

그런데 서울에서 하루를 지체한 것이 하림의 부하들에게 치명적인 불행을 안겨주었다. 그들은 그것을 모르고 있었지만 불행은 시시각각으로 그들을 향해 다가오고 있었던 것이다.

서울에 도착했을 때 그들은 CIC본부에 전화를 걸었다. 대강 사태를 설명하고 지원을 요청하자 본부에서는 계속 미행해서 14연대의 누구와 접선하는지 알아내라고 했다. 그리고 14연대에는 이미 요원이 파견되어 가 있다고 했다. 그들은 안심하고 전화를 끊었지만, 통화내용은 고스란히 도청되었다. 전화시설이 불충분했던 당시로서는 거의가 전화국을 통한 교환전화였다. 그런데 전화국의 교환원이 남로당에서 심어 놓은 정보요원이었다.

젊은 여자 정보요원은 통화내용을 즉시 지도부에 보고했다. 정보를 입수한 지도부는 이미 대남공작부 요원들의 도착을 알고 있던 터라 즉시 대책에 들어갔다.

기차에서 공작요원들과 합류하기로 한 사람이 있었는데, 그 사람은 다름 아닌 최대치였다. 기차에 오른 대치는 공작원들이 앉아 있는 자리를 찾아 거기에 말없이 앉았다. 그리고 기차가 출발한 한참 뒤에야 자연스럽게 그들과 이야기를 나누었다. 남들이 볼 때 그들의 모습은 기차에서 우연히 합석하게 된 승객들 같았다.

"저, 안경 낀 놈 수상하지 않습니까?"

박소위의 말에 정소위는 고개를 갸우뚱했다.

"글쎄, 아닌 것 같은데……"

그들은 대남공작원들로부터 엇비스듬히 떨어진 곳에 앉아 있었다.

대치는 중절모를 눌러쓰고 점잖게 앉아 있었다. 접선암호로서 「여학교 선생」이라고 자기 소개를 한 그는 교사답게 책을 읽고 있었다.

밖에는 가을비가 소리 없이 내리고 있었다.

기차가 대전역에 도착했다. 창문을 두드리는 소리에 대치는 밖을 내다보았다. 거기에 한 사나이가 비를 맞으며 서 있었다. 사나이는 그에게 고갯짓을 해 보인 다음 뒤쪽으로 사라졌다.

사나이는 대전에서 활약중인 K대 대원이었다. 대치는 일어서서 맞은편의 사나이들에게 시선을 보낸 다음 화장실에 가는 것처럼 뒤쪽으로 걸어갔다.

문을 열고 밖으로 나가자 승강구 쪽에 K대 대원이 붙어서 있었다. 사람들의 출입이 많았으므로 그들은 이야기를 나눌 수가 없었다.

기차가 출발하려면 아직 시간이 있었으므로 그는 승강구를 내려가 국수를 파는 곳으로 걸어갔다. 국수 가게 앞에는 사람들이 많이 늘어서서 정신없이 국수를 먹어대고 있었다.

"국수 두개만 주슈."

돈을 치르자 즉시 두 그릇의 국수가 나왔다. 옆으로 바싹 다가선 사나이가 국수그릇을 집어드는 것을 곁눈질로 보면서 대치는 뜨거운 국물을 후루룩 마셨다.

차가운 가을비가 내리고 있어서 그곳에서 먹는 국수맛이 한결 좋았다.

"중앙에서 연락이 왔습니다."

곁의 사나이가 속삭였다. 대치는 잠자코 먹는데 열중했다.

"미행자가 있습니다. 두 명인 것 같습니다."

"……"

대치는 다꾸앙을 하나 집어 그것을 아작아작 씹었다.

"평양에서부터 내려온 모양입니다."

"인상은?"

"모릅니다."

"알았어."

"우리 대원이 네 명 차에 탔습니다. 옆에 있을 테니까 지시만 내리십시오."

"알았어. 눈에 띄지 않게 행동하도록 해. 우선 놈들을 찾아야 하니까."

대치는 국물을 마신 다음 빈 그릇을 내려 놓고 기차로 돌아왔다. 그가 승강구에 오르자 기적 소리가 밤하늘을 울렸다. 하얀

증기가 연막처럼 어둠 속으로 퍼져오르는 것이 보였다.

자리에 돌아와 앉자 기차가 출발했다. 두 공작원의 눈이 그의 움직임을 주시하고 있었다. 그는 책을 펴서 거기다 연필로 다음과 같이 휘갈겨 썼다.

"미행당하고 있다. 이리역에서 내려 놈들을 유인하라. 뒤는 우리가 맡겠다."

쓰는 것을 끝내자 맞은편 사나이가 말을 걸어왔다.

"그거 무슨 책인지 볼 수 없을까요?"

대치는 잠자코 상대방에게 책을 내주었다. 그것은 흔해 빠진 애정소설이었다.

"재미있습니까?"

"뭐, 별로……심심해서 읽고 있습니다."

그들은 더 이상 말하지 않았다.

대치는 눈을 감았다. 잠을 자려고 감은 것이 아니었다.

한참 후 그는 눈을 뜨고 양쪽 출입구를 바라보았다. K대 대원들이 양쪽 출입구를 지키고 있는 것이 보였다. 한쪽에 두 명씩이었다.

미행자들을 찾아낸다는 것이 쉽지 않을 것 같았다. 안에는 승객들이 꽉 들어차 있어서 누가 누군지 알아볼 수가 없었다.

논산을 지나 강경에 이르렀을 때 대치는 자리에서 일어섰다.

"먼저 내립니다. 자, 안녕히들 가십시오."

공작원들에게 인사를 한 다음 출입구 쪽으로 걸어갔다. 시간은 새벽 3시를 조금 지나고 있었다.

밖으로 나와 뒤를 돌아보았다. 아무도 따라오는 사람이 없는 것 같았다.

기차가 멈춰 서자 그는 플랫폼으로 내려섰다. 두 명의 K대원이 뒤따라 내렸다.

"어떤 놈입니까?"

"아직 몰라. 곧 알 수 있을 거니까 감시만 잘해."

부하들과 헤어져 그는 다음칸 승강구로 올라갔다. 비는 여전히 소리 없이 내리고 있었다. 잠시 후 기차가 다시 출발했다. 그는 승강구 계단에 서서 어둠 속을 바라보았다.

어느새 한 손은 옷속으로 들어가 45구경 권총을 더듬고 있었다. 권총을 빼내 옆구리에 찔러 넣었다.

미행하는 놈들을 죽일 수밖에 없다고 생각했다. 그만큼 이번 일은 매우 중대한 것이었다. 만일 발각되면 그 어마어마한 계획은 수포로 돌아가고 마는 것이다. 그것을 위해 얼마나 많은 준비를 했는가, 평양 수뇌부로부터 기필코 목저을 달성히리고 특명까지 내려왔었다. 남로당에서는 이번 일을 최후의 거사로 알고 전력을 기울이고 있었다. 모든 준비는 거의 완료된 상태였다. 불을 붙이기만 하면 되는 것이었다. 그런데 느닷없이 미행자가 나타난 것이다.

마침내 기차는 이리역에 닿았다. 대치를 포함한 다섯 명의 도살자들이 먼저 차에서 뛰어내렸다.

역이 큰데다 교차하는 지점이었기 때문에 많은 승객들이 오르내리느라고 플랫폼은 혼잡스러웠다. 도살자들은 먹이를 찾느라고 눈들을 휘번득거리고 있었다.
 대치의 지시대로 두 명의 공작원들은 열차에서 내렸다. 그리고 사람들 사이에 끼어 출구 쪽으로 천연덕스럽게 슬슬 걸어갔다. 그 뒤를 수 미터 떨어져서 하림의 부하들이 쫓아갔다. 그들은 자신들의 뒤를 다른 도살자들이 따르고 있는 줄은 까맣게 모르고 있었다. 그래서 앞서가는 자들에게만 주의를 집중한 채 따라가고 있었다.
 도살자들은 개별행동을 취하고 있었다. 눈치채이지 않게 앞서거니 뒤서거니 하면서 공작원들의 뒤를 추적하고 있었다. 대치는 맨 뒤에서 따라가고 있었다. 그의 손짓에 따라 도살자들은 빈틈없는 망을 짜가고 있었다.
 출구를 빠져나가자 사람들이 사방으로 흩어지는 바람에 시야가 갑자기 압축되었다. 사람들은 어둠 속으로 흡수되듯이 사라졌다.
 공작원들은 희뿌연 가로등 밑을 지나 좁은 골목으로 꺾어져 들어갔다. 그쪽은 캄캄한 어둠이었다.
 공작원들이 골목 안으로 사라진 뒤 조금 후 두 명의 남자가 급히 골목 입구로 뛰듯이 걸어갔다. 그리고 입구에서 주춤거리다가 곧 어둠 속으로 사라졌다.
 "저놈들이다!"
 대치는 속으로 외치면서 모자를 벗어 흔들었다. 도살자들은 일제히 사방으로 산개했다. 골목을 중심으로 원을 그리면서 포위망을 좁혀갔다.

공작원들은 골목을 따라 꾸불꾸불 걸어가다가 다시 큰길로 나서서 이번에는 언덕으로 올라갔다. 언덕 위에는 교회의 건물이 희끄무레한 모습으로 서 있었다.

추적요원들은 움직이기가 매우 난처했다. 인적이 끊긴 거리에서 계속 미행한다는 것이 얼마나 어리석은 짓인가를 그들은 잘 알고 있었다. 그러나 놓쳐서는 안 된다는 것도 잘 알고 있었다. 이미 놈들의 모습은 어둠 속에 삼켜 보이지 않았다. 그들은 초조하고 당황했다.

"이상한데요?"

젊은 요원이 긴장한 목소리로 속삭였다.

"여수에 내려가다 말고 왜 이리에서 내려 이 교회를 찾아갔을까요?"

"글쎄, 무슨 일이 있겠지. 자, 올라가 보지."

나이 든 요원은 슬며시 권총을 빼들고 있었다.

"아무래도 공기가 좀 이상한 것 같은데요."

그들은 첩보요원답게 예민한 반응을 보였다. 그러나 지체할 수 없는 처지였다.

"자, 올라가 보지. 이러다간 놓치겠어."

그들은 조심스럽게 언덕을 올라가기 시작했다. 두 사람 모두 권총을 움켜쥐고 있었다. 너무 어두워 바로 앞을 분간하기가 어려울 정도였다. 그들은 신경을 곤두세운 채 조금씩 조금씩 위로 올라갔다.

교회는 어둠과 가랑비 속에 흡사 폐가처럼 서 있었다. 바람에 나뭇잎이 스치는 소리만 스산하게 들려올 뿐 주위는 인기척 하나 없이 죽음 같은 정적에 싸여 있었다.

언덕 위에 올라선 그들은 멈칫하고 그 자리에 섰다. 교회 문이 흔들리고 있었던 것이다. 가만 보니 문은 반쯤 열려 있었고, 바람에 흔들리고 있었다. 그들은 한숨을 내쉬며 이마에 번진 진땀을 닦았다. 열린 문 사이로 보이는 것은 어둠뿐이었다. 퀭하니 입을 벌리고 있는 어둠 속으로 선뜻 들어서기가 두려워 그들은 머뭇거리고 있었다.

조금 후 그들은 담벽에 붙어서서 한동안 동정을 살폈다. 그러나 안에서는 아무런 소리도 들려오지 않았다.

"다른 데로 가지 않았을까?"

"그럴 리가 없습니다. 여긴 담으로 막혀 있어서 갈 데가 없습니다."

"눈치채고 도망친 게 아닐까?"

"글쎄요."

그들은 바짝 긴장했다. 너무 어두워서 한 발짝을 옮기기가 쉽지 않았다.

"제가 돌아보고 오겠습니다."

박소위는 허리를 반쯤 굽히고 교회 뒤쪽으로 사라졌다. 조금 후 헐레벌떡 돌아온 그는

"없는데요."

하고 말했다.

"이 안에 들어간 모양이군."

"체포해 버리죠. 아무래도 마음이 놓이지 않습니다."

"안 돼. 이놈들이 문제가 아니야. 이들이 접선하는 놈을 알아내야 해."

"정말 이 안에 있을까요?"

"글쎄……"

그들은 바보처럼 서로를 바라보았다. 마치 우롱당하고 있는 기분이었다.

"자넨 여기서 지키고 있어. 저쪽이 좋겠군. 난 아래로 가서 지키고 있겠어."

"그렇게 하십시오."

"정 수틀리면 체포하든가 사살해 버려."

정소위는 권총을 빼들고 비탈길을 내려왔다. 빗소리만 들려올 뿐 주위는 죽은 듯이 고요했다. 비를 고스란히 맞으며 그는 길가에 서 있었다. 노련한 그는 함부로 몸을 움직이려고 들지를 않았다.

그에 비해 젊은 요원은 과감한 데가 있었다. 교회 앞에 한참 서 있자니 좀이 쑤셨다. 확인하기 전에는 놈들이 교회 안에 숨어 있다고 단정을 내릴 수도 없었다. 마침내 그는 교회 안으로 들어가 보아야겠다고 생각했다. 권총을 움켜쥐고 출입구로 다가섰다. 문이 계속 바람에 삐걱거리고 있었다.

문을 잡고 한동안 안의 동정을 살피다가 소리 없이 안으로 들어섰다. 마룻바닥이 삐걱거렸다. 곰팡이 냄새가 물씬 풍기는 것이 지금은 버려진 교회당 같았다. 안으로 완전히 들어선 다음

벽쪽으로 움직이려는 순간 몽둥이 같은 것이 이마에 사정없이 부딪쳐왔다.

딱하는 소리와 함께 그는 한 바퀴 굴러 밖으로 나가떨어졌다. 반사적으로 방아쇠를 잡아당겼다.

탕!

탕!

총소리가 연이어 났다. 젊은 요원은 땅바닥 위에 길게 드러누워 일어나지 않았다. 늙은 요원이 뛰어올라 갔을 때 젊은 요원은 이미 숨져 있었다. 정소위는 이성을 잃었다. 권총을 빼든 채 어둠 속을 노려보며 그는

"나와라, 이놈들아!"

하고 외쳤다. 반응이 없자 그는 권총을 사방에 난사했다.

"나와라, 이 비겁한 놈들아! 나오란 말이다!"

공허한 부르짖음이 끝나자 정적이 찾아왔다. 그는 다시 방아쇠를 당겼다. 찰칵하는 소리만 날 뿐 총소리는 나지 않았다. 탄알이 떨어진 것 같았다. 그는 권총을 동댕이쳤다. 비로소 정신이 들었다.

몸을 날려 밑으로 구르자 총소리가 터졌다. 몇 개의 그림자가 우르르 뒤쫓아오고 있었다.

"살려보내면 안 돼! 죽여!"

숨가쁜 소리가 들려왔다. 그는 일어섰다가 푹 쓰러졌다. 허벅지가 뜨끔했다. 총알이 핑핑 지나가는 소리가 들렸다. 누운 채로 비탈을 굴러 내려갔다.

기를 쓰고 일어나서 가로등이 희미하게 빛나는 곳으로 절뚝절뚝 뛰어나갔다. 모든 것이 너무 먼 곳에 떨어져 있다고 생각했다. 이를 악물고 힘을 내 보았지만 헛수고였다. 오른쪽 어깨에도 총알이 날아와 박히는 것이 느껴졌다. 한 바퀴 뒹굴었다가 다시 일어나 뛰어갔다.

이럴 때 왜 경찰은 오지 않을까. 경찰이 오면 놈들을 체포할 수 있을 텐데…….

가로등 앞에까지 다다른 그는 구겨지듯 쓰러졌다. 두 손으로 땅을 짚고 일어나 앉았다. 가로등 기둥에 등을 대고 앉아 다가오는 사나이를 바라보았다.

빗물이 머리칼을 타고 줄줄 흘러내리고 있었다. 불빛에 물기가 반짝거리고 있었다. 흘러내리는 물을 혓바닥으로 핥아먹었다. 몹시 목이 말랐다. 눈앞이 침침해졌다. 앞으로 다가선 사나이의 모습이 흔들렸다.

대치는 가로등에 기대앉은 늙은 사내를 향해 두번 방아쇠를 당겼다. 목과 가슴에 두 발의 총을 맞은 사내는 크게 한번 경련한 다음 옆으로 기우뚱하며 쓰러졌다. 가로등 불빛이 파르르 떨고 있었다.

그때 거친 발짝 소리와 함께 경찰이 나타났다. 경찰이 주춤하는 것을 보고 대치는 권총을 발사했다. 맨 앞에 서 있던 경찰이 비명을 지르며 쓰러지자 경찰들은 어둠 속으로 도망쳤다.

때 맞춰 빗방울이 굵어지면서 소나기가 쏟아지기 시작했다. 총소리가 사납게 밤공기를 찢어 놓고 있었다. 대치 쪽은 수적으로 열세였지만 모두가 대담무쌍한 자들이라 수십 명의 경찰들을 꼼짝 못하게 묶어 놓고 있었다.

총이라곤 별로 쏘아 보지도 못하고, 더구나 전투란 해본 적도 없는 경찰은 겁을 잔뜩 집어먹은 채 조준도 없이 무턱대고 방아쇠만 당기고 있었다.

대치 쪽 사나이들은 요령 있게 싸우고 있었다. 한 군데 모여 있지 않고 이리 뛰고 저리 뛰고 하면서 그렇지 않아도 겁에 질려 있는 경찰들을 혼란에 빠뜨렸다.

총소리에 잠을 깬 주민들은 난리가 일어난 줄 알고 집안에 틀어박혀 오돌오돌 떨었다.

한바탕 소란을 피우고 난 대치 일행은 번개같이 어둠 속으로 사라져 버렸다. 경찰이 모습을 드러내고 수색을 벌였을 때는 그들의 모습은 이미 사라지고 없었다.

한참 지나 대치 일행은 역구내로 잠입해 들어갔다. 그들은 어두운 곳에 숨어 있다가 여수행 기차가 들어오자 일반 승객으로 가장하고 차에 올랐다.

미행자들을 제거했다는 것은 그들로서는 다행한 일이었고 CIC로서는 아주 불행한 일이었다.

두 구의 시체는 교회 앞에 방치되어 있었다. 날이 밝아 구경꾼들이 몰려들자 경찰은 거적을 가져다 시체를 덮었다. 신원을 증명할만한 것이 하나도 없었으므로 시체는 거의 이틀이나 그곳에 방치되어 있었다. 십자가 밑에 살해된 시체가 뒹굴고 있다는 것은 너무도 비극적인 광경이었다.

굶주린 쥐와 개들이 밤이면 교회 앞에 나타나 시체를 훼손했다. 낮이면 동네 조무래기들이 몰려와 거적을 들춰보기도 하고 막대기로 시체를 쿡쿡 찔러보기도 했다. 계통이 서지 않고 그래서 수사체계도 제대로 잡혀 있지 않은 그야말로 어수룩하고 불안정한 시대였던 만큼 시체가 두 구나 그렇게 방치되어 있다고 해서 대단하게 보는 사람은 아무도 없었다.

더구나 어이없는 것은 피살체가 모두 좌익들로서 경찰의 총에 맞아 사살된 것으로 상부에 보고되었다는 사실이다. 그 바람에 골탕을 먹은 것은 CIC였다.

여수에 미리 대기하고 있던 요원은 이틀이 지나도록 아무 연락이 없자 본부로 이상을 보고했다. 그렇지 않아도 소식이 없어 궁금해 하던 CIC본부는 뒤늦게 수배령을 내렸다.

사흘째 되는 날 마침내 두 사람의 죽음이 확인되었다. 좌익들이라고 보고되었던 두 구의 시체는 틀림없는 CIC요원이었다. 시체는 부패하기 시작하고 있었고 눈뜨고 볼 수 없을 정도로 훼손되어 있었다. 경찰은 그제야 자신들이 사살한 것이 아니라고 변명했다.

본부에서는 즉시 평양으로 무전을 쳤다. 불행한 보고였다.

보고를 접수한 하림은 펄쩍 뛰었다. 비오는 날 밤 부하 두명이 떠나던 모습이 눈에 선했다. 그는 상세한 보고를 지시했다.

본부에서는 하루에 걸쳐 사건 전말을 조사한 다음 다시 하림에게 보고했다. 두 부하의 비참한 죽음을 보고 받은 하림은 눈물을 뿌렸다. 그의 비통해 하는 모습을 보고 부하들도 모두 눈물을 흘렸다.

그러나 슬픔에 잠겨 있을 수만도 없는 것이 그의 입장이었다. 사태가 보다 절박하다는 것을 그는 피부로 느끼고 있었다.

"14연대의 동태를 철저히 감시하라!"

그는 이렇게 지시를 내린 다음 계획하던 일을 빨리 해치우기로 했다. 마음 같아서는 하루라도 빨리 여수로 내려가고 싶었지만 극도로 사기가 저하되어 있는 평양의 부하들을 그대로 놓아두고 떠날 수가 없었다. 무엇인가 하나 획기적인 거사를 이루어 놓고 떠나고 싶었다.

그래서 계획한 것이 소련인 마프노를 제거하는 일이었다. 마프노는 아얄티 국장이 가장 증오하고 있는 KGB요원이었다. 그는 또한 스파이 세계에서는 악명을 드날리고 있는 자이기도 했다. 그는 고문에 직접 참가하고 있었다. 그래서 평양의 CIC 요원들은 하나같이 이를 갈고 있었다.

하림이 처음 마프노를 암살할 계획을 발표했을 때, 그의 부하들은 환성을 질렀다. 모두가 노리고 있었던 만큼 기뻐하는 것도 무리는 아니었다.

수집된 정보에 의하면 마프노는 색광(色狂)이었다. 그는 자신의 권력을 이용해서 닥치는 대로 여자들을 겁탈하고 있었다. 한번 그에게 점 찍힌 여자는 반드시 그의 품에 안기도록 되어 있었다. 평양에는 미인들이 많다. 그 조그만 동양여인들이 소련인의 눈에는 하나같이 가지고 놀기에 좋은 노리개로 보였는

지도 모른다. 약육강식의 논리가 노골적으로 드러난 것이 바로 마프노의 여자관계였다.

마프노의 그러한 행각을 측면에서 지원해 주고 있는 자들은 다름 아닌 한국인들이었다. 마프노를 추종함으로써 권좌를 계속 유지하려고 하는 그들은 때맞춰 그에게 여자를 바쳤다.

마프노는 손만 뻗으면 여자요 술이었다. 그야말로 주지육림 속에서 세월을 보냈다. 정지작업에 성공한 그를 사생활이 좋지 않다 해서 본국에서 송환할 리도 없었다. 길을 가다가도 그는 눈에 드는 여자가 있으면 턱으로 가리켰다.

"저 처녀한테 선물을 하나 하고 싶어."

뒤따르던 수행원은 그 여자를 연행해서 수청들 것을 요구한다. 여자가 거절하면 가족 관계를 조사해서 협박한다. 코에 걸면 코걸이요 귀에 걸면 귀걸이니, 아무리 죄가 없는 사람이라 해도 벗어날 도리가 없다.

"아버지와 어머니 중에 누구를 시베리아에 보낼까? 반혁명분자는 어떻게 된다는 걸 잘 알지?"

이렇게 되면 아무리 지조가 강한 여자라 할지라도 무릎을 꿇게 마련이다.

마프노는 이런 일들로 해서 평양 시민들 사이에서도 그 악명이 널리 알려져 있었다. 지하에서 은밀히 활동해야 할 인물이 이제는 모든 사람들이 알아볼 정도로 지상으로 부상했다는 것은 그의 입장으로 볼 때는 결코 좋은 현상이 못 되었다. 그것은 스스로 불행을 자초하는 길이었다. 그런데도 주지육림 속에 묻혀 버린 그는 날이 갈수록 판단이 흐려지고 있었다. 매일 식사하듯 여자들을 갈아치우는데는 그만한 정력이 있어야 하는데, 마프노야말로 그 점에서는 대단한 강자였다. 그는 지칠 줄 모르는 정력을 지니고 있었다. 거구에다 특수훈련으로 다져진 그의 몸은 온통 근육질로 덮여 있었다. 그런 몸에다 좋은 음식만 먹으니 아무리 나이가 40대라 해도 힘이 솟구칠 수밖에 없었다. 거기다 교활하고 잔혹한 성품이니, 그에게 한번이라도 당해 본 여자치고 진저리치지 않는 사람이 없었다.

처음에는 거의 매일이다시피 여자를 갈아치우던 그는 그런 생활이 되풀이되자 그것에도 싫증이 났다. 그래서 다음에는 변태적인 유희를 찾게 되었다.

주로 10대 소녀만을 상대로 그는 같은 방에서 두 명 이상을 데리고 밤낮 없이 뒹굴었다. 남자라면 마주 쳐다보지도 못하던 소녀들도 일단 마프노 앞에 끌려오면 태도가 돌변해서 수치심을 잊곤 했다. 그것은 이상한 약을 먹이기 때문이었다.

자기도 모르는 사이에 음료수와 함께 이상한 약을 먹은 소녀들은 마치 몽유병자처럼 눈빛이 흐려지면서 수치심이나 저항심 같은 것이 없어지는 것이었다. 그리고 시키는 대로 옷을 벗은 소녀들은 깔깔거리며 교태를 부리기까지 했다. 그는 소파에 앉아서 소녀들의 나체를 감상하다가 욕정이 치솟으면 옷을 벗어 던지고 짐승처럼 달려들곤 했다. 사정을 봐준다거나 하는 것은 조금도 없었다. 무자비하게 소녀들을 짓눌렀다.

그렇게 한바탕 일을 치르고 나면 소녀들은 제대로 걸음조차 옮기지 못했다. 그는 그 고통스러워하는 모습들을 보면서 비로소 만족한 미소를 띠는 것이었다.

점령지의 여성들을 건드리는 것을 그는 당연한 것으로 생각했다. 그에게 당한 여자들은 약간의 선물과 함께 집으로 돌려보내졌는데, 그 중에는 집에 가지 않고 강물에 뛰어들어 자살하는 여자들도 더러 있었다. 그래서 대동강 하류에서는 가끔씩 여자의 시체가 떠오르곤 했다.

마프노 외에도 정도의 차이만 있을 뿐 슬래브 사나이들은 모두가 하나같이 점령지의 여자들을 점령하는데 혈안이 되어 있었다. 점령목적이 마치 여자들을 정복하는데 있기나 한 것처럼 기회만 있으면 여자들을 겁탈했다. 물론 점령지의 여자들을 욕보이면 군법에 의해 다스린다는 경고가 없는 것은 아니었다. 그러나 형식에 불과할 뿐 그대로 적용되는 예가 거의 없었다.

가까운 시일 내에 점령지에서 철수한다는 풍문이 병사들을 한층 들뜨게 만들었다. 철수하기 전에 하나라도 더 품에 안아야겠다는 생각으로 그들은 밤이면 사냥개처럼 냄새를 맡고 다녔다. 여자들을 겁탈한 수를 놓고 내기를 거는 게임이 병사들 사이에 하나의 유행이 되다시피 했다.

평양뿐 아니라 북한 전역에서 젊은 여자들은 수난을 당해야 했다. 부대가 주둔하고 있는 지역의 주민들은 밤이면 불을 끄고 공포에 떨었다. 여자들은 다락이나 마룻장 밑에 숨어야 했고, 일부러 더러운 몰골로 위장하기도 했다. 다급한 로스께들은 노소를 가리지 않고 치마만 보면 달려들었다. 그들은 여자 하나를 놓고 돌아가면서 차례로 윤간하기를 즐겨했다.

이런 부작용으로 해서 밖으로 드러나지는 않았지만 임신하는 여자들이 부쩍 늘어났다. 그야말로 심각한 문제가 아닐 수 없었다. 그러나 문제는 그대로 방치되어 있었다. 약소민족의 비애였다.

마프노는 시내에 주택을 가지고 있는 것 외에도 교외에 호화로운 별장을 두고 있었다. 시내에서 자동차로 한 시간쯤 거리에 있는 별장은 대동강 상류 쪽 높은 언덕 위에 자리잡고 있었다. 주위가 온통 숲으로 둘러싸여서 거기에 별장이 있는지조차 잘 모를 정도였다.

마프노는 그 별장을 주로 이용했다. 여자들을 데리고 놀기에는 그보다 더 좋은 곳이 없었던 것이다. 2층으로 된 별장은 특별히 구워서 만든 구릿빛 벽돌로 지어져 있었다. 그것은 그의 한국인 추종자들이 1년 전 그의 46회 생일을 축하하기 위해 지어준 것으로 건평이 70평이나 되는 호화판 별장이었다.

온통 대리석으로 된 내부는 가장 값진 것들로만 치장이 되어 있었다. 거기서 마프노 한 사람을 위해 봉사하고 있는 사람 수가 자그마치 열두 명이나 되었다. 맡은 일에 따라 나누어 보면, 요리사가 2명, 잡역부가 1명, 안마사가 1명, 비서 2명, 타이피스트 1명, 정원사 1명, 경비원 4명이었다. 셰퍼드 두 마리까지 합치면 총 14명이었다.

별장은 3백 평 대지 위에 자리잡고 있었다. 대지 위에는 잘 다듬어진 잔디가 깔려 있었고, 한켠에는 풀까지 마련되어 있었다. 정원 가장자리로는 희귀한 관상수들이 심어져 있어 한층 풍치를 돋우고 있었다.

이런 호화판 별장을 4명의 경비원과 두 마리의 셰퍼드가 잠시도 쉬지 않고 지키고 있었다. 경비원 4명은 모두 소련군 병사들이었다. 경비원들은 2명씩 교대로 근무하고 있었는데 1명는 별장으로 올라가는 초입의 초소에 배치되어 있었고 다른 1명은 집안을 돌고 있었다. 침투할 여지가 없는 경비망이었다. 마프노는 이루 말할 수 없는 색광으로 놀아났지만 자기의 신변안전에만은 철두철미해서 조금도 틈을 보이려 들지 않았다. 그것은 경험과 교훈에서 익힌 것이었다.

KGB요원들은 자신이 언제나 눈에 보이지 않는 암살자의 총구 앞에 놓여져 있다는 것을 의식하고 있었다. 그것은 기초교육에서 습득한 것이지만 사실 요원들은 세계 도처에서 소문도 없이 죽어가고 있었다. 실종은 곧 죽음을 의미했다. 마프노 역시 죽음의 고비를 여러 번 넘긴 적이 있었다. 따라서 그가 신변안전에 철두철미하다는 것은 너무도 당연한 일이었다.

CIC요원들은 먼저 마프노의 별장을 노렸다. 1차로 정찰팀이 야음을 타고 대담하게 별장 가까이까지 접근해 보았는데 결과는 불가능하다는 것으로 나왔다.

계획을 수정하지 않을 수 없었다. 재검토된 결과 마프노의 승용차가 통과하는 길목을 노리기로 했다. 그러나 거기에도 문제가 있었다. 마프노가 규칙적인 생활을 하고 있지 않기 때문에 언제 나타날지 종잡을 수가 없었다.

"그놈은 도깨비 같아서 종잡을 수가 없습니다. 한발 앞서 알기만 해도 좋을 텐데……"

길목을 이틀 동안 지켜본 요원이 결론지은 말이었다.

마프노는 시내의 저택에는 거의 들르지 않았다. 사령부에도 일정한 시간에 출근하는 것이 아니다. 자기가 마음내킬 때 출근해서 필요한 일들을 처리하고 아무 때나 퇴근했다. 그가 맡고 있는 분야가 특수분야인 만큼 일정한 생활이 있을 수 없었다.

하림은 마프노가 움직이는 코스를 직접 답사했다. 그리고 세밀하게 지도를 작성했다. 그 지도에서 그는 다리 표시를 한 부분을 중심으로 조그만 원을 하나 그렸다.

그 다리는 콘크리트로 만들어진 조그만 다리로서 평양시내로 들어오는 입구의 하나였다. 다리 밑으로는 냇물이 흐르고 있었고 주위에는 숲이 우거져 있었다. 인가는 보이지 않았다.

답사할 때 그는 그곳을 마음에 짚어 두었었다.

"여기는 길이 사통팔달로 나 있어서 거사하기에 안성맞춤이다. 마프노의 별장으로부터 20킬로, 시내까지는 10킬로의 거리다. 주위에 인가가 몇 채 있기는 하지만 거사에 방해가 될 정도는 아니다."

그는 지형을 자세히 설명했다. 대동강 상류를 따라 평양으로 들어오는 한길이 있다. 아스팔트가 돼 있지 않아 길이 울퉁불퉁하다. 그 길 도중에 좁은 샛길이 하나 있는데, 그 샛길을 이용하면 시내까지 걸리는 시간을 적어도 15분쯤 단축할 수 있다. 마프노는 항상 그 샛길을 이용한다. 그 샛길의 중간쯤에 냇물이 흐르고 있고 그 위에 콘크리트 다리가 놓여 있다.

그 일대는 몇 년 전만 해도 공장지대였는데, 지금은 폐허가 되어 무너진 공장 굴뚝이며 벽이 잡초 속에 우중충하게 서 있다. 부근에 몇 채 있는 인가에는 당시 공장에서 일하던 사람들이 아직도 살고 있다. 주위는 숲과 들이다. 하늘로 날아가는 것 말고는 어디로나 도주할 수 있다.

다리의 폭은 3미터. 차 한 대가 겨우 지나갈 수 있는 폭이다. 다리에는 난간이 없다. 냇바닥에서 다리까지의 높이는 2미터 정도. 다리의 길이는 10미터. 냇물의 최고 깊이는 1미터도 채 못 된다. 얼마 전에 내린 비로 물이 좀 불었다.

시내 쪽에서 나갈 때 다리 저쪽은 길 양켠으로 야산이고 다리 이쪽은 들판이다. 야산에는 나무가 빽빽이 들어차 있고 들판은 누렇게 익은 조와 옥수수로 온통 뒤덮여 있다. 인가는 모두 다섯 채로 들판 여기저기에 띄엄띄엄 서 있다.

다음, 하림은 마프노의 경호상태에 대해 설명했다.

"마프노의 차에는 언제나 세 명이 타고 있다. 마프노, 운전사, 그리고 마프노의 심복으로 보이는 사나이, 이렇게 셋이다. 운전사는 소련군 졸병이고, 또 한 사나이는 한국인이다. 사복을 입고 있는데, 언제나 마프노를 그림자처럼 따르고 있다. 한국인치고는 키가 크고 몸집이 강건해 보이지. 나이는 서른 댓쯤 됐을까. 마프노를 수행하고 있는 것으로 보아 해방 전에는 소련에 있었을 가능성이 많아. 마프노는 언제나 차의 뒷좌석에 타고 그 사나이는 운전석 옆에 탄다. 차종은 독일제 대형 폴크스바

겐. 검은 색이다. 그들은 물론 모두 무기를 가지고 있다."

탁자에 둘러앉은 사나이들은 숨을 죽이고 바라보고 있었다. 하림은 냉수를 들이키고 나서 다시 말을 이었다.

"이 정도라면 해 볼 수 있다. 그러나 그들 외에 또 상대가 있다. 오토바이 두대가 언제나 앞뒤에서 그를 호위하고 있는 것이 문제다. 오토바이를 타고 있는 놈들은 소련군 병사들이다. 이렇게 볼 때 마프노의 호위는 거의 완벽에 가깝다고 할 수 있다."

그는 잠시 침묵했다가 조금 억양을 높여 말을 이었다.

"그러나 아무리 경호가 완벽하다 해도 어딘가 허점이 있기 마련이다. 그 허점을 노리면 되는 거야."

"다리를 폭파시키면 어떨까요? 마프노가 지나갈 때에 맞추어……"

하림은 안경을 낀 홍이라는 요원을 바라보았다.

"좋은 방법인데 폭약을 구입할 수 있어야지. 시간에 맞춰 폭발시키는 기술도 문제고……"

"그건 제가 알아 보겠습니다."

홍은 자신 있게 말했다. 자기의 큰아버지 되는 사람이 광산에서 일하고 있는데 다이너마이트 취급의 전문가라고 했다. 좋은 사람임에는 틀림없는 것 같았으나 하림은 왠지 내키지 않았다. 완전히 믿을 수 있는 사람이 아니고는 결코 도움을 청해서는 안 된다는 것이 지하에서 일하고 있는 사람들의 불문율이었다. 그러나 홍은 물러나지 않았다.

"조금도 의심할 여지가 없는 분입니다. 그분은 빨갱이들이라면 이를 갈고 있는 분입니다. 애초에는 부자였는데 지금은 재산을 모두 빼앗기고 탄광에서 위험한 폭발물을 다루고 있습니다. 도움을 청하면 얼마든지 들어줄 겁니다. 직접 다이너마이트를 취급하니까 얼마든지 가지고 나올 수 있을 겁니다."

"그분을 의심해서가 아니라……일이란 본의 아니게 엉뚱한 방향으로 빗나갈 수도 있어서 하는 말이야."

그런데 하림을 제외한 다른 요원들 모두가 다리를 폭파하자는 주장에 동조하고 나서는 것이었다. 하림은 굳이 반대하고 나설 이유가 없었으므로 우선 홍의 큰아버지를 만나보기로 했다.

홍덕집(洪德集)이라고 하는 그 사람은 50이 넘은 사내로 첫인상이 신경질적으로 보였다. 조그만 두 눈은 불안정한 빛을 띠고 있었다. 그는 하림이 채 말을 꺼내기도 전에 조카로부터 대강 들었다고 하면서 빨갱이는 무조건 때려죽여야 한다고 열을 올렸다. 증오심에 차 있는 것은 좋았지만 어쩐지 불안스러워 보였다. 하림은 자세한 것은 이야기하지 않고 다리에 다이너마이트만 설치해 달라고 부탁했다.

"염려 마십시오. 그런 거야 얼마든지 해 드릴 수 있습니다."

홍덕집은 자신 있게 대답했다.

**여명의 눈동자 · 제8권에 계속**

● 김성종 추리소설

### 『최후의 증인』-상·하 | 김성종 장편추리소설

한국일보 창간 20주년기념 공모 당선작! 살인혐의로 20년간 억울하게 옥살이를 한 황바우의 출옥과 동시에 일어나는 살인사건! 사건을 뒤쫓는 오병호 형사의 집념으로 20년 동안 뒤엉킨 사건의 전모가 백일하에 드러난다.

### 『제 5 열』-상·중·하 | 김성종 장편추리소설

일간스포츠에 연재한 최고의 인기소설! 대통령선거를 기화로 국제 킬러를 고용, 국가를 송두리째 삼키려는 범죄 집단의 음모를 수사진이 적나라하게 파헤친다. 종래의 추리물과는 그 궤를 달리한 최초의 하드보일드 추리소설!

### 『부랑의 강』-김성종 장편추리소설

여대생과 외로운 중년신사가 벌인 불륜의 사랑이 몰고온 엽기적인 살인사건! 살인범으로 몰린 아버지의 무죄를 확신하고 이 사건에 뛰어든 딸의 집요한 추적의 정통 추리극! 사건의 종점에서 부딪치게 되는 악마의 얼굴은 과연?

### 『일곱개의 장미송이』-김성종 장편추리소설

임신 3개월 된 아내가 일곱 명에 의해 유린당하자 평범하고 왜소하고 얌전하던 남편이 복수의 집념을 불태운다. 아내의 유언에 따라 범인을 하나씩 찾아내어 잔인하게 죽이고 영전에 장미꽃을 한 송이씩 바치는 처절한 복수극!

### 『백색인간』-상·하 | 김성종 장편추리소설

허영의 노예가 되어 신데렐라의 꿈을 쫓는 미녀의 끈질긴 집념과 방탕, 그리고 그녀를 죽도록 사랑하며 혼자 독차지하려는 이상 성격을 가진 청년의 단말마적인 광란! 그리고 명수사관이 벌이는 사각의 심리 추리극!

### 『제5의 사나이』-상·중·하 | 김성종 장편추리소설

국제 마약조직이 분실한 2천만 달러의 헤로인 6kg! 배신자들을 처치하고 헤로인을 찾기 위해 홍콩으로부터 날아온 국제킬러 제5의 사나이! 킬러가 자행하는 냉혹한 살인극과 경찰이 벌이는 숨가쁜 추적의 하드보일드 추리극!

### 『반역의 벽』-상·하 | 김성종 장편추리소설

한국이 개발한 신무기 레이저 X, —핵무기를 순식간에 녹여버릴 수 있는 X의 가공할 위력! 이를 빼내려는 국제 스파이의 음모와 배신, 이들의 음모를 저지하려는 수사관들의 눈부신 활약. 국내 최초의 산업스파이 소설!

### 『아름다운 밀회』-상·하 | 김성종 장편추리소설

신혼여행 도중 실종된 미모의 신부로 인해 갑자기 용의자가 되어버린 신랑! 그가 벌이는 도피와 추적! 미녀의 뒤에 있던 치정과 재산을 둘러싼 악마들의 모습을 밝혀낸 수사극의 결정판! 김성종 추리소설의 새로운 지평!

### 『경부선특급 살인사건』-상·(중·하권 집필중) | 김성종 장편추리소설

그들은 연휴를 맞아 경부선 특급열차에 오른다. 밤열차에서 시작되는 불륜의 여로는 남자의 실종으로 일순간에 무너져 버린다. 실종이 몰고온 그 모호하고 안타까운 미스테리는 "열차속에서의 연속살인"으로 이어지는데……

### 『라 인 X』-상·중·하 | 김성종 장편추리소설

교황을 살해하려는 KGB의 지령에 따라 잡입한 스파이 라인-X, 킬러의 총부리가 교황을 위협하는 절대절명의 순간 이를 제압하는 한국 경찰과 신출귀몰하는 라인—X와의 생사를 건 한판 승부를 묘사한 국제적 추리소설!

### 『어느 창녀의 죽음』-김성종 단편집

작가 김성종의 탄탄한 필력을 유감없이 보여주는 주옥같은 단편집! 신춘문예 당선작「경찰관」및「김교수 님의 죽음」,「소년의 꿈」,「사형집행」등을 수록. 문학적 흥미와 감동으로 독자를 매료하는 김성종 추리소설의 백미

### 『죽음의 도시』-김성종 SF단편집

김성종 SF단편소설집! 김성종이 예견한 기상천외한 미래사회의 청사진!「마지막 전화」,「회전목마」,「돌아온 사자」,「이상한 죽음」,「소년의 고향」등 SF 걸작들! 새로운 문학장르를 개척하려는 김성종의 끊임없는 실험정신!

### 『여자는 죽어야 한다』-상·하 | 김성종 장편추리소설

김성종이 시도한 실험적 추리소설! 독자는 특별한 예고살인 속으로 여행을 시작한다.「오늘밤 여자 한 명을 죽이겠다. 여자는 한쪽 귀가 없을 것이다. 잘해봐!!」살인 예고장을 보는 순간 독자들은 숨가쁜 긴장속으로 빠져든다.

**김성종**

1941년 전남 구례출생
연세대학교 정외과 졸업
1969년 「조선일보」 신춘문예 소설당선
1971년 「현대문학」지 소설추천 완료
1974년 「한국일보」에 「최후의 증인」으로 장편소설 당선

## 黎明의 눈동자 제7권

### 김성종 장편대하소설

| | |
|---|---|
| 초판발행 | 1979년 10월 30일 |
| 2판발행 | 1991년 1월 20일 |
| 3판1쇄 | 2003년 10월 20일 |
| 저자 | 金聖鍾 |
| 발행인 | 金仁鍾 |
| 북디자인 | 정병규디자인 |
| 발행처 | 도서출판 남도 |
| 등록일자 | 서기 1978년 6월 26일(제1-73호) |
| 주소 | (134-023) 서울 강동구 천호동 451 산경빌딩 B동 5층 3-1호 |
| 전화 | 02-488-2923 |
| 팩스 | 02-473-0481 |
| E.mail | namdoco@hanafos.com |

ⓒ 2003 Kim Sung Jong. Printed in Korea

**정가: 10,000원**

ISBN 89-7265-507-4 03810
ISBN 89-7265-500-7(세트) 03810
파본이나 잘못된 책은 교환하여 드립니다.